Good Girl, Bad Blood

굿 걸, 배드 블러드

여고생 핍의 사건 파일 2

홀리 잭슨 지음 | 고상숙 옮김

북레시피

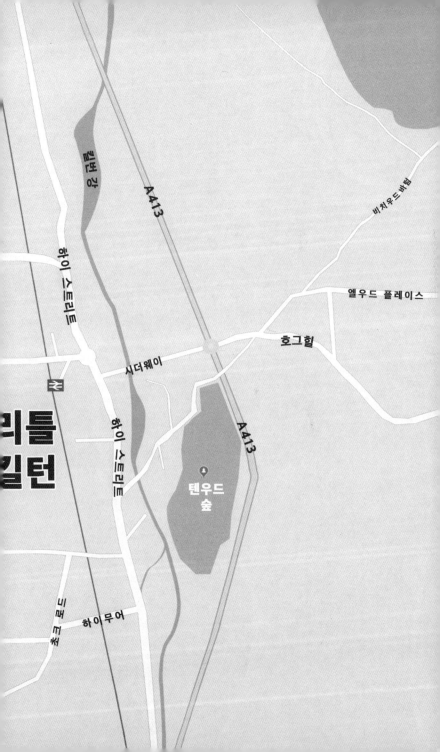

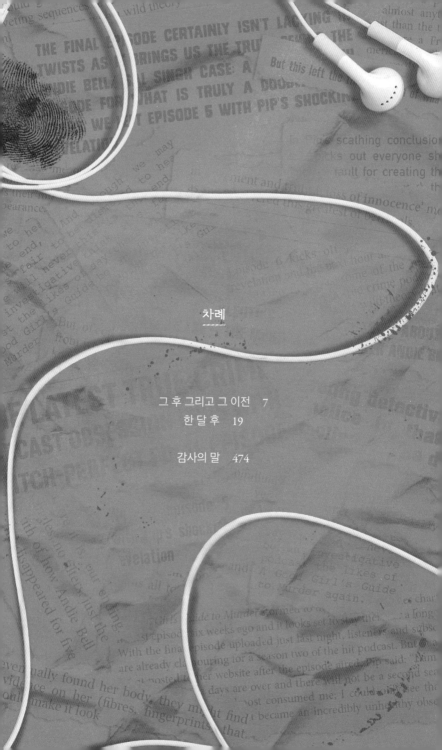

차례

그 후 그리고 그 이전

살인자의 목소리는 분명 뭔가 다를 것이다.

살인자의 거짓말에는 쉽게 감지되지 않는 어떤 미묘한 특성이 있을 것이다. 날카로운 톱니바퀴 아래 진실을 감춰둔 채 거짓말을 내뱉을 때, 무겁게 가라앉았다가 어느 순간 뾰족하게 변하며 불안정하고 불규칙하게 비어져 나오는 목소리. 모두가 그렇게 생각할 것이다. 살인자와 마주하면 그 목소리를 구분할 수 있을 거라고. 하지만 핍은 알아차리지 못했다.

[결국 그렇게 끝나다니. 너무 비극적이야.]

눈가의 잔주름이 자상해 보이는 선생님과 마주 앉아 인터뷰를 하던 당시 둘 사이에 놓인 핍의 휴대폰에는 헛기침까지 포함한 그 공간의 모든 소리가 녹음되고 있었다.

핍은 마우스패드를 터치해 녹음파일을 다시 들어보았다.

[결국 그렇게 끝나다니. 너무 비극적이야.]

또다시 스피커에서 나오는 선생님의 목소리가 핍의 어두운 방 안에 울려 퍼졌다. 그 소리는 핍의 머릿속을 가득 채웠다.

정지. 클릭. 반복.

[결국 그렇게 끝나다니. 너무 비극적이야.]

핍은 이 부분을 백 번도 더 들었을 것이다. 어쩌면 수백 번?

수천 번? 하지만 거짓말과 반쪽짜리 진실을 넘나드는 그 목소리에는 어떤 감정의 변화도 묻어 있지 않았다. 한때는 아버지처럼 생각하던 분이었는데…… 하지만 한편으로는, 핍 또한 거짓말을 하지 않았나? 핍은 누가 뭐래도 소중한 사람들을 보호하기 위해서 어쩔 수 없었다고 당당하게 말할 수 있었다. 하지만 선생님도 똑같은 이유로 거짓말을 했다고 하지 않았던가? 핍은 머릿속에 울리는 목소리를 애써 한쪽으로 치워버렸다. 이제 핍이 매달렸던 바로 그 진실이 거의 다 밝혀졌으니 된 것이었다.

핍은 녹음파일을 반복 재생해 들어보던 중 또 다른 부분에서 털이 곤두섰다.

[샐이 앤디를 죽였다고 생각하세요?]

사건을 수사 중이던 핍의 목소리였다.

[……샐은 정말 좋은 아이였지. 하지만 증거가 너무 확실하니까 샐이 범인이라고밖엔 볼 수 없을 것 같아. 나도 정말 믿기 힘들지만 달리 설명할 길이…….]

그때 누군가 방문을 열고 들어왔다.

"뭐 하고 있어?" 핍이 뭘 하고 있는지 뻔히 다 알고 있는 듯한 웃음기 가득한 목소리가 방 안에 울려 퍼졌다.

"놀랐잖아, 라비." 핍은 짜증스럽게 대답하며 서둘러 정지 버튼을 눌렀다. 라비에게 엘리엇 워드 선생님의 목소리를 듣게 하고 싶지는 않았다. 두 번 다시는.

"어둠 속에 귀신처럼 앉아서 뭔가를 듣고 있는 건 넌데, 나 때문에 놀랐다고?" 라비가 방 안의 조명 스위치를 딸깍하고 켜며 말했다. 노란색 조명 불빛이 이마를 덮고 있는 그의 짙은 머리

칼에 반사되었다. 라비는 핍이 특히나 좋아하는 표정을 하고 있었고, 그 모습에 핍의 얼굴에는 저절로 웃음이 번졌다.

핍이 의자를 뒤로 빼며 물었다. "우리 집에는 어떻게 들어온 거야?"

"마침 조쉬랑 부모님이 밖으로 나오시던데. 엄청 먹음직스러운 레몬타르트를 들고."

"아아, 맞아." 핍이 말했다. "새로 이사 온 집에 인사하러 가시는 거야. 길 아래쪽 잭네 집에 젊은 부부가 이사 왔어. 우리 엄마가 중개를 했고. 이름이 그린…… 아니 브라운 씨였나, 뭐였더라……."

낯선 사람들이 내게 익숙한 그 집에 들어가 새로운 인생을 꾸려나갈 것이라 생각하니 기분이 이상했다. 잭은 핍의 집으로부터 네 집 건너 위치한 그곳에 핍이 다섯 살 때 이사를 와 그 이후 쭉 그 집에서 살았었다. 여전히 학교에서 매일 잭을 볼 수 있었기에 영영 만나지 못하는 진짜 작별은 아니었지만 핍은 허전했다. 잭의 부모님은 '그 모든 난리'가 일어난 후로 더 이상 이 마을에서 살 수 없다고 이사를 갔는데 그분들은 핍이 '그 모든 난리'의 주모자쯤 되는 것으로 생각하시는 듯했다.

"식당은 7시 반으로 예약했어." 라비가 어딘가 어색한 목소리로 내뱉었다. 핍은 라비를 훑어보았다. 라비는 가장 괜찮은 셔츠를 입고 있었다. 셔츠 앞단을 바지에 얌전히 접어 넣고. 신발은…… 새로 산 건가? 면도 후 바르는 로션 냄새도 났다. 라비는 핍 쪽으로 다가오다가 갑자기 멈춰 섰다. 핍의 이마에 키스를 하거나 머리카락을 쓰다듬어주지도 않았다. 대신 그냥 침대

위에 걸터앉아 자기 손가락을 만지작거리기만 했다.

"그럼 거의 두 시간이나 일찍 온 거네." 핍이 미소를 지으며 말했다.

"그…… 그렇지." 라비가 헛기침을 했다.

라비가 왜 이렇게 어색하게 구는 걸까? 오늘은 두 사람이 만난 이래 처음 맞는 밸런타인데이였고, 라비는 마을 밖에 있는 '더 사이렌'이란 레스토랑을 예약해놓은 상태였다. 핍의 가장 친한 친구인 카라는 라비가 오늘 핍에게 고백할 것이라고 확신에 차 있었다. 카라는 라비가 고백하는 데 돈을 걸 수도 있다고 했다. 그런 생각을 하니 핍은 가슴이 울렁거리며 갑자기 더워지는 듯했다. 하지만 그 생각이 틀릴 가능성도 있었다. 밸런타인데이는 라비의 형인 샐의 생일이기도 했기 때문이다. 만약 샐이 열여덟 살 때 그런 일만 당하지 않았다면, 올해 스물네 살이 되었을 것이다.

"얼마나 남았어?" 라비가 고갯짓으로 노트북을 가리키며 물었다. 오디오 편집 프로그램인 오다시티를 실행 중이어서 화면은 뾰족뾰족한 파란색 선들로 가득 차 있었다. 그 파란색 선들 안에 모든 이야기가 담겨 있었다. 이 프로젝트의 처음부터 끝, 모든 거짓말과 비밀들이 전부 다. 심지어 핍 본인이 했던 거짓말까지도.

"다 끝났어." 핍이 컴퓨터에 꽂혀 있는 새 USB 마이크로 시선을 옮기며 말했다. "다 끝냈어. 총 6개 에피소드. 휴대폰으로 녹음했던 인터뷰 파일 중에 어떤 거는 음질이 나빠서 소음 제거 효과를 넣고 작업했는데, 이제 다 했어."

마이크 옆의 초록색 서류 파일에는 핍이 사람들에게 보냈던 동의서가 들어 있었다. 팟캐스트에 본인 인터뷰를 올리는 데 동의한다는 서명을 받은 서류였다. 엘리엇 워드조차 교도소에서 동의서에 서명을 하여 회신해주었다. 인터뷰 공개를 거부한 사람이 두 명 있었는데, 한 명은 마을 신문 기자인 스탠리 포브스였고 또 한 명은, 너무나 당연하게도 맥스 헤이스팅스였다. 하지만 사건에 대한 스토리를 전달하기 위해서 꼭 그들의 목소리를 녹음한 인터뷰가 필요하진 않았다. 그들의 목소리가 필요한 부분은 독백으로 채워 넣었다.

"벌써 다 했다고?" 그 누구보다 핍을 잘 아는 라비였기에 내심 그다지 놀라지 않았지만 놀란 듯 말해주었다.

핍이 학교 강당에 서서 사람들한테 사건의 전말에 대해 진실을 말한 게 이삼 주 전인데, 언론에서는 이야기를 제대로 전달하고 있지 않았다. 그들은 각자 자기들의 시각에 매달려 사건을 전달했는데 그건 그편이 깔끔하고 명쾌해 보였기 때문이다. 하지만 앤디 벨 사건은 깔끔한 것과는 거리가 멀지 않은가.

"무슨 일이든 제대로 하려면 직접 내 손으로 해야 해." 오디오 파일의 음역대가 올라가 산꼭대기 모양을 이루는 부분을 노려보며 핍이 말했다. 핍은 이것이 어떤 일의 시작일지 혹은 끝일지 알 수 없었지만, 본인이 원하는 것이 무엇인지는 잘 알고 있었다.

"이제 남은 일은?" 라비가 물었다.

"파일을 내보내고, 일정에 맞춰서 일주일에 하나씩 사운드클라우드에 업로드할 거야. 그리고 나서는 RSS 피드를 아이튠즈

나 스티처 같은 팟캐스트 디렉터리에 복사해 두어야지. 근데 아직 완전히 다 끝낸 건 아니야." 핍이 말했다. "오디오 정글에서 찾은 음원을 깔고 인트로를 녹음해야 돼. 인트로를 녹음하려면 제목도 정해야 하고."

"아아," 라비가 몸을 뒤로 스트레칭하며 말했다. "우리 아직 제목도 못 정했네. 안 그런가요, 피츠-아모비 양?"

"그러게 말이야." 핍이 말했다. "후보를 세 개로 추려봤어."

"뭔데?" 라비가 말했다.

"말 안 해. 들으면 놀릴 거잖아."

"아니야, 안 놀릴게." 라비는 아주 옅게 미소를 띠고는 진지하게 말했다.

"알겠어." 핍이 공책을 들여다보았다. "첫 번째 후보는 '정의의 오판에 대한 고찰'. 그것 봐. 지금 웃는 거 다 보여."

"이건 그냥 하품이야. 정말."

"흠, 두 번째 후보도 별로 맘에 안 들어할 것 같은데, 두 번째는 '이미 종결된 앤디 벨 사건에 대한 연구'. 그만 좀 웃어!"

"아아— 진짜 미안해. 저절로 웃음이 나오는 걸 어떻게 해." 라비가 눈가에 눈물이 맺힐 정도로 웃으며 말했다. "있잖아…… 핍, 넌 정말 잘하는 게 참 많지만, 한 가지 부족한 점이……."

"부족한 점?" 핍이 의자를 돌려 라비의 얼굴을 마주 보았다. "뭐가 부족한데?"

"음……" 라비가 짐짓 차가운 눈빛을 보내는 척하는 핍의 눈을 마주 바라보며 말했다. "재치. 정말 재치 하나는 없어."

"나 재치 없는 사람 아니야."

"사람들의 관심을 끌어야 해. 궁금하게 만드는 거야. '살인'이나 '죽음'이라는 단어를 포함시켜서 말야."

"그건 너무 자극적이잖아."

"맞아. 자극적인 게 필요해, 사람들이 진짜 네 말에 귀 기울이게 하려면 말이지."

"하지만 내가 제시한 제목들은 다 정확하고……."

"재미가 없지!?"

핍이 라비를 향해 노란색 형광펜을 던졌다.

"뭔가 운율을 살려야 해. 끝 글자가 반복된다든지, 두운을 쓴다든지, 아니면……."

"재치 있는?" 핍이 라비의 목소리를 흉내 냈다. "그럼 직접 한 번 지어봐."

"크라임 타임, 범죄의 시간" 라비가 말했다. "아니다. 음……리틀 킬턴을 꼬아보면 어떨까? '리틀 킬 타운'으로."

"으, 별로야." 핍이 말했다.

"그러게." 라비가 자리에서 일어나 방 안을 서성거리기 시작했다. "너만이 가지고 있는 매력은 사실, 너 자신이야. 너는 오랫동안 경찰이 종결된 사건이라고 믿었던 사건을 해결한 사람이야. 그것도 열일곱 살에…… 넌 어떤 사람이지?"

라비가 눈을 가늘게 뜨고 핍을 바라보며 물었다.

"부족한 사람이지, 확실히." 핍이 라비를 흉내 내며 놀리듯이 말했다.

"넌 학생이잖아," 라비가 크게 소리쳤다. "또, 학교 과제를 하던 중이었고. 아…… 그러면, '살인 과제와 나'는 어때?"

"별로야."

"알겠어······" 라비가 입술을 깨물자 핍은 갑자기 가슴이 설렜다. "그럼, 살인과 관련된 걸 찾아보자. 너는 십 대 여자아이고 학생이며 잘하는 건······ 오오, 이런." 눈이 커지면서 라비의 말이 빨라졌다. "생각났어!"

"뭔데?" 핍이 말했다.

"이번엔 진짜로 떠올랐어." 라비는 자기 아이디어에 굉장히 만족한 듯이 말했다.

"어떤 건데?"

"여고생 핍의 사건 파일."

"에이······" 핍은 고개를 내저었다. "별로야. 좀 억지 같은데."

"무슨 소릴 하는 거야? 완전 딱인데."

"여고생 핍이라니," 핍이 미심쩍어하며 말했다. "나 이제 2주 뒤면 열여덟 살 성인이야. 어린애처럼 보이고 싶지 않아."

"여고생 핍의 사건 파일." 라비가 마치 영화 예고편에나 등장할 법한 진지한 목소리로 말했다. 그리고 핍을 의자에서 일어나게 하고는 마주 보고 섰다.

"아니야." 핍이 말했다.

"딱이야." 라비는 한쪽 손을 핍의 허리에 올리더니 손가락으로 핍의 갈비뼈 위에서 춤을 추기 시작했다.

"절대 안 돼."

여고생 핍의 사건 파일 댓글:

오싹한 결말이 담긴 실제 살인 사건 팟캐스트의 마무리 방송

벤자민 콜리스, 3월 28일

여고생 핍의 사건 파일 제6화를 아직 듣지 않은 사람은 먼저 듣고 오시길. 이번 화에서는 엄청난 스포일러가 포함될 예정.

많은 분이 지난 11월 뉴스 매체에서 떠들썩하게 다루었던 그 미스터리한 사건의 결말에 대해 잘 알고 있을 것이다. 하지만 단순히 '누가 범인인가'라는 의문이 이 이야기의 전부가 아니다. *여고생 핍의 사건 파일*이 담고 있는 진짜 이야기는, 앤디 벨이라는 한 십 대 소녀가 당시 남자친구였던 샐에 의해 살해당한 것으로 이미 종결된 사건에 대해 어느 17세 소녀 탐정의 직감이 물꼬를 튼 것을 시작으로, 그 소녀가 살고 있는 작은 마을의 어두운 비밀들이 하나씩 파헤쳐지는 여정이었다. 사건이 진행되면서 계속하여 바뀌는 용의자들과 하나씩 드러나는 거짓말 그리고 반전.

진실이 밝혀지는 마지막 에피소드도 마찬가지로 풍부한 반전을 포함하고 있다. 이 에피소드의 반전은 핍의 가장 친한 친구의 아버지이기도 한 엘리엇 워드 씨가 핍에게 협박 쪽지를 보낸

15

장본인이라는 사실에서부터 시작된다. 그리고 그가 이 사건에 깊이 개입되어 있음을 보여주는 증거와 핍이 "더 이상 과거의 핍으로 돌아갈 수 없는 엄청난 상처를 입는" 순간까지 담고 있다. 핍 그리고 샐의 남동생이자 사건을 함께 수사했던 라비 싱은 앤디 벨이 죽은 게 아니라 살아 있으며 엘리엇 선생님이 줄곧 앤디를 은닉시켜왔던 것일 수도 있다고 생각했다. 핍이 엘리엇 위드와 단독 대면한 그 순간 엘리엇이 했던 말들을 하나씩 되짚으면서 사건의 전모가 드러난다. 주장에 따르면 앤디의 도발로 시작된 학생과 교사 간의 부적절한 관계. "만약에 그게 사실이라면," 핍은 이렇게 가정한다. "저는 앤디가 리틀 킬턴 마을에서부터 벗어나고 싶었던 거라고 생각해요. 무엇보다 아버지로부터 벗어나고 싶었을 거예요. 제가 확보한 제보에 의하면 앤디의 아버지는 앤디를 옭아매고 정서적으로 학대했습니다. 어쩌면 앤디는 자기가 옥스퍼드에 갈 수 있게 선생님이 도와주실 거라고 생각한 건지도 몰라요. 그러곤 샐처럼 대학에 진학해 집에서 벗어나고 싶었던 거죠."

앤디가 실종된 그날 밤 앤디는 엘리엇 워드의 집으로 갔고, 두 사람은 말싸움을 하던 도중 실랑이를 벌이다 앤디가 넘어지면서 책상에 머리를 부딪혔다. 엘리엇은 서둘러 구급상자를 가지고 왔지만, 앤디는 이미 어둠 속으로 사라진 후였다. 이후 앤디의 행방이 묘연해지며 실종이 기정사실화되자 엘리엇은 앤디가 머리에 입은 부상으로 죽은 것이라 여기고 나중에 경찰이 앤디의 시체를 발견하면 결국 자신을 범인으로 지목하리라는 생각에 공황상태에 빠진다. 엘리엇에게 남은 유일한 방법은 더 그럴 듯한 용의자를 만드는 것이었다. "엘리엇 선생님은 샐을 죽인 과정을 기술하면서 울더군요." 핍이 말했다. 엘리엇은 샐의 죽음을 자살처럼 꾸며놓고 증거를 조작했으며 그로 인해 경찰은 샐이 여자친구를 살해한 뒤 자살한 것으로 오판했다.

하지만 몇 달 뒤 길에서 야위고 부스스한 모습으로 걸어가는 앤디를 발견한 엘리엇은 큰 충격을 받는다. 죽은 줄 알았던 앤디가 살아 있었던 것이다. 엘리엇은 앤디가 리틀 킬턴으로 돌아오는 것을 가만히 보고 있을 수만은 없었다. 그렇게 그녀는 5년 동안 감금 생활을 하게 된다. 하지만, 소설보다 더 기묘한 반전은 여기 있었다. 엘리엇의 다락방에 갇혀 있던 사람은 앤디 벨이 아니었다. "정말 앤디랑 많이 닮았더군요." 핍이 말했다. "심지어 저한테 자기가 앤디라고 했어요." 하지만 그녀는 아일라 조던으로, 지적장애인이었다. 그 오랜 세월을 엘리엇은 줄곧 아일라가 앤디 벨이라고 스스로 믿고 싶었던 것인지도 모른다.

그럼 이제 '진짜 앤디 벨은 어떻게 된 것인가'라는 마지막 질문이 남았다. 이 대목에서 우리의 소녀 탐정은 또 한 번 경찰의 코를 납작하게 만들었다. "그건 베카 벨의 짓이었어요. 앤디의 여동생 말이에요." 핍은 파티(일명 대참사 파티)에서 베카가 성폭행을 당했다는 것과 당시 파티에서, 베카가 성폭행을 당하는 데 기여한 것으로 추정되는 그 문제의 로히프놀을 포함한 마약을 판 사람이 앤디였다는 사실을 알아낸다. 베카의 주장에 따르면, 앤디가 엘리엇을 만나러 나간 그날 밤, 맥스 헤이스팅스가 앤디로부터 로히프놀을 구매했다는 증거를 언니의 방에서 발견하게 된다. (맥스는 곧 여러 건의 강간과 성폭력 혐의로 재판을 받게 될 예정이다.) 하지만 동생이 성폭행을 당했다는 사실을 알고 언니가 보인 반응은 베카가 기대했던 것과는 전혀 달랐다. 동생에게 미안해하기는커녕 오히려 자기가 곤란해질까봐 경찰에 신고하지 말라고 동생을 종용하기 시작했다. 결국 두 사람은 몸싸움까지 벌이게 되었고 그 와중에 앤디가 밀쳐져 바닥에 쓰러지며 구토를 하고 의식을 잃게 된다. 지난 11월 앤디의 시체가 발견되고 진행했던 부검에서는 "머리 부종과 외상은 치명적인 수준이 아니었고, 그 후 의식을 잃고 구토를 한 것이 사망 원인이라는 점에는 의심의 여지가 없으며, 앤디의 사인은 토사물로 인한 질식사"라는 결과가 나왔다. 당시 앤디가 죽어가는 걸 지켜보던 베카는 너무 놀랐지만 또 동시에 언니에 대한 배신감과 분노에 차 있던 터라 언니의 목숨을 구하기 위해 적극적으로 나서지도 않았다. 앤디의 시체를 숨긴 이유는? 그 일이 사고라는 걸 아무도 믿어주지 않을까봐 두려워서.

이것이 사건의 전모이자 결말이었다. "어떤 색안경이나 필터를 거치지 않고 날것 그대로 즉, 사실 그대로의 슬픈 진실은 이것입니다. 앞에서 설명한 바와 같이 빌은 사망했고, 샐은 살인자의 누명을 쓰고 살인을 당했습니다. 그리고 사람들은 거짓을 진실로 믿었던 거죠." 핍은 냉정하게 결론 내리며 이 두 명의 십 대를 죽음으로 몰고 간 책임을 져야 할 사람들을 차례로 나열했다. 엘리엇 워드, 맥스 헤이스팅스, 제이슨 빌(앤디의 아버지), 베카 빌, 하위 바워스(앤디의 마약상) 그리고 피해자 본인인 앤디 빌.

*여고생 핍의 사건 파일*은 6주 전 첫 번째 에피소드가 올라오자마자 순식간에 아이튠즈 차트 1위를 차지했고, 당분간 그 자리를 유지할 것으로 보인다. 지난밤 마지막 에피소드가 공개된 이후, 청취자들은 벌써부터 이 대박난 팟캐스트의 시즌 2를 기다리고 있다. 하지만 핍은 웹사이트에 포스팅을 올리며 이렇게 입장을 밝혔다. "이제 저의 탐정 생활은 여기서 막을 내립니다. 따라서 *여고생 핍의 사건 파일*, 시즌 2는 없을 것입니다. 이번 사건으로 저는 온몸의 에너지를 다 소진해버린 듯합니다. 그 사실을 사건에서 빠져나온 후에야 깨달았습니다. 사건을 조사하는 과정에서 저는 이 사건에 과도하게 집착했고, 그 때문에 저 스스로와 주변 사람들이 큰 위험에 빠지기도 했습니다. 하지만 이 이야기를 마무리하겠다는 점은 약속드립니다. 재판과 판결 녹음본 등 관련된 모든 내용을 업데이트하도록 할게요. 이 이야기는 끝까지 마무리하겠습니다."

한 달 후

목요일

1

현관문을 열고 들어설 때마다 아직도 그 소리가 들리는 듯했다. 진짜가 아니라는 걸 잘 알고 있었지만 핍의 귓가에는 핍이 집에 들어오자 반가워 마룻바닥을 발톱으로 긁어가며 달려오는 강아지 소리가 들렸다. 공허한 마음을 비집고 들어오는 환청은 현관에 유령처럼 달라붙어 있었다.

"핍이니?" 엄마가 주방에서 부르는 소리가 들렸다.

"네에." 핍이 고동색 백팩을 현관 마루에 내려놓자, 안에 담긴 교과서들이 쿵하고 큰 소리를 내며 마룻바닥으로 떨어졌다.

거실에서는 조쉬가 티비 바로 앞에 앉아 디즈니 채널들을 돌려보고 있었다. "그러다가 눈 다 버린다." 핍이 조쉬 옆을 지나가며 말했다.

"누나는 그러다가 엉덩이 다 버린다." 조쉬가 킥킥거리며 받아쳤다. 아주 재치있는 대꾸는 아니었지만 열 살짜리치고는 나쁘지 않았다.

"우리 딸, 학교는 어땠어?" 핍이 주방으로 들어와 조리대 앞의 다리 긴 의자에 걸터앉자 엄마가 꽃문양이 그려진 머그컵에 담긴 차를 홀짝거리며 물었다.

"괜찮아. 나쁘지 않았어요." 이제 학교는 언제나처럼 그럭저

21

럭 괜찮았다. 좋지도 않고, 그렇다고 나쁘지도 않았다. 그저 그런대로 괜찮았다. 핍은 신발을 벗었다. 발바닥에 붙어 있던 가죽 신발이 발에서 떨어져 나가 타일 쪽으로 나동그라졌다.

"아이고," 엄마가 말했다. "꼭 신발을 주방에서 벗어야겠어?"

"매번 그렇게 뭐라고 해야 돼?"

"그럼, 난 네 엄마잖아." 엄마가 새로 장만한 요리책으로 핍의 팔을 살짝 때리며 말했다. "아 그리고 피파, 엄마랑 얘기 좀 하자."

엄마가 핍이 아니라 피파라고 부르다니. 추가된 한 음절에는 많은 의미가 담겨 있게 마련이었다.

"나 뭐 잘못한 거 있어요?"

엄마는 질문에 대한 답은 생략하고 본론으로 들어갔다. "오늘 조쉬네 학교에서 플로라 그린 선생님한테 전화가 왔어. 이번에 보조교사로 새로 온 선생님 말이야, 알지?"

"응……." 핍은 엄마가 계속하길 기다렸다.

"오늘 조쉬가 학교에서 문제를 일으켜 교장실에 불려갔나 봐." 엄마가 눈썹을 찡그렸다. "들어보니 카밀라 브라운의 연필 깎이가 없어졌는데, 조쉬가 반 친구들을 심문하려고 했던 모양이야. 증거를 찾고 요주의 인물 목록을 만들면서 말이야. 덕분에 애들이 네 명이나 울었대."

"헉," 핍은 갑자기 심장이 쫄깃해지는 것 같았다. 아, 나 때문에 이렇게 됐구나. "알겠어요, 알겠어. 조쉬랑 얘기해볼까요?"

"그래, 그래야 할 것 같아. 지금 당장." 엄마가 머그컵을 들어 올려 후루룩 마시며 말했다.

핍은 의자에서 미끄러져 내려와 억지 미소를 지으며 거실로 향했다.

"어이, 조쉬." 핍이 동생 옆에 앉으며 다정하게 조쉬를 불렀다. 그리고 텔레비전 소리를 죽였다.

"어어!"

핍은 조쉬의 반응을 무시하고 말했다. "오늘 학교에서 있었던 일 얘기 다 들었어."

"아아, 맞아. 유력한 용의자가 두 명이 있는데," 조쉬가 핍 쪽으로 몸을 돌렸다. 조쉬의 갈색 눈이 반짝거렸다. "누나가 좀 도와줄 수⋯⋯."

"조쉬, 내 말 잘 들어봐." 핍이 머리카락을 귀 뒤로 넘기며 말했다. "탐정 일은 진짜 멋진 일이 아니야. 사실은⋯⋯ 탐정이 된다는 건 정말 안 좋은 거야."

"하지만 난⋯⋯."

"내 말 좀 들어봐, 응? 탐정이 되면 주변 사람들이 불행해져. 너도 불행해지고⋯⋯" 이렇게 말하는 핍의 목소리에 점점 힘이 빠져갔다. 핍은 목청을 가다듬고 기운을 내 다시 말을 이어갔다. "바니한테 무슨 일이 일어났는지 아빠가 얘기해주셨던 거, 기억하지? 바니가 왜 그렇게 되었는지!"

고개를 끄덕이는 조쉬의 눈이 커지며 동시에 슬퍼졌다.

"그게 바로 네가 탐정을 하게 되면 벌어지는 일이야. 주변 사람들이 다치게 돼. 네가 그러고 싶은 마음이 전혀 없더라도. 그리고 지킬 수 없을지도 모르는 비밀이 생기고. 내가 더 이상 탐정 일을 하지 않기로 한 것도 그런 이유 때문이야. 그러니까 너도 안 하면 좋겠어." 핍의 입에서 나온 말은 그대로 핍의 내면에 생긴 뻥 뚫린 구멍 속으로 사라져버렸다. "이해가 돼?"

"응……." 조쉬가 말끝을 흐리며 끄덕였다. "미안해."

"바보같이." 핍이 미소를 지으며 조쉬를 확 껴안았다.

"미안할 거 하나도 없어. 그럼 이제 탐정놀이는 그만하기다?"

"안 할게, 약속."

생각보다는 수월했다.

"임무 완료." 핍이 주방으로 돌아와서 말했다. "사라진 연필깎이는 영원히 미제로 남겠네요."

"아, 어쩌면 아닐 수도 있어." 엄마가 은밀한 미소를 띠며 말했다. "틀림없이 알렉스 데이비스였을 거야, 그 요망한 것."

핍이 콧방귀를 뀌었다.

엄마는 핍의 신발을 발로 차 현관 쪽으로 치우며 물었다. "라비한테는 연락 왔어?"

"네," 핍이 휴대폰을 꺼냈다. "15분쯤 전에 끝났대요. 곧 있으면 녹음하러 올 거예요."

"그렇구나. 오늘은 어땠대?"

"순조롭지 않았대요. 저도 재판에 가고 싶어요." 핍은 조리대 쪽으로 몸을 기대고 두 손으로 턱을 괴었다.

"안 되는 거 잘 알지? 학교는 어쩌고." 엄마가 말했다. 다시 또 이 문제로 엄마와 논쟁하고 싶지는 않았다. "그리고 화요일 그날, 그것만으로 충분하지 않았니? 난 충분하던데."

화요일은 에일즈베리 형사법원에서 재판이 열린 첫날이었다. 그날 핍은 검사측 증인으로 불려갔다. 흰색 셔츠에 새 정장을 차려입고 간 핍은 너무 떨려서 안절부절못하는 속마음을 배심원단에게 들킬까봐 애써 침착한 척을 하고 있었다. 그렇게 식은 땀을 흘리며 법정에 서 있을 때 피고인석에서 누군가 응시하는 시선이 느껴졌다. 그 따가운 눈길이 정장으로 가려지지 않은 맨살 위로 슬금슬금 기어오르는 것 같았다. 맥스 헤이스팅스였다.

맥스를 발견한 순간 핍은 그의 눈에 담긴 조소를 읽을 수 있었다. 맥스는 도수가 없는 가짜 안경을 쓰고 있었다. 사람이 어떻게 저럴 수 있을까? 맥스 본인뿐 아니라 핍까지 사건의 진실을 뻔히 알고 있는 이런 상황에서 어떻게 피고인석에 서서 무죄를 주장할 수 있을까? 핍한테는, 맥스가 베카에게 약을 먹이고 강간한 것을 인정하는 대화가 담긴 녹음파일이 있었다. 그 파일은 아주 온전하게 보관되어 있었다. 핍이 그의 뺑소니 전적과 샐의 알리바이에 관해서 다 까발리겠다고 협박하자 맥스는 진실을 고백했다. 하지만 그건 소용이 없었다. 사적인 녹음파일은 법정에 제출이 불가능했기 때문이다. 검찰은 그때 나눈 대화를 핍이 법정에서 진술하는 것으로 타협했다. 그리고 핍은 법정에서 단어 하나 틀리지 않게 맥스가 내뱉은 말을 정확히 그대로 진술했다. 물론 나오미를 위해 지켜야 할 비밀은 지키며.

"맞아. 너무 끔찍했어요. 하지만 그래도⋯⋯" 그 순간을 떠올리며 핍은 말끝을 흐렸다. 사람들에게 이 이야기를 끝까지 마무리하겠다고 약속하지 않았던가. 하지만 엄마와 새로 부임한 교장 선생님은 핍에게 학교를 빠지면 안 된다고 말씀하셨고, 핍 대신 라비가 매일 방청석에 앉아 핍을 위해 재판을 기록해주고 있었다.

25

"엄마 부탁이야." 엄마가 경고하는 목소리로 말했다. "이번 주는 이미 충분히 힘들었잖니? 게다가 내일은 추도식도 있고."

"알아요." 핍은 한숨을 내쉬며 동의했다.

"너 괜찮은 거지?" 엄마가 한 손을 핍의 어깨에 올리고 다독이는 목소리로 물었다.

"네, 그럼요. 괜찮고말고요."

엄마는 핍의 말을 액면 그대로 믿지 않았다. 엄마 눈에는 보이니까. 그것도 잠시, 누군가 현관문을 노크하는 소리가 들렸다. 라비의 전형적인 노크 소리였다. 길게, 짧게, 다시 길게. 그리고 항상 그렇듯이 노크 소리에 맞춰서 핍의 심장 박동도 뛰기 시작했다.

파일명:

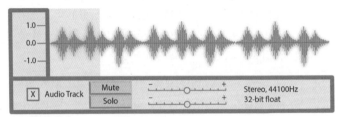

여고생 핍의 사건 파일:
맥스 헤이스팅스 재판(업데이트 3). 녹음파일

	1.0
	0.0
	-1.0

[X] Audio Track   Mute / Solo   Stereo, 44100Hz / 32-bit float

[주제곡 재생]

핍: 안녕하세요. 핍 피츠-아모비입니다. *여고생 핍의 사건 파일:* '맥스 헤이스팅스 재판' 편을 들어주셔서 감사합니다. 이제 세 번째 업데이트인데요, 만약 앞선 두 편의 미니 에피소드를 아직 듣지 못하셨다면 본편 먼저 듣고 오시기 바랍니다. 이번 에피소드에서는 맥스 헤이스팅스의 재판 3일째인 오늘 있었던 일들에 대해 공유하고자 합니다. 오늘은 라비 싱 님과 함께합니다…….

라비: 안녕하세요.

핍: 라비 씨는 방청석에서 재판을 지켜보았습니다. 오늘의 재판은 피해자인 나탈리 다 실바의 증언으로 시작되었습니다. 여러분에게도 익숙한 이름일 겁니다. 앤디 벨 사건을 조사하는 과정에서 나탈리를 인터뷰한 적이 있었죠. 당시 저는 앤디가 학교에서 나탈리를 괴롭히고 심지어 부적절한 사진들을 소셜 미디어에 퍼뜨렸다는 사실을 알게 되었습니다. 저는 한동안 이러한 상황이 나탈리가 앤디를 죽이고 싶은 동기가 되었을 가능성이 있다고 생각하여 나탈리

27

를 요주의 인물 목록에 포함하기도 했습니다. 하지만 그건 저의 완전한 오판이었습니다. 오늘 나탈리는 2012년 2월 24일 대참사 파티에서 그녀가 어떻게, '주장에 따르면', 맥스가 약물을 탄 음료를 먹고 성폭행을 당했는지 그 경위를 증언하기 위해 형사법원에 출석했습니다. 라비, 당시 증언이 어떻게 진행됐는지 설명해주실 수 있을까요?

라비: 네. 먼저 검사가 나탈리에게 그날 밤의 사건을 시간대별로 진술해달라고 요청했습니다. 나탈리가 언제 파티에 도착했고 언제 몸의 이상을 느꼈으며 마지막으로 시간을 본 것은 언제인지, 또 아침 몇 시에 일어나 그 집에서 나왔는지를요. 나탈리는 순간순간의 아주 희미한 기억밖에 없다고 답했습니다. 그날 밤 누군가가 파티장에서 나탈리를 뒤편의 방으로 데리고 가 소파에 뉘었고, 몸이 점점 마비되는 것을 느꼈는데 옆에 누군가가 누워 있었다고 했습니다. 그리고 그 이후는 전혀 기억이 나지 않는다고요. 그다음 날 아침 일어났을 때는 기분이 너무 끔찍하고 어지러웠다고 했습니다. 그렇게 심한 숙취는 처음이었다고 했죠. 속옷은 벗겨져 있었고 겉옷은 엉성하게 걸쳐 입혀진 상태였다고 했습니다.

핍: 네, 그리고 화요일 재판에서 있었던 전문가 증언을 다시 되짚어보자면, 로히프놀 같은 벤조디아제핀 계열 약물이 갖는 효과가 나탈리의 증언과 정확히 부합합니다. 로히프놀은 진정제처럼 작용하면서 신체의 중추신경계를 억제하는 효과가 있습니다. 몸이 마비되는 듯한 느낌이었다는 나탈리의 말이 설명이 되죠. 마치 내 몸에서 내가 분리되는 느낌, 몸이 말을 안 듣고 사지가 분리된 듯한 느낌이 든다고 합니다.

라비: 맞습니다. 또 재판에서 검사는 로히프놀이 나탈리가 말했던 것처럼 필름이 끊기는 현상이나 기억상실 같은 부작용이 있을 수 있다는 전문가 증언을 수차례 반복했습니다. 나탈리가 기억이 안 난다고 한 건 '사건 후 기억상실' 때문입니다. 약물 투입 후 새로운 기억을 생성하지 못했던 것이죠. 이 부분이 다른 모든 피해자들의 증언에 있어서도 아주 중요한 역할을 하게 될 것이기 때문에 검사는 배심원단에게 이 점을 계속 상기시키고 있었습니다. 피해자들이 자신에게 벌어진 일들을 정확히 기억하지 못하는 것은 약물이 기억력에 영향을 미치기 때문이니까요.

핍: 검사는 또한 베카 벨과 관련된 사실도 반복하는 열의를 보였는데요. 베카는 유죄를 인정하며 3년 형을 받아들이기로 결정했습니다. 사건 당시 베카가 미성년자였던 점과 또 당시 상황을 고려하면 형을 살지 않아도 될 것이라고 변호팀이 자신했음에도 불구하고 말이죠. 그래서 어제 베카는 감옥에서 제 비디오 링크에 증거를 제출해주었습니다. 베카는 그 감옥에서 앞으로 18개월을 살게 될 것입니다.

라비: 그렇죠. 그리고 베카의 경우처럼 오늘 검찰측은 사건이 일어났던 날 밤 나탈리와 베카 모두 술을 한두 잔밖에 마시지 않은 사실을 강조했습니다. 한두 잔으로 그렇게 만취한 것이 설명되지 않으니까요. 구체적으로 말씀드리면 나탈리는 당시 파티에서 330밀리리터짜리 맥주 한 병 마신 게 전부라고 했습니다. 그리고 파티장에 도착했을 때 그 맥주를 건넨 사람이 맥스였다는 점도 분명히 말했습니다.

핍: 나탈리가 증언하는 동안 맥스는 어떤 반응을 보였나요?

라비: 방청석에서는 맥스의 옆모습과 뒤통수 정도만 보여 자세히는 모르겠지만, 화요일과 비슷한 반응을 보였던 것 같

습니다. 아주 정적으로, 차분하게 증언석에 서는 사람들을 바라보면서 열심히 경청하는 모습을 보였습니다. 여전히 그 테가 두꺼운 안경을 착용하고 있었고요. 물론 도수가 없는 가짜 안경이라는 걸 백 프로 확신합니다. 저희 어머니가 안경사셔서 잘 압니다.

핍: 그리고 머리는 여전히 길고 흐트러진 모습이었나요? 화요일에 그랬던 것처럼?

라비: 네, 아마 변호사와 상의해서 그런 이미지로 밀고 나가기로 결정한 것 같습니다. 고급 정장에 가짜 안경을 쓰고요. 아마 흐트러진 금발 머리가 배심원단을 무장 해제시켜줄 거라고 생각하고 있는지도 모르겠습니다.

핍: 세계 리더들 중에도 그런 방법으로 효과를 본 경우가 있죠.

라비: 법정 화가가 그린 현장 그림을 사진으로 찍었는데 언론에서 그림을 게시한 이후 사용해도 된다고 했습니다. 맥스의 변호사인 크리스토퍼 엡스 씨가 증인석에 있는 나탈리를 반대심문하는 장면에서 맥스의 모습을 확인하실 수 있습니다.

핍: 네, 법정 스케치 사진을 보고 싶으신 분들은 저희 웹사이트 agoodgirlsguidetomurderpodcast.com에 들어가서 첨부된 파일을 확인하시면 됩니다. 자 이제 반대심문(증인심문)에 대해 얘기해주시죠.

라비: 네, 반대심문은 상당히…… 험난했습니다. 맥스의 변호사인 엡스 씨는 나탈리에게 선을 넘는 질문들을 많이 했습니다. 그날 밤 어떤 옷을 입고 있었나요? 옷을 일부러 야하게 입은 건가요? 같은 질문을 하며 그날 밤 찍은 나탈리의 사

진을 소셜 미디어에 공개했죠. 또 반 친구였던 맥스 헤이스팅스를 좋아하는 마음이 있었나요? 평균적인 주량이 어떻게 되나요? 등과 같은 질문을 하는 동시에 나탈리가 과거 상해죄 판결받은 적이 있다는 점을 끄집어내며 나탈리를 신뢰할 수 없는 사람처럼 몰고 갔습니다. 근본적으로는 인신공격이었죠. 나탈리가 흥분하는 게 보였습니다. 하지만 잠시 깊은숨을 쉬고 물을 한 모금 마시더니 침착하게 질문에 대답했습니다. 답을 하는 나탈리의 목소리가 굉장히 떨렸는데요, 지켜보는 사람도 힘들었습니다.

핍: 피해자에 대한 이런 식의 반대심문이 허용된다는 사실에 정말 화가 나네요. 사건 입증에 필요한 모든 책임을 피해자에게 몰아붙이는 것은 부당합니다.

라비: 정말 부당하죠. 변호사는 또한 사건 바로 다음 날 나탈리가 경찰서에 찾아가지 않은 이유에 대해 캐물으며, 나탈리가 당시 성폭행을 당한 것이 정말 확실한지, 또 그 범인이 누군지 확신하느냐고 추궁했습니다. 만약 나탈리가 72시간 내에 경찰을 찾아갔더라면 소변검사를 통해 현재 중요한 쟁점이 되고 있는, 로히프놀이 체내 있었는지 여부를 확인할 수 있었을 거라고요. 나탈리는 그저 사건 이후의 기억이 없어서 확신할 수 없다고 답할 수밖에 없었습니다. 그리고 엡스 씨는 "만약 기억이 없다면, 성행위에 동의하지 않았다는 것을 어떻게 알 수 있나요? 혹은 더 나아가 그날 피고인과 성관계가 애초에 존재했다는 것을 어떻게 알 수 있나요?"라고 질문했고 나탈리는 사건 이후 월요일에 맥스가 그날 파티에서 자기는 '좋은 시간'을 보냈다고, 너는 어땠냐는 질문을 했다고 진술했습니다. 엡스 씨는 끝까지 물고 넘어졌죠. 나탈리에게는 굉장히 힘든 시간이었으리라 생각됩니다.

핍: 그것이 맥스 쪽 변호 전략인 듯합니다. 어떤 방식으로든 증인들의 신뢰도를 떨어뜨리려는 거죠. 제가 증인으로 섰을 때는 제가 맥스를 봉으로 삼았다는 식으로 몰고 갔어요. 베카 벨과 그 살인 행위에 동정심을 유발하고자 맥스를 이용했다는 거죠. 제가 무슨 공격적인 페미니스트 주장을 펴기라도 하는 듯이 말이에요.

라비: 네. 그 변호사는 확실히 그런 전략을 쓰려고 하는 듯합니다.

핍: 그게 시간당 300파운드의 수임료를 받는 변호사의 전략인가 봅니다. 하지만 헤이스팅스네 가족에게 그 정도 돈이야 푼돈이겠죠.

라비: 어떤 전략을 쓰든 배심원단은 진실을 꿰뚫어 볼 겁니다.

맥스 헤이스팅스 재판 부록:
법정 스케치. 이미지파일

2

단어들이 갈라지면서 공간들 사이로 마치 덩굴이 자라듯 넘실넘실 솟아올랐다. 핍의 눈은 초점이 없었고, 공책에는 구불구불 무언가 번진 흔적만 남아 있었다. 눈은 책을 들여다보고 있었지만, 정신은 다른 곳에 가 있었다. 집중력에 구멍이 생겨 핍은 이제 그 구멍으로 빠져나가버린 듯했다.

얼마 전이라면 핍은 냉전 심화에 관한 에세이 과제를 아주 신나게 했을 터였다. 옛날의 핍이라면 과제에 열과 성의를 다했을 텐데. 핍은 원래 그런 아이였지만, 이제는 뭔가 달라져 있었다. 그저 시간이 지나면 구멍이 메꾸어지고 정상적인 생활로 돌아갈 수 있을 거라고 믿고 싶을 뿐이었다.

책상 위에 놓인 휴대폰이 울리며 화면에 카라의 이름이 떴다.

"좋은 저녁입니다, 우리 피츠-아모비 양." 전화를 받자 카라가 말했다. "넷플릭스 보면서 놀 준비 되셨나요?"

"그럼요~ 카라 워드 양, 조금만 기다려주세요." 핍은 노트북과 휴대폰을 챙겨서 이불 속으로 들어가며 말했다.

"오늘 재판은 어땠어?" 카라가 물었다. "언니가 오늘 나탈리를 응원하러 가고 싶어했는데. 맥스 얼굴을 볼 자신이 없다고 그만……."

"방금 막 새로운 내용을 올렸어." 핍이 한숨을 쉬며 말했다.

"무죄추정의 원칙을 지켜야 하니까 중간에 '주장에 따르면'이라는 말을 덧붙일 때마다 너무 화가 나더라고. 뻔히 무죄가 아닌 걸 아는데. 전부 다 맥스가 한 짓이 맞는데 말야."

"그니까, 너무 끔찍해. 하지만 괜찮아. 일주일 후면 다 끝날 테니까." 카라가 이불 속에서 바스락거리는 소리가 들렸다. "있잖아, 오늘 내가 뭘 찾았게?"

"뭘 찾았는데?"

"네 밈이 생긴 거 알아? 레딧에 들어가면 사람들이 네 밈을 포스팅하고 난리 났어. 언론사들 마이크가 앞에 죽 늘어서고 그 뒤에 너랑 호킨스 경위님이랑 찍힌 사진 있잖아. 호킨스 경위님이 말하는 동안 네가 옆에서 눈 뒤집고 있는 것처럼 보이는 그 사진 말이야."

"그래 보이는 게 아니라 실제로 눈이 뒤집혔어."

"사람들이 그 사진에다가 웃긴 글들을 달아놨더라고. 이제 그 사진이 '질투심에 불타는 여자친구' 밈으로 쓰이고 있어. 여기 글귀를 보면, '내가 유행시킨 유머를 (마치 자기 것인 양) 인터넷에서 설명하고 있는 사람을 봤을 때 기분'이래." 카라가 콧방귀를 뀌며 말했다. "네가 인터넷에서 밈이 될 정도로 활약을 했다는 거잖아. 광고주들한테 더 연락 온 건 없었어?"

"으응." 핍이 말했다. "후원하겠다고 연락해 오는 업체가 몇 군데 있어. 하지만 이게 잘하는 짓인지 모르겠어. 이런 일로 이익을 취하는 게 맞는 건지, 난 모르겠다. 이번 주에는 생각할 게 너무 많았어."

"그치, 힘든 한 주였어." 카라가 기침을 하며 말했다. "내일은 너도 알다시피…… 추도식이 있잖아. 내일 나오미 언니랑 내가 추도식에 참석하면 라비랑…… 라비 부모님이 불편해할까?"

핍이 벌떡 일어났다. "무슨 소리야. 라비는 그렇게 생각할 애가 아닌 거 알잖아. 두 사람도 서로 그 부분에 대해 이미 이야기 끝났으면서."

"맞아, 그건 그래. 근데 내일 추도식은 샐과 앤디를 추억하는 자리니까, 사람들이 상황을 다 알게 된 지금 우리가 참석하면 좀……."

"라비는 절대 너희 아빠가 한 짓 때문에 네가 죄책감을 느끼기를 원치 않을 거야. 라비네 부모님도 마찬가지고." 핍이 잠깐 뜸을 들였다 말을 이었다. "라비네 가족도 같은 상황을 겪었었잖아. 누구보다 이 상황을 잘 이해하는 분들이야."

"나도 알지, 그냥 걱정이 돼서."

"카라, 진짜 괜찮아. 라비도 네가 오기를 바랄 거야. 샐도 당연히 나오미 언니가 참석해주기를 바랄 거고. 언니는 샐의 가장 친한 친구였잖아."

"알겠어, 네가 그렇게 확신한다면."

"내가 보장해. 확실해."

"그래. 너 도박 같은 거 하면 잘하겠다. 한번 해볼 생각 없어?"

"안 돼. 엄마는 내가 뭐 하나에 빠져들면 제정신 못 차리고 집착한다고 걱정하셔."

"나랑 우리 언니 같은 지랄맞은 상황에 비하면 너는 그나마 정상인데."

"그러게 말야. 근데 그 정도론 충분하지 않은 모양이야." 핍이 말했다. "네가 좀 더 노력해주면 고맙겠어."

지난 6개월 동안 카라는 이렇게 상황을 이겨내고 있었다. 너스레를 떨거나 농담으로 어색한 상황을 넘기려 했고, 그러면 오히려 주변 사람들이 당황해서 뻘쭘해하거나 꿀 먹은 벙어리가 되어버리곤 했다. 대부분의 사람들은 살인범이자 납치범이 되어버린 아버지에 대한 농담을 하는 딸한테 어떻게 반응해야 할지 잘 알지 못했다. 하지만 핍은 달랐다. 카라는 웅크린 채 짤막한 농담 뒤에 숨어 있었고 그 농담을 받아넘기며 옆에 있어주는 것이 카라를 지켜주는 방법이었다.

"참고하도록 하지. 우리 할머니가 견디실 수 있을지는 장담하지 못하지만. 아, 우리 언니가 새로운 아이디어를 내놨어. 아빠 물건들을 소각하고 싶대. 할머니 할아버지한테 이 얘기를 하니까 바로 안 된다고 하시고 심리치료사한테 전화를 거시더라."

"태워버린다고?"

"그러니까." 카라가 말했다. "뭐에 씌었나 싶어. 아빠한테는 말하면 안 될 것 같아. 아빠는 아직도 언니가 언젠가는 면회를 올 거라고 생각해서."

카라는 격주로 우드힐 교도소에 있는 아빠에게 면회를 가고 있었다. 카라는 그렇다고 아빠를 용서한 것은 아니라고 말했다. 어쨌든 엘리엇 선생님은 여전히 카라의 아버지니까. 하지만 카라의 언니는 그 일 이후 한 번도 아버지를 만나러 가지 않았고 앞으로도 만나지 않을 거라고 말했다.

"그럼 추도식은 몇 시에…… 잠깐만, 할아버지가 뭐라고 하신다. 네?"

카라의 목소리가 휴대폰에서 멀어졌다. "네, 알겠어요. 네, 그럴게요."

카라의 조부모님(외가 쪽)은 지난 11월에 카라네 집으로 이사를 오셨다. 의사의 조언에 따라 카라가 학교를 마칠 때까지 안정적으로 지낼 수 있도록 하기 위해서였다. 벌써 4월도 거의 다 지나가고 각종 시험과 기말고사가 코앞으로 다가왔다. 시간이 너무 빠르게 흘렀다. 여름이 되면 카라네 조부모님은 부동산에 집을 내놓고 그레이트 애빙턴에 있는 당신들 집으로 손녀들을 데려갈 예정이었다. 그나마 다행인 것은 핍이 케임브리지에 다니기 시작하면 다시 카라와 가깝게 지낼 수 있을 거란 사실이었다. 하지만 카라가 없는 리틀 킬턴은 진정한 리틀 킬턴이 아닌데…… 핍은 마음속으로 여름이 오지 않기를 기원했다.

"네네. 편히 주무세요, 할아버지."

"무슨 일이야?"

"뻔하지 뭐. 벌써 10시 반이나 됐고 '소등시간'이 하아아아안참은 지났대. 진작에 침대에 누워서 잤어야지 '친구들'하고 수다 떨 때가 아니라고 하셔. 친구들이라고 복수로 말씀하셔. 이제 평생 친구 못 사귈지도 모르는데 말이야. 그리고 '소등시간'이란 말은 17세기에나 쓰는 단어인 줄 알았는데, 오늘 듣게 될 줄은 몰랐어!" 카라가 씩씩거리며 말했다.

"음, 사실 전구는 1879년에 발명된 것으로써……."

"으악, 너까지 그러지 마. 세팅 다 됐어?"

"거의." 핍이 마우스를 만지작거리며 말했다.

"네 번째 에피소드 차례인가? 맞지?"

한밤중의 이런 전화 통화는 카라가 불면증에 시달린다는 것을 알게 된 12월부터 시작되었다. 핍 또한 한밤중 침대에 누워 있을 때 가장 끔찍한 기억들이 떠오르는 것은 마찬가지였기에, 그리 새삼스러운 일은 아니었지만 카라의 밤은 더 끔찍했다. 핍은 카라가 팟캐스트를 듣지 못하게 생각을 다른 곳으로 돌릴 수만 있다면 무엇이든 할 수 있었다. 어릴 적 잠옷 파티를 하면 카라는 항상 가장 먼저 자버려서, 유치한 공포영화가 끝나갈 때쯤이면 카라의 가벼운 코골이 소리가 들려오곤 했었다. 핍은 어릴 적 잠옷 파티의 추억을 되살려 카라에게 전화를 걸고 함께 넷플릭스를 정주행했다. 핍이 안 자고 가만히 듣고 있으면 어느새 수화기 너머로 카라의 새근거리는 숨소리가 전해져왔다.

이제 두 사람은 이렇게 매일 통화를 하게 되었다. 처음에는 교육적인 가치가 있다고 생각되는 프로그램부터 보기 시작했다. 하지만 곧 그 기준에 맞는 프로그램은 다 바닥이 나버렸고, 그나마 요즘 보는 〈기묘한 이야기〉 같은 경우 역사 공부로 삼을 만한 건더기가 좀 있는 편이었다.

"좋아, 준비됐나?" 카라가 말했다.

"준비됐음." 영상 시청을 둘이 동시에 하려면 몇 번의 시도가 필요했다. 카라의 노트북이 살짝 버벅거려서 카라는 '하나'에 핍은 '시작'에 재생 버튼을 눌렀다.

"셋." 핍이 숫자를 셌다.

"둘."

"하나."

"시작."

금요일

3

핍은 이제 그의 발소리를 구분할 수 있었다. 처음에는 카펫을 밟고 지나 마룻바닥을 걸어오는 소리, 그리고 이제는 공영주차장의 자갈을 밟고 걸어오는 소리까지 알아들을 수 있었다. 발소리가 들리자 핍은 고개를 돌려 그에게 미소 지었고, 라비는 핍을 발견할 때마다 언제나 그랬듯이 뛰다시피 핍을 향해 다가왔다. 그런 라비의 모습을 보면 핍은 언제나 기분이 좋았다.

"어이, 핍 경사." 라비가 핍의 이마에 입술을 누르며 말했다. 핍 경사는 라비가 지어준 첫 번째 별명이었다. 라비가 지어준 별명이 이제는 열 개도 넘었다.

"괜찮아?" 핍은 라비가 괜찮지 않다는 것을 알면서도 그렇게 물어보았다. 데오도란트를 얼마나 뿌렸는지 라비가 지나간 자리에는 그 향기가 안개처럼 퍼졌다. 이건 라비가 긴장했다는 의미였다.

"응, 약간 긴장돼." 라비가 말했다. "엄마 아빠는 먼저 나가셨어. 나는 샤워 좀 하고 나오느라고."

"괜찮아, 추도식은 7시 반에 시작하니까." 핍이 라비의 손을 잡으며 말했다. "파빌리온(특별한 목적을 위해 임시로 만든 반구 형태의 가건물-역주)에 벌써 많이 모였더라. 수백 명은 되는 것 같아."

"벌써?"

"응. 오늘 학교 끝나고 집으로 걸어오면서 봤는데 취재 차량들도 이미 준비작업을 하고 있더라고."

"그래서 이렇게 위장을 하고 온 거야?" 라비가 미소 지으며 진녹색 후드를 머리에 뒤집어쓰고 있는 핍의 모자를 살짝 당겼다.

"그쪽 지나갈 때까지만 이러고 있으려고."

방송국 기자들이 여기까지 온 것은 어쩌면 핍 때문이라고 할 수도 있었다. 핍의 팟캐스트로 인해 샐과 앤디의 이야기가 다시 화제가 되고 있었기 때문이다. 특히나 이번 주는 두 사람의 기일 6주기였다.

"오늘 재판은 어떻게 됐어?" 핍이 물었다. "지금 얘기할 기분이 아니겠다. 이 얘기는 내일……."

"아니야, 난 괜찮아." 라비가 말했다. "하지만 재판은, 괜찮지 않았어. 오늘은 맥스랑 같은 대학 기숙사에서 살았던 여학생 차례였어. 아침부터 계속 취조하듯이 진행하더라고." 라비가 마른침을 삼키며 말했다. "그리고 반대심문을 할 때는 이번에도 그 변호사가 어김없이 달려들었어. DNA 검사에서도 검출된 게 없으니 성폭행 증거도 없고, 기억도 없다는 그런 부분을 또 공격하면서. 그 사람을 보고 있으면 형사 변호사가 되고 싶은 생각이 싹 사라져."

라비와 핍은 함께 미래 계획을 세웠었다. 이번에 핍이 대학입시를 치를 때 라비는 9월 개강하는 6년 실습 과정에 응시하고 핍은 대학에 진학하기로 한 것이다. "그럼 우리 꽤 막강한 커플이 되는 거 아니야?"라고 라비가 말했었다.

"그 변호사는 나쁜 쪽이잖아." 핍이 말했다. "선배는 좋은 변호사가 될 거야." 핍은 라비의 손을 꼭 쥐어주었다. "마음의 준비는 됐어? 시간이 좀 더 필요하면……."

"준비됐어." 라비가 말했다. "네가…… 옆에 있어주기만 하면 돼. 그럴 거지?"

"당연하지." 핍이 어깨로 라비를 살짝 밀며 말했다. "무조건 옆에 있을게."

자갈길을 지나서 부드러운 잔디를 따라 걷는 와중에 하늘은 벌써 어둑어둑해지고 있었다. 오른쪽으로는 그래블리 웨이 쪽에서 오는 사람들이 삼삼오오 잔디를 지나 모두 공유지의 남쪽 방향에 있는 파빌리온을 향해 가는 중이었다. 모여 있는 사람들 모습이 눈에 들어오기도 전에 소리가 먼저 들려왔다. 수백 명이 작은 공간에 모여 있을 때만 나는 특유의 웅성거리는 소리. 라비가 핍의 손을 꼭 잡았다.

두 사람은 조용히 속삭이고 있는 듯한 플라타너스 주위를 빙 돌아갔고, 그러자 곧 노란빛으로 희미하게 반짝이는 파빌리온이 시야에 들어왔다. 파빌리온 구조물을 따라 놓아둔 크고 작은 초에 사람들이 불을 붙이기 시작했다. 핍의 손을 맞잡고 있는 라비의 손에 땀이 나기 시작했다.

파빌리온을 향해 가다 보니 뒤쪽으로 익숙한 얼굴들이 몇몇 눈에 띄었다. 새로 온 역사 선생님인 아담 클라크 씨가 카페 주인 질과 함께 서 있었고 저쪽에서는 카라의 할머니, 할아버지가 핍에게 손짓을 하고 있었다. 두 사람이 앞으로 나아가자 사람들의 시선이 따라왔고, 라비를 알아본 사람들은 우리가 지나갈 수 있도록 길을 터주었다. 우리가 지나가고 나자 길은 다시 사람들로 메꾸어졌다.

"핍, 라비." 왼쪽에서 두 사람을 부르는 목소리가 들려왔다. 나오미였다. 한껏 끌어올려 묶은 머리처럼 나오미의 미소도 긴장되어 있었다. 나오미는 핍의 친구인 코너의 형, 제이미 레이놀즈와 함께 서 있었다. 그리고 다음 순간, 핍은 배 속이 뒤집어지는 것 같았다. 바로 나탈리 다 실바도 그 자리에 있었던 것이다. 나탈리의 하얀 빛깔 머리가 땅거미가 짙어지는 무렵의 주변을 밝혀주는 것 같았다. 나오미와 제이미 그리고 나탈리는 샐, 앤디와 같은 학년이었다.

"안녕." 라비가 인사하는 소리에 핍은 정신이 들었다.

"나오미 언니, 제이미, 안녕." 핍은 두 사람에게 고개를 까닥하며 인사를 건넸다. 이어 나탈리에게 "안녕." 하고 인사를 건네자 나탈리의 차가운 푸른색 눈이 핍의 시선과 마주쳤다. 순간 나탈리의 굳어진 안색에 핍은 주춤했다. 나탈리 주변으로 싸늘한 냉기가 도는 듯했다.

"힘들었지?" 핍이 말했다. "어제 재판 말이야. 너무 힘들었을 것 같아. 그런데도 너무 잘해줬어."

나탈리의 볼이 살짝 움찔했지만 나탈리는 아무 말도 하지 않았다.

"이번 주랑 다음 주가 정말 힘들겠지만, 맥스는 꼭 벌을 받게 될 거야. 확신해. 혹시라도 내가 도울 수 있는 게 있다면……."

나탈리는 핍을 본체만체하며 눈을 감았다. "됐어." 고개를 돌리는 나탈리의 목소리에는 날이 서 있었다.

"응." 핍은 조용히 말끝을 흐리고 나오미와 제이미 쪽으로 몸을 돌렸다.

"저쪽으로 가야 할 것 같아. 이따가 또 봐."

사람들로부터 어느 정도 멀어졌을 때, 라비가 핍의 귀에 대고 말했다. "아직도 너를 엄청 미워하고 있나 봐."

"나도 알아." 나탈리에게 미움을 받아도 핍은 할 말이 없었다. 자기를 살인자 용의선상에 올렸던 사람을 어떻게 미워하지 않을 수 있겠는가? 핍은 마음이 좋지 않았지만 나탈리의 차가운 시선을 그냥 마음속 한구석에 묻어두기로 했다.

핍은 카라의 짙은 금발 똥머리가 사람들의 머리 사이로 둥둥 떠다니는 것을 발견하고 라비와 함께 카라 쪽으로 향했다. 카라는 코너와 함께 있었다. 코너는 카라의 얘길 들으며 고개를 끄덕거리고 있었고 그 옆에는 앤트와 로렌이 머리를 맞대고 있었는데, 그들은 볼 때마다 항상 꼭 붙어 있어서 '앤트와 로렌'이라는 단어는 이제 한 세트가 되어버렸다. 예전에는 서로 아는 척만 하는 사이였지만 이제는 정말 둘이 한 몸처럼 꼭 붙어 다녔다. 카라에게 듣기로, 핍이 비밀수사를 하고 있던 지난 10월 대참사 파티에서 둘의 관계가 시작되었다고 한다. 핍이 모를 만도 했던 것이다. 앤트와 로렌 옆 한쪽에는 잭이 혼자서 외톨이마냥 흘러내리는 검정 머리카락을 만지작거리며 서 있었다.

"안녕." 핍이 라비와 함께 사람들 틈 사이를 빠져나오며 인사했다.

"왔구나." 여러 명에게서 동시에 대답이 쏟아졌다.

카라가 고개를 돌려 라비를 올려다보고는 긴장한 듯이 옷깃을 만지작거리며 말했다. "아…… 안녕…… 잘 지내? 유감이야."

원래 카라는 말을 더듬거리는 법이 없었다.

"괜찮아." 라비가 핍의 손을 놓고 카라를 안아주었다. "나는 괜찮아, 진심이야."

"고마워." 카라가 조용히 대답하며 라비의 어깨 너머로 핍을 향해 눈을 깜빡였다.

"저기 봐봐." 로렌이 팔꿈치로 찌르며 핍에게 눈빛으로 일종의 신호를 보냈다. "제이슨이랑 던 벨 부부도 왔어."

앤디와 베카의 부모님이었다. 핍은 로렌의 시선을 따라갔다. 제이슨 아저씨는 오늘 저녁 같은 날씨에는 너무 더울 듯한 양모 코트를 입고서 부인과 함께 파빌리온으로 향하고 있었다. 던 아줌마는 시선을 땅에 못 박은 채 사람들의 발등만 보고 있었다. 벌써 얼마나 울었는지 속눈썹이 마스카라에 뭉쳐 떡이 져 있었다. 아저씨의 손에 이끌려 가는 아줌마의 모습이 너무나도 작아 보였다.

"그 얘기 들었어?" 로렌이 손짓으로 사람들을 가까이 불러 모으며 말했다. "듣자하니 저 두 사람이 다시 재결합을 했다나 봐. 우리 엄마가 그러시던데, 제이슨이 두 번째 부인이랑 이혼하고 지금 던 아줌마가 사는 집에 들어와 같이 산다고."

그 집. 바로 앤디 벨이 주방 타일 위에서 죽어 나간 집, 죽어 가는 언니를 동생이 지켜보고 있던 그 집을 말하는 것이었다. 핍은 사람들이 떠드는 이야기가 사실이라면 그러한 결정에 앤디 엄마의 의견은 얼마나 반영되었을까 하는 생각이 들었다. 조사를 하면서 제이슨에 관해 알게 된 바에 따르면, 제이슨 주변 사람들은 어느 누구든 자유롭게 본인이 원하는 바를 선택하기 힘들 것 같았다. 핍의 팟캐스트에 묘사되는 제이슨은 좋은 향기가 날 법한 아름다운 사람은 절대 아니었다. 어떤 청취자가 트위터에서 '여고생 핍의 사건 파일' 중 가장 혐오하는 인물에 대한 투표를 했는데, 제이슨 벨은 거의 맥스 헤이스팅스와 엘리엇 워드에 버금가는 득표수를 얻었다. 핍 또한 근소한 차이로 4위에 올랐다.

"저 사람들이 아직 그 집에 산다는 게 너무 소름 끼쳐." 앤트가 로렌처럼 눈을 커다랗게 뜨며 말했다. 둘은 그렇게 죽이 잘 맞았다. "딸이 죽어간 그 공간에서 저녁 식사를 할 거 아니야."

"사람들은 다 자기가 감당할 몫이 있는 거야." 카라가 말했다. "멋대로 남들을 평가하지 마."

그 말에 앤트와 로렌이 입을 다물었다.

곧이어 어색한 침묵이 이어졌고 코너가 침묵을 채워보려 애를 썼다. 핍은 고개를 돌리다 그들 옆에 서 있는 사람들을 알아보고는 미소를 지었다.

"어머 안녕하세요, 찰리, 플로라." 바로 그 집의 네 집 건너 아래 새로 이사를 온 이웃이었다. 찰리는 짙은 갈색 머리에 깔끔하게 면도를 한 모습이었고, 플로라는 언제나처럼 꽃무늬 옷을 입고 있었다. 플로라는 조쉬네 학교에서 보조교사로 일을 하고 있었는데, 조쉬는 플로라를 굉장히 좋아했다.

"미처 이쪽을 못 봤네요."

"안녕," 찰리가 머리를 까딱하며 미소를 지었다. "네가 라비구나." 그는 막 핍의 손을 다시 잡으려던 라비에게 악수를 청하며 인사했다. "상심이 크겠구나."

"형은 정말 멋진 사람이었던 것 같은데……." 플로라가 덧붙였다.

"감사합니다. 네 맞아요." 라비가 말했다.

"참 그리고," 핍이 잭의 어깨를 툭툭 치며 소개를 하기 시작했다. "이쪽은 잭 첸이에요. 이사 오신 그 집에 살던 친구예요."

"만나서 반가워, 잭." 플로라가 말했다. "집이 정말 너무 마음에 들어. 뒤쪽 방이 혹시 네 방이었니?"

그때 바로 뒤에서 무슨 소리가 나길래 돌아보니 코너의 형인 제이미가 낮은 목소리로 속삭이고 있었다.

"아니, 귀신 들린 집은 아니야." 핍이 다시 고개를 돌렸을 때 찰리가 그렇게 말하고 있었다.

"아줌마!" 잭이 플로라를 향해 물었다. "아래층 화장실에서 파이프가 웅웅거리는 소리 들어보셨어요? 마치 귀신이 도망가아아아아, 도망가아아아아, 하고 말하는 것처럼 들릴 텐데."

플로라의 눈이 동그랗게 커지며 남편을 바라보는 얼굴에서 핏기가 사라졌다. 겨우 뭐라고 대꾸를 하려고 입을 열었는데 갑자기 나오는 기침에 양해를 구하고는 그 자리에서 도망치듯 다른 사람들 쪽으로 사라져버렸다.

"큰일 났군." 찰리가 미소를 지었다. "내일쯤이면 플로라는 화장실 귀신이랑 절친이 되어 있을걸."

라비가 손가락을 굴리며 핍의 팔을 타고 내려와 다시 그녀의 손을 잡으며 핍에게 눈짓으로 신호를 보냈다. 아참, 라비네 부모님을 찾아봐야지. 이제 곧 추도식이 시작될 테니까.

둘은 사람들에게 인사를 하고 앞쪽으로 이동해갔다. 뒤돌아보니 막 도착했을 때보다 사람들이 두 배로 늘어난 듯했다. 족히 천 명은 되어 보였다.

파빌리온에 가까이 나가가니 건물 양쪽으로 세워둔 이젤 위에 샐과 앤디의 확대 사진이 올려져 있는 게 눈에 들어왔다. 샐과 앤디는 영원히 늙지 않을 것 같은 앳된 얼굴에 어울리는 미소를 짓고 있었다. 사람들이 두고 간 꽃다발이 샐과 앤디의 사진 아래 각각 원을 그리듯이 놓여 있었고, 사람들이 지나갈 때마다 양초의 불꽃이 깜빡거렸다.

"저기 계신다." 라비가 손가락으로 가리키며 말했다. 라비의 부모님은 샐의 사진 바로 앞에 서 계셨다. 사람들이 라비의 부모님을 둘러싸고 있었고, 핍의 가족도 그 근처에 있었다.

핍과 라비는 사진을 찍고 있는 스탠리 포브스 바로 뒤쪽을 지나갔다. 카메라 플래시에 그의 창백한 얼굴이 환하게 비쳤고 짙은 갈색 머리가 이리저리 춤을 추고 있었다.

"어김없이 오셨네." 스탠리에게 들리지 않을 만한 거리에서 핍이 말했다.

"아, 경사님. 신경 *끄셔요*." 라비가 핍을 향해 미소 띤 얼굴로 말했다.

몇 달 전 스탠리는 샐 싱 가족에게 네 장짜리 장문의 손 편지를 보냈는데 싱 부부의 아들에 관해 그런 기사를 작성한 것에 대해 미안하고 부끄럽게 생각한다는 내용을 담은 편지였다. 그가 자원해서 기사를 쓰고 있는 마을 소식지인《킬턴 메일》에도 공식 사과문을 실었다. 또한 공유지에 조성된 앤디 추모 벤치 바로 위쪽에 샐의 추모 벤치를 만들기 위한 기금 조성도 추진하고 있었다. 라비와 그의 부모님은 사과를 받아들였지만 핍은 스탠리에 대한 마음이 풀리지 않았다.

"최소한 미안하다는 말은 했잖아." 라비가 말을 이어갔다. "저 사람들 한번 봐봐." 라비는 부모님 주위에 서 있는 사람들 무리를 가리켰다. "우리 부모님의 친구들, 그리고 이웃 사람들. 한동안 우리 인생을 지옥으로 만들어버렸던 사람들 중 사과를 한 사람은 하나도 없었어. 그냥 지난 6년간의 일을 없었던 척하는 걸로 퉁쳤어."

그때 어디선가 핍의 아빠가 나타나 두 사람을 껴안으며 인사를 건넸다.

"잘 지내고 있지?" 핍의 아빠가 라비에게 다가와 등을 두드리며 물었다.

"네, 그럼요." 라비가 대답하고는 조쉬의 머리를 쓰다듬으며 장난스럽게 헝클어뜨렸다. 그러면서 동시에 핍의 엄마에게 미소를 건넸다.

라비의 아빠, 모한이 다가와 핍의 가족에게 "좀 준비해야 할 게 있어서, 조금 이따가 다시 뵐게요."라고 인사하며 손가락으로 라비의 턱 아래쪽을 사랑스럽게 두드렸다. 이어 라비를 향해 "엄마 좀 챙겨줄래?" 이렇게 말하고는 파빌리온의 계단을 올라 안쪽으로 들어갔다.

추도식은 정확히 7시 31분에 시작되었다. 라비는 엄마와 핍 사이에서 두 사람의 손을 꼭 잡아주었다. 핍은 추도식을 거행 하는 데 도움을 준 지역의원이 '몇 말씀' 하기 위해 계단을 따라 단상 위로 올라가는 동안 손에 힘을 꼭 주었다. 그는 몇 말씀을 넘어서 훨씬 거창하게 가족의 가치가 얼마나 중요한지와 진실 은 결국 밝혀지게 되어 있다고 일장 연설을 하더니, 탬스 밸리 경찰서의 '노고'를 치켜세웠다. 비꼬는 게 아니라 정말로 치하 를 하고 있었다.

그다음 차례는 리틀 킬턴 고등학교 교장으로 새로 부임한 모 건 여사였다. 전임 교장 선생님은 엘리엇 워드가 저지른 일에 대한 책임을 지고 물러났다. 새 교장 선생님은 앤디와 샐에 대 해서 차례로 언급하고 이들의 이야기가 마을 전체에 큰 영향을 끼쳤다고 말했다.

이후 앤디의 절친이었던 클로이 버치와 엠마 허튼이 마이크 앞에 섰다. 클로이와 엠마는 크리스티나 로세티의 시 「고블린 도깨비시장」을 함께 낭독했다. 두 사람은 시 낭독이 끝나자 조 용히 웅얼거리는 사람들의 무리에 합류했고, 엠마는 훌쩍거리 며 소매로 눈가를 닦았다. 제이슨과 던 벨 부부는 오늘 밤 단상 앞에 서기를 거절한 듯했다. 핍이 눈물을 훔치는 엠마를 보고 있을 때 누군가 뒤에서 팔꿈치를 치고 지나가는 듯했다.

뒤를 돌아보자 제이미 레이놀즈가 사람들 무리를 헤치며 지 나가고 있었다. 뭔가 큰 결심을 한 눈빛에 얼굴이 땀으로 범벅 이 되어 양초 불빛에 반짝거릴 정도였다.

"미안." 그는 핍을 알아보지도 못한 듯 어딘가로 향해 가며 정신이 팔린 모습으로 중얼거렸다.

"괜찮아." 핍이 그렇게 답하고 제이미를 눈으로 좇는데 모한싱 씨가 단상으로 올라가는 모습이 눈에 들어왔다. 그는 마이크 앞에서 목을 가다듬었다. 샐의 아버지 목소리가 울리자 사방이 쥐 죽은 듯 조용해졌다. 나무 사이를 지나는 바람 소리 외엔 아무런 소리도 들리지 않았다. 라비가 손에 힘을 주었고 그 바람에 핍의 손바닥에는 손톱이 눌려 반달 자국이 생길 정도였다.

모한 씨는 손에 든 종이를 내려다보았다. 얼마나 긴장을 했는지 손에 쥔 종이가 바들바들 떨렸다.

"우리 아들, 샐에 대해 무슨 말을 해야 할까요?" 반쯤 갈라진 목소리로 모한 씨가 말을 하기 시작했다. "샐은 항상 A를 받는 모범생으로, 앞날이 기대되는 아이였습니다. 이미 알고 계실지 모르지만 샐은 친구들에게는 아주 의리 있고 사려 깊은 아이였고 누구라도 혼자 있거나 외톨이처럼 남겨지는 것을 못 보는 아이였습니다. 그런 점 또한 이미 알고 계셨을 수도 있겠네요. 샐은 동생에게는 너무나 멋진 형이었고, 우리 부부에게는 자랑스러운 아들이었습니다. 우리 아들이란 사실이 항상 뿌듯했지요. 샐이 방긋방긋 웃으며 아장아장 걸음마를 떼고 아무 데나 기어 올라가던 아가 때, 그리고 이른 아침과 늦은 밤시간을 유독 좋아했던 십 대 시절까지 아들에 대한 기억을 모두 공유할 수도 있지만, 그냥 샐에 관한 단 한 가지만 말씀드리는 걸로 대신할까 합니다."

모한은 잠시 말을 멈추고 라비와 니샤를 향해 미소를 지어 보였다.

"만약 오늘 샐이 이곳에 우리와 함께 있었다면, 절대 인정하지 않을 거고 또 굉장히 부끄럽게 생각할 수도 있겠지만, 샐이 세 살부터 열여덟 살까지 가장 좋아했던 영화는 〈꼬마돼지 베이브〉였습니다."

가볍고 긴장 어린 웃음들이 터져 나왔다. 라비의 눈가도 그에 따라 가늘어졌다.

"그 작은 돼지를 정말 좋아했죠. 그 영화를 그렇게 좋아했던 건 영화의 주제곡 때문이기도 했습니다. 그 주제곡을 들으면서 샐은 웃고, 울고, 춤을 췄습니다. 그래서 오늘 이 자리에서 등불을 띄우며 샐이 살았던 생을 축복하는 동안 그 노래를 함께 들어보고자 합니다. 하지만 그 전에 우리 아들한테 하고 싶은 말이 있는데요. 지난 6년 동안 한 번도 하지 못했던 말을 해보려 합니다." 이 말을 하며 모한이 눈물을 닦는 동안 그가 쥐고 있는 종이가 마이크 위로 날개 깃털처럼 흔들렸다. "우리 아들 샐, 미안하다. 사랑한다. 넌 우리 마음속에서 언제나 살아 있을 거야. 너와 함께했던 모든 순간을 잊지 않을게. 너의 미소와 웃음소리, 행복했을 때와 힘들었을 때, 크고 작은 모든 순간들을 항상 기억하마. 약속한다." 모한은 잠시 멈추고 오른쪽에 있는 누군가에게 고갯짓을 했다. "시작해주세요."

그러자 양쪽에 설치된 스피커에서 생쥐의 카랑카랑한 목소리가 흘러나왔다. [아 하나-아 둘, 아 셋, 시작!]

잔잔한 드럼에 맞추어 찍찍거리는 고음의 노랫소리 위에 더 많은 생쥐들의 목소리가 얹혀 합창이 시작되었다.

아버지의 추도사를 들으며 웃다가 울기를 반복하던 라비는 이제 우는 것도 아니고 웃는 것도 아닌 그 중간을 왔다 갔다 하고 있었다. 그리고 뒤편에서 누군가 노랫소리에 맞추어 박수를 치기 시작했다. 그러자 물결이 퍼지듯 사람들이 함께 박수를 치며 하나가 되었다.

핍은 고개를 돌려 박수 소리가 퍼져나가며 점차 커지는 광경을 지켜보았다. 커진 박수 소리는 우레와 같았고 행복했다.

사람들은 생쥐들을 따라 함께 — 똑같은 가사가 반복된다는 것을 깨달은 사람들도 함께 — 노래를 부르기 시작했는데, 말도 안 되게 높은 고음을 따라 부르느라 씨름을 했다.

라비는 핍을 향해 돌아서서 노래 가사에 입 모양을 맞췄고 핍도 노래를 따라 불렀다.

모한은 이제 종이를 내려놓은 뒤 등불을 들고 계단을 내려왔다. 지역의원도 등불을 가지고 내려와 제이슨과 던 벨 부부에게 건넸다. 라비는 핍의 손을 놓고 부모님 쪽으로 다가갔다. 부모님 옆에서 작은 성냥갑을 건네받은 라비는 성냥을 켰지만 첫 번째 성냥은 바람 속에 한 줄 연기가 되어 날아갔다. 라비는 다시 성냥불을 켜서 손으로 컵을 만들어 불꽃을 감싸고 조심스럽게 등불의 심지에 불을 붙였다.

싱 가족들은 불씨가 커져 등불이 따뜻한 공기로 채워질 때까지 지켜보며 두 손으로 등불 바닥을 잡고 있었다. 그러다가 드디어 등불이 준비되었을 때 모두 일어서서 팔을 머리 위로 쭉 뻗어 함께 등불을 놓아주었다.

등불이 파빌리온 높이 날아올라 바람 사이로 둥실둥실 떠올랐다. 핍은 목을 길게 빼고 등불이 날아가는 것을 지켜보았다.

노란빛, 주황색 불이 깜빡거리며 주변의 어둠을 환하게 밝혀주었다. 곧, 앤디의 등불도 샐의 등불을 쫓아 밤하늘을 타고 올라 끝없는 하늘 속으로 멀어졌다.

핍은 끝까지 등불을 바라보았다. 목이 뻣뻣해지고 척추가 콕콕 찌르듯이 아파왔지만 등불을 바라보며 황금빛 등불이 별들 사이로 자리를 잡아 한 점이 되어 결국 사라질 때까지 눈을 떼지 않았다.

토요일

4

눈꺼풀이 천근만근은 되는 것 같았다. 정신이 너무나 몽롱했다. 내려앉는 눈꺼풀을 어찌해볼 도리가 없었다. 이러면 안 되는데…… 얼른 소파에서 일어나 수정을 해야 했다.

핍은 거실의 빨간 소파에 늘어져 있었다. 가끔씩 핍이 누워 있을라치면 조쉬가 자기 자리라고 강조하는 그 자리. 조쉬는 지금 〈토이 스토리〉를 틀어놓고 카펫 위에 앉아서 레고를 정리하고 있었다. 부모님은 아직도 마당에 계실 터였다. 오늘 아침 아빠는 들뜬 목소리로 오늘은 마당 헛간을 페인트칠할 것이라고 했다. 뭐, 아빠는 매사 모든 일에 열정이 넘치는 분이니까. 아빠가 그 얘기를 할 때 핍은 마당 헛간 근처에 강아지를 묻고 그 위에 심은 외딴 해바라기 줄기만 생각났다. 아직 해바라기꽃도 피지 않았는데…….

핍은 휴대폰을 확인해보았다. 오후 5시 11분. 화면에는 카라가 보낸 문자 메시지가 떠 있었고, 20분 전에 코너한테서 부재중전화가 두 번이나 와 있었다. 깜박 잠이 들었던 모양이다. 핍은 휴대폰 잠금을 해제하고 카라에게서 온 메시지를 확인했다. '으아, 진짜 하루 종일 토하고 난리였어. 할머니가 혀를 쯧쯧 차신다. 다시는 그런 짓 안 해. 데리러 와줘서 고마워, 쪽쪽.'

화면을 스크롤해 올리니 어제 자정 넘어 0시 4분에 카라가 보낸 메시지가 있었다. '핍 너어 대체 어디양 나 지큼, 몰라몰라.' 어젯밤 핍은 메시지를 받고 침대에 누운 채로 카라에게 바로 전화를 걸었지만 너무 취해서 울다가 딸꾹질하는 카라의 말을 알아들을 수가 없었다. 카라가 대참사 파티에 있다는 것을 알아내기까지는 시간이 조금 길렸다. 추도식이 끝나고 파티에 간 모양이었다. 파티가 누구네 집, 어디에서 열리고 있는지 구슬려 알아내기까지는 시간이 더 걸렸다. "스티븐-톰슨네 같-아." 그리고 이어진 말은 이랬다. "하이-하이무어 뭐시기 근처……."

핍은 앤트와 로렌도 파티에 갔을 거라고 생각했다. 걔네들이 카라를 돌봐줘야 했지만, 어쩌면 너무 당연하게도 그들은 둘만의 세계에 빠져 정신이 없을 것이었다. 걱정되는 것은 그뿐만이 아니었다. "네가 음료를 직접 따랐어?" 핍이 물었다. "누가 따라준 걸 마신 건 아니지?" 그렇게 핍은 그 새벽 침대에서 기어 나와 차에 시동을 걸고 '하이무어 뭐시기' 부근에 있을 카라를 집으로 데려다주기 위해 출발했다. 그리고 다시 집에 돌아왔을 때는 1시 반이 지난 한밤중이었다.

오늘도 쉴 수 없는 것은 마찬가지였다. 아침에 조쉬를 축구장에 데려다주고 추운 축구장 한쪽에서 경기를 지켜본 다음 점심때는 집에 온 라비와 함께 맥스 헤이스팅스 재판 현황 녹음을 했다. 이어서 미니 에피소드를 편집, 업로드하고 웹사이트를 업데이트한 뒤 이메일에 하나씩 답장을 했다. 그러고 나서 지금 이렇게 딱 2분만 조쉬의 자리에 앉아서 눈 감고 쉬려 했던 건데 그 2분이 어쩌다 보니 22분이 되어버렸다.

핍이 목을 길게 늘여 스트레칭하고 휴대폰을 챙겨 코너한테 문자를 보내려는 참에 현관 초인종이 울렸다.

"이번엔 또 뭐야?" 핍이 자리에서 일어나며 말했다. 그리고 아직 잠이 덜 깨 휘청거리며 현관으로 향했다.

"대체 아마존에서 택배를 얼마나 시키시는 거야?"

아빠는 아마존의 신속 배송에 중독된 상태였다.

핍은 이제 집안의 새로운 규칙으로 자리 잡은 걸쇠를 풀고 문을 당겨 열었다.

"핍!"

아마존 배달원이 아니었다.

"아, 코너구나. 안녕." 핍이 문을 활짝 열며 말했다. "안 그래도 지금 막 너한테 문자 보내려던 참이었어. 무슨 일이야?"

그제야 코너의 눈빛이 눈에 들어왔다. 코너의 두 눈은 어딘가 정신이 나가 있었고 다급해 보였다. 눈을 커다랗게 뜨고 있는 코너의 파란색 눈동자 위아래로 흰자가 너무나 많이 보였다. 주근깨가 흩뿌려진 분홍빛 볼은 빨개져 있었고, 관자놀이를 따라 땀이 줄줄 흘러내리고 있었다.

"무슨 일이야. 괜찮아?"

코너가 깊은숨을 들이쉬었다. "아니, 안 괜찮아." 코너의 말끝이 갈라졌다.

"대체 무슨 일이야…… 일단 들어올래?" 핍이 뒤로 물러나며 현관에 공간을 내어주었다.

"고-고마워." 코너가 안으로 들어오자 핍은 문을 닫고 잠갔다. 코너의 티셔츠가 땀에 젖어 등에 찰싹 달라붙어 있었다.

"여기 앉아." 핍이 코너를 주방으로 데리고 가서 의자를 가리키며 말했다. "물 한잔 줄까?" 핍은 코너의 대답을 기다리지 않고 식기 건조대에서 깨끗한 유리잔 하나를 꺼내 물을 따라 그 앞에 내려놓았다. 유리잔을 내려놓을 때 탁하고 소리가 나자 코너가 움찔했다. "뛰어온 거야?"

"으응." 코너는 양손으로 유리잔을 들어 올리고는 턱 아래로 질질 흘려가며 벌컥벌컥 물을 마셨다. "갑자기 찾아와서 미안해. 전화를 걸어도 받질 않더라고. 마음이 급해서 직접 달려오는 것 외에 좋은 방법이 생각나지 않아 이렇게 바로 왔어. 네가 라비네 집에 있을 수도 있겠다고 생각했지만."

"안심해. 지금 여기 이렇게 있잖아." 핍은 그렇게 말을 받으며 코너의 맞은편 의자에 자리를 잡았다. 코너의 눈빛은 여전히 이상했고, 그 모습을 보며 핍은 심장이 미친 듯이 뛰었다. "무슨 일이야? 나한테 이렇게 급하게 할 얘기가 뭔데?" 핍은 코너가 앉아 있는 의자 가장자리를 붙잡고 물었다. "무슨…… 큰일이라도 생겼어?"

"응." 코너가 손목으로 턱 밑을 훔치며 말했다. 말을 하기 전에 마치 연습하듯이 코너가 입술을 뗐다. 하지만 턱이 오르락내리락하면서 입술이 들썩이기만 할 뿐 아무 소리도 나오지는 않았다.

"코너, 대체 무슨 일인데?"

"우리 형 말야," 코너가 말했다. "형이…… 형이 사라졌어."

5

핍은 유리잔을 따라 미끄러져 내리는 코너의 손가락을 지켜
봤다.

"제이미가 사라졌다고?" 핍이 말했다.

"응." 코너가 핍의 눈을 정면으로 응시했다.

"언제?" 핍이 물었다. "마지막으로 제이미를 본 게 언젠데?"

"추도식에서." 코너는 잠시 말을 멈추고 물을 한 모금 마셨다.
"추도식이 시작되기 직전에 본 게 마지막이야. 그날 집에 안 돌
아왔어."

핍의 가슴이 두방망이질하기 시작했다. "추도식 때 제이미를
봤어. 아마 8시, 8시 15분쯤이었을 거야. 사람들 사이를 비집고
지나가고 있었어." 핍은 지난밤의 기억을 끄집어내서 되짚어보
았다. 제이미는 급하게 사람들 사이를 비집고 지나가는 중에 핍
과 부딪혔고, 핍에게 허둥지둥 사과를 했는데 턱에 잔뜩 힘이
들어간 모습이 무슨 큰 결심이라도 한 듯했다. 핍은 그때 제이
미의 행동이 이상하다고 생각하지 않았던가? 또 그때 제이미의
눈빛은 지금 코너의 눈빛과 비슷했었다. 어딘가 정신이 반쯤 나
가 있었고 날이 서 있는 모습이었다. 제이미와 코너 이 두 사람
은 친형제라는 것을 감안하더라도 많이 닮은 편이었다. 어렸을
때는 그렇게 비슷하지 않았지만 자라면서 점점 닮아갔고, 핍은

그 과정을 죽 지켜봐왔다. 제이미의 머리색이 코너보다 더 어두워 금발보다는 갈색에 가깝기는 했다. 또 코너는 빼빼 말랐지만 제이미는 코너보다 몸무게가 좀 더 나가는 보통 체형에 가까웠다. 하지만 모르는 사람이 보아도 형제지간이라는 것을 단박에 알 수 있을 정도로 두 사람은 닮았다. "전화는 해봤어?"

"응, 수백 번도 더 해봤지." 코너가 말했다. "근데 바로 음성 메시지로 연결돼. 휴대폰이 꺼져 있거나 아님…… 죽기라도 한 것처럼." 코너는 마지막 말을 내뱉을 때 마치 자기 어깨 위의 머리가 달랑거리며 매달려 있는 듯 숨을 죽이며 말했다. "몇 시간 동안 엄마랑 둘이서 형이 있을 만한 곳을 알 만한 사람들한테 다 전화해봤어, 친구들이나 친척들 모두. 그런데 형을 봤거나 통화한 사람이 아무도 없어. 한 명도."

핍은 갑자기 불안한 느낌이 엄습해오는 것을 느꼈다. "우리 지역 병원에는 전화해봤어? 혹시……."

"응, 전부 전화해봤어. 사고나 그런 거 아무것도 없었어."

핍은 휴대폰을 켜서 시간을 확인했다. 오후 5시 30분이었다. 만약 어제 8시무렵 핍이 제이미를 본 뒤로 사라진 거라면 벌써 실종된 지 21시간도 더 지났다는 뜻이었다.

"알았어." 갈 곳을 잃은 코너의 눈을 똑바로 바라보며 핍이 단호하게 말했다.

"부모님이랑 경찰서에 가서 실종신고를 해야 해. 그러려면……."

"이미 했어." 코너의 목소리에 조급함이 묻어났다. "몇 시간 전에 엄마랑 같이 경찰서에 가서 실종신고서 쓰고, 최근에 찍은 형 사진을 전달하고 왔어. 신고 접수를 해준 경찰이 그 나탈리다 실바 오빠, 다니엘이었어."

"아, 좋아. 그럼 이제 경찰들이……."

"아니." 코너가 또 말을 잘랐다. "경찰들은 아무것도 안 해. 다니엘 말로는 형이 이미 스물네 살 성인이고, 가족들한테 얘기안 하고 집을 나간 전적이 있어서 경찰들이 할 수 있는 게 거의없대."

"뭐라고?"

"진짜야. 사건 등록 번호를 주고 형이 사라지기 전에 같이 있었던 사람들한테 계속 전화해보라고만 했어. 거의 대부분의 실종자들이 48시간 이내 돌아온다며 일단 기다려보라고 했어."

핍이 자리에서 움직이자 의자가 끼익하는 소리가 났다. "위험도가 낮은 사건으로 여기는 거겠지." 핍이 설명을 이어갔다. "실종사건이 접수되면 나이나 병력 혹은 행동이 평소와 다른 점이 있었는지 같은 요소들을 보고 위험도를 평가해. 그렇게 사건의 위험도 상중하를 판단해서 그에 맞춰 수사를 하는 거야."

"경찰들한테 이번 사건이 어떻게 보일는지 잘 알아." 코너가 조금쯤 정신이 돌아온 눈빛으로 말했다. "형은 이전에도 몇 번 가출한 적이 있었고, 또 항상 집으로 돌아왔으니까."

"맨 처음은 대학에서 자퇴하고 난 다음이었지. 맞지?" 제이미가 자퇴한 뒤 몇 주 동안 무거운 긴장감이 감돌던 코너네 집 분위기를 떠올리며 핍이 말했다.

코너가 고개를 끄덕였다. "맞아. 형이랑 아빠가 그 일로 크게 말싸움을 했고, 형이 일주일 정도 친구네 집에서 지내며 전화도 문자도 다 안 받았었어. 그리고 2년 전에는 런던으로 놀러 갔다가 올 때가 넘었는데 집에 안 돌아와서 엄마가 실종신고 접수를 한 적도 있었고. 휴대폰이랑 지갑을 잃어버려서 제때 못 왔다는 걸 나중에야 알았지. 하지만⋯⋯" 코너가 훌쩍거리며 손등으로 코를 닦았다. "이번에는 어딘가 느낌이 달라. 핍! 형한테 무슨 문제가 생긴 것 같아. 정말 그런 생각이 들어."

"왜?" 핍이 물었다.

"지난 몇 주 동안 형의 행동이 이상했어. 멍하니 있다가 안절부절못하기도 하고, 성질도 부리고. 형 성격 알잖아, 보통 정말 느긋한 성격인데. 뭐, 아빠한테 물어보면 게으른 거라고 하겠지만. 근데 최근에는 좀 달랐어."

어젯밤 제이미가 핍과 부딪혔을 때도 그런 모습이지 않았던가? 제이미의 눈은 초점이 나가 있었고 아무것도, 심지어 바로 앞의 핍마저도 눈에 들어오지 않는 듯했다. 제이미는 사람들 사이를 비집고 어디로 가고 있었던 걸까? 좀 이상하지 않았나?

"또," 코너가 말을 이어갔다. "이번에는 집을 나간 것 같지는 않아. 지난번에 집 나갔을 때 엄마가 엄청 화를 냈거든. 그래서 또 가출할 생각은 못 했을 거야."

"아⋯⋯." 핍은 입을 떼었지만 코너에게 무슨 말을 해줘야 할지 알 수가 없었다.

"엄마랑 얘기하다가," 그 자리에서 바스러질 것처럼 코너의 어깨가 움츠러들었다. "경찰들이 조사를 안 하거나 언론에 뿌리는 것도 안 해주면, 우리가 형을 찾기 위해서 할 수 있는 게 뭐가 있을까 하는 생각을 했어. 그러다가 너랑 얘기해보는 게 좋겠다 싶어서 온 거야, 핍."

핍은 코너가 무슨 말을 하려는 것인지 알고 있었지만 코너는 핍이 입을 뗄 틈도 주지 않고 말을 이어갔다.

"너는 이럴 때 어떻게 해야 할지 잘 알잖아. 작년에 경찰도 못한 걸 밝혀냈고, 살인 사건을 해결했어. 그것도 두 명이나 얽힌 살인 사건을. 팟캐스트도 하고 있고." 코너가 마른침을 삼키며 말했다. "팔로워도 수십만 명이나 되고. 어쩌면 네 팟캐스트가 경찰이 연계할 수 있는 언론보다도 더 영향력이 클지 몰라. 형을 찾으려면 형이 없어졌다는 사실을 최대한 널리 퍼뜨려서 사람들이 어떤 정보든 목격담이든 제보해줄 수 있게 해야 돼. 네가 우리의 유일한 희망이야, 핍."

"코너……."

"네가 조사를 해서 팟캐스트에 올리면 형을 찾을 수 있을 거야. 너무 늦지 않게 찾을 수 있을 거야. 꼭 그렇게 해야 해."

코너의 말끝이 흐려졌다. 그 뒤에 따라온 침묵은 너무나 무거웠다. 침묵이 온몸을 타고 올라오는 듯했다. 핍은 코너가 이런 부탁을 하리란 걸 알고 있었다. 달리 방도가 없으니 이렇게 뛰어왔겠지. 핍은 짜릿한 전율을 느꼈다. 하지만 이미 답은 정해져 있었다.

"미안해." 핍이 작은 목소리로 말했다. "나는 못 해, 코너."

코너의 눈이 커지며 움츠러든 어깨가 펴지기 시작했다.

"어려운 부탁이라는 거 알아. 그래도……."

"너무 무리야." 핍이 창문을 내다보고 부모님이 아직 마당에서 분주히 작업 중인지 확인하며 말했다. "이제 더 이상 그런 건 안 하기로 했어."

"나도 알아. 하지만……"

"작년에 나는 거의 모든 걸 다 잃을 뻔했어. 병원에 실려가고, 우리 집 강아지도 죽고, 우리 가족이 모두 위험에 빠졌더랬어. 그리고 절친의 집이 풍비박산 났지. 가장 친한 친구의 인생이 망가졌어. 너무 힘들었어. 난 스스로에게 약속했어. 난…… 이제 더 이상 못 해." 긴장과 두려움이 엄습해오기 시작하더니 참을 수가 없었다. "이젠 못 해. 난 이제 달라졌어."

"핍, 제발……" 이제 코너는 거의 애원하고 있었다. 목소리가 목구멍에 걸려 잘 나오지도 않았다. "지난번 일은 잘 알지도 못하는 사람들이었잖아. 이미 죽은 사람들이었잖아. 이번에는 제 이미 형이야, 핍. 형이 잘못되면 어떡해? 집으로 못 돌아오면 어떡해? 난 어떻게 해야 해?" 눈에서 눈물이 터져 나오며 코너의 목소리가 완전히 갈라졌다.

"정말 미안해, 코너." 핍은 힘들게 겨우겨우 덧붙였다. "하지만 난 할 수 없어."

"정말 안 도와줄 거야?" 코너가 훌쩍였다. "조금도?"

"그런 말은 아니야." 핍이 높은 의자에서 풀쩍 내려와 코너에게 휴지를 건넸다. "알다시피 이제 우리 동네 경찰서에 내가 아는 사람들이 좀 생겼잖아. 물론, 그 사람들이 나를 맘에 들어하는 건 아니지만 그래도 내가 어느 정도 도움은 줄 수 있을 것 같아." 핍은 전자레인지 옆에 있는 차 키를 움켜쥐었다. "지금 바로 호킨스 경위님한테 가서 네가 왜 걱정하는지 설명하고, 이 사건 조사에 착수하도록 설득해볼게."

코너가 의자에서 스르륵 미끄러져 내려왔다. "정말? 그래줄 수 있어?"

"당연하지." 핍이 말했다. "확실히 약속할 수는 없지만. 호킨스 경위님은 좋은 분이셔. 상식이 통하는 분이시니까, 한번 해보자."

"고마워." 코너가 빼빼 마른 팔로 핍을 껴안으며 작고 낮은 목소리로 말했다. "너무 무서워, 핍."

"잘 해결될 거야." 핍은 억지로 미소를 지어 보였다. "가는 길에 집까지 태워다줄게. 가자."

이른 저녁 시간 집 밖으로 나오자 현관문이 바람에 쾅하고 닫혔고 그 소리는 핍의 몸속으로 파고들어와 메아리로 울려 퍼지는 듯했다.

6

핍은 차에서 내려 눈앞의 건물을 바라보았다. 회색빛 저녁 하늘에 젖어들기 시작한 적갈색 건물의 테두리가 희미해져가고 있었다. 벽에 붙은 하얀색 팻말에는 테임즈 밸리 아머샴 경찰서 라고 적혀 있었다. 리틀 킬턴 마을을 관할하는 경찰서는 이렇게 10분 정도 떨어진 시내에 위치하고 있었다.

핍은 출입구를 지나 파란색으로 페인트칠이 되어 있는 접수대로 다가갔다. 벽을 따라 놓인 딱딱한 철제의자에 직원 한 명이 앉은 채로 잠들어 있었다. 핍은 업무지원 창구로 성큼성큼 걸어가 창구에 연결된 사무실 쪽에서 누군가 이쪽을 쳐다봐주길 바라며 유리에 노크를 했다. 그 바람에 잠들어 있던 직원이 쿵쿵 소리를 내며 자리에서 몸을 뒤척였다.

"누구시죠?" 목소리가 먼저 들려왔다. 교도관은 사무실에서 천천히 걸어 나와 문서 다발을 탁 내려놓고는 고개를 들어 핍의 얼굴을 확인했다. 핍도 안면이 있는 교도관이었다.

"앗, 내가 기다리던 사람은 아니네?"

"죄송해요." 핍이 미소를 지었다. "안녕하셨어요? 일라이자."

"안녕하지, 그럼." 회색 머리카락이 경찰복 칼라에까지 내려온 일라이자의 얼굴에 미소가 번졌다. "이번에는 또 무슨 일로 왔을까?"

핍은 일라이자가 좋았다. 잡다한 안부치레를 하지 않아도 된다는 점 또한 마음에 들었다.

"호킨스 경위님께 드릴 말씀이 있어요." 핍이 말했다. "경찰서에 계시나요?"

"호킨스 경위님은 지금," 일라지아가 펜을 잘근 씹으며 말했다. "엄청 바쁘신데. 오늘 근무가 길어지실 것 같다."

"급한 일이라고 전해주실 수 있나요? 부탁이에요." 핍이 덧붙였다.

"그래, 한번 얘기해볼게." 일라이자가 한숨을 쉬었다. "자리에 앉아서 기다리렴." 일라이자는 그렇게 말하고 사무실 안으로 사라졌다.

핍은 자리에 앉을 수가 없었다. 너무 긴장이 되어 가만히 있을 수가 없었다. 그래서 접수창구 앞을 왔다 갔다 반복하다 보니 그 거리가 딱 여섯 발자국씩이었다. 운동화가 바닥에 닿아 나는 소리 때문에 자고 있는 직원이 깨도 상관없었다. 암호를 입력해야 열리는 도어록이 달린 사무실 문이 지잉 하고 열렸지만, 나타난 사람은 일라이자도 리처드 호킨스 경위도 아니었다. 제복을 입은 경찰관 두 명이 나왔다. 먼저 나온 다니엘 다 실바가 동료인 소라야 부지디 순경이 나올 수 있도록 문을 잡아주고 있었다. 소라야는 빽빽한 곱슬머리를 동그랗게 묶고 검은색 챙모자를 쓰고 있었다. 작년 10월 다니엘 다 실바가 앤디 사건의 요주의 목록에 올라 있던 시절, 핍은 이 두 사람을 킬턴 도서관에서 만난 적이 있었다. 핍을 지나치며 입을 다물고 경직된 미소를 건네는 것으로 보아 다니엘에게는 아직 작년 사건의 앙금

이 남아 있는 듯했다.

하지만 소라야는 핍에게 고갯짓을 하며 활기차게 "안녕." 하고 인사하고는 다니엘을 따라 바깥에 있는 순찰차 쪽으로 걸어갔다. 핍은 문득 '저 둘은 지금 어디를 가는 것일까?' 하는 생각이 들었다. 무슨 일로 어딜 가는 것이든, 제이미 레이놀즈보다 중요하다고 생각되는 일을 하러 가는 거겠지.

문에서 또다시 지잉거리는 소리가 나더니 이번에는 아주 작은 틈만 열렸고, 그 사이로 한 손이 삐져나와 핍을 향해 손가락 두 개를 펴 보여주었다.

"지금부터 2분 줄게." 호킨스 경위가 손가락으로 따라오라는 시늉을 하며 복도로 내려갔다. 핍은 허둥지둥 쫓아갔고, 그 바람에 운동화가 바닥에 끌리는 소리가 크게 나면서 자고 있던 경찰이 드디어 깨고 말았다.

호킨스 경위는 인사도 생략하고 먼저 복도를 따라 성큼성큼 앞서 걸어갔다. 검은색 청바지와 새로 산 진녹색 패딩 재킷을 입고 있었는데 앤디 벨 실종사건의 주무관으로 일할 때 항상 입고 다니던 기다란 울코트를 드디어 벗어던진 듯했다.

"외출하려던 참이었는데." 호킨스 경위가 툭 내뱉으며 취조실 1번 방의 문을 열고서 핍에게 먼저 안으로 들어가라는 고갯짓을 했다. "정확히 2분 줄게. 무슨 일이야?" 호킨스 경위가 들어와 문을 닫고 한쪽 다리를 꼰 채 문에 기대서 말했다.

"실종자가 생겼어요." 핍은 허리를 곧게 세우고 팔짱을 끼며 말했다. "리틀 킬턴 마을의 제이미 레이놀즈가 사라졌어요. 사건번호는 900."

"알아. 그 보고서 봤어." 호킨스가 말을 잘랐다. "그 건이 왜?"

"알면서 왜 아무것도 안 하시는 거예요?"

호킨스 경위는 예상치 못한 말에 당황하여 목을 가다듬는 것인지 웃는 것인지 모를 소리를 내더니, 수염 난 턱을 문지르기 시작했다. "핍, 너도 경찰 업무가 어떻게 진행되는지 잘 알잖니. 구태여 내가 여기서 강의를 할 필요는 없을 텐데."

"위험도가 낮은 사건으로 분류하면 안 돼요." 핍이 말했다. "제이미 가족들은 제이미한테 큰일이 생겼다고 생각하고 있다고요."

"음, 경찰 수사는 가족들의 육감을 기준으로 판단하진 않는단다."

"그렇다면 제 직감은요?" 핍이 경위의 눈을 똑바로 쳐다보며 말했다. "제 직감은 믿으시나요? 저는 아홉 살 때부터 제이미와 알고 지냈어요. 제이미가 사라지기 직전에 앤디와 샐의 추도식에서 제이미를 봤는데, 분명히 뭔가 이상했어요."

"나도 추도식에 갔었어." 호킨스가 말했다. "많은 사람들의 감정이 복받쳤지. 그런 날에 사람들이 평소와 달라 보였더라도 그리 놀라운 일은 아니라고 보는데."

"제 말은 그런 게 아니에요."

"잠깐만, 핍." 호킨스가 한숨을 쉬며 꼬고 있던 다리를 풀고 기대어 있던 문에서 떨어졌다. "매일 접수되는 실종사건이 몇 건이나 되는 줄 아니? 어떤 날은 하루에 열두 건이 접수될 때가 있어. 그 한 명 한 명을 일일이 다 조사할 만한 인적자원이나 시간이 없단다. 특히나 이렇게 예산도 부족한 판에. 대부분의 실종자들은 48시간 이내 집으로 돌아와. 우리는 우선순위에 따라야 해."

"그럼 제이미를 우선순위에 올려주세요." 핍이 말했다. "제 말 좀 믿어주세요. 이건 단순한 가출이 아니에요."

"그렇게는 못 해." 호킨스가 고개를 내저었다. "제이미는 다 큰 성인이야. 심지어 제이미 어머니조차 제이미가 전에도 가출한 전력이 있어서 집을 나간 게 이상하지는 않은 일이라고 인정하셨어. 성인에게는 본인이 원하면 사라질 권리가 있어. 제이미 레이놀즈는 실종된 게 아니라, 잠시 집을 나간 거야. 별일 없을 거야. 그리고 며칠 안에 집으로 돌아올 거다."

"만약에 경위님이 틀렸다면요?" 핍은 무례하다는 것을 알면서도 물었다. 이렇게 물러설 수는 없었다. "만약에 뭔가 놓치고 있다면요? 샐이 죽었을 때 그랬던 것처럼, 또다시 잘못된 판단을 한 거라면요?"

호킨스가 움찔했다. "미안하구나," 그가 말했다. "도와줄 수 있으면 좋을 텐데 지금은 가봐야 돼. 지금 진짜 급한 사건을 처리해야 하거든. 여덟 살짜리 어린애가 집 뒷마당에서 유괴됐어. 안타깝게도 제이미를 위해 내가 해줄 수 있는 건 없구나. 우리 일이 원래 이래." 호킨스가 문손잡이에 손을 올렸다.

"제발," 핍의 목소리에 담긴 절박함에 호킨스와 핍 두 사람 모두 흠칫했다. "제발, 이렇게 빌게요."

문손잡이를 잡은 손이 멈칫했다. "나는……"

"제발요." 핍은 거의 울기 직전이 되어 목이 꽉 조여왔다. 목소리가 수만 갈래로 갈라지는 것 같았다. "전 다시는 그 짓을 하고 싶지 않아요. 제발. 다시는 못 해요."

호킨스는 핍 쪽으로 고개를 돌리지도 않고 문손잡이를 돌리며 말했다. "미안하구나, 핍. 지금 내가 처리해야 할 일이 너무나 많아. 내가 해줄 수 있는 게 없다. "

핍은 경찰서 밖으로 나와 주차장 한가운데에 우뚝 선 채 하늘을 올려다보았다. 별들을 가린 구름이 한데 모여 당장이라도 빗방울을 떨굴 기세였다. 비가 내리기 시작하면서 차가운 빗방울이 핍의 눈 안으로 톡 쏘듯이 들어왔다. 핍은 잠시 동안 그렇게 서서 하늘을 바라보며 마음의 소리에 귀를 기울였다. 이제 어떻게 하지? 답을 좀 알려줘.

몸이 덜덜 떨리기 시작했다. 핍은 차 안으로 들어가서 머리에 떨어진 빗방울을 흔들어 털어버렸다. 하늘은 아무런 답도 알려주지 않았다. 하지만 핍에게는 답을 찾아줄지도 모르는 사람이 있었다. 핍 자신보다도 그녀를 잘 아는 사람. 핍은 휴대폰을 꺼내 전화를 걸었다.

"라비?"

"엉, 골칫거리." 라비의 목소리에 웃음기가 배어 있었다. "자다 일어났어? 목소리가 이상한데."

핍은 라비에게 지금의 상황을 설명해주었다. 그리고 도와줄 수 있는 사람이 라비뿐이라고, 도움을 청했다.

"내가 너 대신 결정을 내려줄 수는 없어." 라비가 말했다.

"그냥 해주면 안 돼?"

"안 돼. 그럴 수는 없어. 그건 오직 너 스스로만이 할 수 있는 거야." 라비가 말했다. "하지만 내가 말할 수 있는 건 네가 어떤 결정을 내리든 그게 옳은 선택일 거라는 거야. 왜냐면 넌 그런 사람이니까. 그리고 네가 어떤 결정을 하든 내가 항상 옆에서 함께할게. 항상. 알겠지?"

"알겠어."

핍은 라비와 전화 통화를 마치면서, 이미 결정은 내려졌다는 사실을 깨달았다. 어쩌면 핍의 선택은 이미 한참 전에 끝났던 것일지도 모른다. 그 외의 다른 선택은 아예 없었던 것일지도. 그저 누군가가 네 선택이 맞는다고 해주길 바랐던 것이다.

핍은 코너의 전화번호를 검색해서 초록색 버튼을 눌렀다. 심장이 뛰었다.

두 번째 전화벨이 울리고, 코너가 전화를 받았다.

"내가 해볼게." 핍이 말했다.

7

시더웨이에 위치한 레이놀즈네 집은 꼭 사람 얼굴처럼 보였다. 하얀색 현관과 양쪽으로 이어진 넓은 창문들은 마치 치아를 드러내고 웃고 있는 모양이었다. 벽돌 색깔이 퇴색된 부분이 코였다. 2층에 나 있는 두 개의 네모난 창문은 사람들을 내려다보고 있는 눈이었는데 밤이 되어 창문에 커튼이 내려오면 두 눈을 감은 모습이 되었다.

그 집은 대체로 행복한 얼굴을 하고 있었지만 지금은 무언가 불안해 보였다. 마치 집도 뭔가 그 안에 문제가 생겼다는 것을 알고 있는 듯한 느낌이었다.

핍은 무거운 배낭을 한쪽 어깨에 메고 노크를 했다.

"빨리 왔네?" 코너가 문을 열고 핍이 들어올 수 있게 한쪽으로 비켜주며 말했다.

"응, 집에 들러서 필요한 것 몇 가지만 챙겨서 바로 왔어. 이런 일에는 일 분 일 초가 중요하거든."

핍은 신발을 벗으려다 가방의 무게 때문에 한쪽으로 기울었다. "그리고 우리 엄마가 물어보면, 나 오늘 여기서 저녁 먹은 거다. 알았지?"

핍은 아직 부모님에게 이 일을 알리지 않았다. 나중에 꼭 말씀드려야겠지만 아직은 아니었다. 4학년 때 코너가 핍에게 같이 놀자고 말을 건 이후로 핍과 코너의 가족은 가깝게 지내고 있었다. 그리고 최근 핍의 엄마 또한 제이미를 자주 보게 되었는데 제이미가 몇 달 전부터 엄마의 중개사무소에서 일을 하고 있었기 때문이다. 하지만 그런 돈독한 관계에도 불구하고 핍은 이러한 선택이 전쟁의 시작이라는 것을 알고 있었다. 엄마는 지난번에 핍이 얼마나 사건에 집착했고, 또 그 때문에 얼마나 큰 위험에 빠졌는지 반복해서 얘기할 것이다. 그리고 핍은 공부를 해야 할 때라고 강조할 것이었다. 지금은 그런 언쟁을 할 시간적인 여유가 없었다. 실종사건에서는 실종 직후 72시간이 결정적이니까. 더구나 그 중요한 시간 중에 벌써 23시간이 흘러가버리기도 했고.

"핍?" 코너의 엄마가 복도에서 나타났다. 가느다란 머리칼을 머리 위로 틀어 올린 아줌마는 어딘가 하루 만에 나이가 들어버린 듯한 모습이었다.

"안녕하세요."

"핍, 정말 고맙구나. 이렇게……" 코너의 어머니가 애써 미소를 지어 보이며 말했다. "코너랑 난 어떻게 해야 할지 몰라서, 너를 찾아가는 거 외에는 달리 방법이 없었어. 코너가 그러던데…… 경찰서에 찾아갔던 건 소용이 없었다고?"

"네, 죄송해요." 핍이 아줌마를 따라 주방으로 들어가며 말했다. "무슨 말을 해도 꿈쩍도 안 하더라고요."

"우리 말을 안 믿는 거지." 아줌마가 찬장 맨 위칸을 열며 "차 한잔 마실래?"라고 물었다.

"아뇨, 괜찮아요." 핍이 배낭을 식탁에 내려놓으며 답했다. 핍은 베카 벨이 차에 약을 타서 주던 그날 밤 이후로 차를 잘 마시지 않았다. "여기서 얘기를 시작해보실까요?" 핍이 의자 근처를 서성거리며 말했다.

"그래." 아줌마가 헐렁한 점퍼에 손을 집어넣으며 말했다. "여기서 얘기하는 게 낫겠다."

핍이 의자에 앉자 코너도 그 옆에 자리를 잡았다. 핍은 지퍼를 열고 노트북과 USB 마이크 두 개, 그리고 팝필터(마이크 필터), 서류철, 볼펜, 그리고 커다란 헤드폰을 꺼냈다. 아줌마도 자리에 앉기는 했지만 가만히 있지 못하고 연신 팔을 들었다 내렸다 하며 안절부절못했다.

"아빠는 집에 계셔? 누나는?" 핍이 코너에게 질문을 던졌지만 대답은 아줌마가 했다.

"조이는 학교에…… 전화해서 제이미가 없어졌다고 알렸는데 그냥 학교에 있겠다고 하더라고. 아빠랑 생각이 같은 모양이야."

"무슨 말씀이세요?"

"애들 아빠는……" 아줌마가 아들과 눈빛을 주고받았다. "아서는 제이미가 실종된 게 아니라 그냥 또다시 집을 나갔고 곧 돌아올 거라고 믿는 것 같아. 제이미한테 지금 이런저런 화가 많이 나 있는 상태고." 아줌마는 또다시 의자에서 들썩거리다가 눈 밑을 긁적이더니 핍의 장비들을 가리키며 말했다. "그이는 코너랑 내가 유난을 떤다고 생각해. 지금 슈퍼에 갔는데 곧 올 때가 다 됐어."

"알겠습니다." 핍은 아무렇지도 않은 척 얼굴에 감정을 드러내지 않고 머릿속으로 코너 아버지의 입장을 정리하며 이렇게 물어보았다. "아저씨랑 잠깐 대화를 나눌 수 있을까요?"

"아니," 코너가 단호하게 말했다. "뭘 물어봤자 소용없을 거야."

갑자기 분위기가 너무나 불편해졌고, 핍은 겨드랑이에 땀이 나기 시작했다. "좋아요. 시작하기 전에 먼저 솔직하게 말씀드려야 할 부분이 있어요. 일종의 계약 조건 같은 거예요."

두 사람은 고개를 끄덕이며 핍에게 온전히 시선을 집중했다.

"저한테 조사를 부탁하시면, 즉 제이미를 찾는 일을 맡기시면, 조사 중 벌어질 수 있는 일들에 대해 전적으로 동의를 해주셔야 해요. 그렇지 않으면 할 수가 없어요." 핍은 목을 가다듬고 말을 이었다. "제이미에 관한 달갑지 않은 사실들을 알게 될 수도 있고, 그 일로 인해 제이미나 가족분들이 수치심을 느끼거나 상처받게 될 수도 있어요. 제이미가 가족들에게 감추고 있던 비밀이라든지 알려지기 원치 않는 일들이 폭로될 수도 있고요. 이 사건을 제 팟캐스트에 올리면 제이미의 실종에 관해 언론의 관심을 끌 수도 있고, 목격자가 나올 수도 있어요. 그리고 제이미가 정말 가출한 거라면 어쩌면 본인이 방송을 듣고 돌아올 가능성도 있기는 해요. 하지만 대신 사생활이 낱낱이 공개될 수 있다는 사실을 받아들이셔야 해요. 밝히고 싶지 않았던 일이 다까발려지면, 그땐 진짜 힘들어질 수도 있어요." 핍은 누구보다 이 점에 대해 잘 알고 있었다. 아직도 익명의 사람들로부터 강간과 살인 협박이 매주 날아오고 있고, 짜증나는 년이라고 욕하는 댓글과 트윗도 여전히 핍을 괴롭혔다. "제이미는 지금 이 자리에 없으니까 코너와 어머니께서 제이미를 대신해 동의를 해 주셔야 해요. 제가 조사를 시작하면 일상생활이 낱낱이 파헤쳐 질 것이라는 점에 대해서요. 평생 몰랐으면 싶은 일을 알게 될 가능성도 있고요. 지난번에도 그랬었고…… 그래서 이 모든 걸 감당할 마음의 준비가 되셨는지 확인하고 싶어요." 핍의 목소리 가 작아지며 목구멍이 말랐다. 차 대신 물 한잔 달라고 할걸 그 랬다는 후회가 밀려왔다.

"동의할게. 뭐가 됐든 상관없어. 제이미가 집으로 돌아올 수 만 있다면." 아줌마의 목소리가 뒤로 갈수록 점점 커졌다.

코너도 고개를 끄덕였다. "나도 동의해. 형을 찾아야 하니까."

"네, 알겠습니다." 핍의 머릿속에는 엘리엇 워드와 앤디 벨의 가족이 그랬던 것처럼, 레이놀즈 가족도 풍비박산이 나게 되는 것은 아닐까 하는 생각이 문득 스쳐 지나갔다. 이 두 사람은 제 발로 찾아와서 핍을 이 사건에 끌어들였지만 그런 선택에 따르 게 될 파괴적인 결과에 대해 이해하지 못하고 있었다. 처음에는 웃는 얼굴로 현관문을 열고 들어왔지만 앞으로 어떤 일이 몰아 닥칠지……

바로 그때 현관문이 열리면서 묵직한 발소리와 함께 비닐봉 지 바스락거리는 소리가 났다.

아줌마가 자리에서 벌떡 일어났다. 그 바람에 의자가 타일에 긁히며 끽하는 소리가 났다.

"제이미?" 아줌마가 복도를 뛰어가며 소리쳤다. "제이미니?"

"나야." 남자의 목소리가 들려왔다. 제이미가 아니었다. 그 소 리에 아줌마는 바로 온몸에서 공기가 빠져나간 듯 반쪽이 되어버렸다. 그리고 남아 있는 반쪽 몸이라도 무너지지 않게 벽을 붙잡고 간신히 기대어 섰다.

코너의 아버지인 아서 레이놀즈 씨가 주방으로 들어왔다. 귀 언저리 흰머리가 희끗희끗한 빨간 곱슬머리에, 풍성한 콧수염이 잘 다듬어진 턱수염 위로 도드라진 모습이었는데, 밝은 LED 조명 아래 옅은 파란색 눈이 너무 맑아 거의 색깔이 없는 투명한 색으로 보였다.

"빵이랑 이것저것 좀……" 아서는 짐을 내려놓다 말고 핍과 그 앞에 놓인 노트북과 마이크를 발견하고는 하던 말을 삼켰다. "제발 좀, 조안나." 아저씨가 말했다. "이건 말도 안 되는 짓이야." 그러고는 장바구니를 바닥에 팽개치듯 내려놨다. 그 바람에 플럼 토마토 통조림 한 통이 떨어져 나와 바닥에 굴렀다. "나는 티비나 보러 가지." 아저씨는 그렇게 말하며 주방에서 나가 거실로 향했다. 주방 문이 쾅 하고 닫히는 소리가 핍의 뼈에 반사되어 튕겨 나가는 기분이 들었다. 핍 친구들의 아빠 중에서 코너 아빠는 가장 무서운 분이었다. 어쩜 앤트네 아빠가 더 무서울지도. 하지만, 무서운 사람과는 가장 거리가 멀었던 카라의 아빠가 한 짓을 생각하면 사람 속은 모를 일이다 싶었다.

"미안하구나, 핍." 아줌마가 식탁으로 돌아오는 길에 굴러떨어져 나온 통조림을 주우면서 말했다. "애들 아빠도 곧 생각이 바뀔 거야."

"제가……" 핍이 말했다. "여기 계속 있어도 될까요?"

"그럼." 아줌마가 단호히 말했다. "저이가 화가 난 거보다 제이미를 찾는 게 훨씬 더 중요해."

"그래도……."

"시작하자." 아줌마가 말했다.

"좋아요." 핍은 서류철의 클립을 풀고 종이 두 장을 꺼냈다. "시작하기 전에 먼저 정보공개에 동의한다는 서류에 서명해주세요."

핍이 코너에게 볼펜을 건넸고 아줌마도 옆에 있던 펜을 하나 집어 들었다. 두 사람이 서류를 읽어보는 동안 핍은 노트북을 켜 음성 녹음 앱을 열고 마이크를 연결한 후 팝필터를 조정했다.

코너가 서명을 했고, 마이크가 켜지자 펜이 사각거리는 소리가 녹음되며 화면에 파란색 음파가 기록되는 것이 보였다.

"어머니부터 먼저 인터뷰할게요. 그래도 괜찮으실까요?"

"그럼." 아줌마가 서명한 서류를 건네주었다.

핍은 잠시 코너에게 옅은 미소를 지어 보였다. 핍이 보낸 신호를 이해하지 못한 코너가 눈을 끔뻑거렸다.

"코너," 핍이 상냥하게 말했다. "자리 좀 비켜줄래? 다른 사람의 영향을 받지 않게 한 명씩 따로따로 해야 하거든."

"아, 알겠어." 코너가 말하며 자리에서 일어섰다. "위층에 올라가서 형한테 계속 전화해볼게."

코너가 주방 문을 닫고 나가자 핍은 마이크를 조정해 아줌마 앞에 두었다.

"어제 있었던 일부터 질문드릴게요." 핍이 말했다. "시간대별로 제이미의 행적을 떠올려주세요. 또 도움이 될 만한 단서를 찾아보기 위해 지난 몇 주간의 상황에 대해서도 여쭤보겠습니다. 최대한 솔직하게 대답해주세요."

"그래."

"준비되셨나요?"

아줌마가 숨을 내쉬며 고개를 끄덕였다. 핍은 헤드폰을 쓰고 귀에 맞게 잘 고정해놓은 다음 붉은색 녹음 버튼으로 커서를 가져갔다.

마우스가 붉은색 녹음 버튼 위에서 눌러주기만을 기다리고 있었다. 화면을 보는 핍의 마음에 만감이 교차했다.

이미 돌아올 수 없는 강을 건넌 건지, 아니면 지금, 마우스 커서가 빨간색 녹음 버튼을 누르는 순간 건너게 되는 것인지. 어느 쪽이든 이제 되돌아가는 선택지는 더 이상 존재하지 않았다. 오직 앞만 보고 갈 뿐이었다. 직진뿐이었다. 핍은 허리를 펴고 앉아서 녹음 버튼을 눌렀다.

파일명:

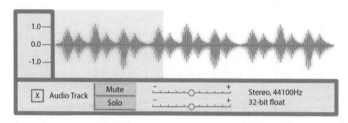

여고생 핍의 사건 파일, 시즌 2
레이놀즈 아줌마와의 인터뷰. 녹음파일

핍: 자 그럼, 제이미 어머니. 질문 시작 전에 먼저 본인과 제이미에 대해서 잠깐 소개해주실 수 있나요?"

아줌마: 제 이름은―

핍: 잠시만요, 죄송해요. 마이크에 너무 가까이 대고 말씀하실 필요는 없어요. 그냥 편하게 말씀하시면 됩니다.

아줌마: 그래, 미안하다. 제 이름은 조안나 레이놀즈이고, 제이미의 엄마입니다. 애들이 셋인데 제이미는 그중 첫째입니다. 얼마 전에 막 스물네 살이 됐습니다. 지난주가 제이미의 생일이었거든요. 그날 중국 음식을 주문해 가져오고 콜린네 가게에서 생일 케이크를 사와 집에서 생일파티를 해주었습니다. 코너가 케이크에 양초 스물네 개를 다 꽂았고요. 참, 우리 둘째는 딸아이인데 이름은 조이라고 하고 스물한 살, 대학생이에요. 그리고 우리 막내 코너는 열여덟 살이고 이제 고등학교 3학년입니다. 아이고 미안해라. 너무 횡설수설했지. 다시 할까?

핍: 아뇨, 괜찮아요. 완벽했습니다. 이건 사전 인터뷰라서 괜찮아요. 제가 나중에 다시 내용별로 구역을 나누고 설명을

덧붙여 편집할 거라서 일목요연하게 말씀하시려고 너무 애쓰지 않으셔도 돼요."

아줌마: 그래.

핍: 아 그리고, 저는 이미 다 알고 있는 사실들이지만 청취자들은 모르니까 뻔한 것 같은 질문도 좀 드리겠습니다. 제이미는 아직 집에서 가족들과 함께 살고 있나요?

아줌마: 그렇죠. 네, 제이미는 집에서 아직 저와 제 남편 아서 그리고 막내아들 코너와 함께 살고 있습니다.

핍: 제이미는 직장에 다니나요?

아줌마: 네. 알다시피 핍, 너희 엄마 사무실에서 일하고 있지.

핍: 맞습니다. 그런데 직접 말씀을 해주세요―

아줌마: 아 그렇지. 그새 까먹었네. 다시 할게요. 네. 제이미는 지금 동네 부동산 중개사무소에서 접수직원으로 아르바이트를 하고 있습니다. 프록터&래드클리프 홈즈 부동산에서요. 거의 석 달째 되어가고 있네요. 핍의 엄마가 일자리를 제안해주셔서 정말 감사하게 생각하고 있습니다. 대학교 1학년 때 자퇴를 하고 나서부터 제이미가 일자리를 찾는데 어려움을 겪고 있었거든요. 일을 구해도 오래 하지는 못하고 지난 이삼 년간 방황하면서 자기가 뭘 하고 싶은지, 뭘 잘하는지 몰라 힘들어했어요. 도와주려고도 해봤지만, 뭔가를 하도록 밀어붙이면 오히려 더 밀어내더라고요. 그게 아서가 제이미한테 자주 실망을 하는 이유기도 했고요. 그래도 요즘에는 제이미가 즐겁게 일하고 있어서 다행이라고 생각하고 있었습니다.

핍: 제이미가 뭔가를 꾸준히 하는 끈기가 없었나요? 대학을
        자퇴한 것도 그런 이유 때문이었나요?

아줌마: 그게 좀 문제가 있었던 거 같아요. 제이미는 노력했어요,
        정말로요. 그런데 스트레스를 너무 받아서 감당하지 못했
        어요. 한번은 시험을 치다가 공황장애까지 온 모양이었어
        요. 그런 공부 환경이 맞지 않는 사람들이 있는 것 같아요.
        제이미는…… 굉장히 예민한 아이…… 사람입니다. 그러
        니까 제가 하고 싶은 말은, (핍 너도 알다시피) 아서는 제이
        미가 너무 마음이 약하다고 생각해요. 하지만 제이미는 어
        렸을 때부터 그런 아이였어요. 굉장히 섬세하고 착한 아이
        였어요. 주변 엄마들도 그렇게 말하곤 했죠.

핍: 네, 제이미는 저한테도 항상 친절하게 대해주고 코너에게
        도 절대 무섭게 군 적이 없었어요. 사람들도 모두 제이미
        를 좋아했고요. 얘기가 나온 김에, 제이미의 절친은 누구
        였나요? 리틀 킬턴에 친한 친구가 있나요?

아줌마: 대학에서 만난 친구랑 가끔 연락하고, 또 인터넷 친구도
        좀 있는 것 같아요. 항상 컴퓨터를 하거든요. 제이미는 친
        구 사귀는 게 항상 서툴렀습니다. 대신 한 사람 한 사람과
        깊은 관계를 맺는 편이에요. 그래서 누구 한 명이라도 관
        계가 틀어지면 굉장히 힘들어하고요. 지금 가장 친한 친구
        는 나탈리 다 실바인 것 같아요.

핍: 저도 나탈리를 아는데요.

아줌마: 그렇겠죠. 고등학교 졸업하고 계속 킬턴에 남아 있는 애들
        이 별로 없으니까요. 나오미 워드랑 매-맥스 헤이스팅스
        빼고는. 미안하다. 그 애 이름을 입에 올리다니. 어찌 됐든
        나탈리와 제이미는 비슷한 점이 많은 것 같았어요. 나탈리

도 제이미처럼 대학교에서 문제가 생겨 일찍 자퇴했고, 전과 기록이 있어서 일자리 구하기도 어려웠고요. 제 생각에는 둘 다 이 마을에 남겨져서 뒤처진 기분이 들었던 것 같아요. 그래도 혼자만 뒤처졌다고 생각하기보다는 둘이 남겨졌다고 생각하는 편이 좀 더 나았겠죠. 또 작년에 일어난 일들로 더 가까워진 것 같기도 해요. 나탈리는 샐과 좋은 친구였고 제이미는 앤디 벨과 친구였으니까요. 제이미는 학교 연극 리허설을 하면서 앤디와 시간을 많이 보냈어요. 제이미랑 나탈리는 둘 다 작년에 있었던 일과 관련이 있었고 거기서 유대감이 생긴 것 같아요. 작년부터 정말 친해져서 항상 전화 통화를 했어요. 어쩌면 나탈리가 지금 제이미의 유일한 진짜 친구일 수도 있겠네요. 솔직히 말하면 제이미는 나탈리가 생각하는 것과는 조금 다르게 나탈리를 생각하는 것 같기도 해요.

핍: 무슨 말씀이신가요?

아줌마: 아, 내가 이 말을 하면 제이미가 화낼 텐데…… 그래도 다 공개하기로 동의했으니…… 우리 아들을 잘 아는데, 제이미는 자기 감정을 잘 못 숨겨요. 제이미가 나탈리에 대해 얘기할 때마다, 아니면 어떤 얘기든 나탈리와 연관을 지어 얘기하는데 그럴 때만 생기가 도는 게 정말 그 애를 좋아한다는 티가 많이 났어요. 완전히 반한 거죠. 매일매일 전화하고, 문자를 했어요. 그런데 몇 달 전 나탈리에게 새 남자친구가 생기면서 상황이 달라졌어요. 방에서 혼자 울기도 하고요. 배가 아파서 그런 거라고 둘러댔는데, 아닌 걸 알아요. 그런 적이 처음이 아니에요. 완전히 상심한 거죠, 아마 나탈리 때문이었을 거라 생각해요.

핍: 그게 언제였나요?

아줌마: 3월 초쯤이었을 거예요. 그 일이 있고 한동안 이삼 주쯤 연락을 안 하는 듯했어요. 그래도 여전히 친구로 지내고 있어요. 아직도 제이미는 매일 문자를 주고받는데 옆에서 좀 보려고 들면 펄쩍 뛰는 게 나탈리가 틀림없어요. 늦은 시간에 통화하는 소리가 가끔 들리기도 했어요. 제이미가 통화하는 목소리 톤을 들어보면, 나탈리하고 얘기하는 중이라는 걸 알 수 있어요.

핍: 네, 알겠습니다. 가능한 한 빨리 나탈리를 만나봐야겠네요. 코너 얘기로는 지난 몇 주 동안 제이미의 행동이 이상했다고, 그래서 더 걱정된다고 했는데요. 정신이 딴 데 팔려 있고 성질이 급해졌다고요. 어머니도 똑같이 느끼셨나요?

아줌마: 지난 이삼 주 동안 좀 이상하긴 했어요. 밤늦게까지 안 자고, 집에 늦게 들어오거나, 아침에는 또 너무 늦잠을 자고, 그러다 출근을 못 할 뻔한 적도 있고요. 평소에는 동생이랑 잘 지내는데 간혹 성질을 내기도 했어요. 나탈리와의 관계 때문에 그런 것도 같아요. 또 아까 말했듯 고교 동창들이랑 대학교 때 친구들이 좋은 직장도 잡고 짝을 만나 독립해 사는 모습을 보면서 자기는 뒤처졌다고 생각하는 것 같았어요. 제이미는 자의식이 강해요. 한번은 자기가 쓸모없는 인간이라는 생각이 든다고 얘기한 적도 있었어요. 또 한 반년 정도 체중 조절을 하느라 스트레스를 많이 받기도 했어요. 저는 건강하기만 하고 본인만 괜찮으면 문제될 게 없다고 말을 했죠. 그런데…… 알다시피 과체중이나 비만인 사람을 보는 시선이 곱지 않잖아요. 제 생각에는 지난 몇 주간 제이미가 스스로를 다른 사람들과 많이 비교하면서, 따라잡을 수 없다는 생각에 초조했던 것 같아요. 하지만 저는 제이미가 다 극복할 거라고 믿어요.

핍: 이런 질문을 드려서 죄송하지만, 혹시 제이미가 자해를 할
        수도 있을 거라는 생각은?

아줌마: 아니요, 그건 절대 아니에요. 엄마인 저를 생각해서라도,
        가족들을 생각해서라도 제이미는 절대 그럴 애가 아니에
        요. 그런 건 절대 아니에요. 제이미는 그냥 사라진 거지, 죽
        은 게 아니에요. 그리고 어디에 있든, 반드시 제이미를 찾
        아낼 거예요.

핍: 네, 죄송합니다. 다음 질문으로 넘어가겠습니다. 제이미는
        어제, 그러니까 금요일 저녁에 사라졌습니다. 어제 낮에
        무슨 일이 있었는지 말씀해주시겠어요?

아줌마: 네. 금요일은 일을 조금 늦게 시작하는 날이라, 그러니까
        11시 정도에 시작하니까 전 9시쯤 일어났어요. 남편은 이
        미 출근했고, 코너도 학교까지 걸어갔고요. 제이미가 그때
        까지도 곤히 잠들어 있길래 출근 늦겠다며 깨워줬죠. 제이
        미는 9시 20분쯤 나갔어요. 가는 길에 카페에서 아침 요기
        할 거 사가겠다고 하면서. 그리고 저도 출근을 했죠. 아서
        는 추도식에 시간 맞춰 가려고 일찍 퇴근해서 집에 왔어
        요. 5시쯤 집에 왔다고 저한테 문자를 보냈고, 저도 퇴근하
        는 길에 장을 좀 보고 6시나 6시 반쯤 들어왔어요. 그리고
        후딱 준비를 하고 넷이서 추도식에 갔죠.

핍: 어제저녁에 제이미는 무슨 옷을 입고 있었나요? 전 기억
        이 잘 안 나네요.

아줌마: 청바지랑 그 애가 가장 좋아하는 셔츠를 입고 있었어요.
        자주색에 칼라가 없는.

핍: 신발은요?

아줌마: 음, 운동화를 신었어요. 하얀색.

핍: 신발 브랜드는요?

아줌마: 아마 퓨마일 거예요.

핍: 추도식에 차를 타고 갔나요?

아줌마: 네.

핍: 추도식에 가기 전 제이미의 행동에 이상한 점은 없었나요?

아줌마: 아뇨, 그다지. 말이 없긴 했는데, 아마 앤디와 샐 생각이 나서 그렇지 않았나 싶어요. 사실 차 타고 가는 동안 우리 모두 거의 말을 하지 않았어요. 그리고 파빌리온에 7시쯤 도착해서 코너는 친구들을 찾으러 갔고, 제이미도 추도식을 하는 동안 나탈리랑 같이 있겠다고 갔어요. 제이미를 마지막으로 본 게 그때였어요.

핍: 그 이후에 제가 제이미를 봤어요. 나탈리, 나오미와 함께 있더라고요. 그리고 잠시 코너한테 와서 뭔가 대화를 나눴어요. 제 생각에 특별히 이상해 보이는 건 없었어요. 그런데 추도식 중간에, 라비네 아버지가 추도사를 하기 전 제이미가 지나가다가 제 뒤쪽에서 부딪혔는데 어딘가 정신이 나가 있는 것처럼 불안해 보였어요. 대체 뭘 봤길래 그 많은 사람들을 뚫고 지나가려 했는지는 모르겠지만, 뭔가 있었던 게 분명해요.

아줌마: 그게 언제쯤?

핍: 아마 8시 10분 정도였을 거예요.

아줌마: 제이미를 마지막으로 본 사람이 너구나.

핍: 지금으로선 그렇다고 할 수 있겠죠. 추도식이 끝난 뒤 제이미에게 다른 일정이 있었나요?

아줌마: 아니, 바로 집에 가는 줄 알고 있었어요. 그런데 오늘 코너얘기로는 그날 제이미가 나탈리를 만나고 온다고 했었다는 거예요.

핍: 알겠습니다. 그 부분은 코너한테 직접 물어보도록 하겠습니다. 그럼 추도식이 끝나고는 어디로 가셨나요?

아줌마: 아서와 저는 몇몇 친구들이랑 저녁을 먹으러 주점으로 갔어요. 앤트네 부모님, 로웨스 씨 부부죠. 그리고 데이비스씨 부부, 또 모건 부부…… 한참 전부터 잡아놓은 약속이었어요.

핍: 그럼 두 분은 언제 집에 돌아오셨나요?

아줌마: 음, 집에는 따로따로 왔어요. 저는 운전을 해야 해서 술을 안 마셨는데, 추도식이 끝나고 각자 운전하고 가야 할 사람들이 술 마시고 싶다고 그래서 제가 로웨스 부부와 모건 부부를 집까지 태워다주겠다고 마시라고 했죠. 차에 자리가 없어서 아서는 집까지 걸어갔어요. 가까우니까.

핍: 주점에서 나온 게 언제였나요? 킹스 헤드에 있는 펍 맞나요?

아줌마: 맞아요. 11시 좀 못 돼서 나온 거 같아요. 다들 피곤하기도 했고 추도식이 있던 날인데 너무 늦게까지 노는 것도 좀 아닌 것 같아서. 알다시피 로웨스 씨네는 그 근처에 살지만 모건 씨네는 비컨스필드에 사니까 시간이 좀 걸려서 결

국 집에 돌아온 건 자정이 지나서였죠. 12시 15분쯤. 코너와 아서는 자고 있었는데 제이미는 방에 없었어요. 그래서 잠들기 전에 제이미한테 문자를 보냈죠. 문자를 한번 읽어볼게요. [아들, 엄마는 먼저 잘게. 곧 들어올 거지?] 그게 12시 36분이었네요. 그런데 문자를 안 봤어요.

핍: 아직도 그대로예요?

아줌마: 네. 나쁜 신호일까요? 여전히 휴대폰은 꺼져 있는데, 12시 36분 전에 꺼진 걸까요, 아니면 뭔가…… 무슨 안 좋은 일이라도…….

핍: 진정하세요. 네, 그럼 여기까지만 하겠습니다.

파일명:

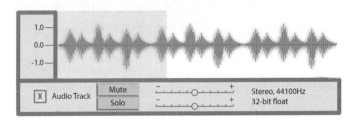

여고생 핍의 사건 파일, 시즌 2
코너 레이놀즈와의 인터뷰. 녹음파일

핍: 녹음중. 손톱 좀 그만 물어뜯는 게 어때. 그 소리까지 다
       마이크에 들어가고 있어.

코너: 알겠어.

핍: 지난번에 제이미가 몇 주 동안 행동이 이상했다고 했던 거
       자세히 좀 말해줘. 정신이 딴 데 팔려 있는 것 같고 화를
       냈다고 했지. 좀 더 구체적으로 시간이랑 상황을 설명해줄
       수 있어?

코너: 그래. 사실 형의 행동이 좀 이상해진 건 몇 달 전부터였어.
       아마 3월 초였을 거야. 굉장히 우울해하고 말이 없어지더
       니, 아예 아무하고도 얘기조차 하려 들지 않았어. 엄마 말
       을 빌리자면 형은 머리 위에 먹구름을 달고 다니는 것 같
       았지.

핍: 어머니는 나탈리 다 실바한테 새 남자친구가 생겨서 제이
       미가 침울해졌다고 생각하시는 것 같더라고. 둘이 가까운
       사이였는데 말야. 그때 제이미의 기분은 어땠어?

코너: 그럴 수도 있어. 그때쯤이 맞는 것 같아. 그렇게 한 이삼

주 동안 기분이 안 좋은 상태였다가 또 갑자기 좋아졌어. 웃고 농담도 하고, 휴대폰을 엄청 많이 들여다봤지. 우리 집엔 넷플릭스 볼 때 휴대폰 금지라는 규칙이 있는데, 안 그러면 엄마가 넷플릭스 보다 말고 페이스북 하다가 놓쳤다며 뒤로 돌리라고 하시거든. 근데 형은 계속 뭔가 문자를 보내고 있더라고.

핍:　그때 제이미 기분은 괜찮아 보였어?

코너:　응, 완전. 한 열흘 정도는 진짜 기분이 좋아 보였어. 수다도 떨고 잘 웃고. 형다운 모습이었다가 또다시 갑자기 뒤집어졌어. 언제였는지 정확히 기억이 나는데, 왜냐면 3월 30일에 〈툼레이더〉 영화를 보러 갔거든. 가기 전에 형이 방에서 나오더니 자기는 영화 보러 가지 않겠다고 하더라고. 근데 당장이라도 올 것 같은 목소리였어. 하지만 아빠가 이미 티켓을 사놨으니까 가야 한다고 하셨어. 아빠한테 야단 좀 맞고 결국에는 같이 영화를 보러 갔어. 극장에서 형이 내 옆에 앉아 있었는데, 영화 보는 중에 울고 있더라고. 어두워서 아무도 모를 거라고 생각하는 것 같았어.

핍:　뭣 때문이었는지 알아?

코너:　모르겠어. 그렇게 며칠 동안 계속 저기압이었어. 퇴근하고 집에 오면 방에만 처박혀 있길래 어느 날은 내가 괜찮냐고 물어봤는데 그냥 "응, 괜찮아."라고만 하더라고. 뻔히 괜찮지 않은 걸 아는데. 형이랑 나는 원래 뭘 숨기는 법이 없었어. 뭐든 다 서로 얘기했거든. 그때까지는 말이야. 그런데 형한테 무슨 일이 생긴 건지, 왜 그랬는지 모르겠어.

핍:　그리고 그 며칠 이후에는 어땠어?

코녀: 으음, 그 이후에는 평상시 같은 모습으로 돌아오기는 했
어. 막 엄청 기분이 좋은 건 아니었지만 그래도 전보다는
나아졌고. 그리고 하루 종일 휴대폰을 붙들고 있었어. 그
러다 어느 날 예전처럼 형이랑 다시 친해지고 싶어서 장난
을 좀 쳤어. 몇 주 전이었는데, 형이 휴대폰으로 문자를 보
내고 있는 것 같길래 옆으로 휙 지나가면서 휴대폰을 낚
아채 가지고 "누구랑 문자하는 중?" 하고 물었어. 형도 나
한테 그런 장난을 치곤 했거든. 그런데 정색을 하고 나를
벽으로 몰아붙이는 통에 휴대폰을 떨어뜨렸어. 나는 진짜
문자 내용을 보려던 게 아니라 그냥 장난치려고 했던 건
데…… 그런 모습이 더 이상 예전의 우리 형 같지가 않더
라고. 나중에 형이 미안하다면서 자기 사생활 어쩌고 하긴
했지만 기분이 좋지 않았어. 또 거의 매일 밤마다 형이 늦
게까지 전화 통화하는 소리가 들렸어. 한번은 밤늦게 엄마
아빠 모르게 형이 나가는 소리를 들은 적도 있고. 어디에
간 건지는 모르겠어. 지난주 형 생일이었던 날 밤에도 자
정쯤 집에서 나가는 소리가 들렸어. 그래서 기다렸지. 그
랬더니 새벽 2시쯤 들어오는 소리가 나더라고. 다음 날 내
가 그 얘기를 했더니 나보고 뭘 잘못 들은 모양이라고 하
더라고. 이번 주 월요일에는 어쩌다 새벽 3시에 자다가 깼
는데, 형이 들어오는 소리에 깬 거라고 확신해.

핍: 알겠어.

코녀: 우리 형은 원래 그런 사람이 아니야. 너도 알잖아, 핍. 형은
원래 둥글둥글하고 평화로운 성격이잖아. 그런데 갑자기
감정 기복이 심해졌어. 비밀을 숨기고, 몰래 나갔다 들어
오고. 화를 내고. 뭔가 문제가 생긴 게 확실해. 엄마가 보낸
문자 봤지? 어제 12시 반 조금 넘어서 엄마가 형한테 문자
를 보냈는데 아직도 읽지를 않았어. 그 전에 휴대폰을 끈

거야. 아니면 부서졌거나.

핍: 아니면 배터리가 나갔을까?

코너: 아니. 충전은 많이 되어 있었어. 차를 타고 추도식에 갈 때 형한테 시간을 물어봤는데 휴대폰을 보여줬거든. 88퍼센트 정도 충전되어 있었어. 산 지 얼마 안 된 폰이라 그렇게 빨리 꺼지지 않을 거야. 그리고 밖에 나가 있는데 휴대폰을 꺼둘 이유가 없잖아?

핍: 그렇네. 그때 메시지가 전송이 안 됐다는 점이 확실히 중요한 지점이야.

코너: 대체 무슨 일일까?

핍: 정보를 더 확보해야 해.

코너: 형한테 무슨 문제가 생긴 걸까? 누군가가 형에게 해코지를 한 걸까? 아니면 납치당했거나?

핍: 코너, 아직까지는 아무것도 몰라. 그런 가능성을 배제하는 건 아니지만, 아무런 증거도 없이 결론을 낼 순 없어. 먼저 조사를 해봐야지. 어제 얘기로 다시 돌아가보자. 어제 네가 뭘 했는지, 특히 제이미랑 어땠는지, 뭐 좀 짚이는 거 있어?

코너: 음······.

핍: 뭔데?

코너: 있긴 있어.

핍: 뭔데······.

코너: 엄마한테 얘기 안 할 거지?

핍: 나한테 한 부탁 잊었어? 수십만 명의 사람들이 이걸 듣게
       될 거야. 당연히 어머니도 듣게 되실 테고. 뭐든 얘기해줘
       야 해. 그리고 어머니한테도 말씀드리고.

코너: 제길, 이건 그냥…… 알겠어, 얘기할게. 그니까 엄마랑 형
       은 사이가 좋아. 항상 그랬어. 어쩌면 형을 마마보이라고
       할지도 모르겠지만 엄마랑은 그냥 죽이 잘 맞아. 그런데
       아빠랑은 조금 복잡해. 형이 한번은 아빠가 자기를 싫어하
       는 것 같다고, 항상 자기한테 실망하는 것 같다고 말을 한
       적이 있어. 형이랑 아빠는 문제가 생기면 대화로 해결하는
       게 아니라 쌓아두었다가 가끔씩 폭발해서 크게 말다툼을
       했어. 그러고 나서 어색한 게 사라지면 다시 원래대로 돌
       아가곤 하는 패턴이 반복됐어. 음…… 내 생각에는 어제도
       크게 다툼이 있었던 것 같아.

핍: 언제?

코너: 5시 반 정도에. 엄마가 장을 보러 간 사이였어. 엄마가 돌
       아오기 전에 끝났으니까, 엄마는 몰라. 나는 계단에서 듣
       고 있었고.

핍: 어떤 일로 싸웠던 거야?

코너: 맨날 똑같아. 아빠는 형한테 아빠랑 엄마가 언제까지나 형
       뒤치다꺼리를 하면서 살 수는 없으니 잘 생각해 진로 계획
       좀 세우라고 말하고, 형 입장에선 자기는 나름 노력 중인
       데 아빠는 항상 형이 노력한다고 생각은 안 하고 벌써부터
       실패할 거라고만 여긴다는 뭐 그런. 전부 다 듣지는 못했
       는데 아빠가 "우리가 네 은행이냐, 우리는 네 부모다."라는

식으로 말하는 소리가 들렸어. 무슨 얘기를 하려던 건지 모르겠는데, 아마도 아빠는 형이 집에서 계속 살려면 월세를 내든가 해야 된다고 생각하는 것 같아. 엄마는 말도 안 된다고, 절대 그렇겐 안 할 거라고 하고. 그런데 아빠는 항상 "그러면 쟤를 어떻게 가르쳐?" 그런 식이고. 그리고 엄마가 장을 보고 들어오기 전에 아빠랑 형이 마지막으로 했던 말이⋯⋯.

핍: 뭐였어?

코너: 아빠가 "쓸모없는 자식"이라고 했고 형은 "나도 알아요."라고 말했어.

핍: 추도식장으로 가는 동안 모두 말이 없었던 이유가 그거 때문일까? 어머니가 그렇게 얘기하시던데.

코너: 응. 어쩌냐. 이 얘기를 하면 엄마가 정말 속상해하실 텐데.

핍: 오늘 말씀드려. 내가 가고 나서.

코너: 그래.

핍: 그럼 어젯밤 얘기로 돌아가서, 너는 추도식장에 도착해 친구들을 찾으러 갔고, 제이미는 나탈리를 찾으러 갔지. 그런데 중간에 제이미가 또 너한테 오지 않았니? 잭이랑 나랑 새로 이사 온 이웃들과 얘기하고 있었을 때 제이미가 너한테 와서 뭐라고 했잖아.

코너: 응.

핍: 그때 무슨 얘기를 했어?

코너: 형이 사과했어. 아빠랑 그렇게 싸워서 미안하다고. 내가

둘이 싸우는 걸 진짜 싫어하는 걸 아니까. 그리고 추도식이 끝나고 잠깐 나탈리네 집에 갈 거라고 했어. 나는 형과 나탈리가 샐과 앤디 둘 다를 함께 알고 지낸 친구 사이였으니까 그런 날 함께 있고 싶은 거라고 생각했지. 그리고 형이 가면서 마지막으로 나한테 "이따 보자."라고 했어. 만약 집에 안 들어올 생각이었다면 내 면전에 대고 그렇게 인사했을 것 같지는 않아. 그런데 오늘 아침에 나탈리한테 전화해봤는데, 추도식 끝나고 형을 본 적이 없다고 하더라고. 형이 어디 있는지도 모르고.

핍: 그럼 너는 추도식이 끝나고 어디에 갔어?

코너: 음, 나랑 잭은 앤트와 로렌이 가는 대참사 파티에 별로 가고 싶지 않아서 — 왜냐면 개네는 세상에 자기 둘만 있는 것처럼 행동하니까 — 잭네 집으로 가서 포트나이트를 하고 놀았어. 이제 온 세상 사람이 내가 포트나이트 온라인 게임하는 걸 다 알게 되겠네. 그러고 나서 잭이 나를 집까지 태워다줬고.

핍: 몇시에?

코너: 잭네 집에서 11시 반 좀 지나 나왔으니까 아마 12시쯤 집에 도착했을 거야. 피곤해서 바로 자러 들어갔어. 이를 닦을 정신도 없었어. 나는 형 생각은 꿈에도 못 하고 잠이 들었어. 근데 형은 집에 들어오지 않았어. 지금 생각하니까 내가 너무 바보였던 거 같아. 어떻게 그렇게 그냥 무심하게…… 당연히 들어올 줄 알았는데. 이제 와서 생각하니…….

8

"사진?"

"네, 최근에 찍은 사진이요." 핍이 두 사람을 번갈아 보면서 말했다. 커다란 주방 시계가 째깍거리는 소리만이 정적을 가르듯 울려 퍼졌다. 핍에게는 그 소리가 너무 느리게 느껴졌다. 의식의 흐름이 시간이 흐르는 속도보다 빠른 듯한 느낌, 한동안은 느끼지 못했던, 잊고 있던 기분이었다. "추도식에서 제이미를 찍은 사진은 아마 없겠죠? 뭘 입고 있었는지 알 수 있는 그런 사진이요."

"그날 사진은 없고," 아줌마가 휴대폰 잠금을 풀고 뒤적이며 말했다. "지난 목요일 생일 때 찍은 건 많이 있어."

"얼굴이 제대로 나온 게 있나요?"

"여기, 한번 봐봐." 아줌마가 테이블 너머로 휴대폰을 건넸다. "왼쪽으로 스크롤하면 몇 장 있어."

코너가 핍의 어깨 너머로 화면을 보기 위해 의자를 당겨왔다. 첫 번째 사진은 식탁 맞은편에 앉아 있는 제이미의 독사진이었다. 제이미는 어두운 금발 머리카락을 한쪽으로 가지런히 넘기고서 생일 케이크에 꽂은 주황색 양초 불빛을 받고 있었다. 촛불 덕에 턱이 반짝이며 발그레한 볼 가운데가 치켜 올라가 큰 미소를 짓고 있는 모습이었다. 그다음 사진은 볼에 공기를 가득 채워 물고 초를 불어 촛불의 불길이 휘어진 모습이었고, 제이미가 케이크 쪽으로 고개를 숙이고 있는 사진도 있었는데 손에는 손잡이와 칼날 사이에 빨간 밴드가 끼워진 회색 케이크 나이프가 쥐여 있었다. 제이미가 나이프의 끝을 애벌레 모양 케이크의 목 부분에 갖다 대어 초콜릿 껍데기를 부수고 있는 모습이었다. 그다음 사진에서는 애벌레의 머리가 떨어져 나간 모습이 보이고, 제이미가 카메라를 정면으로 올려다보며 웃고 있었다. 그리고 그다음엔 케이크 흔적은 사라지고 대신 제이미의 손에는 반쯤 뜯긴 은빛 물방울무늬 포장지에 싸인 선물이 들려 있었다.

"아아, 맞아." 코너가 콧김을 내쉬었다. "아빠 선물, 운동용 스마트워치를 받고 난 뒤 형의 표정."

정말로 제이미의 미소는 약간 경직되어 보였다. 사진을 한 번 더 넘기자 이번에는 영상이 재생되었다. 코너는 형의 어깨에 팔을 두르고 있었는데 화면이 약간 흔들렸고, 바로 뒤이어 부스럭거리는 소리가 녹음되어 있었다.

"얘들아, 웃어보렴." 아줌마가 말하고 있었다.

"웃고 있어요." 제이미가 미소 짓는 모습이 흐트러질까봐 조심하며 웅얼거리듯 답을 했다.

"이게 뭐야," 코너가 말했다. "엄마 또 동영상 촬영 중인 것 같은데. 맞지?"

"아 엄마." 제이미가 웃었다. "또예요?"

"아니야." 아줌마의 목소리가 커졌다. "동영상 버튼 안 눌렀는데, 이 휴대폰이 왜 이래."

"휴대폰이 잘못했네, 그치?" 제이미와 코너가 서로를 바라보며 낄낄 웃음을 터뜨렸고 아줌마가 동영상 버튼을 누른 적이 없다고 다시 우기자 웃음소리가 더 커졌다. "어디 한번 봅시다, 여보." 아저씨의 목소리도 들렸다. 이번에는 제이미가 코너의 어깨에 손을 두르더니 코너의 머리를 가슴 쪽으로 끌어당겨 헤드록을 걸고는 다른 한 손으로는 코너의 머리를 망가뜨렸다. 그리고 그렇게 코너가 버둥거리며 낄낄 웃는 장면에서 카메라 화면이 아래로 내려가던 중 영상이 끝났다.

핍은 코너의 슬픈 표정과 아줌마의 눈에 그렁그렁하게 고여 있던 눈물이 넘쳐흐르기 시작하는 것을 보며 말했다. "미안하지만, 이 영상이랑 사진 이메일로 보내줄 수 있을까, 코너? 최근에 찍은 다른 사진들도 같이."

코너가 헛기침을 했다. "응, 그럴게."

"가기 전에 마지막으로 해야 할 게 있는데," 핍이 말했다. "제이미의 방을 한번 살펴봐야 할 것 같아. 괜찮을까?"

"그럼, 되고말고." 아줌마가 일어서며 말했다. "우리도 같이 가도 되니?"

"그럼요." 코너가 주방 문을 열고 위층으로 안내해주길 기다리며 핍이 말했다. "방을 좀 살펴보셨나요?"

"제대로 보지는 않았어." 아줌마가 핍과 코너를 따라 계단을 오르며 말했다. 아서가 거실에서 기침하는 소리가 들리자 세 사람 모두 긴장을 했다. "제이미가 사라졌다는 걸 깨닫고 한번 들어가보긴 했지. 혹시 어젯밤에 들어와 잠을 자고 아침 일찍 나간 건 아닌지, 흔적을 찾아보려고 확인했는데 커튼이 여전히 열려 있더라고. 제이미는 아침에 커튼 열고 침대 정리하고 그런 애가 아니거든." 그들은 문이 살짝 열려 있는 제이미의 어두운 방 밖에서 잠시 멈추었다. "제이미는 정리 정돈을 잘 못하는 편이야." 아줌마가 말했다. "방이 좀 정신없단다."

"괜찮아요," 핍이 코너에게 먼저 들어가라는 고갯짓을 하며 말했다. 코너가 문을 밀고 들어가 불을 켜자 어두운 기운으로 가득하던 방이 밝아지며 정리 안 된 침대와 창문 밑에 놓인 어질러진 책상, 열린 옷장 문밖으로 방바닥까지 쏟아져 나와 있는 옷들, 파란색 카펫 위에 쌓여 널려 있는 파일들이 형체를 드러냈다.

난장판이란 말이 딱 어울리는 모습이었다.

"제가, 좀⋯⋯?"

"뭐든 필요한 게 있으면 마음대로 해. 괜찮죠, 엄마?" 코너가 말했다.

"그래." 아줌마가 아들이 없는 방 안을 둘러보며 작은 목소리로 말했다.

핍은 작은 산처럼 쌓여 있는 티셔츠와 사각팬티 사이사이를 뚫고 책상으로 직행했다. 책상 위에는 테두리가 닳고 닳은 아이어맨 스티커가 붙어 있는 노트북이 있었고, 핍은 닫혀 있는 노트북을 조심스럽게 열고 전원 버튼을 눌렀다.

"노트북 비밀번호 아시는 분 있나요?" 노트북이 프르르 하고 켜지면서 파란 윈도 로그인 화면이 나타났다.

코너는 어깨를 으쓱했고 아줌마는 고개를 저었다.

핍은 허리를 굽히고 패스워드 입력란에 1을 기입했다.

비밀번호 오류.

12345678

비밀번호 오류.

"처음으로 키웠던 고양이 이름이 뭐였죠?" 픕이 물었다. "그 주황색 치즈냥이요."

"피터팬." 코너가 말했다. "띄어쓰기 없이."

픕은 그대로 시도해보았다. *비밀번호 오류.*

세 번 연달아 비밀번호 오류가 나자 입력란 아래 비밀번호 힌트 창이 떠올랐다. 제이미는 거기에 '내 컴퓨터에서 떨어져, 코너.'라고 써놓았다.

코너가 힌트를 보며 살짝 훌쩍였다.

"반드시 접속해야 해요." 픕이 말했다. "현재로서는 이 노트북이 제이미가 지금까지 뭘 하고 있었는지, 우리에게 제일 잘 알려줄 수 있는 단서예요."

"내 결혼 전 성일까?" 아줌마가 말했다. "'머피'라고 쳐보렴."

비밀번호 오류.

"좋아하는 축구팀은요?" 픕이 물었다.

"리버풀."

비밀번호 오류.

몇몇 모음을 바꿔서 입력해보고 끝에 숫자 1이나 2를 붙여봐도 들어맞는 것은 없었다.

"계속 입력해도 돼?" 아줌마가 물었다. "로그인 시도 차단 안 되니?"

"괜찮아요. 윈도에는 입력 횟수 제한이 없어요. 그래도 숫자랑 대소문자까지 딱 맞춰서 비밀번호를 맞추기는 까다로워요."

"다른 방법이 없을까?" 코너가 말했다. "컴퓨터를 초기화하면 안 돼?"

"시스템을 재부팅하면 파일들이 다 날아가. 무엇보다 브라우저에 저장된 이메일이나 sns 계정 비밀번호들이랑, 방문기록이 다 사라져. 지금 가장 먼저 확인해봐야 할 게 그건데. 제이미 윈도에 연결된 이메일 계정 비밀번호 모르시죠?"

"몰라. 어쩌니." 아줌마의 목소리가 갈라졌다. "이런 걸 알고 있었어야 하는데. 어떻게 이런 것도 몰랐지? 지금 제이미한테는 내가 필요할 땐데 전혀 도움이 안 되네."

"괜찮아요." 핍이 아줌마를 돌아보며 말했다. "될 때까지 계속 시도해볼 거예요. 비밀번호를 못 알아내면 강제 로그인이라도 하게 전문가한테 연락해볼게요."

아줌마는 두 팔을 감싸 안으며 또 움츠러들었다.

"아줌마." 핍이 책상에서 일어나며 말했다. "제가 다른 물건들을 찾아보는 동안 계속 시도해봐주시겠어요? 제이미가 가장 좋아하는 장소나 음식, 같이 갔던 여행지 등등 생각나시는 건 전부 다요. 그리고 각각 대소문자랑 모음도 바꿔보고 끝에 숫자도 붙여보고요. 1이나 2 같은."

"그래." 아줌마는 무언가 해볼 수 있는 게 생겨 안색이 살짝 밝아지는 듯했다.

핍은 이제 책상 양쪽에 달린 서랍을 확인하기 시작했다. 한쪽 서랍에는 굉장히 오래돼서 말라비틀어진 딱풀 하나와 볼펜들만이 들어 있었다. 다른 한쪽에는 A4용지 묶음 하나와 '대학교 과제'라고 라벨이 붙은 빛바랜 폴더가 있었다.

"뭐 특별한 거 있어?" 코너가 물었다.

핍은 고개를 젓고는 무릎을 꿇고 아줌마의 다리 너머로 팔을 뻗어 책상 아래 있는 쓰레기통을 끄집어냈다. "이것 좀 도와줘." 핍은 쓰레기통에 들어 있는 내용물을 하나씩 건져내며 코너에게 말했다. 다 쓴 데오도란트 공병과 꾸깃꾸깃한 영수증이 나왔다. 영수증을 펴보니 24일 화요일 오후 2시 23분, 시내 중심가의 코업 상점에서 치킨마요 샌드위치를 사 먹은 내역이 적혀 있었다. 쓰레기통 아래에는 피클양파맛 몬스터먼치 봉지 하나가 있었는데 기름 묻은 과자 겉봉에 줄이 그어진 가느다란 종잇조각이 붙어 있었다. 핍은 종잇조각을 떼어내 펼쳐보았다. 파란색 볼펜으로 '힐러리 F 와이즈먼 왼쪽 11'이라고 적혀 있었다.

핍이 코너에게 종이를 보여주며 물었다. "제이미 글씨체 맞아?" 코너가 고개를 끄덕였다. "힐러리 와이즈먼이라," 핍이 말했다. "누군지 알아?"

"아니." 코너와 아줌마가 동시에 대답했다. "처음 들어본 이름인데." 아줌마가 덧붙였다.

"흠, 제이미가 분명 아는 사람일 텐데. 꽤 최근에 적은 것 같아 보여."

"맞아." 아줌마가 말했다. "격주에 한 번 청소해주는 분이 오셔. 수요일에 오시니까 그 쓰레기통에 들어 있는 건 오래되어 봤자 열흘, 열하루 정도 된 거야."

"이 힐러리란 사람을 한번 찾아볼게요. 제이미에 대해 뭔가 알고 있을 수도 있으니까요." 핍이 휴대폰을 꺼냈다. 화면에는 카라에게서 온 메시지가 떠 있었다. 〈기묘한 이야기〉 볼 준비됐어??' 이런. 핍이 서둘러 답장을 했다. '미안해. 오늘은 못 볼 것 같아. 제이미가 없어져서 코너 집에 와 있어. 자세한 건 내일 설명할게. 미안해. ㅜㅜㅜ' 핍은 전송 버튼을 누르면서 카라가 마음에 걸렸지만 인터넷 브라우저를 열고 192.com에 접속해 선거인 명부를 검색했다. 그리고 힐러리 와이즈먼과 리틀 킬턴을 입력했다.

"빙고, 찾았다. 리틀 킬턴에 사는 힐러리 와이즈먼이 있어. 여기 선거인 명부를 보면…… 아, 1974년부터 2006년까지 올라와 있…… 잠시만." 핍은 탭을 하나 더 추가하고 구글에 이름과 함께 리틀 킬턴, 부고를 검색했다. 《킬턴 메일》지의 기사에 찾고 있던 답이 들어 있었다. "아냐, 그 힐러리가 아냐. 이분은 2006년에 84세로 사망했어. 나중에 다시 찾아봐야겠다."

핍은 손가락으로 종이 쪼가리를 펴서 휴대폰으로 사진을 찍었다.

"그게 단서라고 생각해?" 코너가 물었다.

"하나씩 확인해서 아니란 게 드러나기 전까지는 모든 게 다 단서야." 핍이 대답했다. 이제 쓰레기통에 남아 있는 것은 딱 하나밖에 없었다. 공 모양으로 구겨진 채 버려져 있는 빈 갈색 종이봉투였다.

"코너, 최대한 원 상태를 유지하면서 제이미 옷들 주머니 속 좀 확인해줄 수 있어?"

"뭘 찾으려고?"

"뭐든지." 핍은 방의 다른 쪽 구석으로 옮겨갔다. 그러고는 멈춰 서서 파란색 패턴의 누비이불이 올려진 침대를 바라보고 있는데 뭔가 발에 차이는 게 있었다. 머그컵이었다. 컵의 바닥에는 설탕이 눌어붙어 있었지만 아직 곰팡이가 슬지는 않은 상태였다. 조금 떨어진 곳에 깨진 컵 손잡이가 부서진 채로 나뒹굴고 있었다. 핍은 그걸 집어서 아줌마에게 보여줬다.

"그냥 좀 정리 정돈을 못하는 정도가 아니지?" 아줌마가 조용하고 애정 어린 목소리로 말했다. "아주 난장판이구나."

핍은 손잡이를 컵 안에 넣고 어쩌면 그 컵이 떨어지기 전에 놓여 있었을지도 모르는 침대 옆 협탁에 올려두었다.

"휴지랑 잔돈밖에 없어." 코너가 핍에게 보고했다.

"여기도 잘 안 풀리네." 아줌마가 키보드를 타닥타닥 치며 말했다. 아줌마가 새로운 비밀번호를 시도하며 엔터 키를 누르는 소리가 매번 더 크고 간절하게 들렸다.

침대 옆 협탁 위에는 핍이 올려둔 부서진 머그컵 외에도 조명과 스티븐 킹의 소설 『더 스탠드』와 아이폰 충전기 연결선이 놓여 있었다. 그리고 협탁에는 서랍이 딸려 있었는데, 핍은 어쩌면 그 서랍 안에 제이미가 개인적인 물건을 보관하고 있을지도 모르겠다는 생각이 들었다. 핍은 혹시 모를 경우를 대비해서 등을 지고 코너와 아줌마의 시야를 가린 뒤 서랍을 열었다. 그러나 그 안에는 콘돔이나 이와 비슷한 물건들은 전혀 없었다. 서랍에는 제이미의 여권과, 줄이 엉겨 있는 하얀색 이어폰과 '철분 강화'라고 적힌 멀티비타민 한 통, 기린 모양처럼 생긴 책갈피 그리고 시계 하나가 들어 있었다. 핍의 관심은 즉각적으로 마지막 물건에 쏠렸다. 그 이유는 오직 하나. 그 물건은 제이미의 것이라고 볼 수 없는 것이었기 때문이다.

연분홍 색상의 부드러운 가죽으로 된 시곗줄에 케이스는 반짝이는 로즈골드, 그리고 시계 왼쪽 측면으로 동그란 테두리를 감고 올라가는 금속의 꽃무늬 장식. 핍은 그 꽃무늬들을 만져보았다. 손가락 사이로 꽃잎이 파고드는 느낌이었다.

"그게 뭐야?" 코너가 물었다.

"여자 시계인데." 핍이 몸을 돌리며 말했다. "이거 아줌마 시계인가요? 아니면 조이 언니 거?"

아줌마가 시계를 자세히 보기 위해 가까이 다가왔다. "아니, 우리 거는 아니야. 처음 보는 시계인데. 제이미가 누구를 주려고 사둔 걸까?"

핍은 아줌마가 나탈리를 생각하고 있단 것을 알 수 있었지만, 나탈리에게 어울릴 만한 시계는 절대 아니었다. "아닌 것 같아요." 핍이 말했다. "새 시계가 아니에요. 여기 보시면 시계 표면에 흠집이 나 있어요."

"그럼 누구 시계일까 이건? 그 힐러리라는 사람?" 코너가 말했다.

"모르겠어." 핍이 시계를 조심스럽게 다시 서랍장 안에 놓았다. "중요한 물건일 수도, 아무것도 아닌 걸 수도 있어. 확인을 해봐야 해. 일단 지금은 웬만큼 다 확인한 것 같아." 핍이 허리를 펴고 일어났다.

"이제부터는 어떻게 해야 해?" 핍을 향한 코너의 동공이 마구 흔들렸다.

"오늘 밤에 할 수 있는 건 다 해본 것 같아." 핍이 실망감으로 일그러지는 코너의 얼굴에서 눈길을 돌리며 말했다. 사건을 몇 시간 만에 뚝딱 해결할 수 있을 거라고 생각한 걸까? "두 분은 계속해서 비밀번호를 시도해주세요. 시도한 비밀번호들은 전부 기록해두시고요. 제이미의 별명, 가장 좋아하는 책, 영화, 태어난 장소, 뭐든 생각나는 것들은 다요. 제가 내일은 좀 더 후보를 추려서 시도해볼 수 있도록 전형적인 비밀번호 조합을 한번 찾아보고 가져다드릴게요."

"그래." 아줌마가 말했다. "계속해서 시도해보마."

"휴대폰도 주기적으로 확인해주시고요." 핍이 말했다. "만약 메시지가 전송되면 바로 저한테 알려주세요."

"너는 이제 어떻게 할 거야?" 코너가 물었다.

"지금까지 취합한 정보들을 정리하고 편집과 녹음을 해서 웹사이트에 올릴 내용 초고를 쓸 거야. 내일 아침이면 사람들이 제이미 레이놀즈가 사라졌다는 사실을 모두 다 알게 될 거야."

두 사람 모두 현관까지 나와 핍에게 어색한 포옹을 해주었다. 핍은 집 밖으로 나와 어둠 속으로 발을 내디뎠다. 터벅터벅 걸어가다 어깨 너머로 뒤돌아보니 아줌마는 이미 안으로 들어가고 없었다. 제이미의 컴퓨터 앞으로 달려갔으리란 건 보지 않아도 알 수 있었다. 하지만 코너는 여전히 문 앞에 서서 핍을 지켜보고 있었다. 핍이 어렸을 때 보았던 겁먹은 작은 아이 모습 그대로.

파일명:

 제이미의 방 쓰레기통에서 나온 종이 쪼가리. 이미지파일

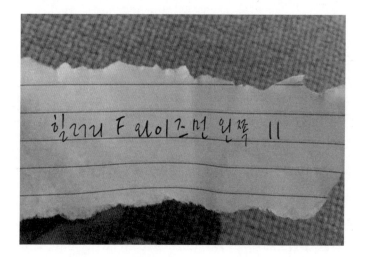

파일명:

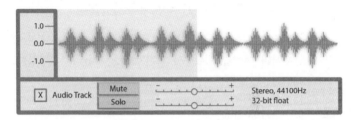

여고생 핍의 사건 파일, 시즌 2
에피소드 1 - 인트로. 녹음파일

핍: 저는 약속을 했습니다. 저 스스로와 그리고 여러분에게.
       다시는 일을 벌이지 않을 거라고, 탐정놀이는 그만둘 것이
       라고, 작은 마을의 비밀을 캐는 데 온 정신을 바치지 않겠
       다고요. 사실 그 약속을 지켜야 하는데 그걸 깨야 하는 일
       이 생기고 말았습니다.

       누군가가 사라졌습니다. 저도 아는 사람인데요, 바로 리틀
       킬턴의 제이미 레이놀즈입니다. 제이미는 저의 친한 친구
       이기도 한 코너의 친형입니다. 제가 지금 이 녹음을 하고
       있는 시점인 4월 28일 토요일 밤 11시 27분 기준으로 제
       이미는 27시간째 실종상태입니다. 그리고 아무도 제이미
       를 찾고 있지 않습니다. 경찰에서는 제이미를 저위험도 사
       건으로 분류했고, 제이미를 위한 인력 배치가 불가능하다
       고 합니다. 경찰에서는 제이미가 실종된 것이 아니라 잠시
       집을 나간 것이라고 생각합니다. 그리고 저 또한 진심으로
       그 생각이 맞기를 바랍니다. 정말 이 일이 아무것도 아닌
       것이길, 실종사건이 아니라고 믿고 싶습니다. 제이미는 그
       저 잠시 친구 집에서 지내며 가족들의 전화와 메시지를 무
       시하고 있는 것이라고요. 제이미에게 정말 아무 일 없었으

면 좋겠습니다…… 며칠 내에 집으로 돌아와서 이게 무슨 난리인지 어리둥절해하는 모습을 보고 싶습니다. 하지만 그냥 희망만 품고 가만히 있을 수는 없습니다. 아무도 제 이미를 찾아 나서지 않는다면, 제가 하겠습니다.

그래서 시작하려 합니다. 여고생 핍의 사건 파일 시즌 2 '제이미 레이놀즈 실종사건 편'에 오신 여러분 환영합니다.

일요일
실종 2일째

파일명:

 사건 기록 1. 문서파일

처음에 든 생각:

- 지난 몇 주 동안의 제이미 행동을 보면 뭔가가 있는 것 같다. 감정 기복이 심했고 지난주 한밤중에 두 번이나 몰래 집을 빠져나갔다. 제이미에게 무슨 일이 생긴 걸까? 제이미의 이상한 행동들이 휴대폰과 연결되어 있는 듯하다.

- 팟캐스트에 녹음해서 올릴 수 있는 내용은 아니지만, 당사자의 아빠인 아서 레이놀즈 씨가 조사에 참여하지 않으려고 한다는 점이 의심스럽지 않은가? 아니면 제이미가 아무런 연락 없이 사라진 적이 있었다는 점을 고려할 때 이해할 수 있는 부분일까? 부자지간 사이가 별로 좋지 않았고 추도식 직전에 크게 말다툼을 했다. 아빠와의 말다툼 → 연락 없이 며칠 동안 가출, 정말 이번에도 이런 패턴의 반복일까?

- 하지만 코너와 코너의 어머니는 제이미가 집을 나간 게 아니라고 생각한다. 최근 제이미가 보인 감정 기복에도 불구하고 스스로를 해하는 짓을 하지는 않을 거라 믿고 있다.

- 오전 12시 36분에 보냈지만 아직도 주인에게 도달하지 못한 어머니의 메시지는 사건의 열쇠가 될 수 있는 증거이다. 적어도 그즈

음부터 지금까지 제이미의 휴대폰이 꺼진 상태이며 한 번도 켜지지 않았다는 것을 증명한다. 그리고 이 점을 고려하면 '가출' 가설의 신빙성이 굉장히 떨어진다. 대중교통을 이용하기 위해서라도, 또는 친구와 연락하기 위해서라도 휴대폰이 필요할 것이기 때문이다. 그러므로 제이미한테 문제가 생긴 것이라면, 어떤 경로든 제이미가 다친 것이라면, 그 사건은 12:36 a.m. 이전에 일어났을 것이다.

– 추도식 이후 레이놀즈 가족의 행적:

· 아서는 펍에서부터 집까지 걸어갔고 대략 11:15 p.m. 도착했을 것(내 예상)

· 아줌마는 운전해서 집으로 돌아갔고 빠르면 12:15 a.m. 도착

· 대략 12:00 a.m. 잭 첸이 코너를 집에 데려다줌

해야 할 일:

• 웹사이트/sns에 시즌 2 예고

• 실종 전단지 제작

• 내일자 《킬턴 메일》에 게시하기

• 나탈리 다 실바 인터뷰하기

• 힐러리 와이즈먼 검색

• 제이미의 방 수색 기록 녹음하기

• 엄마 아빠에게 알리기

사람을 찾습니다

코너에게서
사진 받을 예정

제이미 레이놀즈

나이: 24세　신장: 180cm　몸무게: 81.6kg
짧고 어두운 금발 머리, 파란 눈

칼라 없는 버건디 색 셔츠에 청바지를 입고,
흰 퓨마 운동화를 신고 있음.

4월 27일 금요일 오후 8시경 리틀 킬턴 커먼
추도식 행사에서 마지막으로 목격.

긴급호소: 추도식 이후 제이미를 본 적이 있거나
행방에 대한 정보를 아시는 분은 **07700900382**로 전화, 혹은
AGGGTMpodcast@gmail.com으로 이메일 주십시오.

금요일 추도식 사진이나 영상을 가지고 계시다면
전부 위 이메일로 보내주시기 바랍니다.
실종 수사에 큰 도움이 될 것입니다.

9

핍은 시내 중심가의 흐릿하고 나른한 노란빛을 내뿜는 햇빛 아래에서 기다리고 있었다. 새들이 여유롭게 아침 하늘을 날고 있었고, 지나가는 차들의 바퀴가 도로를 스치며 내는 소리조차 아직 잠에서 덜 깬 것처럼 들렸다. 그 어디에도 절박함이나 조급함은 없었다. 무언가 잘못되었거나 어긋나 보이는 흔적 또한 없었다. 그냥 모든 것이 너무 조용하게 가라앉아 있었다. 라비가 그래블리 웨이에서 모퉁이를 돌아 핍에게 손을 흔들며 달려오기 전까지는.

라비가 포옹을 해오며 핍의 코에 턱을 비벼댔다. 라비의 목은 언제나 따뜻했다.

"얼굴이 창백하네." 라비가 한 발짝 뒤로 물러서며 말했다. "잠깐이라도 눈 좀 붙인 거야?"

"조금." 당연히 피곤을 느껴야 할 상황인데도 핍은 전혀 피곤하지 않았다. 사실 몇 달 만에 처음으로 또다시 온몸의 세포가 깨어난 것처럼 머리가 아주 맑았다. 그동안 얼마나 그리웠던 각성 상태인지. 대체 왜 이러는 것일까? 갑자기 배가 조여오는 느낌이 들었다. "일 분 일 초가 흘러가버릴 때마다 제이미를 찾지 못할 확률이 높아지는 거잖아. 실종 직후 72시간이 가장 중요한데……."

"핍, 잘 들어." 라비가 핍의 턱을 살짝 들어 올리고 눈을 맞추며 말했다. "너부터 잘 챙겨야 해. 잠을 못 자면 머리가 제대로 안 돌아가잖아. 그러면 제이미한테도 아무 도움을 줄 수가 없어. 아침은 먹었어?"

"커피 마셨어."

"커피 말고."

"안 먹었어." 라비에게 거짓말하는 것은 의미가 없었다. 어차피 다 들통날 테니까.

"알겠어. 내가 그럴 줄 알았지." 라비가 뒷주머니에서 뭔가를 꺼내 핍의 손에 쥐여주었다. 코코 팝스 시리얼 바였다. "제발 이거라도 드세요, 아가씨. 지금 당장!"

핍은 라비에게 항복의 눈빛을 쏘고 바스락거리는 포장지를 벗겼다.

"그만큼 든든한 아침 식사가 따로 없지." 라비가 말했다. "내 엉덩이로 데워와서 부드럽고 따뜻할 거야."

"아이고, 맛있어 죽겠다." 핍이 시리얼 바를 한입 베어 물고는 말했다.

"자, 이제 계획이 어떻게 돼?"

"코너가 곧 여기로 올 거야." 핍이 시리얼을 우물거리며 답했다. "카라도. 그 둘이랑 선배는 실종 전단지를 붙여줘. 나는 킬턴 마을 신문사에 가볼게. 사무실에 누구라도 있겠지."

"전단지는 몇 장 인쇄했어?" 라비가 물었다.

"250장. 인쇄하는 데 한참 걸렸어. 잉크가 다 바닥난 걸 알면 아빠가 화내실 거야."

라비가 한숨을 쉬었다. "그런 건 내가 좀 도와줄 수도 있는데. 모든 걸 다 혼자서 해결하려고 하지 마. 우린 한 팀이잖아."

"알지. 또 선배만큼 내가 믿는 사람도 없지. 하지만 그래도 전단지 만드는 실력은 못 믿겠어. 저번에 법률 사무소에 보낼 이메일에 '나쁘신 일정에도 불구하고'라고 오타 낸 거 기억나? '바쁘신'이 아니고 말이지."

"음, 그런 걸 고쳐주라고 여자친구가 있는 거지." 라비가 멋쩍은 웃음을 지으며 말했다.

"감수하라고?"

"그렇지, 딱 그거야."

몇 분 뒤 코너가 평소보다 더 볼 빨개진 얼굴이 되어서는 종종걸음으로 뛰어오다시피 다가왔다. "늦어서 미안해. 엄마랑 근처 병원들에 전화 좀 돌려보느라…… 안녕, 라비."

"안녕." 라비가 한 손을 코너의 어깨에 올리며 코너를 쳐다보았다. 두 사람은 아무 말 없이 눈빛만 주고받았을 뿐이지만 그게 무슨 뜻인지 서로 잘 알고 있었다. "반드시 제이미를 찾을 수 있을 거야." 라비가 고갯짓으로 핍 쪽을 가리키며 다정하게 말했다. "이 아가씨가 워낙 고집이 세서 못 찾을 수가 없어."

코너가 애써 미소를 지어 보였다.

"자, 이건 두 사람 거." 핍이 두꺼운 실종 전단지 묶음을 반으로 갈라 나눠주었다. "필름지로 코팅된 거는 야외용. 가게 창문이나 기타 야외에 붙이고, 나머지는 집 현관 밑으로 밀어 넣어. 시내 중심가 전부 돌고, 커먼 로드를 쭉 내려오면서 다 붙여. 그리고 코너, 너희 집 주변에도 다 돌리고. 스테이플러 가져왔어?"

"응 스테이플러 두 개랑 테이프도 여러 개 갖고 왔어." 코너가 말했다.

"좋아, 그럼 지금부터 시작하자." 핍은 고개를 까닥한 후 두 사람을 뒤로하고 자리를 떠나며 전화기를 꺼내 시간을 체크했다. 이제 막 37시간이 지나고 있었다. 아무런 경고도 팡파르도 울리지 않았다. 핍은 점점 달아나고 있는 시간을 뒤쫓기 위해 발걸음을 재촉했다.

자그마한 《킬턴 메일》 사무실 앞에서 누군가가 구부정한 자세로 서서 열쇠뭉치를 달그락거리며 열쇠를 하나씩 맞춰보고 있었다. 마을 신문사에 자원해 일하고 있는 여자였다.

그녀는 누군가 자신을 보고 있다는 것을 알아차리지 못한 채 계속 열쇠를 끼워 맞춰보고 있었다.

"안녕하세요." 핍이 큰 목소리로 인사를 했다. 예상했던 대로 그 여자는 깜짝 놀라 튀어 오르듯 돌아보았다.

"아아," 놀라움이 살짝 긴장된 웃음으로 바뀌었다. "아, 너구나. 여긴 무슨 일로?"

"스탠리 포브스 씨 안에 있나요?"

"아마 있을걸." 그 여자는 드디어 맞는 열쇠를 찾아서 잠금쇠에 밀어 넣었다. "오늘 신문 찍기 전에 추도식 논평 기사를 좀 정리해야 해서 스탠리가 사무실에 나오라고 했거든. 그래서 온 거야." 그녀가 문을 열며 말했다. "먼저 들어가렴."

핍은 문지방을 넘어 작은 전실로 들어섰다.

"저는 핍이라고 해요." 핍이 여자를 따라 낡은 소파를 지나서 뒤쪽에 있는 사무실을 향해 걸어가며 말했다.

"그래, 네가 누군지는 잘 알아." 여자가 재킷을 벗으면서 말했다. 그리고 지금까지보다 조금은 덜 냉랭한 목소리로 "나는 메리라고 해. 메리 사이드."라고 자기소개를 했다.

"만나서 반갑다." 말은 그렇게 했지만 진심으로 반가워하는 것 같진 않았다. 보아하니 메리 또한 핍에 대해 안 좋은 감정을 품고 있는 사람들 축에 속한 듯했다. 작년까지만 해도 고즈넉하고 평화롭던 마을에 그 난리를 불러온 주범이 핍이라고 여기는 사람들이 많았으니까.

메리가 문을 열자 작은 정방형 사무실이 나타났다. 핍이 기억하던 그대로 네 개의 컴퓨터 책상들이 빽빽하게 벽을 따라 놓여 있는 모습은 가희 폐쇄공포증을 불러일으킬 만했다. 비치우드 바텀 영주 가족의 기부금으로 운영되는 소규모 마을 신문에 어울리는 광경이었다.

스탠리 포브스는 저 멀리 떨어진 책상에 등을 돌리고 앉아 있었다. 진한 갈색 머리가 떡이 진 상태로 헝클어져 있었는데 손가락으로 대충 빗어넘겼을 그 자리가 터널처럼 자국을 남겨놓았다. 그는 데스크톱 화면 쪽에 온 신경을 집중한 나머지 이쪽 인기척은 전혀 들리지 않는 모양이었다. 화면에 살짝 보이는 하얀색과 파란색으로 미루어 짐작하건대, 페이스북을 보고 있는 듯했다.

"안녕하세요?" 핍이 조용하게 인사를 건넸지만 스탠리는 뒤를 돌아보지 않았다. 더 정확히는 미동도 하지 않은 채 컴퓨터 스크롤만 내리고 있었다. 핍의 목소리를 듣지 못한 것이다.

"스탠리 씨?" 핍이 다시 불러보았다. 여전히 아무런 반응이 없었다. 움찔하는 기색조차 없었다. 헤드폰을 착용하고 있는 것도 아닌데. 이어폰인가? 하지만 스탠리의 귀에는 아무것도 꽂혀 있지 않았다.

"사실," 메리가 흥을 보듯 말했다. "스탠리는 항상 저래. 내가 본 사람 중에 가장 뛰어난 선택적 듣기 능력을 가진 사람이야. 온 세상을 다 음소거하는 수준이지. 이봐! 스탠!" 메리가 고함치듯 부르자 드디어 그가 의자를 돌려서 쳐다보았다.

"아, 미안합니다. 부르셨나요?" 초록과 갈색이 섞인 스탠리의 동공이 메리에게서 핍에게로 옮겨가 꽂혔다.

"여기 당신 말고 또 누가 있어요." 메리가 짜증스럽게 말하며 스탠리에게서 멀찍이 떨어져 있는 책상에 핸드백을 툭 놓았다.

"안녕하세요." 핍은 또 한 번 인사를 하며 성큼성큼 네 발자국만에 스탠리 쪽으로 걸어갔다.

"그…… 그래." 스탠리가 우물거리며 자리에서 일어났다. 그는 잠시 손을 내밀어 악수를 청하는 듯했지만 갑자기 마음을 바꾸어 손을 거뒀다. 그러고는 민망한 웃음을 터뜨리더니 또다시 손을 뺐다. 전에 있었던 일도 그렇고, 최소 이십 대 후반은 되었을 남자가 열여덟 살짜리 여학생한테 어떻게 인사해야 할지 감을 못 잡은 것일 수도 있었다.

핍은 손을 내밀어 악수하며 그의 고민을 덜어주었다.

"미안하다." 스탠리가 어색하게 내민 손을 다시 거두어들이며 말했다.

그는 싱 일가에만 사과를 한 것이 아니었다. 몇 달 전 핍도 스탠리가 보낸 편지 한 통을 받았다. 편지에서 스탠리는 핍을 깎아내리는 말을 한 것과, 베카 벨이 그의 휴대폰에서 핍의 번호를 알아내 핍을 협박한 사실에 대한 미안한 마음도 드러냈다. 당시 그는 베카가 그런 짓을 한 사실을 몰랐지만, 그래도 여전히 미안하다고 밝혔다. 핍은 스탠리가 얼마나 진심으로 미안해하는 것인지 궁금했다.

"한데 여기에는 무슨 일로⋯⋯" 스탠리가 입을 뗐다. "나한테 볼일이 있는⋯⋯."

"내일 신문에 추도식 기사가 분량을 많이 차지할 수밖에 없겠지만, 혹시 지면을 조금만 할애해서 이것 좀 올려주실 수 있을까요?" 핍은 배낭을 내려놓고 따로 빼놓은 실종 전단지를 꺼내 스탠리에게 건넸다. 전단지를 훑어보는 스탠리의 눈가에 주름이 생기며 광대가 움푹 들어갔다.

"실종?" 그는 다시 전단지를 내려다봤다. "제이미 레이놀즈."

"아시나요?"

"글쎄, 잘 모르겠네." 스탠리가 말했다. "얼굴이 낯익은 듯도 하고. 킬턴 사람인가?"

"네, 시더웨이에 살아요. 제이미는 앤디랑 샐과 같이 킬턴 고등학교에 다녔었고요."

"언제부터 실종된 거야?" 스탠리가 물었다.

"거기 적혀 있어요." 핍은 마음이 조급해지며 목소리가 커졌다. 메리가 두 사람의 대화를 듣기 위해 몸을 기울이자 의자가 삐걱거리는 소리가 났다. "지금까지 조사한 바로는 추도식이 있던 날 저녁 8시에 목격된 게 마지막이에요. 그날 추도식에서 사진 찍으시던데, 혹시 그때 사진들을 이메일로 저한테 좀 보내주실 수 있나요?"

"으음, 그래, 그럴게. 경찰은 뭐하고?" 스탠리가 물었다.

"실종신고 접수는 됐어요. 하지만 경찰은 별다른 대응을 하지 않고 있어요. 지금 제이미를 찾고 있는 건 저뿐이고요. 그래서 스탠리 씨의 도움이 필요해요." 핍은 그에게 이런 부탁을 하는 것이 부아가 차오르지 않는 척 미소를 지어 보였다.

"추도식 때부터 안 보인다?" 스탠리가 혼잣말을 했다.

"사라진 지 그럼 하루하고 반나절 정도 된 건가?"

"실종된 지는 37시간 30분 됐습니다." 핍이 말했다.

"그렇게 오래되지 않았네?" 그는 종이를 내려놓으며 말했다.

"그래도 실종은 실종이에요." 핍이 반박했다. "실종 직후 72시간이 가장 중요해요. 특히 폭행이나 살인에 연루된 거라면요."

"그렇게 생각해?"

"네." 핍이 말했다. "제이미 가족들도 그렇게 생각하고 있어요. 그러니까 좀 도와주세요. 내일 신문에 실어줄 수 있나요?"

잠시 시선을 위쪽으로 돌린 스탠리의 눈동자가 무언가를 생각하듯 움직였다. "움푹 파인 도로 관련 기사를 다음 주로 미룬다면 가능할 것 같긴 한데."

"실어주신다는 말인가요?"

"그렇게 하도록 하지. 기사에 올릴게." 스탠리가 고객을 끄덕이며 전단지를 탁탁 쳤다. "이게 아니어도 무사히 돌아올 거라고 생각하기는 한다만……."

"고마워요, 스탠리." 핍은 다시 예의 바른 미소를 지어 보였다.

"이 은혜는 잊지 않을게요." 인사를 하고 돌아 나오던 핍은 사무실 문 앞에서 들려오는 스탠리의 목소리에 발길을 멈추었다.

"이런 일들은 꼭 너한테 찾아가는구나?"

10

날카로운 현관 벨 소리가 비명처럼 귀를 뚫고 들어왔다. 핍은 벨을 눌렀던 손을 황급히 거두었고, 하얀색 벽돌로 된 테라스가 있는 집에는 다시 고요가 찾아왔다. 이 집이 사람들이 말해준 집이 맞기를 바랐다. 비컨 클로즈 13번지. 진한 빨간색 현관.

핍은 주차장에 세워져 있는, 눈이 쨍할 만큼 새하얀 BMW 스포츠 차량에서 반사된 아침햇살에 눈이 멀 지경이었다.

현관 벨을 다시 한번 눌러보려던 순간 잠금쇠가 열리는 소리가 들렸다. 문이 안쪽으로 휙 열리더니 한 남자가 쨍한 햇빛에 눈살을 찌푸리며 나왔다. 이 사람이 바로 그 남자친구일 터였다. 그는 하얀색 아디다스 삼선 트레이닝 점퍼와 어두운 색상의 농구바지를 입고 있었다.

"누구?" 그는 방금 일어난 듯 걸걸한 목소리로 말했다.

"안녕하세요." 핍이 밝게 인사를 했다. 남자의 하얀 목에는 회색 잉크로 새긴 문신이 있었는데 비늘처럼 대칭을 이루며 반복되는 패턴으로, 마치 새들이 짧게 자른 갈색 수염이 까칠한 그의 옆얼굴을 향해 날아가고 있는 것처럼 보였다. 핍은 다시 그의 얼굴 정면으로 시선을 옮겨 눈을 마주 보았다. "혹시, 나탈리다 실바 안에 있나요? 나탈리의 부모님 댁에 가봤는데 여기 있을 거라고 하셔서요."

"있긴 한데……" 그가 코를 킁킁거리며 물었다. "나탈리 친구?"

"네." 핍이 말했다. 친구라는 건 거짓말이었으나, '나탈리는 아직까지 저를 싫어하지만 제가 많이 노력 중이에요'라고 말하는 것보다는 백배 나았다. "저는 핍…… 피츠-아모비라고 해요. 잠시 들어가도 될까요? 나탈리하고 할 얘기가 있는데, 급한 일이라서요."

"그러든지, 시간이 좀 이르긴 한데." 그가 집 안으로 들어가며 따라오라는 손짓을 했다. "난 루크 이튼."

"만나서 반가워요." 핍은 현관문을 닫고 루크를 따라 굽은 복도를 지나서 뒤쪽에 이어진 주방으로 들어갔다.

"나탈리, 친구가 찾아왔어." 루크가 주방에 들어서며 말했다.

네모난 주방 한쪽에는 L자 모양의 조리대가 있고, 그 반대쪽으로 커다란 목재 식탁이 자리하고 있었다. 식탁 한쪽에는 돈다발 같아 보이는 뭉치가 BMW 차 키 밑에 눌려 있었고, 또 다른 한쪽에는 나탈리가 시리얼 그릇을 놓고 앉아 있었다. 나탈리는 루크의 점퍼로 보이는 옷을 입고, 하얗게 염색한 머리를 한쪽으로 내려뜨리고 있었다.

나탈리의 손에 쥐여 있던 숟가락이 시리얼 그릇 안으로 떨어지며 쨍그랑 요란한 소리가 났다.

"여긴 어쩐 일이야?" 나탈리의 목소리에 날이 서 있었다.

"안녕, 나탈리." 핍은 식탁에 앉아 있는 나탈리와 주방 입구에 서 있는 루크 사이 중간에서 어색하게 인사를 했다.

"추도식에서 하고 싶은 말은 다 한 걸로 아는데." 나탈리는 싫은 기색을 역력히 드러내며 다시 숟가락을 집어 들었다.

"아니야, 재판 얘기를 하러 온 게 아니야." 핍은 나탈리 쪽으로 조심스럽게 한 발자국 다가섰다.

"무슨 재판?" 뒤에 서 있던 루크가 물었다.

"아무것도 아냐." 나탈리가 입에 시리얼을 문 채 답했다. "그럼 왜 온 거야?"

"제이미 레이놀즈 일 때문에 왔어." 핍이 말했다. 열린 창문 사이로 산들바람이 새어 들어오며 레이스 커튼이 흔들리고 조리대에 있는 갈색 종이봉지가 바스락거렸다. 포장음식 봉지인 듯했다.

"제이미가 실종됐어." 핍이 말했다.

나탈리의 눈썹이 찌푸려지며 푸른 눈이 어두워졌다. "실종됐다고? 어제 제이미 엄마한테서 제이미를 봤냐는 전화가 왔었는데, 아직도 집에 안 들어갔어?"

"응, 가족들이 엄청 걱정하고 있어. 어제 실종신고도 했는데 경찰들은 아무런 조치도 취하지 않고 있고."

"우리 오빠 말하는 거야?"

핍은 바로 답을 했다.

"아니. 경위님한테 얘기를 드렸는데, 경찰들이 어떻게 할 수 있는 게 없다고 하시더라고. 그래서 제이미 가족들이 나한테 부탁을 하게 된 거야."

"팟캐스트에 올리려고?" 나탈리의 말 한마디 한마디에 뼈가 있었다.

"응, 맞아."

나탈리는 시리얼 한 입을 또 삼켰다. "너 정말 기회주의적이구나."

루크가 뒤에서 킬킬거렸다.

"가족들이 올려달라고 부탁했어." 핍이 조용히 말했다. "인터뷰할 마음은 없지?"

"아주 잘 아네." 나탈리가 말했다. 시리얼을 뜬 숟가락에서 우유 몇 방울이 식탁에 떨어졌다.

"제이미가 동생한테 추도식이 끝나고 나탈리네 집, 그러니까 언니네 부모님 집으로 간다고 했대. 그날 저녁에 언니랑 약속이 있었다고."

"맞아, 그러기로 했는데, 결국 안 왔어." 나탈리가 당황한 듯 코막힘 소리를 내며 바로 루크를 올려다봤다. "못 온다는 연락도 없이. 계속 기다리고 전화도 해봤는데."

"그럼 제이미하고 가장 마지막으로 본 건 추도식에서네?"

"응." 나탈리가 시리얼을 우적우적 씹으며 말했다. "앤디 친구들이 추도 연설을 할 때까지는 같이 있었어. 제이미가 반대편 사람들 쪽에서 뭔가를 찾는 것처럼 보여서 물었더니 방금 누굴 봤다고 하더라고."

"그리고?" 나탈리가 너무 오랫동안 잠자코 있자 핍이 말했다.

"그러고는 그쪽으로 갔어. 제이미가 발견한 그 사람이랑 얘기를 하러 간 거겠지." 나탈리가 말했다.

핍이 제이미를 마지막으로 본 것도 그때였다. 뭔가 비장한 결심을 한 듯한 표정을 하고서 사람들 사이를 비집고 지나가던 제이미의 모습. 제이미는 누구를 향해 가고 있었던 걸까?

"제이미가 본 그 사람이 누군지 짐작 가는 거 있어?"

"전혀." 나탈리가 스트레칭을 하자 목에서 뚜두둑 소리가 났다. "나도 아는 사람이었으면 누구라고 얘기를 해줬겠지. 그게 누군지는 몰라도 어쩌면 지금 그 사람이랑 제이미가 같이 있는 걸 수도 있지 않나? 곧 집으로 돌아오겠지. 제이미가 원래 좀 그런 성격이잖아. 도 아니면 모."

"가족들은 제이미한테 무슨 일이 생긴 거라고 생각해." 핍이 말했다. 너무 오랫동안 서 있었는지 다리가 찌릿했다. "그래서 추도식 당시와 그 이후 제이미의 행적을 꼭 알아내야 해. 금요일 밤에 제이미가 만난 사람들이 누구인지. 도움이 될 만한 뭐라도 아는 거 있을까?"

뒤쪽에서 루크가 숨을 들이쉬더니 끼어들었다. "나탈리 말이 맞아. 그냥 친구네 집에 잠깐 가 있는 걸 수도 있잖아. 아무것도 아닌 일에 너무 유난 떠는 거 같은데."

"제이미를 아시나요?" 핍이 몸을 반쯤 돌려 루크를 바라봤다.

"잘 몰라, 나탈리를 통해서 약간 아는 정도. 어쨌든 둘이 잘 아는 사이니까 나탈리가 괜찮다면 괜찮을 거야."

"음, 나는……" 나탈리가 무슨 말을 하려고 했지만 핍이 루크를 향해 질문했다.

"추도식에 참석했나요? 추도식에서 제이미를……."

"아니, 안 갔어." 루크가 혀를 차며 말했다. "둘 다 모르는 애들이라. 당연히 제이미도 못 봤고. 금요일은 온종일 집에 처박혀 있었거든."

핍은 고개를 끄덕이고는 다시 주방 식탁 쪽으로 몸을 틀었다.

그리고 그 순간 나탈리의 얼굴에 스친 표정을 포착했다. 나탈리는 루크를 올려다보며 숟가락을 집어 들려고 하던 손을 멈춘 채, 무언가 말하려다 까먹은 사람처럼 입을 살짝 벌리고 있었다. 그러고는 곧바로 핍에게 눈을 돌리며 그 표정을 거두어들였다. 핍은 그 찰나에 포착한 나탈리의 표정이 무슨 의미인지 알 수가 없었다.

핍은 나탈리의 얼굴을 더욱 자세히 살피며 물었다. "그날 밤이나 최근 몇 주간 제이미의 행동에서 이상한 부분은 없었어?"

"없었는데." 나탈리가 말했다. "요즘은 연락을 자주 안 해서."

"제이미랑 문자를 주고받은 적은? 밤늦게 전화 통화를 하거나?" 핍이 물었다.

"아니, 별로……" 나탈리가 갑자기 시리얼 숟갈을 내려놓고는 의자에 등을 기대며 팔짱을 꼈다. "지금 뭐 하는 거야?" 목소리는 화가 나 있었다. "지금 나 취조하는 거야? 난 그냥 내가 마지막으로 제이미를 봤을 때의 얘기를 해주고 있다고 생각했는데, 갈수록 네가 날 의심하는 것처럼 느껴지는걸? 저번처럼. "

"아니, 그런 게 아니라……"

"그때도 네 예상이 틀렸었잖아. 안 그래? 실수를 했으면 배운 게 있었을 거 아냐." 나탈리가 의자를 안쪽으로 밀어 넣는데 의자 다리가 타일에 걸려 마찰하는 소리가 핍을 관통해 지나가는 듯이 들렸다. "이 거지 같은 마을에서 자경단원 놀이나 뭐, 영웅 놀이라도 하는 건가? 다른 사람들은 재밌다고 장단을 맞춰줄지 모르겠지만, 난 아냐." 나탈리가 고개를 저으며 파란색 눈을 떴 겼다. "당장 나가."

"미안해, 나탈리." 핍이 말했다. 더 이상 할 수 있는 말이 없었다. 무슨 말을 하더라도 나탈리는 핍을 더 싫어하게 될 뿐이었다. 그리고 탓할 사람도 오직 한 명, 핍 자신뿐이었다. 하지만 지금의 핍은 나탈리를 의심했던 그때의 핍이 아닌데. 마음이 아파오기 시작했다.

루크는 복도를 따라 현관 앞으로 핍을 안내했다.

"나한테 거짓말했네." 핍이 문을 나서려고 할 때 루크가 말했다. 목소리에 약간 놀리는 기색이 묻어 있었다. "둘이 친구라고 했잖아."

현관문을 열자 루크의 차에서 뿜어 나오는 빛이 다시 눈을 찔렀다. 핍은 되돌아서서 어깨를 으쓱했다.

"내가 거짓말쟁이들을 잘 알아본다고 생각했는데." 문 옆을 잡고 있는 루크의 손에 힘이 들어갔다. "여튼 뭘 하려든지 간에, 우리는 건드리지 마. 알겠어?"

"알겠어요."

루크는 미소를 짓는 듯하더니 문을 휙 닫았다.

그 집에서 점점 멀어져가며 핍은 시간을 확인하기 위해 휴대폰을 꺼냈다. 10:41 a.m. 실종된 지 38시간 30분이 지나고 있었다. 홈 화면에는 트위터와 인스타그램 알림들이 쌓여 있었고, 알림을 확인하는 와중에도 새로운 알림들이 울렸다. 일정대로 웹사이트와 sns 계정에는 10시 반, *여고생 핍의 사건 파일*, 시즌 2 팟캐스트가 시작되었을 터이고 이제 사람들은 제이미 레이놀즈가 사라졌다는 사실을 모두 알게 된 것이다. 더 이상 되돌아갈 수 있는 길은 없었다.

새로운 이메일도 몇 통 와 있었다. 팟캐스트 후원 제안이 또한 건 들어왔고, 스탠리 포브스가 '추도식 날 사진'이라는 제목으로 22개의 파일을 첨부해놓은 이메일도 한 통 있었다. 또 다른 한 통은 2분 전 것인데, 핍과 같은 거리에 사는 게일 야들리한테서 온 메일이었다.

메일에는 이렇게 적혀 있었다.

'안녕 피파, 조금 전 마을에 붙은 전단지를 봤어. 그날 저녁 제이미를 본 기억은 없는데 추도식 날 찍은 사진들을 확인해보니까 제이미가 찍힌 게 있더라. 한번 확인해봐.'

사건 기록 2. 문서파일

게일 야들리가 찍은 사진 속에 서 있는 사람은 누가 봐도 제이미였다. 데이터 속성 정보에 찍힌 타임스탬프를 확인해보니 사진이 찍힌 시각은 8:26 p.m.이었다. 내가 마지막으로 제이미를 본 시점에서 10분이 지난 시각.

제이미는 거의 카메라를 바라보고 있는 각도로 서 있었다. 그 점이 이 사진에서 가장 이상한 부분이다. 다른 사람들의 눈과 얼굴은 모두 하나같이 한 방향을 향해 있었다. 그 시각 파빌리온의 꼭대기에서 하늘로 날아 올라가고 있는 앤디와 샐의 등불을 보고 있었던 것이다. 전부 똑같은 방향으로 하늘을 올려다보고 있는데 제이미만 혼자 이상한 방향을 보고 있었다.

게일의 카메라 각도와 완전히 일치하진 않고 약간 벗어난 각도에서 주근깨가 있는, 창백한 얼굴의 제이미는 게일의 카메라 뒤쪽으로 뭔가를, 또는 누군가를 보고 있었다. 제이미가 나탈리 다 실바에게 말했던 그 사람일 수도 있었다.

표정도 이상했다. 딱 집어 뭐라고 말하기 어려운 표정이었다. 겁을 먹은 것 같지는 않았는데 그렇다고 겁먹은 얼굴과 아주 거리가 먼 것도 아니었다. 걱정스러운 표정일까? 불안한 표정? 아니면 긴장을 한 걸까? 입을 벌린 채 한쪽 눈썹이 치켜 올라가 있는 얼굴은 어딘가 혼란스러워 보이기도 했다. 누굴 봤길래 저런 표정이 나온 것일까? 제이미가 본 사람이 누구길래 추도식 중간에 군중을 비집고 가야만 했을까? 그리고 왜 거기에 서서, 등불이 아닌 그 사람을 바라보고 있었던 걸까? 분명히 수상한 구석이 있었다.

스탠리가 보낸 사진들을 하나씩 넘겨보았다. 제이미가 찍힌 사진은 없었지만 게일이 보낸 사진과 대조해보았다. 제이미가 바라보고 있는 방향을 찾아보며 사진을 최대한 추렸다. 그쪽 방향이 찍힌 사진은 한 장밖에 없었다. 타임스탬프를 확인해보니 추도식 시작 전에 찍힌 것이었다. 야들리 가족이 앞에서 몇 줄 떨어진 왼쪽 구역에 서 있었고, 다른 사람들의 얼굴을 확인하기 위해 이미지를 확대해봤지만 꽤 먼 거리에서 찍힌 사진이라 화질이 좋지 않았다. 검은색 경찰 유니폼과 반짝거리는 챙모자로 미루어 보아 야들리 가족 옆에 서 있는 사람들은 다니엘 다 실바와 소라야 부지디일 것이다. 그리고 그 뒤에 진녹색 재킷을 입은 흐릿한 형체는 리처드 호킨스 경위일 것이다. 화질은 깨졌지만 같은 학년인 애들 얼굴은 알아볼 수 있는 정도였다. 그치만 여전히 제이미가 누구를 보고 있었는지는 알수가 없었다. 또 이 사진은 제이미가 찍힌 그 사진보다 한 시간 먼저 찍힌 것이었다. 한 시간 이후라면 사람들이 이동하며 배치가 바뀌었을 수도 있었다.

- 에피소드 1에 추가할 내용

나탈리의 증언과 사진들 덕분으로 확실히 조사에 물꼬가 트였다. 군중을 뚫고 제이미가 찾으려고 했던 그 사람은 누구일까? 그 사람은 그날 밤 제이미가 어디에 갔는지, 혹은 무슨 일이 일어났는지 답을 줄 수도 있을 것이다.

기타 관찰 사항

- 제이미는 누군가 혹은 무엇인가에 정신이 팔려서 나탈리의 집에 가지 않았고, 심지어 못 간다는 연락조차 하지 않았다. 이 사진에서 보이는 것이 그 일의 시작일까?

- 최근 제이미가 늦은 밤까지 전화와 문자를 주고받았던 대상은 나탈리 다 실바가 아니다. 나탈리가 루크 앞이라 거짓말을 한 것이 아니라는 가정하에 말이다(루크는 꽤나 무섭고 험악했다).

- 금요일 밤 집에 처박혀 있었다는 루크의 말과 그때 나탈리의 표정. 이 두 사람 사이의 어떤 신호 같은 것이었을 수도 있고, 아무것도 아닐 수도 있다. 하지만 나탈리의 그 반응은 뭔가 의미가 있는 듯했다. 제이미와 아무런 관련이 없을 가능성이 높지만 일단 모든 것을 기록해놓아야 한다. (팟캐스트에서는 언급 금지. 나탈리는 이미 나를 충분히 싫어하니까.)

11

한참이 지난 뒤에도 핍의 머릿속에서는 카페 출입구 위에 달린 종이 딸랑거리는 소리가 계속 울렸다. 모든 생각들을 방해하는 달갑지 않은 메아리였지만 집으로 가서 작업을 할 수는 없었기에 카페에 남아 있는 쪽을 선택했다. 이제 부모님도 마을에 붙은 전단지를 보셨을 것이다. 집에 돌아가면 부모님과 미루어 왔던 그 대화를 해야 할 터인데, 지금은 그럴 시간이 없었다. 혹은 마음의 준비가 되지 않은 것일 수도 있었다.

추도식 때 찍은 사진이 첨부된 이메일이 속속 도착하면서 휴대폰에는 알림이 수천 개나 쌓였다. 악플러들 때문에 핍은 휴대폰을 무음으로 설정해두었다. 회색 프로필 사진이 설정되어 있는 한 계정에는 '내가 레이놀즈를 죽였어'라는 메시지가 들어와 있었고, '니가 사라지면 누가 널 찾아줄까?'라고 쓴 메시지도 있었다.

또다시 종이 울렸다. 이번에는 카라의 목소리가 따라왔다.

"핍!" 카라가 맞은편 의자를 당기며 말했다. "초크 로드 쪽을 지나가다가 라비랑 마주쳤는데, 네가 카페에 있다고 알려줬어."

"전단지 다 떨어졌어?" 핍이 물었다.

"응. 근데 그것 때문에 온 건 아니고." 무슨 비밀모의라도 하듯 카라의 목소리가 낮아졌다.

"무슨 일인데?" 핍이 카라를 따라 목소리를 낮추며 속삭이듯 물었다.

"그니까, 전단지를 붙이면서 제이미 얼굴을 계속 보다 보니까, 자꾸 신경이 쓰여서…… 그날 입고 있었던 옷이랑 말이야. 확실하지는 않은데……" 카라가 몸을 앞으로 숙였다. "너무 꽐라가 돼서 그날 밤 기억이 잘 나지는 않는데, 자꾸 미심쩍은 생각이 들어 가지고…… 그날 밤 내가 제이미를 본 것 같아."

"무슨 소릴 하는 거야?" 핍이 놀라며 속삭였다. "대참사 파티에서?"

카라가 고개를 끄덕이며 이제는 거의 자리에서 일어나듯 몸을 앞으로 더 숙였다. "또렷하게 기억이 나는 건 아니야. 약간 데자뷔 같아. 근데 그날 제이미가 입었던 옷을 계속 떠올려보니까, 파티에서 내 옆을 스쳐 가던 모습이 기억나는 것 같은 거야. 완전 취해서 그때는 아무 생각도 못 했던 것 같기도 한데, 알아채지 못했…… 어어? 그렇게 보지 마! 어쩌면 진짜 거기서 제이미를 본 게 맞을 수도 있다는 말이야."

"어쩌면 진짜 거기서 제이미를 본 게 맞을 수도 있다?" 핍이 카라가 했던 말을 그대로 따라 했다.

"그래. 솔직히 확실하진 않아." 카라가 얼굴을 찌푸렸다. "근데 내 생각엔 제이미였던 것 같아." 카라는 드디어 의자에 제대로 자리를 잡고 앉아서 눈을 크게 뜨고 핍을 쳐다보며 이제 핍의 차례라고 말하는 눈빛을 하고 있었다.

핍이 노트북을 덮었다. "좋아, 그럼 네가 정말로 거기서 제이미를 봤다고 치자. 제이미가 무슨 일로 열여덟 살짜리 애들끼리

하는 파티에 갔을까? 제이미는 스물네 살이나 됐고 우리 나이 대 아는 애들이라고는 코너 친구들 몇 명뿐일 텐데."

"그건 모르지."

"누구랑 얘기하는 거라도 봤어?" 핍이 물었다.

"잘 모르겠어." 카라가 손가락으로 관자놀이를 누르며 말했다. "그냥 어느 시점에 제이미가 내 옆을 스쳐 지나가던 것만 생각이 나."

"만약 제이미가 정말 파티에 갔다면……." 핍은 생각의 갈피가 잡히지 않자 목소리에 힘이 빠지기 시작했다.

"정말 이상한 일이지." 카라가 핍 대신 문장을 마무리해주었다.

"정말 이상하지."

카라는 잠시 핍의 커피를 한 모금 마시고는 물었다. "그럼 이제 어떻게 하지?"

"다행인 건, 그날 파티에서 네가 제이미를 봤다고 생각하는 걸 입증해줄 수 있는 눈들이 많다는 거야. 네 말이 맞는다면 제이미가 추도식 끝나고 어딜 간 건지도 알게 되는 거고."

핍은 먼저 앤트와 로렌에게 파티에서 제이미를 봤는지 물어보는 문자를 보냈다. 2분 뒤 앤트에게서 답장이 왔다. 앤트가 '우리'라고 얘기하는 걸로 보아 둘은 또 같이 있는 듯했다.

'아니 우린 못 봤어. 파티에 오래 머물지도 않았거든. 제이미가 왜 그 파티에 와?'

"앤트와 로렌은 이 세상에 지들 둘만 있는 줄 아니까 다른 게 눈에 들어올 리가 있나." 카라가 비꼬았다.

핍이 답장을 했다. '스티븐 톰슨 번호 알지? 좀 알려줄래? 급한 일이야.'

그날 파티는 스티븐의 집에서 열렸다. 지난해 마약상 하위 바워스에 관한 정보를 캐기 위해 대참사 파티에 몰래 찾아갔었을 때, 스티븐이 강제로 핍에게 키스를 하려고 했기에 여전히 스티븐을 혐오하는 마음은 그대로였지만, 지금은 그런 마음을 한쪽으로 덮어두어야 했다.

앤트가 스티븐의 번호를 보내주었다. 핍은 남은 커피를 들이켜고 스티븐에게 전화를 걸며 카라에게는 조용히 하라는 손짓을 했다. 카라는 손가락으로 입술을 잠그는 시늉을 하더니, 입을 꼭 다물고 통화 내용을 듣기 위해 앞으로 몸을 기울였다.

통화연결음이 네 번 울리고 스티븐이 전화를 받았다. "여보세요?" 목소리에는 누군지 모르는 전화번호에 답을 하는 조심스러운 경계의 기색이 묻어났다.

"안녕, 스티븐." 핍이 말했다. "나 핍이야. 피츠-아모비."

"어, 안녕." 스티븐의 어투가 바뀌었다. 목소리가 조금 낮아지고 부드러워졌다.

핍은 카라를 보며 어이가 없다는 듯 눈을 굴렸다.

"무슨 일이야?" 스티븐이 물었다.

"혹시 마을에 붙어 있는 전단지 봤는지…….'"

"안 그래도 엄마가 그 전단지 얘기를 하던데. 볼썽사납다고." 스티븐은 이상한 웃음소리를 내며 그렇게 말했다. "너랑 상관있는 일이야?"

"응." 핍은 할 수 있는 한 가장 밝은 목소리를 끄집어냈다.

"코너 레이놀즈라고 알지? 우리랑 같은 학년이야. 코너의 형 제이미가 금요일 밤에 사라져서 사람들이 정말 걱정하고 있어."

"헐." 스티븐이 말했다.

"금요일 밤 너희 집에서 대참사 파티를 열었지?"

"너도 왔어?" 스티븐이 물었다.

"아쉽게도 아니." 핍이 말했다. 물론 그날 술에 진탕 취해서 울고 있는 카라를 데리러 가기는 했지만. "그런데 제이미 레이놀즈가 그날 파티에 갔었다는 소문이 들리더라고. 그래서 혹시나 네가 그때 봤나 하고. 제이미를 본 기억 있어? 아니면 누가 그날 제이미를 봤다고 하는 얘기를 들었다든가."

"너 지금 무슨, 새로운 사건이라도 접수한 거야?" 스티븐이 물었다.

핍은 그 질문을 무시했다. "제이미는 스물네 살이고, 거의 갈색에 가까운 어두운 금발 머리에, 눈은 푸른색이고……."

"잠깐," 스티븐이 끼어들었다. "파티에서 본 것도 같은데. 거실에서 처음 보는 사람을 스쳐 지나갔던 것 같아. 나이가 좀 있어보였고, 어떤 여자애랑 있었던 것 같은데. 어두운 빨간색 셔츠 같은 걸 입고."

"맞아," 핍이 자세를 더 고쳐 앉으며 카라에게 고개를 끄덕였다. "제이미가 맞는 것 같아. 지금 사진을 한 장 보내줄 테니까 네가 본 사람이랑 일치하는지 좀 알려줄래?" 핍이 휴대폰에서 포스터에 들어간 제이미 사진을 찾아 스티븐에게 전송했다.

"이 사람 맞아." 스티븐이 사진을 보기 위해 휴대폰을 멀찍이 두고 말하는 바람에 목소리가 살짝 희미하게 들렸다.

"몇 시에 봤는지 기억해?"

"아니, 정확히는 몰라." 스티븐이 말했다. "좀 이른 시간이었던 것 같은데 아마 9시나 10시 정도? 정확하진 않아. 그때 한번 본 게 전부라."

"제이미는 뭐 하고 있었어?" 핍이 물었다. "누구랑 얘기를 하고 있었어? 아니면 술을 마시거나?"

"아니, 누구랑 얘기를 하고 있진 않았고, 손에 잔을 들고 있었던 것 같지도 않은데. 그냥 거기서 뭔가를 쳐다보며 서 있었어. 다시 생각해보니까 좀 소름 끼치네."

핍은 스티븐에게 '네가 더 소름 끼친다'고 말하고 싶은 걸 꾹 참았다. "몇 시부터 사람들이 파티에 도착했어? 추도식이 8시 반 정도에 끝났으니까 대부분 그때 바로 너희 집으로 갔나?"

"으응, 추도식을 했던 장소에서 우리 집까지 한 10분 정도 되니까. 대부분은 커먼에서 바로 우리 집으로 온 것 같아. 수사 그런 거 또 하는 거면, 이것도 팟캐스트에 올라갈 수 있나? 왜냐면……" 스티븐이 목소리를 낮추고 속삭였다, "엄마는 주말 동안 온천에 가서 내가 파티를 열었다는 걸 모르시거든. 집에 꽃병들 부서지고 술 흘린 자국들은 우리 강아지가 그런 거라고 둘러댔어. 그날 밤 이웃집에서 시끄럽다고 신고를 했나 봐. 경찰이 와서 새벽 1시쯤 파장했어. 근데 엄마가 파티 연 거 아시면 안 되거든. 그래서……"

"그날 너희 집에 찾아간 경찰이 누구야?" 핍이 끼어들었다.

"아, 그 다 실바 어쩌구 하는 사람. 그 사람이 와서 다들 집으로 돌아가라고 말하고 갔어. 그런데 팟캐스트에서 파티 얘기는 안 할 거지?"

"아 그럼, 그렇고말고." 핍은 거짓말을 했다. 당연히 그 파티를 언급할 계획이었다. 더군다나 그렇게 해서 변태 스티븐 톰슨을 궁지에까지 몰 수 있다면 나쁠 것이 없었다. 핍은 스티븐에게 고맙다고 말한 뒤 전화를 끊었다.

"네 말이 맞았어." 핍이 귀에서 휴대폰을 떼며 말했다.

"맞대? 제이미가 파티에 갔었대? 내가 도움이 된 거야?"

"파티에 있었대. 네 덕분이야." 핍이 미소를 지었다. "이제 목격자 증언이 두 개 생겼네, 정확한 시간은 모르지만 추도식 이후 제이미가 파티에 간 건 확실해 보여. 이제 사진으로 증거를 한번 찾아보고 시간대를 좁혀봐야 할 것 같아. 대참사 파티에 갔던 사람들한테 전부 메시지를 보내려면 어떻게 해야 할까?"

페이스북에서 같은 학년 애들한테 다 메시지를 보내볼까?" 카라가 자신 없게 말했다.

"좋은 생각이다." 핍은 노트북을 다시 열었다. "먼저 코너한테 얘기를 해줘야겠어. 제이미는 대체 거기서 뭘 하고 있었던 걸까?" 지잉 하며 노트북 전원이 켜졌고 실종 전단지 문서에 올라간 제이미의 얼굴이 화면에 떴다. 제이미의 흐릿한 두 눈이 핍을 직시하고 있었고 그 사진을 보는 핍의 목덜미 뒤로 차가운 소름이 타고 내려갔다. *이 사람이 제이미다. 하지만 너는 제이미를 얼마나 잘 알고 있지?* 핍은 마치 제이미의 눈 안에 담긴 비밀을 캐보려는 듯이 뚫어져라 바라봤다. *어디 있는 거야?* 핍은 마음속으로 제이미에게 물었다.

안녕, 얘들아.

마을에 붙은 전단지에서 봤겠지만, 제이미 레이놀즈(코너의 형)가 금요일 밤 추도식 이후 사라졌어. 그런데 제이미가 그날 하이무어에 있는 스티븐 톰슨 집에서 열린 대참사 파티에 있었다는 걸 알게 됐어. 혹시 그날 파티에 간 사람은 그때 찍은 사진이나 비디오 어떤 것이든(사진을 절대 부모님이나 경찰이 보게 되는 일은 없을 거라고 약속할게) 보내줄 수 있을까? 정말 급한 일이야. 스냅챗이나 인스타그램 스토리도 저장한 게 있다면 보내줘. 위에 적힌 이메일 주소로 최대한 빨리 부탁해. 제이미 사진을 아래 첨부할게. 파티에서 제이미를 본 기억이 있거나 금요일 밤 제이미의 행적에 대해서 조금이라도 아는 사람은 이메일이나 내 전화번호로 연락 좀 해줘.

정말 고마워.

핍

12:58

Type a message, @name...

파일명:

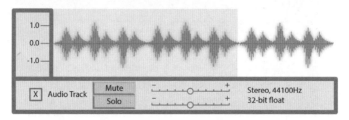

여고생 핍의 사건 파일, 시즌 2
조지 손과의 전화 인터뷰. 녹음파일

1.0 —	
0.0 —	
-1.0 —	

| [X] Audio Track | Mute / Solo | — ○ + / — ○ + | Stereo, 44100Hz / 32-bit float |

핍: 방금 녹음 버튼 눌렀어, 조지. 내일 학교에서 동의서에 서명 부탁할게. 일단 당장은 구두로 물어볼게. 네 목소리가 팟캐스트에 게시되는 거에 동의해?

조지: 응, 괜찮아.

핍: 알겠어. 카페 뒤쪽으로 자리를 옮겼어. 아까보다 잘 들려?

조지: 훨씬 나아.

핍: 좋아, 시작해볼게. 페이스북에서 내가 보낸 메시지 봤다고 했지. 아까 하던 얘기로 다시 돌아가보자. 처음부터 다시 시작해줄 수 있어?

조지: 응, 그니까 내가 제이미를 본 건…….

핍: 잠깐, 미안하지만 그 전에 금요일 밤 얘기부터 시작해줘. 금요일 밤에 어디 있었다고 했지?

조지: 아 그래, 알겠어. 금요일 밤 추도식이 끝나고 나는 스티븐 톰슨 집에서 열리는 대참사 파티에 갔어. 다음 주에 축구 시합이 있어서 술은 많이 안 마셨어. 앤트가 이미 말해서

알고 있을지도 모르지만. 어쨌든, 정신이 말짱해서 그날 밤 일이 생생하게 기억나. 거실에서 그 사람, 제이미 레이놀즈도 봤거든. 제이미는 혼자 벽에 기대서 있었어. 그때 그 사람을 보면서 속으로 어, 모르는 사람인데? 하고 생각했던 게 기억이 나. 대참사 파티에 오는 사람들은 웬만하면 다 아는 얼굴들이잖아. 학교에서 보는 애들이고. 그래서 확 눈에 띄었어. 말을 걸어보지는 않았지.

핍: 알겠어. 자 그럼 그다음에 또 제이미를 본 상황에 대해 얘기해줘.

조지: 그래. 그리고 나서 조금 있다가 밖에 잠깐 담배를 피우러 나갔어. 밖에 나와 있던 애들은 몇 명 없었는데, 케이티가 뭔 일인지 울면서 야스랑 얘기를 하고 있었어. 제이미 레이놀즈도 그때 바깥에 있었어. 정확하게 기억나. 집 앞쪽 보도를 왔다 갔다 하면서 통화를 하고 있었어.

핍: 전화 통화를 하는 동안 제이미의 행동이 어땠는지 설명해줄 수 있어?

조지: 응, 그러니까…… 약간 조급해 보였어. 화가 난 것 같기도 하고 아닌 것 같기도 하고. 겁을 먹은 것 같다고 해야 할까? 목소리가 약간 떨렸어.

핍: 통화 내용은 못 들었어?

조지: 조금밖에 안 들렸어. 담배에 불을 붙이려고 하는데 제이미가 "그건 못 해."라는 식으로 말했던 것 같아. 그리고 그런 비슷한 말을 몇 번 반복했어. "나는 못 해, 못 해." 뭐 그런 식으로. 그때쯤부터는 계속 신경이 쓰여서 휴대폰을 보는 척 전화 통화하는 소릴 엿들었어. 그러다 보니 조금 있다

가 "내가 뭐든지 다 하겠다고 말했지만…… 하지만……"
뭐 그런 식으로 말끝을 흐렸던 것 같아.

핍: 네가 엿듣고 있다는 걸 제이미는 눈치 못 챘어?

조지: 모르는 것 같았어. 통화를 하느라 온 정신이 팔려 있어서
다른 걸 신경 쓸 여유가 없어 보였어. 상대편 말을 더 잘
들으려고 다른 한쪽 귀를 손으로 막고 있었으니까. 그렇게
왔다 갔다 하면서 계속 상대방이 하는 말을 듣더니, "경찰
을 부를 수도 있어."라는 식으로 말을 했던 것 같아. 경찰
얘기를 했던 거는 확실해.

핍: 싸우는 듯한 말투였어, 도와주려는 듯한 말투였어?

조지: 잘 모르겠어. 딱 뭐라고 말하기가 애매해. 그리고 다시 또
조용히 상대쪽 말을 듣고 있다가 더 초조해하더니 어린애
어쩌구 하던데.

핍: 어린애? 무슨 어린애?

조지: 그야 모르지. 그냥 그 단어가 들렸어. 그러다가 제이미가
올려다보면서 나랑 눈이 마주쳤고 내가 듣고 있다는 걸 눈
치챈 것 같았어. 그러니까 전화는 안 끊고 그냥 집에서 거
리 쪽으로 걸어가버리더라고. 마지막으로 "못 할 것 같아."
라고 말하는 소릴 들은 것 같아.

핍: 어느 쪽으로 갔어?

조지: 오른쪽으로, 시내 중심가 방향으로 갔어.

핍: 그 이후에 다시 돌아오는 건 못 봤고?

조지: 못 봤어. 그 이후로도 한 5분 동안은 밖에 있었는데. 그렇

게 사라졌어.

필: 그게 몇 시쯤이었는지 기억나?

조지: 언제인지 정확히 알아. 왜냐면 제이미가 가고 한 30초쯤
        지났나, 요즘 연락하고 지내는 체셤 고등학교 여자애한테
        문자를 보냈거든. 이 스폰지밥 움짤을…… 아, 이건 별 상
        관없는 얘기구나. 어쨌든 그 문자를 보낸 게 밤 10시 32분
        인데, 딱 제이미가 가버린 직후에 보낸 거야.

필: 10시 32분? 완벽해. 조지, 진짜 너무 고마워. 제이미랑 통
        화를 하고 있던 상대가 누군지 짐작할 수 있을 만한 부분
        은 없었어? 남자인지 여자인지 정도라도?

조지: 아니, 전혀 모르겠어. 그냥 저쪽에서 하는 말을 제이미가
        듣기 싫어한다는 것만 알 수 있었어. 너는…… 너는 코너
        형이 무사하다고 생각해? 내가 본 걸 좀 더 일찍 알려줬어
        야 했지? 그날 밤 코너한테 문자라도 해줄걸 그랬나 싶어."

필: 괜찮아. 한 시간 전까지만 해도 제이미가 실종된 것조차
        몰랐잖아. 그리고 네가 준 정보가 정말 도움이 많이 됐어.
        코너도 많이 고마워할 거야.

12

주방의 아일랜드 식탁에 노트북 두 대를 사이에 두고 앉아서 자판을 두드리는 두 사람의 소리가 어긋났다가 합쳐지기를 반복했다.

"너무 빨리 넘기는 것 같아." 핍이 노트북 화면 너머로 라비를 바라보며 말했다. "하나하나 자세히 살펴봐야 해."

라비가 무슨 뜻인지 알아들었다는 표정을 지으며 냉소적으로 말했다. "밤하늘에서 단서를 찾고 있는 건 줄은 몰랐어." 그러고는 노트북을 돌려서 밤하늘에 떠다니고 있는 등불 사진이 연달아 네 개 떠 있는 화면을 보여주었다.

"그냥 혹시나 해서. 구시렁쟁이."

"그건 내가 너를 부를 때 쓰는 표현인데. 네 별명을 나한테 가져다 붙이지 마." 라비가 말했다.

핍은 다시 노트북 화면으로 돌아가 화면에 뜨는 사진과 비디오를 클릭하며 넘겼다. 대참사 파티에 갔던 애들이 이메일로 보내준 것들이었다. 라비는 추도식에서 찍힌 사진들을 벌써 200장도 넘게 확인하고 있었다.

"이거 시간 낭비 아닐까?" 라비가 또 다른 사진 몇 장을 빠르게 넘겨보며 말했다. "제이미가 추도식에 참석했다가 대참사 파티에 갔고, 또 10시 반에 별 탈 없는 상태로 그 자리를 떴다는 건 이미 알잖아. 그 이후 행적을 찾아봐야 하는 거 아냐?"

"제이미가 파티에서 별일 없이 떠난 건 맞지만," 핍이 말했다. "그 파티에 왜 갔는지 이유를 아직 모르잖아. 파티에 갔다는 것 자체가 너무 이상하기도 하고. 거기다 조지가 얘기했던 그 전화 통화까지 생각해보면 전부 제이미답지 않아. 코너한테 얘기해 줬을 때 그 표정 봤지? 제이미는 추도식에서부터 줄곧 행동이 이상했어. 분명히 어떤 식으로든 제이미가 실종된 거랑 관련이 있을 거야."

"그렇겠지," 라비가 다시 노트북 화면으로 시선을 돌리며 말했다. "그럼 제이미가 추도식 참석자 무리 속에서 '누군가'를 봤고, 그 사람을 지켜보다가 그 사람이 하이무어 쪽, 그러니까 그 파티에 가는 걸 따라갔다가 변태 스티븐이 말한 것처럼 파티에서는 그냥 멀뚱히 서 있었다는 거잖아?"

"그치." 핍이 아랫입술을 깨물었다. "그게 가장 말이 되는 것 같아. 또 그렇다면 그 '누군가'는 우리 학교에 다니는 같은 학년 이나 한 학년 아래 애일 가능성이 제일 크지."

"제이미가 왜 너네 학교에 다니는 애를 따라갔을까?"

티를 내지 않으려고 했지만 라비의 목소리에 야릇한 의구심이 담겨 있음을 핍은 느낄 수 있었다. 순간 제이미를 변호해주고 싶은 마음이 들었지만 핍은 이렇게밖에 말할 수 없었다. "나도 모르겠어." 아무리 생각해도 좋게 해석할 여지가 없는 상황이었다. 핍은 코너와 아줌마가 노트북 비밀번호를 풀어볼 수 있도록 코너에게 비밀번호 조합 방법이 나열된 4페이지짜리 인쇄물을 들려서 보내길 잘했다는 생각이 들었다. 코너와 이런 식으로 형에 대한 얘기를 하기가 난감했을 테니까. 하지만 이러한 정황을 받아들이기 어려운 것은 핍 또한 마찬가지였다. 무언가를 놓치고 있는 게 분명했다. 제이미가 왜 파티에 갔고, 거기서 뭘 하려고 했던 것인지를 설명해줄 수 있는 무언가가 있을 텐데. 나탈리한테서 온 전화를 전부 무시하고 약속을 펑크낼 만큼 중요했던 일일 것이다. 대체 무엇일까?

핍은 노트북 오른쪽 하단의 시간을 확인했다. 4시 반이었다. 제이미가 마지막으로 몸 성히 살아 있는 것이 목격된 지 42시간이 지나고 있었다. 실종 이후 48시간이 골든타임인데 이제 그 시간이 6시간밖에 남지 않았다. 대부분의 실종자들이 살아서 돌아오는 경우는 48시간 이내였다. 그 수치는 거의 75퍼센트에 육박하지만 핍은 제이미가 거기 포함되지 않을 것 같다는 느낌이 들었다.

또 다른 문제도 있었다. 핍은 온종일 가족들을 피하고 있었다. 엄마는 조쉬와 아빠랑 장을 보러 간다는 문자를 보내왔다. 조쉬가 같이 갔으니 갑자기 뭘를 사달라고 하면서 시간을 좀 끌어주긴 할 터였다(지난번에는 당근 두 봉지를 사달라고 졸라서 사놓고는 당근 안 좋아한다며 먹지도 않아 결국 당근은 쓰레기통으로 향하는 신세가 되었다). 하지만 아무리 조쉬가 그렇게 시간을 끌어준들 조만간 집에 도착할 텐데. 그리고 지금쯤이면 동네에 붙어 있는 제이미의 실종 전단지를 발견했을 것이었다.

하지만 핍에게는 다른 선택지가 없었다. 가족들이 집에 오면 담판을 짓는 수밖에. 아니면 라비를 집에 못 가게 붙잡아 두고 시간을 끌어볼 수도 있지 않을까라는 생각이 들었다. 라비가 있는 자리에서 화를 내지는 않으실 테니까.

핍은 케이티가 보낸 사진들을 클릭해서 넘겨봤다. 같은 학년에만 총 여섯 명의 케이티가 있었다. 지금까지 받은 수많은 사진들 가운데 제이미가 포함된 것은 아직 두 장밖에 찾지 못했다. 그나마 그중 하나는 사진이 선명하지도 않았다. 그마저도 복도에서 사진을 찍으려고 포즈를 잡고 있는 남자애들 뒤로 삐져나온 제이미의 아래 팔이 살짝 보이는 정도였다. 혼자 톡 튀어나온 그 팔에는 제이미가 그날 입고 있던 것과 같은 자주색 셔츠와 검정색 사각 시계가 채워져 있었다. 제이미의 팔인 것은 맞지만, 그 사진에서는 저녁 9시 16분 제이미가 파티 현장을 돌아다니고 있었다는 사실 외에는 아무런 정보도 얻을 수 없었다. 어쩌면 파티에 도착한 시간이 그때쯤일까?

또 다른 사진에서는 적어도 제이미의 얼굴을 식별할 수 있었다. 핍과 같은 학년인 자스빈이 파란색 패턴의 소파에 앉아 있는 사진 뒷배경에 제이미가 있었다. 카메라 초점이 자스빈에게 맞춰져 있었는데 자스빈은 새하얀 윗도리에 묻은 빨간 음료수 자국 때문인지 입을 삐죽 내밀고 슬픈 표정을 하고 있었다. 제이미는 자스빈 뒤로 몇 미터 떨어진 곳의 어두워진 퇴창 옆에서 있었다. 화면이 살짝 뭉개져 있었지만 제이미의 시선이 사진 왼쪽 바깥 부분 사선으로 향하고 있다는 것을 확실히 알 수 있었다. 턱은 이를 꽉 다문 듯이 긴장되어 있었는데 아마 이때가 스티븐 톰슨이 제이미를 본 시점인 듯했다. 제이미는 분명 누군가를 바라보고 있는 것 같았다. 사진이 찍힌 시점은 저녁 9시 38분이니 그 말인즉슨, 그때까지 최소 22분 이상 파티에 머물렀다는 얘기가 된다. 그동안 계속 저 자리에 서서 뭔가를 바라보고 있었던 걸까?

핍은 또 다른 이메일을 열었다. 같은 영어 수업을 듣는 크리스 마샬이 보낸 것이었다. 핍은 첨부된 영상을 다운로드한 뒤 헤드폰을 쓰고 재생 버튼을 눌렀다. 스틸 사진과 짧은 동영상 클립들을 모아둔 것으로, 크리스가 스냅챗이나 인스타그램에 저장해놓은 스토리였다. 같은 정치학 수업을 듣는 피터와 맥주 두 병을 마셔대며 셀카를 찍은 게 있었고 그 뒤로 누군지 모르겠는 어떤 애가 물구나무를 서는 영상이 이어졌다. 휴대폰 마이크를 타고 낄낄거리는 웃음소리가 들렸다.

그다음은 뭘 마신 건지 파란색으로 변한 크리스의 혓바닥 사진이었다. 그리고 또 다른 동영상 클립이 시작되면서 큰 소리가 터져 나와 핍은 움찔했다. 꽥하고 소리 지르는 목소리들이 겹쳤고, "피터, 피터." 하며 애들이 시끄럽게 외치는 목소리가 들렸다. 또 다른 애들은 야유를 하고 낄낄거렸다. 다이닝룸으로 보이는 공간에서 의자를 싹 뒤로 밀어놓고는 테이블 양쪽에 삼각형 모양으로 플라스틱 컵을 늘어놓고 있었다.

비어퐁. 그들은 비어퐁을 하고 놀고 있었다. 정치학 수업을 같이 듣는 피터가 테이블 한쪽에 형광 주황색 탁구공을 줄 지워 세워놓고 한쪽 눈을 감은 채 탁구공에 초점을 맞췄다. 이어 피터의 손목 힘으로 튕겨 날아간 탁구공이 반대쪽에 늘어서 있는 컵들 중 하나에 퐁당 소리를 내며 떨어졌다.

순간 방 안에 환호성이 터져 나오며 그 소리에 핍의 헤드폰이 진동했다. 피터가 승리의 포효를 하는 동안 다른 팀 여자애 하나가 벌칙 술을 마셔야 한다고 불평을 늘어놓았다. 뒷배경에서 무언가를 발견한 것은 그때였다. 핍은 영상을 정지시켰다. 다이닝룸으로 이어지는 유리로 된 이중문 바로 오른쪽에 카라가 입을 크게 벌리고 환호성을 지르고 있고, 컵에서는 어두운 색깔 음료가 튀어 오르는 그 순간이었다. 뭔가 눈에 들어오는 것이 있었다. 카라의 뒤쪽으로 이어지는, 밝은 노란빛으로 환한 복도 쪽에 문밖으로 막 걸어 나가고 있는 발이 보였는데 제이미가 그날 입고 있던 청바지와 같은 색상의 다리와 하얀색 운동화였다.

핍은 동영상을 4초 전 피터가 승리의 포효를 하던 지점으로 돌렸다. 그리고 재생 버튼을 눌렀다가 곧바로 다시 정지시켰다. 복도에 나와 있는 제이미의 모습이 거기 있었다. 걷고 있어서 윤곽이 뭉개지기는 했지만 어두운 금발 머리와 칼라가 없는 자주색 셔츠, 분명히 제이미였다. 제이미는 두 손에 쥐고 있는 어두운 물체를 내려다보고 있었다. 휴대폰 같았다.

핍은 다시 영상을 재생하여 제이미가 다이닝룸에서 일어나는 소란을 뒤로하고 시선은 휴대폰에 고정한 채 복도를 따라 빠른 걸음으로 지나가는 것을 관찰했다. 카라가 고개를 돌려 0.5초 정도 제이미를 쳐다보는가 싶더니 곧 탁구공이 컵 안에 골인하고 환호성이 터지면서 카라의 시선도 다시 방 쪽으로 향했다.

4초. 그 장면은 고작 4초였다. 그사이에 제이미는 하얀색 운동화를 마지막 흔적으로 남긴 채 사라졌다.

"찾았어." 핍이 말했다.

13

핍은 다시 커서를 드래그해서 재생 버튼을 눌러 라비에게 보여주었다.

"제이미 맞아." 라비가 날렵한 턱을 핍의 어깨에 올린 채 영상을 확인했다. "카라가 제이미를 본 게 저때야. 봐봐."

"스냅챗 스토리가 CCTV보다 쓸모 있네." 핍이 말했다. "복도에서 현관으로 나가는 중이었을까?" 핍은 영상을 다시 재생하면서 고개를 돌려 라비의 눈을 바라보았다. "아니면 다른 방으로 갔을까?"

"둘 다 가능성이 있는데," 라비가 말했다. "이 집의 설계도면 없이는 판단하기 어려울 것 같아. 스티븐네 집에 가서 확인해볼 수 있을까?"

"들여보내줄지 모르겠어." 핍이 말했다. "엄마한테 파티한 걸 말 안 했대."

"흠," 라비가 말했다. "부동산 사이트에서 평면도를 찾을 수 있을지도 몰라."

비어퐁을 하는 영상에서 피터가 변기를 껴안고 구토를 하고 크리스가 그 장면을 찍다 킬킬거리며 "괜찮나, 친구?"라고 말하는 영상까지 계속 이어졌다.

핍은 피터가 구역질하는 소리를 더 이상 듣고 싶지 않아 정지 버튼을 눌렀다.

"제이미가 나온 그 영상이 언제 찍힌 건지 알아?" 라비가 물었다.

"아니, 크리스가 그냥 저장된 스토리를 보내준 거라 타임스탬프가 안 찍혀 있어."

"전화해서 물어봐." 라비가 손을 뻗어 핍의 노트북을 가져오며 말했다. "나는 주플라(부동산 사이트)에서 그 집을 한번 찾아볼게. 번지수가 뭐야?"

"하이무어 19번지." 핍이 라비를 마주하고 있던 의자를 빙그르르 돌려 휴대폰을 꺼냈다. 크리스의 번호는 분명 저장되어 있을 것이었다. 몇 달 전에 같이 조별 과제를 한 적이 있었으니까. 아, 여기 있다. 크리스.

"여보세요?" 크리스가 전화를 받는데 목소리 톤이 마치 질문을 하듯 살짝 올라갔다. 핍의 번호를 저장해두지 않은 것이 확실했다.

"여보세요, 크리스. 나 핍이야."

"어어, 안녕." 크리스가 말했다. "방금 너한테 이메일 보냈는데……."

"알아, 보내줘서 고마워. 사실 보내준 영상 관련해서 뭘 좀 물어보려고 전화했어. 피터가 비어퐁을 하고 놀던 때가 몇 시쯤인지 알 수 있을까?"

"음, 기억이 잘 안 나는데," 크리스가 하품하는 소리가 들렸다. "그때 술이 꽤 취한 상태였어. 아, 잠깐만. 기다려봐……" 크리스가 스피커폰 설정을 하자 목소리가 약간 울렸다. "피터를 놀리려고 스토리를 저장해놓긴 했는데, 카메라 앱에도 따로 저장해놨어. 스냅챗은 오류가 자주 나서."

"따로 저장해놨구나, 다행이다." 핍이 말했다. "그럼 시간이 찍혀 있을 거야."

"헐," 크리스가 말했다. "전부 삭제해버렸나 봐, 미안해."

핍은 가슴이 쿵 내려앉았다. 하지만 그것도 잠시 핍은 마음을 추스르고 다시 크리스에게 물었다. "최근 삭제 폴더에는?"

"오오, 그게 있었지." 크리스가 휴대폰 화면을 타닥타닥하는 소리가 들려왔다. "아, 여기 있다. 비어퐁 비디오가 찍힌 건 9시 56분."

"9시 56분!" 핍이 그 말을 반복하며 라비가 때맞춰 슬라이딩하듯 건네준 노트북에 시간을 기록했다. "좋아, 크리스. 진짜 고마워."

크리스가 뭐라고 했지만 핍은 이미 전화를 끊었다. 핍은 항상 본론 전후로 자잘하게 나누는 한담이 귀찮았다. 그리고 지금은 그럴 시간조차 없었다. 라비는 종종 그런 핍을 보고 귀여운 불도저 같다고 했다.

"들었지?" 핍이 라비에게 말했다.

라비가 고개를 끄덕였다. "부동산 사이트에서 스티븐네 집이 매물로 올라온 글도 찾았어. 2013년에 마지막으로 거래됐네. 사진은 몇 장 없는데 평면도는 아직 있다." 라비가 핍을 향해 화면을 돌려 스티븐네 집 1층 평면도가 그려진 흑백 이미지를 보여줬다.

핍은 화면을 보며 가로세로 16×12.5인치로 표시된 거실에서 이중문을 지나면 어디로 가는지 제이미가 갔던 방향 그대로 되짚어보았다. 현관이었다.

"맞네." 핍이 외치듯 말했다. "분명 9시 56분에 그 집에서 나가려 했던 거야." 핍은 평면도를 복사해서 그림판에 붙여 넣고 주석을 달았다. 현관을 따라 이어지는 복도에 화살표를 그리고 '9:56 p.m. 제이미 떠남.' 이렇게 적어두었다. "제이미는 나가면서 휴대폰을 보고 있었어. 그렇게 나간 다음 조지가 말했던 것처럼 밖에서 어떤 사람에게 전화를 건 걸까?"

"그랬을 것 같아." 라비가 말했다. "그렇다고 치면 통화를 꽤오래 한 건데. 최소 30분 이상."

핍은 평면도의 현관 바깥쪽 부분에다 제이미가 통화를 하며 왔다 갔다 했던 쪽으로 방향이 다른 화살표를 나란히 그려 넣었다. 그리고 통화한 시간을 표시해놓은 뒤 제이미가 마지막으로 집을 나가던 방향을 따라 화살표를 하나 더 추가했다.

"와우, 디자이너가 돼볼 생각은 없어? 전문가 수준인데." 라비가 어깨 너머로 보며 말했다.

"뭘 그렇게 오버해. 프로그램이 다 해주는 건데." 핍이 라비의 턱 갈라진 부분을 콕 찌르자 라비는 로봇이라도 된 듯이 '부웁'하는 소리를 내며 다시 얼굴을 리셋하는 흉내를 내었다.

핍은 그런 라비를 무시하고 "어쩌면 이 사진이 도움이 될 수도 있겠다."라고 말하며 얼룩진 옷을 입고 있는 자스빈 뒤에 서있는 제이미의 모습이 찍힌 사진을 가져왔다. 그리고 화면 분할을 해서 평면도 옆으로 그 사진을 끌어왔다. "저기 저 소파를 보니까, 여기가 거실인 거지?"

라비가 맞장구를 쳐주었다. "그렇지. 소파랑, 여긴 창문."

"맞아," 핍이 말했다. "그리고 제이미는 창문 바로 오른쪽에 서 있었어." 핍은 평면도 위의 창문 표시를 가리켰다. "근데 제이미의 눈을 보면, 시선이 왼쪽 어딘가를 향하고 있어."

"살인 사건도 해결하면서 오른쪽 왼쪽은 구분을 잘 못 하는구나." 라비가 미소를 지었다.

"왼쪽이 맞아." 핍이 라비를 째려보며 주장했다. "우리한테 왼쪽이면 제이미한테는 오른쪽이잖아."

"알았어, 때리지 마." 라비가 항복의 표시로 손을 들었다. 라비의 볼을 타고 실실거리는 미소가 번졌다. 라비는 왜 이렇게 핍을 놀리기를 좋아하는 걸까? 그리고 핍은 왜 그런 라비의 모습이 좋을까? 약이 올랐다.

핍은 다시 노트북을 마주하고 앉아 평면도에서 제이미가 서 있던 위치에 손가락을 올려놓고 대략적으로 제이미의 시선을 유추해보며 선을 그렸다. 선이 닿은 곳은 벽에 네모난 검정색 기호가 있었다. "이건 무슨 표시야?"

"벽난로 표시야." 라비가 말했다. "9시 38분에 벽난로 근처에 있던 누군가를 보고 있었던 거네. 추도식에서부터 따라갔던 그 사람일 수도 있겠다."

핍은 평면도에 주석과 시간을 추가해 달면서 고개를 끄덕였다.

"제이미 찾는 건 이쯤에서 잠시 보류하고," 핍이 말했다. "9시 38분에 벽난로 근처에서 찍힌 사진을 찾아보면 그 사람이 누군지 알아낼 수도 있겠는데."

"완벽한 계획입니다, 형사님."

"자, 얼른 하던 일 계속하시죠." 식탁 반대편 원래 자리로 돌아가라고 핍이 라비를 발로 밀며 말했다. 라비는 핍의 양말 한 짝을 벗겨서 반대편으로 돌아갔다.

라비가 마우스 패드를 한번 딸깍 누르고는 말했다. "이런……."

"라비, 이제 그만 차분히 집중 좀……."

"그게 아니라," 라비의 얼굴에서 웃음기가 사라졌다. "젠장." 라비가 핍의 양말을 떨구며 더 크게 말했다.

"뭔데 그래?" 핍이 의자에서 일어나 라비 옆으로 다가갔다.

"제이미를 찾았어?"

"아니."

"제이미가 찾던 사람을 알아냈어?"

"아니야, 근데 이 사람도 꽤……." 라비가 어두운 목소리로 말했다. 핍이 마침내 화면을 확인했다.

수많은 얼굴이 일제히 하늘에 떠 있는 등불을 바라보고 있는 사진이었다. 등불 가장 가까이 서 있는 사람들은 유령처럼 은색 불빛으로 반짝거렸고, 카메라 플래시 때문에 동공이 빨갛게 찍혔다. 그리고 뒤로 갈수록 사람들이 적어지는 와중에 맥스 헤이스팅스의 얼굴이 보였다.

"이럴 수가." 핍의 입에서 탄식처럼 이 말이 튀어나왔다. 핍은 마치 심장이 무너질 듯 숨을 내쉬기 시작했다.

맥스는 거의 밤하늘과 하나가 될 것만 같은 검은 재킷과 머리카락을 다 덮고 있는 후드를 입고 혼자 그곳에 서 있었다. 사진

속 멍하니 알 수 없는 표정에 빨간 눈을 하고 있는 그는 누가 봐도 맥스 헤이스팅스였다.

라비가 주먹을 쾅 내리치자 노트북과 함께 맥스의 눈동자가 부들거렸다. "이 새끼가 왜 여기 있지?" 라비가 숨을 몰아쉬었다. "여기가 어디라고 와."

핍은 라비의 어깨에 한쪽 손을 올렸다. 라비에게서 부들부들 떨리는 분노가 느껴졌다. "제멋대로 자기가 하고 싶은 건 다 하는 인간이잖아. 누가 다치든 상관 않고." 핍이 말했다.

"이 새끼가 와서는 안 되는 자리였어." 라비가 맥스에게 눈을 고정한 채 말했다. "감히 어떻게 추도식에 올 생각을 하지?"

"진짜 어떻게……." 핍의 손이 라비의 팔을 타고 내려가 라비의 손을 꽉 쥐었다.

"내일도 온종일 저 인간이 거짓말하는 꼴을 지켜보고 있어야 하는데."

"재판에 꼭 안 가도 돼." 핍이 말했다.

"알아. 널 위해서 가는 건 아니야. 아니, 널 위해서 하는 부분도 있긴 하지. 네가 원하는 건 뭐든 다 할 수 있으니까." 라비가 시선을 떨궜다. "근데 나를 위해서 가는 거기도 해. 맥스가 괴물인 걸 알았더라면 형이 충격받았을 거야. 형은 맥스를 친구라고 생각했는데, 어떻게 저길 올 수가 있어." 라비는 노트북을 쾅하고 닫아 맥스의 얼굴을 치워버렸다.

"며칠만 있으면 이제 꼼짝없이 아무 데도 못 가는 신세가 될 거야." 핍이 라비의 손을 꽉 쥐며 말했다. "며칠만 참으면 돼."

라비는 희미한 미소를 지어 보이며 엄지손가락으로 핍의 주먹을 쓰다듬었다. "알아," 라비가 말했다. "꼭 그렇게 될 거야."

그때 열쇠 달그락거리는 소리가 들리며 문이 찰칵하고 열렸다. 세 쌍의 발소리가 들렸다. 그러고는 이윽고.

"핍?" 주방으로 엄마의 모습이 등장하기도 전에 목소리가 먼저 울렸다. 뒤이어 들어온 엄마는 눈썹이 치켜 올라가 있었고 이마에는 화난 주름이 네 줄이나 생겨 있었다. 라비를 본 엄마가 잠깐 미소를 건네고는 다시 핍을 향해 돌아섰다. "전단지 다 봤다." 한 단어씩 씹어 뱉는 목소리였다. "언제쯤 얘길 꺼낼 생각이었어?"

"그게……." 핍이 겨우 입을 뗐다.

아빠는 흘러넘칠 듯한 장바구니 봉지 네 개를 들고 어설프게 걸어가며 조리대에 짐을 턱 내려놓았고, 덕분에 서로를 바라보고 있던 핍과 엄마의 시선이 잠시 아빠 쪽으로 옮겨갔다. 라비는 그 막간의 기회를 틈타서 노트북을 팔 사이에 끼워 넣었다. 이어 핍의 뒷목을 쓰다듬으며 "행운을 빌어."라는 말을 남긴 뒤 가족들에게 어색하고도 귀여운 인사를 건네고는 현관으로 사라졌다.

배신자.

핍은 체크무늬 셔츠 속으로 얼굴이라도 감추고자 고개를 푹 숙이고, 노트북을 방패 삼아 몸을 가렸다.

"핍?"

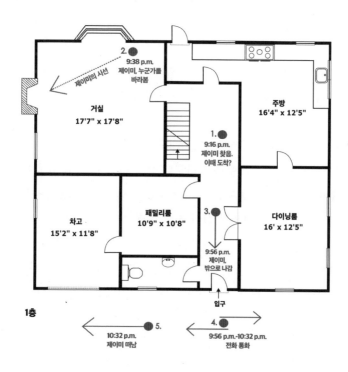

14

"엄마 말 들리니?"

"네, 죄송해요." 핍이 노트북을 닫고 엄마의 시선을 피하며 대답했다. "저장 좀 하느라."

"그 전단지는 대체 뭘까?"

핍이 발을 이리저리 움직이며 말했다. "전단지에 적혀 있는 대로 제이미가 사라졌어요."

"잔머리 굴리지 말고." 엄마가 한쪽 손을 골반 위에 올리며 말했다. 위험한 신호였다.

아빠는 우선 냉장고에 들어갈 식품을 다 넣은 다음 장바구니를 정리하다 말고 이제 조리대에 기대어 핍과 엄마의 딱 중간지점, 두 사람 사이 전투가 벌어져도 안전한 지점에 자리를 잡았다. 아빠는 그렇게 중간에 캠프를 치고 두 사람 사이 다리 역할을 하는 데 소질이 있었다.

"맞아요, 엄마가 생각하는 그대로예요." 핍이 드디어 엄마와 눈을 마주치며 말했다. "코너랑 코너 어머니가 엄청 걱정하고 있어요. 제이미한테 안 좋은 일이 생겼다고 생각하고 있어요. 맞아요, 제가 제이미를 찾아보고 있는 중이에요. 그리고 '시즌 2'를 시작해서 인터뷰도 녹음하고 있어요. 코너랑 코너 어머니가 부탁했고, 제가 하겠다고 했어요."

"엄마가 이해가 안 되는 건," 엄마는 사실 누구보다도 잘 이해하고 있지만, 그렇게 말했다. 엄마의 전략이었다. "이제 이런 건 안 하겠다고 했잖아. 작년에 그런 일을 다 겪고도 어떻게. 그 일 때문에 얼마나 위험해졌는지 다 알면서."

"알아요……." 핍이 말을 하려고 했지만 엄마가 말을 잘랐다.

"결국에는 병원에 실려 갔잖니, 피파. 약물 과다 투여로 위세척까지 했어. 그리고 살인자라고 판결 난 사람한테 협박까지 받았고." 이제 엄마는 엘리엇 워드 선생님을 살인자라고 불렀다. 한때는 친구였던 사람이지만 더 이상 친구라 부를 수 없었다. 감당하기 힘든 일이었다. "그리고 바니가 어떻게 됐는지……."

"저도 알아요, 엄마." 핍은 흥분하지 않으려 애썼지만 어느새 언성이 높아지고 목소리가 갈라지고 있었다. "작년에 저 때문에 어떤 끔찍한 일들이 일어났는지, 다시 상기시켜주지 않아도 잘 안다고요. 너무 잘 알아요. 작년에 제가 너무 무모한 짓들을 저질렀고, 매일같이 미안하다고 말해도 모자란다는 것도 알아요." 어느새 가슴 한쪽에 뚫린 커다란 구멍이 핍을 통째로 삼켜버릴 것만 같았다.

"미안해요, 진짜 항상 자책하고 있어요, 엄마가 말해주지 않아도 알아요. 제 실수는 제가 제일 잘 알고 있으니까."

"다 알면서도 또 그런 일을 벌이겠다는 거니?" 엄마가 골반에 얹었던 손을 내리며 조금은 부드러운 목소리로 말했다. 핍은 그것이 승리의 신호인지, 항복의 신호인지 분간할 수 없었다.

그때 거실에서 하이톤으로 깔깔거리는 웃음소리가 끼어들었다.

"조슈아," 아빠가 드디어 입을 열었다. "티비 좀 꺼라!"

"〈스폰지밥〉은 14번에서만 하는데." 조슈아가 조그만 목소리로 대꾸했다.

"조슈아……."

"알았어요."

텔레비전 소리가 조용해지고 더 이상 귓가에 〈스폰지밥〉의 흥얼거리는 노랫소리가 들리지 않았다. 아빠는 다시 조리대 앞에 자리를 잡고는 하던 얘기 계속하라는 손짓을 했다.

"그런데 왜?" 엄마는 마지막 질문을 다시 했다. 두꺼운 밑줄을 동반한 질문이었다.

"해야만 하니까요." 핍이 말했다. "솔직하게 얘기하면, 처음에는 안 한다고 했어요. 그렇게 결심을 했으니까요. 코너한테 더 이상 이런 일은 못 하겠다고 거절하고 어제 경찰서에 찾아갔어요. 경찰이 제이미 실종사건 조사에 빨리 착수할 수 있도록 도와주려고요. 전 그냥 그렇게만 도와줄 생각이었어요. 그런데 경찰에서는 제이미를 찾기 위한 아무런 조사도 시작하지 않았어요. 할 수가 없대요." 핍은 손을 팔꿈치 밑으로 가져가며 말을 이었다. "경찰에서 못 한다고 하니까, 다른 길이 없었어요. 하고 싶어서 시작한 게 아니에요. 코너랑 아줌마가 찾아와서 그렇게 부탁을 하는데 못 하겠다고 하면요? 만약에 제이미가 영영 돌아오지 못하면요? 죽기라고 하면?"

"핍, 그렇다고 그게 네가 해야 할 일은 아니……."

"제 일이 아닌 건 알아요, 근데 제가 해야 할 것 같은 책임감이 느껴지는 걸 어떻게 해요." 핍이 계속해서 말했다. "두 분 다

이건 제가 관여할 일이 아니라는 데에 수십 가지 이유를 댈 수 있다는 것도 알아요. 저는 다만 느끼는 대로 말씀드린 거예요. 이미 하겠다고 말했고 시작해버렸으니까 다시 물릴 수는 없어요. 작년에 저와 우리 가족한테 많은 일이 있긴 했지만 두 건의 살인 사건도 해결했고, 이제 제 얘기를 들어줄 60만 명의 팔로워들도 있고, 그러니까 그걸 이용해서 사람들을 돕고 싶어요. 제이미를요. 그게 다른 선택지가 없는 이유예요. 저 말고도 다른 사람이 도와줄 수도 있겠지만, 지금 도움을 줄 수 있는 사람은 저뿐이에요. 제이미 일이잖아요, 엄마. 내가 단지 나 편하자고 엄마 아빠가 원하는 쪽으로 결정해서 부탁을 거절했는데 만약에 제이미한테 무슨 일이 생기기라도 하면 스스로를 용서할 수 없을 것 같아요. 그래서 지금 이러고 있는 거예요. 내가 하고 싶어서가 아니라, 그래야 하니까. 하겠다고 이미 말했으니까요. 엄마 아빠도 이해해주셨으면 좋겠어요."

핍은 곁눈으로 아빠가 고개를 끄덕이고 있는 모습을 보았다. LED 조명이 아빠의 짙은 피부에 노란색 조명을 비추고 있었다. 엄마는 그 모습을 보고는 아빠에게 얼굴을 찌푸리며 인상을 썼다.

"빅터……." 엄마가 말했다.

"여보," 아빠가 금남의 구역으로 발을 내디디며 입을 떼었다. "핍이 생각 없이 일을 벌인 게 아니라는 건 확실하잖아. 이런저런 생각 다 해보고 결정을 내린 거야. 우리가 요구할 수 있는 건 심사숙고해야 한다는 건데 이미 스스로 그렇게 해서 내린 결정이야. 이제 핍도 열여덟 살이고." 핍을 바라보며 미소를 짓는 아빠의 눈이 반짝였다. 엄마 아빠가 어떻게 만났는지를 얘기해주던 때와 똑같은 눈빛이었다. 그때 핍은 네 살이었는데, 아빠에게 집을 보여주러 온 엄마를 따라 바로 이 집에 와서 주변을 뛰어다니고 있었다. 그날 어린이집이 문을 닫는 바람에 엄마가 하는 수 없이 데려온 거였다. 핍은 방을 둘러보던 아저씨를 따라다니며 동물들에 대해 하나씩 열거하고 설명을 해주었다. 엄마가 신사분에게 첨단 주방을 설명하는 동안 좀 조용히 하고 있으라고 했지만 핍은 엄마의 말을 무시하고 계속 떠들었다. 아빠는 그날 두 사람 모두에게 반했다고 말하곤 했다.

핍은 미소로 아빠에게 답례를 했고, 그러자 가슴속에 뻥 뚫렸던 구멍이 작아지며 숨을 쉴 수 있는 여유 공간이 생겼다.

"애가 위험해지면 그땐 어떻게 해, 여보?" 엄마가 말했지만 이미 그 목소리에는 노기가 가셔 있었다.

"모든 일에는 다 위험이 따르지." 아빠가 말했다. "하다못해 도로를 건너는 것도 위험한 일이잖아. 만약에 핍이 기자나 경찰이 되면 항상 이런 일이 생길 거야. 근데 단지 잠재적인 위험이 있다는 이유만으로 아무것도 못 하게 하며 살 수 있을까? 또 내가 있잖아. 누구든지 우리 딸을 해치려 한다면, 내가 머리를 따버릴 거야."

핍이 웃음을 터뜨렸다. 엄마는 웃음을 참으려고 애를 썼지만 입가가 움찔하는 것이 보였다. 튀어나오려는 미소를 엄마의 의지가 싸워서 이긴 듯한 모습이었다.

"좋아." 엄마가 말했다. "핍, 엄마는 너랑 싸우려는 게 아니야. 엄마라서 그래. 네가 안전하고 행복하길 바라니까. 지난번에는 그 두 가지를 다 잃었잖니. 네가 싫든 좋든 널 보호하는 게 엄마의 의무니까. 일단 알겠어, 네 선택을 존중할게. 하지만 과도하게 집착하거나 그럼 가만 놔두진 않을 거야. 또 학교를 빼먹거나 공부에 소홀하면 안 되는 거 알지?" 엄마가 손가락으로 중요한 두 가지를 표시하며 말했다. "별일 없으리라고 믿지만 위험한 조짐이 조금이라도 보이면, 정말 사소한 것이라도 있다면 바로 엄마 아빠한테 말해야 돼. 약속?"

"명심할게요." 핍이 고개를 끄덕였다. 이제 마음이 편안해졌다. "지난번 같은 일은 없을 거예요, 약속해요." 핍은 더 이상 작년의 핍이 아니었다. 이번에는 잘할 것이다. 꼭 그럴 것이었다. 이번은 다를 것이라고 핍은 스스로에게 되뇌었다. "근데 이건 확실히 말씀드려야 할 것 같아요. 상황이 좋지 않아요. 내일 아침에 제이미는 출근을 하지 못할 것 같아요."

엄마는 얼굴이 발개지더니 시선을 떨궜다. 입술이 가늘게 한 줄로 모아졌다. 엄마에게는 많은 표정이 있었지만, 그중에서도 그 표정은 가장 파악하기가 어려웠다. "있잖니," 엄마가 나지막이 말했다. "제이미한테는 아마 별일 없을 거고, 결국에는 아무것도 아닌 해프닝으로 끝날 거야. 그래서 너도 너무 이 일에 애를 쓰지 않았으면 해."

"저도 그렇길 바라요." 핍이 아빠가 건네준 귤을 과일 바구니에 넣으며 말했다. "그래도 적신호가 몇 개 있어요. 그날 밤에 제이미 휴대폰이 꺼진 이후로 아직까지도 꺼져 있어요. 그리고 그날 제이미 행동에도 이상한 점이 많았고요."

엄마가 빵 한 덩이를 빵 바구니에 올려놓았다. "이상한 행동

166

을 하는 게, 꼭 제이미답지 않은 게 아닐 수도 있어."

"잠깐, 그게 무슨 뜻이에요?" 핍이 아빠가 건네준 오트밀을 옮기다 말고 물었다.

"아, 별거 아니야," 엄마는 갑자기 토마토 통조림을 분주히 정리하기 시작했다. "말을 잘못했다."

"말을 잘못하다니요?" 엄마의 불편한 기색을 감지하자 심장이 목 바로 밑에서 파닥파닥 뛰는 것처럼 느껴졌다. 핍은 엄마의 뒤통수에 대고 눈을 가늘게 뜨며 말했다. "엄마, 제이미에 대해 뭐 아는 게 있죠?"

파일명:

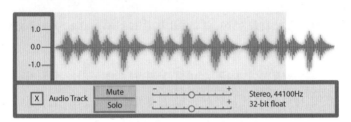

여고생 핍의 사건 파일, 시즌 2
엄마와의 인터뷰(대담). 녹음파일

핍:　엄마, 잠깐만. 마이크 설정 좀 할게요. 아까 하던 제이미 얘기, 마저 해줄 수 있을까요?

　　[웅얼거리는 소리]

핍:　엄마, 그…… 마이크 쪽으로 좀 와서 말해야 해요. 거기서는 녹음이 안 돼요.

　　[웅얼거리는 소리]

핍:　그냥 자리에 좀 앉아서 얘기해주면 안 돼?

　　[웅얼거리는 소리]

엄마:　[웅얼거리는 소리] 저녁 준비 시작해야 하는데.

핍:　알아, 알아. 몇 분이면 끝나요, 제발. 이상한 행동을 하는 게, 꼭 제이미답지 않은 게 아닐 수도 있다는 말이 무슨 뜻이에요? 사무실에서 무슨 일이 있었어요? 금요일 날 추도식에 참석하기 전에 제이미가 오후 근무를 하고 온 걸로 아는데, 그날 제이미 행동이 이상했다는 말인가요? 제발, 엄마. 이게 큰 도움이 될 수도 있어요.

엄마: 아니…… 그게…… 아니라. 안 될 것 같아. 내가 관여할 일
이 아니야.

핍: 제이미가 사라졌어요. 꼬박 이틀이 다 지나갔고, 지금 엄
청 위험한 상황일 수도 있어요. 나중에 제이미도 개의치
않을 거예요.

엄마: 하지만 제이미 엄마가…….

핍: 아줌마가 부탁한 일이에요. 제이미에 대해 알고 싶지 않은
사실까지 알게 될 수 있을 거라는 부분에도 동의하셨어요.

엄마: 혹시 조안나가…… 아직도 제이미가 프록터&래드클리프
중개사무소에서 일하고 있다고 알고 있니? 제이미가 그렇
게 말했을까?

핍: 네 그럼요, 무슨 말씀이시죠? 제이미는 중개사무소에서
일하고 있잖아요. 금요일 날 사라지기 전에도 출근을 했는
데.

엄마: 그게…… 제이미가 그만둔 지가 꽤 됐어…… 한 2주 반쯤
됐을 거야.

핍: 그만뒀다고요? 안 나온다고요? 제이미 가족들은 전혀 모
르는 얘기예요. 아직도 제이미가 엄마 사무소에서 일하는
줄 알고 있는데. 매일매일 출근한다고 나갔대요. 왜 일을
관두고 거짓말을 했을까요?

엄마: 제이미는…… 일을 관둔 게 아니야.

핍: 네?

엄마: 핍, 그게…….

핍:　　　엄마……?

엄마:　　일이 좀 있었어. 그 얘기는 별로 하고 싶지 않은데, 무슨 상관이 있나 싶기도 하고. 내 말은 그냥 제이미가 이렇게 갑자기 사라진 게 꼭 특별한 일은 아닐 수도 있다고 생각된다는 거야. 그런데 왜 이 난리를 피워서…….

핍:　　　엄마, 제이미가 사라졌다니까요. 지난 몇 주간 있었던 일 가운데 관련 있는 사건이 있을 수도 있어요. 어떤 것이든 요. 엄마가 얘기를 털어놓아도 그걸로 아줌마가 화내거나 하지는 않을 거예요. 무슨 일이 있었어요? 언제?

엄마:　　그날이 아마…… 토드가 쉬는 날이었고 시오반이랑 올리비아가 출근해서 매물을 보여주러 나갔었으니까 수요일이었을 거야.

핍:　　　2주 전 수요일, 그러니까…… 11일인가요?

엄마:　　맞는 것 같아. 그날 밖에서 점심을 먹고 재키랑 카페에서 얘기하느라 제이미가 사무실에 혼자 있었는데, 내가 사무실에 돌아갔을 때…… 제이미는 내가 그렇게 빨리 돌아올 줄은 몰랐던 듯해. 그때 제이미가…….

핍:　　　제이미가 뭘 하고 있었나요?

엄마:　　어떻게 내 열쇠를 찾았는지 모르겠는데, 아마 그날 내 가방에서 미리 몰래 빼놓았던 걸 거야. 그 열쇠로 내가 없는 동안 책상 서랍을 열었나 봐. 사무실에 들어가니까 제이미가 서랍에서 법인카드를 꺼내고 있더라고.

핍:　　　네……?

엄마:　　내가 들어가니까 소스라치게 놀라서 몸을 벌벌 떨었어. 왜

카드를 챙겨가려고 했는지 변명을 해대더라. 편지봉투를 좀 더 주문하기 위해 카드 정보가 필요했다고 했다가, 토드가 뭐 좀 구입해달라고 요청했다고 했다가…… 근데 거짓말인 게 너무 뻔했지. 제이미도 내가 자기 말을 못 믿는다는 걸 바로 눈치챈 거 같았고. 그러고는 연신 사과를 하더니…… 죄송하다고, 돈이 필요해서 그랬다고, 그리고 뭐라고 했더라…… "죽고 사는 게 달린 문제가 아니었으면 이런 짓은 하지 않았을 거예요."라는 식으로 말했던 것 같아.

핍: '죽고 사는 문제?' 그게 무슨 말일까요?

엄마: 나도 모르지. ATM기에서 한 몇백 파운드 정도 인출하려고 그랬던 것 같아. 사무실에 비치할 차를 사오라고 카드랑 PIN 번호를 알려준 적이 있었거든. 그 돈이 왜 필요했는지는 모르지만, 굉장히 절박해 보였어. 그전에는 한 번도 말썽을 일으킨 적이 없었는데…… 제이미가 한 곳에서 적응을 잘 못 하니까 조안나랑 아서한테도 힘이 되어주고 싶어서 이 일을 제안한 거였기도 했고…… 제이미는 정말 친절하고 착한 애잖니, 어렸을 때부터 쭉 그랬잖아. 근데 그날 마주친 제이미는 완전히 다른 사람처럼 느껴졌어. 너무 겁에 질려 있었어. 안타까웠지.

핍: 엄청 위급한 상황이었던 것 같아요. 왜냐면 그렇게 돈을 훔치는 데 일단 성공하더라도 결국은 발각될 거라는 걸 제이미도 알고 있었을 텐데…… 왜 그렇게 급하게 돈이 필요했을까요?

엄마: 못 물어봤지. 그러고서 제이미는 그냥 카드를 내려놓고 열쇠를 되돌려줬어. 난, 경찰에는 신고 안 하겠다고 했어. 뭐 때문인지는 모르지만 이미 상당히 곤란한 상황인 것 같아서 상황을 더 어렵게 만들고 싶지는 않았어. 그리고 친구

의 아들인데. 그런 문제를 일으켰다고 경찰을 부른다면 마음이 안 좋을 것 같아서. 그러면 안 되잖니. 그래서 제이미한테는 아무에게도 이 일을 말하지 않겠지만 더 이상 우리 사무실에서는 같이 일할 수 없다고 얘기를 했지. 바로 해고라고. 앞으로 또 이상한 행동을 하면 결국 조안나한테 이 얘기를 할 수밖에 없을 거라고. 그렇게 얘기했어. 그랬더니 제이미가 신고하시 않아줘서 고맙다고 그리고 또 사기한테 이렇게 일자리를 제안해주고 기회를 준 데 대해 감사하다고 하고는 나갔어. 나가면서는 "정말 죄송해요. 정말 저도 이러고 싶지 않았어요."라고 했어.

핍:　그 돈을 어디에다 쓰려고 했을까요?

엄마:　말해주진 않았지만, 회사에서 돈을 훔치려 한 건, 그건 잡혀갈 각오까지 했다는 뜻이지. 뭔가 불법적인…… 범죄와 관련된 게 아니라면 왜 돈이 필요했을까?

핍:　그럴 수도 있겠네요. 하지만 그렇다고 해서 그 일이 있고 2주 뒤 제이미가 실종된 게 이상한 일이 아니라거나, 제이미니까 그럴 만하다고 말할 수는 없을 것 같아요. 이 얘기를 듣고 나니까 정말 제이미에게 큰 문제가 생겼다는 확신이 더 커지네요. 아마 안 좋은 일에 휘말린 것 같아요.

엄마:　나도 제이미가 뭘 훔치고 그럴 애라고 생각해본 적이 없어. 한 번도.

핍:　그리고 제이미가 설명한 유일한 이유가 '죽고 사는 문제'라는 거였죠?

엄마:　맞아, 그렇게 말했어.

핍:　누가 죽고 사는 문제였을까요?

15

핍은 제이미 어머니의 표정에서 억장이 무너져 내리는 순간을 보았다. 확실했다. 그 순간은 핍이 아줌마와 코너에게 제이미가 누군가를 뒤쫓아 대참사 파티에 갔다는 얘기를 전했을 때가 아니었다. 제이미가 10시 반경 경찰을 언급하며 통화하는 것이 목격됐다는 얘기를 했을 때도 아니었다. 심지어 제이미가 지난 2주 동안 사실은 출근한 게 아니라 출근하는 척하며 지냈다는 것을 알았을 때, 그러니까 직장에서 어떻게 해고되었는지 그리고 지금까지 그 사실을 숨겨왔다는 얘기를 했을 때도 아니었다. 그것은 정확히 이 표현을 들었을 때였다. "죽고 사는" 문제.

그 순간 아줌마는 완전히 달라졌다. 고개를 들고 있는 아줌마의 얼굴이, 눈매가 바뀌었다. 몸에서 생기가 다 빠져나가버린 듯 안색이 창백해지더니 피부가 느슨해졌다. 그렇게 아줌마 안에 있던 모든 삶의 기운이 주방의 차가운 공기 속으로 사라져버렸다. 그리고 핍은 방금 아줌마가 가장 두려워하고 있는 그 지점을 건드렸다는 사실을 깨달았다. 무엇보다 가장 최악인 것은 '죽고 사는 문제'라는 그 말이 제이미의 입에서 직접 나왔다는 사실이었다.

"제이미가 정확히 어떤 뜻으로 그런 말을 했는지는 몰라요. 어쩌면 상황을 모면하려고 과장해서 얘기했을 수도 있고, 저희 엄마한테 동정심을 유발하려고 그랬을 수도 있고요." 핍이 코너와 아줌마의 무너져 내린 눈빛을 번갈아 살피며 열심히 말했다. 제이미의 아버지는 집에 없었다. 보아하니 아저씨는 낮에도 집에 없었고, 두 사람 모두 아저씨가 어디 있는지 모르는 듯했다. 아줌마 생각으로는 화를 식히러 나간 것 같다고 했다. "제이미가 왜 그 돈이 필요했는지 짐작 가는 게 있을까요?"

"2주 전 수요일이라고? 그때 돈이 필요했을 만한 일이 있었나?" 코너가 말했다. "누구 생일이나 경조사 때문에 돈이 필요했던 건 아닐 거야."

"제이미가 누구 생일선물을 사려고 돈을 훔칠 사람은 아니라고 생각해." 핍은 가능한 한 가장 다정하게 말했다. "제이미가 누구한테 갚아야 할 돈이라도 있었을까? 아니면 휴대폰 요금이 너무 많이 나왔다든지…… 지난 몇 주 동안 계속 휴대폰을 붙들고 있었잖아."

"그건 아닌 것 같아." 아줌마가 입을 뗐다. "사무소에서 월급을 꽤 괜찮게 줬어. 휴대폰 요금이 많이 나왔더라도 요금 정도는 충분히 내고도 남았을 거야. 평소보다 돈 씀씀이가 늘어난 것도 아니고. 제이미는 옷이든 뭐든 자기 물건을 잘 사지를 않아. 제이미가 주로 지출하는 내역은, 음…… 점심 식사 비용 정도일 텐데."

"알겠습니다. 그 부분을 한번 찾아볼게요."

"그동안 형은 어디에 갔던 거지?" 코너가 물었다. "우리한테는 출근한다고 말해놓고 어디에 갔던 걸까?"

"그것도 알아볼게." 핍이 말했다. "어쩌면 그냥 사무소에서 있었던 사건에 대해 이야기하고 싶지 않아 피했던 건지도 몰라. 일을 못 하게 됐다고 말하기 전에 새로운 일을 구해보려던 중이었을 수도 있고? 아버지랑 그 일로 갈등이 있었잖아. 그래서 최대한 싸울 일을 만들지 않으려고 그랬을 수도 있어."

"맞아." 아줌마가 턱을 긁적이며 말했다. "애들 아빠는 제이미가 잘렸다는 걸 알면 화를 냈을 테니까. 제이미는 그런 일로 싸우는 걸 제일 싫어해."

"다시 대참사 파티 얘기로 돌아가서," 핍이 대화를 전환했다. "그때 제이미가 통화한 사람이 누구였을지 조금이라도 짐작이 가시나요? 제이미에게 뭔가 하도록 요구했을 만한 사람……."

"흠, 우리는 아니야." 아줌마가 말했다.

"조이 언니는요?" 핍이 물었다.

"아니야, 그날 조이는 제이미랑 연락을 안 했어. 내가 아는 한 제이미랑 주기적으로 연락하는 사람은 나탈리 다 실바뿐이야."

"나탈리는 아니에요." 핍이 말했다. "나탈리는 제이미가 약속도 깨고 나탈리가 보낸 문자랑 전화도 받지 않았다고 했어요."

"그럼 모르겠구나, 미안하다." 아줌마가 작은 목소리로 말했다. 아줌마의 몸에서 목소리마저 스르르 빠져나가는 듯했다.

"괜찮아요." 핍은 기운을 북돋아주기 위해 일부러 밝은 목소리로 말했다. "비밀번호는 어떻게 됐나요?"

"아직 못 풀었어." 코너가 말했다. "네가 보내준 질문 조합 인쇄물대로 이것저것 조합해서 숫자도 바꿔보고 계속 시도해봤는데, 들어맞는 게 없더라. 시도해본 거는 다 기록해놨는데 벌써 600개가 넘었어."

"그렇구나, 계속 시도해봐. 내일 학교 끝나고 데이터 손실 없이 비밀번호를 풀어줄 수 있는 사람을 한번 찾아볼게."

"그래, 좋아." 코너가 손가락을 만지작거리며 말했다. 뒤쪽 조리대에는 개봉된 시리얼 봉지와 빈 그릇 두 개가 놓여 있었다. 코너와 아줌마가 저녁으로 시리얼을 먹은 듯했다. "비밀번호 입력해보는 것 말고 해볼 수 있는 거 없을까? 어떤 거든?"

"당연히 있을 거야." 핍이 방법을 떠올려보려고 머리를 굴리며 말했다. "이메일로 제보받은 대참사 파티 사진들을 여전히 계속 확인하고 있는 중이거든. 아까 말했던 것처럼 벽난로 근처에 있던 사람들을 찾아야 해. 9시 38분부터 50분 사이. 지금까지 가장 근접했던 건 9시 29분에 벽난로 방향으로 찍힌 사진이야. 애들 아홉 명 정도가 모여 있는데, 우리 학년도 있고 바로 아래 학년 애들도 있어. 이 사진은 훨씬 일찍 찍힌 거라 제이미가 뭘 보고 있었는지는 알 수는 없어. 근데 내 생각에는…… 내일 학교에 가서 추적해보면 좋을 것 같아. 코너, 이메일로 사진이랑 비디오 파일을 보내줄게, 너도 한번 확인해볼래?"

"알겠어," 코너가 허리를 똑바로 세우고 앉으며 말했다. "해볼게."

"좋아."

"사람들한테 메시지가 계속 오네." 아줌마가 말했다.

"전단지를 본 친구들이랑 이웃집 사는 사람들한테 메시지가 계속 오는구나. 온종일 집에서 제이미 컴퓨터랑 휴대폰만 붙들고 있느라 여태까지 전단지도 못 봤네. 전단지 사진 좀 볼 수 있을까?"

"네, 그럼요." 핍은 마우스패드를 터치해서 노트북 화면을 다시 불러왔다. 그리고 최근 열어본 파일 중에서 사진을 불러온 뒤 노트북 화면을 아줌마 쪽으로 돌렸다. "이 사진을 썼어요." 핍이 말했다. "얼굴도 선명하게 잘 보이고, 너무 활짝 웃고 있는 사진도 아니에요. 제 생각에는 사람들이 활짝 웃을 때랑 평소 모습이랑 인상이 꽤 달라 보일 때가 있는 것 같아서 이 사진을 썼어요. 생일 케이크에 불을 붙이기 전에 찍은 거라 반사된 빛도 없이 깔끔하고요. 보기 괜찮으세요?"

"괜찮구나," 아줌마가 입을 틀어막고 작은 목소리로 말했다. "그래, 딱이구나." 그리고 아들의 얼굴을 쳐다보는 게 힘에 겨운 듯 사진 속 제이미의 얼굴을 위아래로 살펴보는 아줌마의 눈에 눈물이 차올랐다.

"잠시 화장실 좀 갔다 올게." 휘청거리며 의자에서 일어나던 아줌마가 다 꺼져가는 목소리로 말했다. 아줌마가 주방 문을 닫고 나가자 코너가 기운없이 한숨을 내쉬더니 손가락에 난 부스럼을 뜯으며 말했다.

"위층에 올라가서 우는 거야. 오늘 내내 그랬어. 엄마가 우는 거 다 알아. 엄마도 내가 안다는 걸 눈치챘을 거야. 그래도 내 앞에서는 안 우시더라고."

"미안해, 많이 힘들지? 무슨 말을 해줘야 할지 모르겠어."

"엄마가 우는 걸 보면 내가 낙담할까봐 저러시는 것 같아."

"힘내, 코너." 핍은 코너를 토닥여주고 싶었지만 그러기엔 식탁에서 코너와 너무 떨어져 앉아 있었다. 핍은 노트북을 다시 제자리로 돌려놓으며 코너에게 말했다. "그래도 오늘 어느 정도 진전이 있었잖아. 그날 밤 제이미의 동선도 거의 다 완성했고, 추적해볼 만한 단서도 찾았으니까."

코너가 고개를 숙여 휴대폰 시간을 확인했다. "형이 마지막으로 목격된 시간이 10시 32분 맞지? 57분 후면 사라진 지 48시간이 되네." 코너는 잠시 동안 입을 떼지 못했다. "57분 안에 돌아올 가능성은 없겠지, 그치?"

핍은 무슨 말을 해줘야 할지 알 수 없었다. 어제 진작 했어야 할 얘기도 아직 못한 상황이었다. 제이미의 칫솔이나 빗, 어떤 것이든 유전자가 검출될 수 있는 것을, 혹시 필요할지도 모를 상황을 대비해서 보관해두라고 알려줘야 했지만 지금은 그런 말을 할 타이밍이 아니었다. 그런 말을 할 적당한 시점이라는 게 존재하는지 자체가 의심스러웠다. 넘어서는 안 될 선 같은 게 그런 말에는 들어 있으니까.

그 대신 핍은 화면 속에서 살짝 미소 지은 채 자신을 바라보고 있는 제이미의 눈을 들여다보았다. 그러자 그 사진 속의 시점과 현재 사이에 놓인 열흘이라는 시간이 증기처럼 사라지고 제이미가 마치 지금 이곳에 앉아 있는 듯한 착각이 들었다. 그리고 깨달았다. 제이미가 앉았던 곳이 핍이 지금 앉아 있는 바로 맞은편 자리라는 사실을. 사진 속 제이미의 뒷배경은 지금 모습과 똑같았다. 유치한 기념품 자석들이 요리조리 붙어 있는 냉장고와 싱크대 쪽에 1/3정도 내려와 있는 크림색 블라인드, 제이미의 왼쪽 어깨 언저리에 위치한 목재 도마, 사이즈를 구분하기 위해 손잡이 부분에 색색깔의 스티커가 붙은 칼 여섯 자루가 담긴 원통 칼꽂이까지.

사진과 주방을 번갈아 보던 핍의 눈에 무언가가 포착되었다. 제이미가 찍힌 사진 속에는 보라색, 주황색, 연두색, 진녹색, 빨강색 그리고 노란색 스티커가 붙은 모든 칼이 원통 케이스에 담겨 있었다. 하지만 지금 주방을 보니 그중 한 자루가 보이지 않았다. 노란색 스티커가 붙은 칼이었다.

"뭘 그렇게 봐?" 코너가 말했다. 핍은 그제야 코너가 뒤에 서서 어깨 너머로 같이 화면을 보고 있단 사실을 알아챘다.

"아, 아무것도 아냐." 핍이 말했다. "그냥 이 사진을 보다가 칼 한 자루가 안 보이는 것 같아서. 근데 신경 쓰지 마." 핍은 신경 쓰지 말라는 말을 반복하며 손사래를 치고는 머릿속을 파고드는 생각을 떨쳐버리려 애썼다.

"아마 식기세척기 안에 있을 거야." 코너가 식기세척기 쪽으로 걸어가 문을 열었다. "으음?" 코너는 식기세척기 문을 그대로 열어둔 채, 이번에는 싱크대로 향했다. 코너가 칼을 찾느라 그릇을 뒤적거리며 쟁그랑거리는 소리에 핍은 움찔했다. "누가 실수로 수납장 서랍에 넣어놨나 보다. 나도 자주 그래서." 말은 그렇게 했지만 코너의 목소리는 이제 살짝 당황하는 빛이 어려 있었다. 서랍을 열자 그 바람에 안에 있던 내용물이 서로 부딪치는 소리가 들렸다.

핍은 그런 코너의 모습에서 두려움을 감지했다. 그릇들과 주방 도구들이 부딪치는 소리가 날 때마다 심장이 더욱 빨리 뛰고 동시에 얼어붙는 기분이 들었다. 코너는 당황해서 마지막 칸까지 서랍을 하나씩 다 열어 뒤졌고 그 바람에 주방에 있는 모든 집기들이 이빨을 드러내듯 밖으로 튀어나와버렸다. "여기도 없어." 코너가 말했고 그건 핍도 이미 알고 있었다.

"아줌마한테도 한번 물어봐." 핍이 자리에서 일어나며 말했다.

"엄마!" 코너가 소리쳤다. 코너는 이제 찬장으로 시선을 돌려서 칸마다 한 짝씩 다 열어젖히고 있었다. 찬장 안에 들어 있는 주방용품들이 다 쏟아져 내릴 것만 같았는데 그 모습을 지켜보던 핍은 속이 다 뒤집어지는 느낌이었다.

아줌마가 계단을 쿵쿵 내려오는 소리가 들렸다.

"코너, 진정해." 핍이 말했다. "여기 어딘가에 있을 거야."

"만약에 없으면?" 코너가 무릎을 꿇고 주저앉아 싱크대 아래쪽 찬장을 확인하며 말했다. "없다면 그게 무슨 뜻일까?"

핍은 칼이 안 보인다는 걸 나중에 얘기하는 게 나았을지도 모른다고 생각하며 말했다. "그냥 칼 하나가 사라진 것뿐이야."

"뭐가 사라졌다고?" 아줌마가 문을 박차고 들어오며 물었다.

"칼 한 자루가 사라졌어요, 노란 색깔 스티커가 붙어 있는 칼이요." 핍이 노트북을 가져와 보여주며 말했다. "보이세요? 제이미 생일날 찍은 이 사진에는 이렇게 통에 꽂혀 있었는데, 지금은 안 보여요."

"아무 데도 없어요." 코너가 숨을 몰아쉬며 말했다. "주방을 다 확인해봤는데."

"찾아보자." 아줌마가 찬장을 몇 개 닫으면서 말했다. 그리고 싱크대에 있는 머그컵과 유리잔들을 모두 치우고 다시 살펴봤다. 심지어 건조대까지 뭔가 있는지 살펴봤지만 핍이 앉아 있는 방향에서도 건조대에는 아무것도 없는 것이 너무나 잘 보였다.

코너는 칼을 꽂아두는 원통 케이스 아래쪽에서 노란색 스티커가 붙은 칼이 나오기라도 할 것처럼 칼통에서 칼을 하나씩 빼어 보고 있었다.

"없어진 것 같구나." 아줌마가 말했다. "아무 데도 보이지가 않네. 아빠가 돌아오면 한번 물어보자."

"최근에 그 칼을 언제 사용했는지 기억하세요?" 핍은 제이미의 생일날 찍힌 사진들을 넘기며 찾아보았다. "생일날 케이크를 자를 때 쓴 건 빨간색이긴 해요. 그래도 그때 이후로 노란색 칼을 쓴 적이 없으세요?"

기억을 더듬어보는 아줌마의 눈동자가 오른쪽 위로 향하며 미세하게 진동했다. "코너, 이번 주에 내가 무사카(얇게 썬 가지와 다진 고기를 켜켜이 놓고 맨 위에 치즈를 얹은 그리스 요리-역주)를 요리한 게 언제였지?"

숨을 몰아쉬는 코너의 가슴이 들썩거렸다. "어, 그날이 기타 수업을 받고 늦게 들어온 날이었는데, 그쵸? 그럼 수요일이에요."

"그래 맞아, 수요일이었지." 아줌마가 핍을 향해 돌아섰다. "그게 제일 날카롭고 넓어서 가지를 썰 때 주로 사용해. 만약에 그날 그 칼이 없었다면 이상하다고 생각했을 거야."

"알겠습니다. 잠시만요." 핍이 생각할 시간을 좀 벌면서 말했다. "그러면 지난 나흘 사이에 칼이 없어진 거네요."

"이게 무슨 일일까?" 아줌마가 말했다.

"별일 아닐 수도 있어요." 핍이 요령 있게 대답했다. "제이미하고는 아무런 상관이 없는 걸 수도 있어요. 생각지도 못했던 곳에서 어느 날 그 칼을 다시 찾을 수도 있는 거고요. 지금은 그냥 평소랑 조금이라도 다른 점이 발견되면 아무리 작은 것이라도 살펴볼 필요가 있으니까 여쭤본 것뿐이에요. 너무 걱정 마세요."

그러나 이런 말은 아무런 소용이 없었다. 두 사람의 눈에 드리워진 공포는 이 얘기를 꺼내지 않는 쪽이 나았으리라는 핍의 생각이 맞았다는 것을 확인시켜주고 있었다. 핍은 최대한 두 사람이 눈치채지 못하도록 칼의 브랜드를 확인하고 원통 케이스와 비어 있는 슬롯의 사진을 찍었다. 그리고 노트북으로 돌아와서 해당 브랜드를 검색하자 색상으로 분류된 각종 칼이 줄을 맞추어 정렬한 모습으로 나타났다.

"맞아, 그 브랜드야." 아줌마가 뒤에서 말했다.

"좋아요." 핍은 노트북을 닫고 가방에 넣었다. "코너, 대참사 파티 사진 보내줄게. 나도 늦게까지 안 잘 것 같으니까 뭐라도 발견하면 바로 문자해. 그럼, 내일 학교에서 보자. 안녕. 아줌마도 편히 주무세요."

편히 주무세요? 뻔히 잠을 제대로 이루지도 못할 걸 알면서 얼마나 멍청한 말인지.

핍은 입을 꾹 다물고 긴장한 미소를 띤 채 코너네 집을 나왔다. 코너와 아줌마가 자기 표정을 제대로 보지 못했기를 바랐다. 핍에게 방금 떠오른 생각이 어떤 것인지 갈피도 잡지 못했기를 바랐다. 핍은 여섯 개의 칼들이 줄지어 늘어서 있는 사진 속의 그 노란색 칼이 머릿속에 계속 맴돌며 떠오르는 생각을 어찌할 수 없었다. 만약 무기로 쓸 만한 식칼을 고른다면 그 칼이 제격일 것이라는 생각이었다. 바로 사라진 그 칼이.

지난 목요일, 그리고 오늘 찍은 칼 세트. 이미지파일

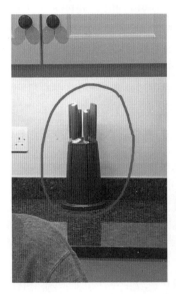 

파일명:

 사건 기록 3. 문서파일

사라진 식칼:

제발 사라진 칼이 이 사건과 아무런 관련이 없기를 바란다. 만약 제이미의 실종과 이 칼이 관련이 있다면 이 사건은 상상도 하기 싫은 불길한 국면으로 접어들게 된다. 그럼에도 타이밍이 맞아떨어지는 것으로 느껴지는 건 어찌할 도리가 없다. 제이미와 그 칼은 같은 주에 사라졌다. 그렇게 큰 주방용 식칼을 집에서 잃어버릴 수가 있나? 희박하다. 수요일 저녁 이후에 어떤 경로로든 칼이 집 밖으로 사라진 것이다.

수상한 행동:

내가 아는 제이미는 우리 엄마 회사에서 돈을 훔칠 그런 사람은 아니다. 제이미 가족들도 제이미가 물건을 훔친 전력이 없다고 했다. 제이미는 뭘 하려 했던 걸까? 법인카드로 ATM기에서 출금 한도(구글링을 해보니 250유로에서 500유로 사이)까지 최대한 돈을 빼려고 한 듯한데. 왜 그렇게 돈이 급하게 필요했을까? 무작위 상상: 제이미의 침대 옆 협탁에서 발견한 여자 시계가 이 일과 관련이 있을까? 새 시계 같지는 않았는데…… 중고로 구입한 것일까? 아니면 훔친 것일까?

'죽고 사는 문제'라는 제이미의 말은 무슨 뜻일까? 제이미의 실종과 이 말을 연관 지어 생각하면 소름이 돋는다. 자기 자신을 지칭하는 거였을까 아니면 누군가 다른 사람을 말하는 것일까? (참조: 중고 여자 시계를 구입하는 일은 당연히 '죽고 사는 문제'는 아닐 텐데.)

직장에서 잘린 이야기를 가족들한테 하지 않은 것도 수상하게 느껴진다. 물론 잘리게 된 이유를 감추고 싶었을 것이다. 제이미가 일을 쉽게 관두고 아무런 목표도, 욕심도 없이 산다고 생각하는 아버지와의 갈등 때문에 잘렸다는 사실을 숨기고 싶었을 수도 있다.

또 달리 의심해볼 만한 부분은 아버지, 아서 레이놀즈 씨의 행동이다. 오늘 아저씨는 어디서 뭘 하고 있었을까? 제이미가 실종된 게 아니라고, 크게 싸우고 난 후니까 그 일로 집을 나갔다가 며칠 뒤면 돌아올 거라고 생각하는 것도 이상하지는 않다. 이러한 추측을 뒷받침해주는 제이미의 전적이 있으니까. 하지만 아내와 작은아들이 뭔가 큰일이 생긴 게 틀림없다 생각하고 저렇게 걱정하고 있으면 본인도 그런 생각이 한 번쯤은 들지 않을까? 본인 생각이 맞는다고 강하게 믿는다 해도, 아내가 그렇게 정신이 나가 있는 상태라면 적어도 옆에서 위로라도 해주는 것이 정상이지 않을까? 어쩌면 아저씨도 곧 생각이 바뀔지 모른다. 이제 실종 48시간이 지났다.

대참사 파티:

제이미는 파티에서 뭘 하고 있었던 걸까? 지금으로써 유일한 가설은 제이미가 봤던 그 누군가는 바로 우리 학년이나 한 학년 아래일 가능성이 높다는 것이다. 제이미가 그(또는 그들)를 추도식에서 발견했고, 하이무어의 스티븐 톰슨 집에서 열리는 대참사 파티까지 뒤따라갔다. 그리고 슬쩍 집에 들어가서(이 장면이 찍힌 시간은 9:16 p.m.) 그(또는 그들)와 얘기를 나누려고 했던 것 같다. 이 시점이 9시 38분. 제이미는 벽난로 근처에 있는 누군가를 보고 있던 것으로 생각된다. 9시 29분에 찍힌 사진에는 벽난로 근처에 아홉 명 정도가 모여 있었다. 모두 얼굴을 알아볼 수 있다.

13학년: 엘스페스 크로스먼, 카티야 주크스, 스트루안 코플랜드, 조지프 파우리, 엠마 트웨이트, 아이샤 베일리.

12학년: 야스민 미아, 리처드 월렛, 릴리 호턴.

제이미가 목격된 시점과 사진이 찍힌 시점은 다르지만, 지금까지 찾은 것들 중 가장 가까운 시간대에 찍힌 것이다. 내일 학교에 가서 한 명씩 찾아가 뭐라도 알고 있는 게 있는지 확인할 것이다.

조사 단서 목록:

- 사람들이 이메일로 보내준 대참사 파티에서 찍힌 사진/비디오 - 확인할 것.

- 힐러리 와이즈먼 - 내가 유일하게 찾아낸 힐러리 와이즈먼은 2006년 리틀 킬턴에서 사망한 84세 할머니이다. 부고에 보면 딸 하나와 손자 둘이 있다고 나온다. 하지만 다른 와이즈먼을 검색해도 더 이상 뜨는 기록이 없다. 열흘 전 제이미는 어떤 이유로 이 이름을 써놓은 것일까? 사건과 무슨 연관이 있는 걸까?

- 저녁 10시 32분, 제이미와 긴 통화를 하던 사람은 누구일까? 통화는 30분 이상 길게 이어졌다. 최근 문자를 주고받고 전화 통화를 하던 그 사람일까? 나탈리 다 실바는 아니다.

- 제이미가 쫓아간 그 사람의 정체와 그 사람을 대참사 파티까지 쫓아간 이유는?

- 돈을 훔친 이유, 왜 훔쳤을까? '죽고 사는 문제?'란 도대체 무엇일까?

월요일
실종 3일째

16

핍은 이제 앞자리에 앉지 않았다. 엘리엇 워드 선생님이 교단에 서서 제2차 세계대전이 경제에 미친 영향에 대해 얘기했을 때만 해도 앞자리에 앉고는 했지만 이제 더 이상 아니었다.

크리스마스가 지나고 역사 선생님으로 새로 부임한 클라크 선생님은 아직 서른도 안 되어 보일 만큼 젊었는데, 층을 낸 갈색 머리에 연갈색 턱수염을 잘 정리하고 다니는 분이었다. 또 파워포인트 전환과 음향효과를 아주 열심히 활용하며 수업을 진행하셨다. 하지만 월요일 아침부터 수류탄이 터지는 수업 자료를 보고 있자니 너무 곤혹스러웠다. 수업에 집중할 수가 없었다. 핍은 이제 고정 좌석이 되어버린 뒷자리 구석에 앉아 있었고 핍의 옆자리에는 역시 코너가 앉아 있었다. 오늘 지각까지 한 코너는 자리에 앉아서 다리를 덜덜 흔들고 있었다. 수업에 집중하기 어려운 건 코너도 마찬가지였다.

책상 위에 수직으로 세워놓은 교과서는 237페이지에 펼쳐져 있었지만, 핍은 사실상 필기를 제대로 하고 있지도 않았다. 교과서는 클라크 선생님의 눈을 피하기 위한 가림막일 뿐이었다. 핍은 책 속에 휴대폰을 기대어 세워놓고 귀에는 이어폰을 꽂은 채 이어폰 줄은 점퍼 안으로 넣어 소매로 빼서 한 손으로는 이어폰 버드를 쥐고 있었다. 그야말로 완전 위장을 한 상태였다. 클라크 선생님 눈에는 핍이 손으로 턱을 괴고 날짜며 퍼센트 등을 받아 적는 것처럼 보일 테지만 사실은 대참사 파티에서 찍힌 사진과 영상을 확인하는 중이었다.

메일함에는 지난밤, 그리고 오늘 아침에 새롭게 도착한 이메일들이 쌓여 있었다. 제이미에 대한 얘기가 퍼져 나가고 있는 모양이었다. 하지만 수사에 필요한 시간대와 장소에 부합하는 사진이나 동영상은 여전히 없었다. 핍은 고개를 들고 시계를 확인했다. 종이 울리기까지 5분 남아 있었다. 이메일 한 통 정도 더 확인하기에 딱 충분한 시간이었다.

핍은 영어 수업을 같이 듣는 한나 레벤스가 보내온 이메일을 열어보았다.

이메일에는 이렇게 적혀 있었다.

안녕 핍, 오늘 아침에 네가 코너의 형을 찾고 있다는 말을 들었어. 그리고 금요일 대참사 파티에 나도 갔는데…… 이거 엄청 창피한 영상이라서(9시 49분에 내가 진탕 취했을 때 남자친구한테 보낸 영상) 다른 사람한테는 절대 보여주지 않기를 부탁해. 영상 뒷배경 보니까 모르는 얼굴이 있어서 보낸다. 확인해볼래? 그럼 나중에 학교에서 보자!

불길한 기운이 핍의 뒷목을 타고 올라왔다. 딱 맞는 시간대, 거기다 한나가 모르는 얼굴이라니. 이거다. 핍은 첨부파일에 엄지손가락을 대고 재생 버튼을 눌렀다. 바로 요란한 굉음이 울려 퍼졌다. 크게 튼 음악 소리, 와자지껄 떠드는 목소리와, 다이닝 룸에서 비어퐁 게임을 하는 애들이 내는 듯한 야유와 환호 소리 가 들렸다. 하지만 이 영상은 거실에서 찍은 것이었다. 한나의 얼굴이 화면 대부분을 차지하고 있었다. 한나는 휴대폰을 든 손 을 아래로 쭉 뻗고 자스빈이 9시 38분에 앉아 있던 소파 반대편 에 기대 있었다. 자스빈이 앉았던 소파는 그 끄트머리만 배경에 살짝 보였다.

인스타그램 강아지 필터를 씌우고 혼자 앉아서 고개를 흔드 는 한나의 머리를 따라 갈색 귀가 따라다녔다. 아리아나 그란데 신곡이 흘러나오고, 한나는 그에 맞춰 립싱크를 하고 있었는데 아주 그럴듯했다. 한나는 음악에 맞춰 눈을 꼭 감기도 하고 허 공을 손으로 붙잡는 등 가수의 손짓을 그대로 따라 했다.

설마 장난으로 보낸 영상인가? 핍은 계속해서 한나의 머리 뒤로 보이는 배경을 주시하며 영상을 지켜봤다. 배경에는 두 사 람이 있었는데 얼굴을 알아볼 수 있었다. 조지프 파우리와 카티 야 주크스였다. 소파의 위치로 미루어 봤을 때 두 사람은 영상 에는 보이지 않았지만 벽난로를 가리고 바로 앞에 서 있는 것이 분명했다. 그렇게 서서 카메라를 등지고 있는 또 다른 여자애와 얘기를 하고 있었다. 어두운색 긴 생머리에 청바지를 입고 있는 여자애였다. 그런 스타일을 할 만한 애라면 핍이 아는 사람들만 해도 열댓 명은 될 것이었다.

파란색 선이 재생바의 막바지에 다다르며 영상도 거의 다 끝 나가는 무렵이었다. 딱 6초를 남겨두고 있던 그때, 한꺼번에 두

가지 일이 일어났다. 긴 갈색 머리 여자애가 뒤를 돌아서 벽난로를 떠나 한나의 카메라를 향해 걸어왔고 동시에 화면의 반대쪽에서 누군가가 그녀를 향해 빠르게 걸어갔다. 너무 빨리 지나가서 뭉뚱그려진 옷과 그 위로 떠다니는 머리 형체밖에 보이지 않았지만, 자주색 셔츠였다.

두 형체가 막 부딪치려고 할 때쯤, 제이미가 그 여자애의 어깨 쪽으로 손을 뻗었다.

그렇게 영상이 끝났다.

"이런." 핍이 옷소매 안에 대고 작은 소리로 탄식했다. 핍이 아는 아이였다.

"왜 그래?" 코너가 속삭였다.

"찾았어."

"진짜?"

수업 종료를 알리는 종소리가 귀를 쪼개고 들어오듯 요란해 핍은 움찔했다. 잠을 충분히 자지 못한 날은 귀가 한층 더 예민해지곤 했다.

"복도에서 얘기하자." 핍은 가방에 교과서를 챙기고 몸에 엉켜 있는 이어폰을 풀었다. 그리고 자리에서 일어나 어깨에 가방을 걸쳤다. 클라크 선생님이 준 과제가 어떤 것이었는지는 듣지도 못했다.

뒷자리에 앉는다는 것은 교실을 나갈 때도, 다른 애들이 교실 밖으로 다 쏟아져 나갈 때까지 기다렸다가 가장 마지막으로 나가야 한다는 것을 의미했다. 코너는 핍을 따라 마지막으로 복도로 나왔고, 핍은 멀리 떨어진 벽 쪽으로 코너를 데리고 갔다.

"뭔데 그래?" 코너가 물었다.

핍은 이어폰을 풀어 코너의 뾰족한 귀에 한 짝씩 꽂아주었다.

"아야, 살살 좀 해." 핍이 휴대폰을 들고 재생 버튼을 누르자 코너는 소리가 새어 나가지 않게 손으로 컵 모양을 만들어 귀 주변을 감쌌다. 코너의 얼굴에 약간 웃긴다는 듯한 표정이 스쳐 갔다. "와, 보는 사람이 다 민망한데." 몇 초간 화면을 주시하던 코너가 이어 물었다. "나한테 보여주려고 했던 게 이거야?"

"당연히 아니지." 핍이 말했다. "끝까지 가봐."

그리고 영상이 끝에 다다랐을 때 코너가 눈을 가늘게 뜨며 말했다. "스텔라 채프먼?"

"맞아." 핍이 거칠게 코너의 귀에서 이어폰을 뺐고, 코너가 또다시 "아야." 하고 소리를 질렀다. "제이미가 추도식에서 발견했던 그 누군가가 바로 스텔라 채프먼이야. 제이미는 스텔라를 따라 파티에까지 갔던 거고."

코너가 고개를 끄덕였다. "이제 어떻게 하지?"

"점심시간에 스텔라를 찾아가서 얘기를 좀 해봐. 둘이 어떻게 아는 사이인지, 무슨 얘기를 했는지. 왜 제이미가 개를 따라간 건지."

"오케이, 알았어." 긴장이 풀어지는 듯 코너의 얼굴 표정이 살짝 느슨해졌다. "이건 좋은 신호겠지?"

"그럴 거야." '좋은'이라는 단어가 적합한지는 잘 모르겠지만 핍은 그렇게 대답했다. 적어도 곧 뭐라도 알아낼 수 있을 것이었다.

"스텔라?"

"어? 안녕." 트윅스를 입안에 물고 오물거리던 스텔라가 갈색 아몬드 모양의 눈을 가늘게 뜨고 쳐다보았다. 태닝한 피부 위에 브론저를 발라 안 그래도 완벽한 광대뼈가 더 도드라진 모습이었다. 핍은 스텔라를 어디서 기다려야 할지 정확히 알고 있었다. 핍과 스텔라는 같은 구역에 있는 사물함을 썼기 때문이다. 채프먼의 사물함은 피츠-아모비의 사물함에서 딱 여섯 칸 떨어져 있었고, 둘은 거의 매일 아침 사물함 앞에서 마주칠 때마다 짤막한 인사를 나누곤 했다. 그리고 그 짤막한 인사는 언제나 스텔라의 사물함 문이 닫히며 나는 끼익하는 듣기 싫은 소리로 마무리가 되었다. 핍은 스텔라가 사물함 문을 열고 책을 집어넣는 것을 지켜봤다.

"무슨 할 말이라도?" 스텔라의 시선이 핍의 어깨 너머 길을 막고 서 있는 코너에게로 옮겨갔다. 코너는 손을 허리 위에 올리고는 마치 자기가 경호원이라도 되는 듯한 포즈로 우스꽝스럽게 서 있었다. 핍이 코너에게 엄한 표정을 짓자 코너가 뒤로 물러나 자세를 풀었다.

"점심 먹으러 가는 길이지?" 핍이 물었다. "물어보고 싶은 게 있는데, 잠시 시간 좀 내줄 수 있을까?"

"어어, 그래. 이제 식당 가려고. 무슨 일 있어?"

"별일은 아닌데," 핍이 스텔라와 함께 복도를 걸어가며 태연한 말투로 얘기했다. "그냥 잠깐 얘기 좀 할 수 있을까 해서. 시간 돼?" 핍은 진작에 비어 있는 것을 확인해둔 수학 교실 문을 열다가 잠시 멈추었다.

"왜, 무슨 일인데?" 스텔라의 목소리에 궁금해하는 기색이 역력했다.

"우리 형이 사라졌어." 코너가 다시 허리에 손을 올리며 끼어들었다. 위협적으로 보이려고 저런 자세를 하는 걸까? 핍은 다시 한번 코너를 노려보았다. 코너는 핍의 눈빛에 담긴 의미를 잘 파악하는 편이었다.

"혹시 내가 코너네 형 실종사건을 조사하고 있다는 얘기 들었어?" 핍이 말했다. "제이미 레이놀즈에 대해서 몇 가지 물어보고 싶은 게 있어."

"아, 그렇구나. 근데 어쩌지," 스텔라가 머리카락 끄트머리를 만지작거리며 난처한 목소리로 말했다. "나는 그 사람을 몰라."

"그런데……." 코너가 말을 하려 했지만 핍이 가로막았다.

"제이미가 금요일 대참사 파티에 갔었어. 제이미가 가장 마지막으로 목격된 장소도 거기고." 핍이 말했다. "파티에서 제이미가 너한테 다가가는 영상을 봤어. 난 그냥 둘이 서로 어떻게 아는 사이인지, 무슨 얘기를 했는지 알고 싶어서 그래."

스텔라는 아무런 말을 하지 않았지만 얼굴 표정으로는 온갖 이야기를 하고 있었다. 두 눈이 커졌으며 매끈한 이마에는 주름살이 생겼다.

"스텔라, 우린 정말 간절해." 핍이 부드럽게 말했다. "제이미한테 정말 큰일이 생긴 건지도 몰라. 그날 있었던 일을 조사하다 보면 제이미가 지금 어디에 있는지 알 수 있을지도 몰라. 이건…… 사람 목숨이 달린 문제야." 핍은 코너를 의식하며 조심스럽게 말했다.

스텔라가 입술을 깨물더니, 눈을 치켜뜨는 모습이 마음을 먹은 듯했다.

"알겠어."

파일명:

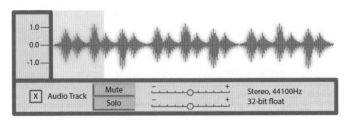

여고생 핍의 사건 파일, 시즌 2
스텔라 채프먼과의 인터뷰. 녹음파일

스텔라: 잘 들려?

핍: 응응, 딱 좋아. 자 그럼, 먼저 제이미 레이놀즈를 어떻게 알게 되었는지부터 말해줄래?

스텔라: 음…… 그니까…… 아는 사람은 아니야.

코너: [웅얼거리는 소리]

핍: 코너, 녹음하는 중에는 조용히 좀 해줘.

코너: [웅얼거리는 소리]

스텔라: 그니까…… 음…….

핍: 코너, 너 먼저 점심 먹으러 갈래? 난 조금 있다가 갈게.

코너: [웅얼거리는 소리]

핍: 안되겠다, 진짜. 코너, 이따 식당에서 보자. 먼저 가 있어. 아, 문은 좀 닫아줘. 고마워. 미안해. 코너는 형이 걱정돼서 저러는 거야.

스텔라: 아냐, 괜찮아. 이해해. 형 얘기를 코너 면전에 대고 하기가

195

불편해서. 무슨 말인지 알지?

핍: 알지. 둘이서 얘기하는 쪽이 훨씬 편하지. 자 그럼, 제이미
       하고는 어떻게 아는 사이야?

스텔라: 사실 아는 사이라고 할 수 없어. 모르는 사이지. 금요일 파
       티에서 처음 만났으니까. 오늘 아침 학교 오는 길에 전단
       지를 보기 전까지는 누군지도 몰랐어.

핍: 이 영상 한번 봐줘. 한나 얼굴은 무시해주고. 뒷배경 보면
       네가 카티야한테서 멀어질 때 제이미가 너를 향해서 가고
       있어.

스텔라: 아, 맞아. 그게…… 좀 이상해, 아니 진짜 이상해. 아마 사
       람을 잘못 보거나 그랬던 게 아닌가 싶어. 다른 사람이랑
       헷갈렸거나.

핍: 무슨 말이야? 제이미가 너한테 뭐라고 했는데?

스텔라: 그니까, 영상에서도 봤듯이 내 어깨를 두드리길래 뒤를 돌
       아봤어. 그러니까 "라일라, 여기서 보네." 이러더라고. 그래
       서 나는 "아니, 내 이름은 스텔라인데……"라고 했지. 근데
       내 말은 듣지도 않고 계속 "라일라, 너 맞잖아." 이러는 거
       야. 내가 계속 난 라일라가 아니라고 해도 내 말을 못 알아
       듣는 것 같더라고.

핍: 라일라라고?

스텔라: 응, 나보고 자꾸 라일라라고 하길래 내가 "미안하지만 나
       는 그런 사람 몰라." 이런 식으로 말하니까 "라일라, 나야,
       제이미야. 머리 모양을 바꿔서 못 알아볼 뻔했잖아." 이러
       더라고. 진짜 좀 황당했어. 코너 형도 엄청 당황한 것 같아

보였고. 그러고 나서는 고등학생 애들 파티에는 무슨 일로 왔냐고 묻더라. 그때는 좀 소름이 돋아서 "나는 라일라가 아니고 스텔라야. 그리고 네가 누군지도, 지금 무슨 얘기를 하는지도 모르겠어. 날 좀 내버려 둬. 아니면 소리 지를 거야."라고 말했지. 그러고 나서 난 갔어. 그게 끝이야. 더 이상 무슨 말을 하지도 않았고 나를 쫓아오지도 않더라고. 근데 내가 그렇게 가버리고 나니까 이유는 모르겠지만, 되게 슬퍼 보였어. 아직도 무슨 일이 벌어진 건지, 무슨 소리를 했던 건지 이해가 안 돼. 어떻게 보면 약간 소름 돋는 일종의 작업 기술 같기도 하고. 몰라, 그 사람 우리보다 나이가 많지?

핍:　　응, 스물네 살이야. 그런데 잠시만, 다시 한번 확인 좀 할게. 네가 알아보지 못하는데도 제이미는 "나야, 제이미."라고 하면서 너를 라일라라고 수차례 불렀고, 네 머리 모양이 바뀌었다고 말한 거 맞지?

스텔라:　　응. 근데 난 머리 모양을 바꾼 적이 없어. 항상 이 머리 스타일이었거든.

핍:　　그니까. 그리고 그다음에는 "고등학생 애들 파티에는 무슨 일이냐"고 물었다고 했지?

스텔라:　　응, 딱 그렇게 말했어. 왜? 뭐 짚이는 데라도 있는 거야?

핍:　　스텔라…… 혹시 인스타나 sns에 사진을 많이 올리는 편이야? 셀카나 딱 너만 찍혀 있는 그런 사진들 있잖아.

스텔라:　　응, 맞아. 대부분이 내 사진이야. 그게 왜?

핍:　　아무것도 아니야. 몇 장 정도 올려놨어?

스텔라: 잘 모르겠는데, 많긴 많아. 왜 그러는데?

핍: 팔로워는 몇 명이지?

스텔라: 엄청 많지는 않아. 한 800명 정도? 왜 그러는데, 무슨 일인데?

핍: 음, 내 생각에는…… 제이미가 너를 사칭한 사람하고 연락을 하고 있었던 것 같아.

스텔라: 사칭?

핍: 네 사진을 도용해서 라일라라고 말하고 다니는 사람 말이야.

스텔라: 헐, 그렇게 생각해보면 말이 좀 되네. 진짜로 제이미는 나를 너무 잘 아는 사람처럼 대했어. 그리고 나도 당연히 자기를 알고 있을 거라는 듯이 말했고. 몇 번 얘기를 해본 사람처럼 말이야. 근데 실제 만나본 적은 없나 보네.

핍: 그치. 그리고 만약 사칭이었다면 네 사진에다가 포토샵을 좀 했을 수도 있을 것 같아. 그래서 '머리를 바꿨다'라고 한 걸 수도 있고. 내 생각에는 제이미가 추도식에서 널 발견하고…… 아니다, 추도식에서 라일라라고 생각했던 사람을 발견했고, 제이미 입장에서는 그때 라일라의 실물을 처음으로 보게 된 거지. 근데 네가 사진과 달라서 혼란스러웠던 거야. 그리고 너를 따라 대참사 파티에 갔고, 때를 노리다가 말을 건 거지. 근데 또 동시에 네가 왜 파티에서 어린애들하고 놀고 있는지 이해가 안 된 거야. 내 생각에는 이 라일라라고 하는 사람이 자기를 이십 대쯤으로 소개하지 않았을까 싶어.

스텔라: 어어, 그렇게 말하니까 완전 말이 되네. 다 들어맞잖아. 사
칭이라니. 이런, 이상한 사람이 아니었는데 그렇게 말한
게 미안하네. 너무 상처받은 것 같아 보였어. 그럼 그 사람
도 눈치를 챘겠지? 라일라가 진짜가 아니라는, 거짓 인물
이라는 걸?

핍: 그런 것 같아.

스텔라: 지금은 실종된 상태고? 진짜로 실종된 거야?

핍: 응, 진짜 실종됐어. 누군가가 가짜 인물을 사칭했다는 걸
알고 나서 바로.

제목: 제이미 레이놀즈 목격

피파 피츠-아모비에게.

안녕, 나는 해리 사이드라고 해. 네 팟캐스트를 정말 좋아하는 팬이야! 시즌 1 활약이 정말 대단했어! 나도 킬턴에 살아. 킬턴에 있는 서점(지금도 서점에서 이걸 쓰고 있어) 직원으로 일하고 있어. 나도 금요일에 서점 마감을 하고 여기서 같이 일하는 친구들이랑 추도식에 갔었어. 그 두 사람을 잘 알지는 못했지만, 그래도 참석하는 게 의미 있다고 생각했어. 그리고 추도식이 끝나고 안주랑 맥주 사서 와이빌 로드에 있는 친구네 집으로 갔어.

어쨌든, 그날 밤 친구 집에서 나와 집으로 돌아가는 길에, 네가 찾고 있는 그 제이미 레이놀즈라는 사람을 본 것 같아. 거의 98%쯤 확신해. 오늘 아침 네가 붙인 전단지를 보고 친구들한테도 물어봤더니 다들 그날 본 사람이 제이미인 것 같다고 하더라고. 그래서 너한테 최대한 빨리 알려줘야 할 것 같았어. 그때 함께 제이미를 봤던 친구 두 명도 여기 서점에서 일하고 있으니까 궁금한 게 있으면 언제든 연락주거나 서점으로 와. 우리 정보가 네 조사에 조금이라도 도움이 될 거라고 생각한다면 말야!

그럼 이만.

해리

시내 중심가에 자리하고 있는 그 서점은 언제나 눈에 띄었다. 핍이 기억하는 그 서점은 항상 그렇게 눈에 띄는 모습이었고 핍은 그 서점이 좋았다. 엄마에게 책 한 권만 더 사달라고 끌고 들어가던 그곳. 다른 건물은 모두 새하얀 벽면에 십자형으로 교차된 검정색 구조 목재가 드러난 모습이었지만, 그 서점의 외관은 밝고 쾌활한 보라색으로 칠해져 10년 전 처음에는 아마 한동안 동네가 시끄러웠을 터였다.

핍을 뒤따라오고 있던 코너는 자칭 이 '사칭범 설'을 여전히 탐탁해하지 않았다. 코너가 자기 입으로 말했던 것처럼, 제이미가 지난 몇 주 동안 휴대폰만 붙들고 살았다는 점을 상기시켜줘도 코너의 반응은 그대로였다.

"지금까지 찾은 정보들이랑 딱 들어맞아." 앞쪽에 보이는 서점을 향해서 계속 걸어가며 핍이 말했다. "늦은 밤 전화 통화랑 제이미가 휴대폰 화면을 못 보게 했던 일들을 생각하면 이 라일라라는 사칭범하고 그렇고 그런 사이였던 것 같아. 나탈리 다실바랑 그렇게 되고 제이미가 많이 상심한 상태이기도 했고, 그래서 온라인에서 만난 누군가에게 빠지기도 쉬웠을 거야. 특히나 그 사람이 스텔라 채프먼의 사진을 도용했다면 더더욱."

"무슨 말인지는 알겠어, 근데 전혀 생각도 못 했던 거라……

너무 의외라서 그래." 코너가 고개를 푹 숙였다. 핍의 설명에 수긍하는 것 같기도, 실망한 것 같기도 했다.

코너와 함께하는 수사는 라비 때와는 조금 달랐다. 라비는 그때그때 필요한 조언을 해주며 핍이 명쾌하게 생각을 떠올리고 정리할 수 있도록 도와주었다. 그리고 어떤 무모한 결정을 내리더라도, 항상 핍의 손을 잡고 지지해주었다. 같이 대화를 나누고 또 말을 아낄 때는 자제하면서 서로의 최대치를 이끌어내는 것이 두 사람의 방식이었다.

스텔라와의 인터뷰를 마친 후 핍은 법원 청사에 가 있는 라비에게 전화를 걸었다. 법정 상황은 막 검찰 측 진술이 끝나고 맥스의 변론을 기다리는 시점이었다. 핍과 라비는 스텔라의 진술을 토대로 제이미와 라일라 퍼즐을 풀고 확인하며 함께 정리했다. 코너에게는 벌써 세 번째 정리한 내용을 설명해주었지만 코너는 매번 미심쩍어했고, 그럴 때마다 핍의 머릿속으로도 의혹이 기어 들어왔다. 하지만 지금은 시간이 없었기에 핍은 일단 그런 생각들을 치워두고 서둘러 서점을 향해 발걸음을 재촉했다. 코너는 그런 핍의 뒤를 열심히 쫓아왔다.

"지금까지 발견한 증거들에 들어맞는 설명은 그것뿐이잖아." 핍이 말했다. "직감이 증거를 따라가보게 하는 거야. 그게 내 방식이야." 핍은 다시 서점으로 시선을 돌렸다. 그리고 입구 바로 앞에 멈춰 서서 코너에게 말했다. "여기서 증언을 확보하고 나면 라일라라는 사람을 인터넷에서 찾아보고 이 가설을 한번 확인해보자. 아, 그리고," 핍이 코너 쪽으로 완전히 돌아서며 말했다. "일단 들어가면 얘기는 내가 해볼게. 그게 더 나을 것 같아."

"알겠어, 그렇게 해." 코너가 말했다. "아까 스텔라랑 있을 때 난처하게 해서 미안해."

"아니야. 형이 걱정돼서 그런 거라는 거 알아." 핍의 표정이 부드러워졌다. "이제 나한테 맡겨줘."

문을 열고 들어가자 유리문에 달린 종이 딸랑거리는 소리가 났다. 핍은 서점 안에서 풍기는 어딘가 꿉꿉하고 오래된 듯한, 세월이 흘러도 변치 않는 그 냄새가 좋았다. 이곳에서는 금색 금속판 명찰에 알파벳으로 표시가 되어 있는 어두운 마호가니 책장 사이 미로 속에서 길을 잃을 수도 있었다. 핍은 어렸을 때 이곳에 오면 항상 자석에 끌리듯 범죄 분야 서적이 꽂힌 책장 앞으로 가곤 했다.

"어서 오세요." 계산대 쪽에서 누군가가 낮은 목소리로 인사를 했다. "아, 너구나! 안녕."

그 직원은 옆걸음으로 계산대를 빠져나와 매대 쪽으로 다가 왔다. 그는 서점에서 제일 높은 책장만큼 키가 컸고, 큰 덩치에 다가 두꺼운 근육질 팔뚝에 머리 뒤쪽으로 똥머리를 묶은, 이런 데와는 동떨어져 보이는 외모를 하고 있었다.

"해리라고 해." 해리가 핍에게 손을 내밀었다. "해리 사이드. 너한테 이메일을 보냈던 바로 그 해리." 그는 악수를 청하며 핍에게 거듭 본인을 밝혔다.

"네, 연락주셔서 정말 감사합니다." 핍이 말했다. "학교 수업 땡 하자마자 바로 달려왔어요." 그때 코너의 발아래 나무판자에서 삐걱거리는 소리가 났다. "이쪽은 제이미의 동생, 코너 레이놀즈예요."

"안녕." 해리가 코너 쪽으로 손을 내밀며 말했다. "너희 형 일은, 정말 유감이야."

코너가 무슨 말을 하는 듯 마는 듯 우물쭈물했다.

"금요일 목격하신 내용에 대해 여쭤봐도 될까요?" 핍이 물었다. "그리고 대화를 녹음해도 괜찮을까요?"

"아, 그래. 괜찮아. 어이, 마이클!" 해리가 뒤쪽에서 책장에 책을 꽂고 있는 사람을 불렀다. "사무실에 가서 소프 좀 불러와! 제이미를 본 날 우리 셋이 다 같이 있었거든." 해리가 덧붙였다.

"네. 그럼 여기다가 마이크 좀 설치해도 될까요?" 핍이 계산대 옆에 있는 책상을 가리켰다.

"그래. 어차피 4시부터 마감 시간까지는 손님도 없고 조용하니 딱이다." 해리는 핍이 배낭을 올려놓을 수 있게 책상에 있는 갈색 종이봉투들을 치워주었다. 핍은 가방에서 노트북과 USB 마이크 두 개를 꺼냈다.

뒤편 사무실에서 소프와 마이클이 나타났다. 핍은 서점 뒤쪽에 있는 공간이 어떻게 생겼는지 항상 궁금했지만, 커가면서 그러한 궁금증도 점차 사그라들었다.

핍은 소프, 마이클과 인사를 주고받은 뒤 세 사람 모두 마이크 주위에 모여 앉도록 했다. 그리고 해리의 앉은키에 맞추기 위해서 책을 몇 권 쌓아 마이크의 높이를 좀 올렸다.

다들 준비가 되자 핍은 녹음 버튼을 누른 후 의미 있는 고갯짓을 하며 말했다. "해리, 그러니까 추도식이 끝나고 친구네 집으로 갔다고 했는데, 위치가 어딘가요?"

"우리 집이었어요." 마이클이 수염을 벅벅 긁으며 말했다. 그는 옆의 두 사람보다 더 나이가 들어 보였는데, 최소 삼십 대는 되는 듯했다. "와이빌 로드에 있는 우리 집."

"와이빌 로드 어디쯤인가요?"

"58번지, 죽 올라가다 길이 꺾이는 쪽입니다."

핍은 마이클이 말하는 곳이 어디인지 정확하게 알고 있었다. "알겠습니다. 그날 저녁에 세 분이 같이 시간을 보냈다고 하셨죠?"

"넵." 소프가 말했다. "이렇게 우리 세 명에다 루시도 같이 있었어요. 루시는 오늘 근무가 아니라 안 나왔죠."

"마이클 집에서는 다들 동시에 나왔나요?"

"네, 내가 운전을 했어요." 해리가 말했다. "집에 가는 길에 소프랑 루시를 데려다줬지요."

"그렇군요." 핍이 말했다. "집에서 나온 게 정확히 몇 시였는지 기억하는 분 있나요?"

"아마, 한 11시 45분쯤이었을 거야, 그치?" 해리가 친구들을 쳐다보며 말했다. "내가 집에 도착한 시간을 역으로 계산해보면 그래요."

마이클이 고개를 저었다. "그 전이었을 거야. 나는 11시 45분에 벌써 침대에 누웠거든. 그때 알람을 설정하다가 시간을 봤어. 너희들 배웅해주고 바로 자러 올라갔고, 잘 준비하는 데 한 5분 정도 걸리니까 아마 우리 집에서 너희들이 나선 건 11시 40분쯤 되지 않았을까 싶은데?"

"11시 40분이요? 좋습니다, 감사해요." 핍이 말했다. "그럼 이제 제이미를 보게 된 상황을 얘기해주실 수 있을까요? 제이미는 어디에서 뭘 하고 있었나요?"

"길을 걸어가고 있었어요." 해리가 삐져나온 머리카락 몇 가닥을 뒤로 넘기며 말했다. "꽤 잰걸음으로…… 무슨 급한 일이 있는 사람처럼. 마이클네 집 쪽 보도에 있었으니까, 우리 바로 뒤편에서 건넌 거지요. 우리 쪽은 아예 쳐다보지도 않았어요. 어딜 가는지 몰라도 완전히 뭔가에 정신이 팔린 사람 같았어요."

"어느 쪽 방향으로 가고 있던가요?"

"와이빌 로드 위쪽으로," 마이클이 말했다. "시내 반대 방향으로 갔어요."

"와이빌 로드를 따라서 쭉 위로 갔을까요? 아니면 튜더 레인이나 다른 지점에서 방향을 틀었을까요?" 핍은 헤드폰을 잡고 코너가 괜찮은지 안색을 확인하며 물었다. 코너는 말하는 사람들을 골똘히 쳐다보고 있었다.

"그건 모르죠." 해리가 말했다. "그렇게 지나쳐가고 나서는 못 봤거든요. 우리는 차를 타고 반대쪽으로 가고 있었으니까. 아쉽네요."

"그 사람이 제이미 레이놀즈였다고 확신하시나요?"

"응, 확신해요." 소프가 본능적으로 마이크 쪽으로 몸을 기울이며 말했다. "늦은 시간이라 거리에 아무도 없었어요. 그 사람 빼고는요. 그래서 더 눈에 띄었다고나 할까. 해리가 보여준 전단지 보자마자 바로 생각났어요. 내가 제일 먼저 대문으로 나왔는데 그때 제이미가 집 쪽으로 걸어오는 게 보였거든요. 그러고서 난 다시 뒤돌아 마이클한테 인사를 했죠."

"어떤 옷을 입고 있었나요?" 핍이 물었다. 세 사람을 시험하는 것은 아니었지만, 정확히 확인해야 하는 부분이었다.

"어두운 빨간색, 약간 보라색 같은 셔츠를 입고 있었어요." 소프가 그렇게 말하면서 확인을 하듯이 친구들의 눈을 번갈아 쳐다봤다.

"맞아, 자주색이었어." 해리가 말했다. "청바지에, 운동화를 신고."

핍은 휴대폰을 꺼내어 추도식에서 찍힌 제이미의 사진을 찾아내 화면을 보여주었다. 사진을 본 소프와 해리가 고개를 끄덕였다. 하지만 마이클은 고개를 갸우뚱했다.

"잘 모르겠는데," 마이클은 뭔가를 생각해내려는 표정으로 이렇게 덧붙였다. "내 기억으로는 어두운색 옷을 입고 있었는데. 그때 워낙 깜깜하고 단 이삼 초 본 거에 불과하지만, 후드 모자가 달린 옷을 입고 있었던 걸로 기억해. 루시도 그렇게 얘기하던데. 그리고 손을 윗옷 주머니 같은 데 넣고 있어서 손이 안 보였어. 이건 확실해. 셔츠를 입고 있었으면 손은 어디에다가 넣고 있었겠어? 근데 내가 맨 마지막에 나온 사람이니까 난 뒷모습밖에 보지 못해서."

핍은 휴대폰을 가져와서 다시 제이미의 사진을 찾아봤다. "제이미가 사라진 날 입고 있던 옷이에요." 핍이 사진을 보여주며 말했다.

"아, 그러면 내가 잘못 봤던 건가 봐요." 마이클이 발을 뒤로 끌며, 자신 없는 목소리로 말했다.

"괜찮아요." 핍이 안심하라는 듯이 미소를 지었다. "나중에 그 순간이 이렇게 중요하게 될 거라고는 생각지도 못했던 상황에서, 사소한 것까지 기억하기는 힘들죠. 제이미에 대해서 또 기억나시는 건 없나요? 행동이라든지?"

"그다지 눈에 띄는 건 없었어요." 해리가 말했다. "숨을 급하게 몰아쉬고 있던 것 같긴 했는데 그냥 급하게 어딜 가는 길처럼 보였어요."

급하게 어딜 가는 길이라…… 핍의 머릿속에서 그 문장이 계속 반복 재생되었다. 그리고 그 문장 끝에는 '그리고 어디로 갔는지도 모르게 사라졌다'는 생각이 덧붙여졌다.

"다 됐습니다." 핍은 녹음 정지 버튼을 눌렀다. "모두 시간 내주셔서 정말 감사해요."

18

핍은 목록을 다시 쳐다봤다. 손에 쥐고 있는 종이에는 30분 전 휘갈겨 적은 이름들이 있었다.

Leila

Leyla

Laila

Layla

Leighla

Lejla

"이건 불가능한 일이야." 핍이 주방에서 가져온 의자 등받이에 기대며 코너가 절망스러운 목소리로 외쳤다.

핍은 초조하게 의자를 빙글빙글 돌리며 앉아 있었다. 회전 때문에 생기는 바람의 영향으로 손에 쥐고 있는 종이 쪼가리가 나부꼈다. "이 사람은 하필 왜 이렇게 철자가 딱 안 정해진 이름을 고른 거야." 페이스북과 인스타그램을 샅샅이 뒤져가며 라일라의 이름을 찾아봤지만 성도 모르고, 이름 철자조차 제대로 알지 못하는 상황에서는 아무런 소용이 없었다. 라일라가 너무나 많았다. 구글 이미지 검색으로 스텔라의 인스타그램 사진을 가지고 역추적해보는 것도 아무런 소용이 없었다. '라일라'라는 이름으로 위장한 사진들이 너무 많아 알고리즘에서도 식별해내지 못했다.

"이렇게는 절대 못 찾아." 코너가 말했다.

그때 똑똑똑, 조심스레 방문을 두드리는 소리가 났다.

"안 열어줄 거야." 핍은 인스타그램에서 라일라라는 이름으로 뜨는 계정들을 스크롤하며 문 쪽에 대고 소리쳤다. 그러자 문이 휙 열렸고 그곳에는 라비가 눈썹을 치켜세운 채 입술을 오므리고 서 있었다.

"앗, 라비." 라비를 올려다보는 핍의 얼굴에 웃음이 번졌다. "또 조쉬가 그러는 줄 알고, 미안해. 잘 왔어."

"안녕." 라비는 살짝 미소를 지으며 코너에게 찡긋 눈썹을 올리는 식으로 인사를 했다. 그리고 핍과 코너가 앉아 있는 책상으로 다가와 노트북 옆에 앉아서 발 한쪽은 의자 밑으로 핍의 다리 아래 걸쳐놓았다.

"오늘 재판은 잘 마무리됐어?" 핍이 라비를 올려다보며 물었다. 라비는 발가락을 씰룩거리며 코너에게는 보이지 않게 장난을 쳤다.

"그럭저럭 마무리됐어." 라비가 눈을 가늘게 뜨고 핍의 노트북 화면을 보며 말했다. "아침에는 마지막 피해자가 증언을 했어. 맥스가 앤디한테서 주기적으로 로히프놀을 샀다는 걸 입증하려고 앤디 벨이 쓰던 대포폰도 제출했고. 점심시간 이후에는 피고 변론을 했는데, 맥스 엄마부터 시작했어."

"그래서, 어떻게 됐어?" 핍이 물었다.

"변호사가 맥스의 어린 시절이 어땠는지 물어봤는데, 일곱 살 때 백혈병으로 죽을 뻔한 적이 있었대. 맥스 엄마는 그때 맥스가 얼마나 용감하게 투병을 했으며, 아픈 와중에도 사려 깊고 다른 사람을 생각하는 착한 아이였다고 하더라. 또 완치 후 1년 유급한 상태에서 학교에 다시 다니며 조용하고 수줍은 아이가 되었다고 했어. 지금까지도 그렇고 말이야. 꽤 그럴듯하던데." 라비가 말했다.

"으음, 내 생각에 맥스 엄마는 당신 아들이 강간범이 아니라고 믿고 있는 것 같아." 핍이 말했다. "변호사는 땡잡았다 생각하고 있겠네. 어렸을 때 아팠던 얘기만큼 사람들의 마음을 건드리는 게 또 어디 있겠어? 그것도 의뢰인이 소아암 환자였다니."

"내 말이." 라비가 말했다. "업데이트는 나중에 녹음할 거지? 지금은 뭘 하면 될까? 그 사칭범 찾는 중이야? 라일라 철자 틀렸어." 라비가 지적했다.

"이렇게 쓰기도 해." 핍이 한숨을 쉬었다. "완전 헛발질만 하고 있어."

"서점 직원들 목격담은 어땠어?" 라비가 물었다.

"아, 믿을 만한 거 같아." 핍이 말했다. "11시 40분에 와이빌 로드를 따라 걸어 올라가고 있었대. 네 명이 같이 목격했어."

"그런데," 코너가 조그맣게 말했다. "그 사람들이 목격한 형 모습에 조금 일치하지 않는 부분이 있었어."

"그래? 뭐가?" 라비가 물었다.

"제이미가 입고 있던 옷에 대한 기억에 차이가 좀 있었어." 핍이 말했다. "두 명은 자주색 셔츠를 입고 있다고 했고 다른 두 명은 후드 달린 옷이었다고 했어." 핍은 코너 쪽으로 얼굴을 돌리며 말했다. "목격자 증언에 약간씩은 차이가 있을 수 있어. 사람의 기억이 완벽하지는 않으니까. 그래도 네 사람 모두 너희형을 목격했다는 사실은 맞는 것 같아. 그 부분은 믿어도 되지 싶어."

"11시 40분이라……" 라비가 큰 목소리로 말했다. "파티에서 마지막으로 목격되고 난 뒤 한 시간 이상 지난 시점이잖아. 하이무어에서 와이빌 로드까지는 걸어가는 데 그렇게 오래 안 걸릴 텐데."

"맞아, 곧바로 와이빌 로드로 간 게 아닐 거야." 핍은 잠시 멈추었다 다시 말을 이어갔다. "그사이에 어디 다른 데를 들른 거지. 분명 그 부분이 라일라하고 관련이 있어."

"그렇게 생각해?" 코너가 물었다.

"파티에서 제이미는 스텔라한테 말을 걸었고, 라일라가 사칭이었다는 것, 자기가 속았다는 걸 알게 됐지. 그리고 조금 뒤 밖에서 전화 통화를 하는 게 목격됐어. 불안해 보이는 상태로 경찰까지 언급하면서 말야. 제이미는 분명 라일라 연락처로 전화를 해봤을 거야. 그리고 그때 막 알게 된 사실에 대해서 물어봤겠지. 배신당한 기분에 화도 많이 났을 거야. 그래서 조지가 그렇게 말했던 거고. 그 후에 무슨 일이 있었든, 제이미가 어디를 간 것이든, 분명 라일라라는 사람이랑 관련이 있을 거야."

"보아하니 벌써 몇 번을 설명한 내용인가 본데," 무슨 모의라도 하듯이 라비가 코너에게 말했다. "조심해. 핍은 같은 얘기 반복하는 거 싫어하거든."

"명심할게." 코너가 답했다.

핍은 골난 얼굴로 라비를 쳐다봤다. 하지만 적어도 라비는 핍의 눈빛을 바로 캐치하고 어떻게 반응해야 할지를 알았다. "물론, 핍이 하는 얘기는 짜증 날 정도로 항상 맞는 소리니까……."

"좋아, 다음 계획으로 넘어가자." 핍이 말했다. "틴더(온라인에서 친구를 사귀는 앱) 프로필을 하나 만들어야겠어."

"핍, 네 말이 다 맞아." 라비가 장난스럽게 새소리처럼 말했다.

"사칭범을 잡으려면," 핍이 라비의 무릎을 홱 치며 말했다. "이렇게 맹목적으로 이름만 뒤져봐서는 못 찾아. 한데 틴더에서는 적어도 지역 단위로 범위를 좁혀볼 수 있잖아. 스텔라랑 얘기해보니까, 제이미가 라일라를 '리틀 킬턴'에서 보았다는 점에 대해서는 그다지 놀라지 않은 것 같았어. '킬턴'이라는 동네가 아니라 '대참사 파티'라는 장소에서 만난 데 대해 당황했던 거지. 그걸 생각하면 라일라가 이 동네에 산다고 얘기했을 가능성이 높은 것 같아. 물론, 사칭을 했으니까 실제로는 만날 수 없었지만."

핍은 틴더 앱을 다운로드하고 프로필을 생성했다. 핍의 손가락이 이름을 적는 란 근처에서 서성거렸다.

"이름은 뭐라고 하면 좋을까?" 라비가 말했다.

핍은 부탁을 하는 듯한 표정으로 라비를 올려다봤다.

"내 이름을 데이팅 어플에 등록하자고?" 라비가 말했다. "이런 특이한 여자친구가 있나?"

"마침 선배 사진도 많이 있고, 그게 가장 빠른 방법이지 않나 해서. 조사만 끝나면 바로 계정 삭제할게."

"알겠어," 라비가 씁쓸하게 웃었다. "나중에 혹시 이거 가지고 트집 잡으면 안 된다."

"당연하지." 핍은 이미 자기소개를 작성하고 있었다. "축구, 낚시 같은 남성적인 스포츠를 좋아해요."

"아하." 라비가 말했다. "사람 낚는 걸 좋아하지."

"둘 다 못 말리겠군." 코너의 눈동자가 마치 테니스 경기를 보듯 두 사람 사이를 오갔다.

핍은 만남 조건 설정에 들어갔다. "근처에 있는 사람으로 설정하자. 반경 5킬로 이내로. 여자를 보여달라고 설정하고……" 핍이 슬라이드 아이콘을 누르며 말했다.

"그리고 나이는…… 제이미는 라일라가 열여덟 살보다 많다고 알고 있었으니까 19세~26세 사이로 설정해볼까?"

"그러자, 괜찮은 것 같아." 코너가 말했다.

"알겠어." 핍은 그렇게 설정을 저장했다. "이제 낚아보자."

라비와 코너는 핍 옆에 옹기종기 모여서 핍이 프로필을 넘기는 것을 어깨 너머로 쳐다봤다. 서점 직원인 소프의 프로필도 있었다. 프로필을 몇 번 더 넘기자 나오미 워드가 미소를 짓고 있는 사진이 나왔다. "나오미한테는 이 얘기 하지 말자." 핍은 나오미의 프로필을 왼쪽으로 넘기며 계속해서 등장하는 프로필을 지나갔다.

그러다 마침내 나왔다. 이렇게 빨리 찾을 줄은 생각도 못 했는데. 핍은 하마터면 프로필을 왼쪽으로 넘겨버릴 뻔했지만 직전에 손가락을 멈추었다.

라일라Layla.

"이럴 수가." 핍이 말했다. "L-a-y-l-a 25세. 반경 1.5킬로 이내."

"1.5킬로 이내라고? 소오름……." 코너가 프로필을 더 자세히 보기 위해 고개를 앞으로 숙이며 말했다.

핍은 라일라의 프로필에 올려져 있는 사진 네 장을 넘겨봤다. 스텔라 채프먼의 인스타그램 계정에서 가져온 사진을 자르고, 좌우 반전을 하고, 필터를 씌운 사진들이었다. 가장 눈에 띄는 차이는 머리색이었다. 라일라는 잿빛 금발 머리를 한 모습이었다. 사진은 전반적으로 어색한 게 없었다. 포토샵에서 색상을 수정하고 만진 듯했다.

"독서와 여행, 새로운 거 배우는 것을 좋아해요." 라비가 라일라의 자기소개서를 읊었다. "애견인, 강아지를 좋아해요. 다른 건 몰라도 아침은 꼭 챙겨 먹어요."

"친근한 느낌이네." 핍이 말했다.

"그러니까 말야." 라비가 말했다. "아침밥이 최고지."

"진짜 사칭이었네, 네 말대로." 코너가 당황해서 캑캑거렸다. "금발의 스텔라…… 왜 금발로 했을까?"

"금발이 더 잘 노는 이미지라고 생각했나 보지." 핍은 라일라의 사진을 다시 넘겨보며 말했다.

"너는 갈색 머리고, 노는 거 싫어하잖아. 그런 거 보면, 맞는 것 같기도 해." 라비가 핍의 뒷머리를 사랑스럽게 쓰다듬으며 말했다.

"오호," 핍은 자기소개란 아래쪽을 가리켰다. "인스타그램 주소가 있네."

Insta@LaylaylaylaM.

"들어가보자." 코너가 말했다.

"그러고 있는 중이야." 핍은 인스타그램 어플을 열고 검색창에 아이디를 입력했다. 그러자 가장 먼저 스텔라의 보정된 사진이 걸린 계정이 나타났다. 핍은 그 계정에 접속했다.

Layla Mead. 게시물 32개, 팔로워 503명. 팔로잉 101명.

대부분의 사진들은 스텔라의 계정에서 가지고 온 것들이었다. 스텔라의 머리카락을 자연스러운 잿빛 금발로 염색한 것만이 다를 뿐 흠잡을 데 없는 갈색 눈과 완벽한 미소는 그대로였다. 스텔라의 얼굴이 포함되지 않은 사진들도 몇 장 올라와 있었다. 리틀 킬턴의 술집을 필터 잔뜩 끼얹어 찍은 사진으로, 정감 있고 매력적인 분위기를 풍기는 사진도 있었다. 게시물을 더 내려보니, 라비네 집 근처 차곡차곡 펼쳐진 들판 위로 하늘에는 주황색 태양이 걸려 있는 사진도 있었다.

핍은 스크롤을 끝까지 내려 첫 번째 게시물을 확인했다. 라일라가 비글종 강아지를 껴안고 있는 사진이었다.

"첫 게시물을 올린 건 2월 17일이야."

"그날 라일라가 탄생한 거네." 라비가 말했다. "딱 두 달 하고 조금 더 됐네."

핍은 코너를 바라봤다. 이번에는 코너도 핍이 무슨 말을 하려는지 눈치를 챘다.

"그러게," 코너가 말했다. "다 들어맞아. 아마 3월 중순부터 형이 라일라하고 연락을 시작했나 봐. 그때부터 기분이 다시 좋아 보였거든, 온종일 휴대폰을 붙들고 있으면서."

"짧은 기간에 팔로워가 많이 생겼네." 핍이 팔로워 목록을 확인하며 말했다. "제이미는 여기 있다. 근데 대부분이 유령 계정인 것 같아. 돈을 주고 팔로워를 늘렸을 수도 있겠는데."

"라일라라는 사람 꽤 철저하네." 라비가 이제 자기 무릎 위에 노트북을 올려놓고 타자를 치며 말했다.

"잠시만," 핍은 라일라의 팔로워 목록 중 한 계정에 시선이 꽂혔다. "아담 클라크?" 핍은 코너를 바라봤고, 그 이름을 알아본 핍과 코너의 눈이 동시에 커졌다.

라비가 그런 두 사람의 눈빛 교환을 확인하고는 한마디 했다. "왜 그러는데?"

"새로 부임한 역사 선생님이야." 코너가 말했다. 핍은 확인하기 위해 계정을 클릭했다. 비공개 계정이었지만 프로필에 있는 사진은 분명 아담 클라크였다. 클라크는 활짝 웃는 얼굴로 적갈색 털이 드문드문 난 수염에 크리스마스 장식을 매달고 있었다.

"내 생각에는 제이미만 라일라하고 연락했던 게 아닌 것 같아." 핍이 말했다. "스텔라는 역사 수업도 안 듣고, 클라크 선생님 역시 부임한 지 얼마 안 됐어. 선생님은 라일라가 사칭범이라는 걸 몰랐을 거야."

"아하." 라비가 손바닥으로 노트북을 획 돌리며 말했다. "라일라 미드라는 이 사람, 페이스북 계정도 있어. 사진들도 전부 똑같아. 게시글을 처음 올린 날짜도 2월 17일이야." 라비가 다시 화면을 자기 쪽으로 돌리고 게시물을 읽기 시작했다. "그날 상태 업데이트를 했네. '옛날 계정 비밀번호를 까먹어서 새 걸로 만들었어요'라고 써 있어."

"그럴듯하네." 핍은 스텔라지만 스텔라가 아닌 얼굴이 눈부시게 웃고 있는 라일라의 페이지로 돌아갔다. "메시지를 보내봐야겠지?" 핍은 두 사람의 의견을 물어본 것이 아니었다. 라비와 코너도 그 사실을 잘 알고 있었다. "제이미한테 무슨 일이 있었는지, 제이미가 어디 있는지 가장 잘 알 만한 사람이 바로 이 여자야."

"이 사람이 여자라고 확신해?" 코너가 물었다.

"응. 제이미가 계속 이 여자랑 전화 통화를 했잖아."

"아 맞네. 메시지는 뭐라고 보낼 거야?"

"음……" 핍이 머릿속으로 생각하며 입술을 깨물었다. "나나 라비나, 팟캐스트 계정으로 보낼 수도 없고. 라일라가 정말 제이미의 실종과 관련이 있다면 코너 너도 안 되고. 우리가 사라진 제이미를 찾고 있다는 걸 알게 될 테니까 말이야. 조심해야 할 것 같아. 낯선 사람으로 위장해 말 거는 척하면서 접근해봐야겠어. 차근차근 접근하면서 이 사람이 누군지, 제이미에 대해 얼마나 알고 있는지 알아내보자. 자기 정체를 드러내려고 하지 않을 테니까 하나씩하나씩 캐봐야 해."

"그렇긴 해. 근데 그냥 새 계정을 만들어서 연락하면 팔로워가 없어서 의심할 것 같아." 라비가 말했다.

"그 말이 맞네," 핍이 중얼거렸다. "어쩌지……."

"나한테 좋은 생각이 있는데?" 코너가 마치 물어보는 듯이 말 끝에서 어조를 높이며 말했다. "그니까, 내가 인스타그램 계정이 하나 더 있거든. 익명 계정이긴 한데. 내가, 그니까, 사진을 찍는 취미가 있어서 말이야. 흑백사진." 코너가 쑥스러운 듯이 어깨를 으쓱하며 말했다. "인물사진은 아니고, 새나 건물이나 그런 것들을 찍어서 올리거든. 아무한테도 말은 안 했어. 앤트가 알면 놀랄 게 뻔하니까."

"정말?" 핍이 말했다. "그거면 되겠다. 팔로워는 몇 명이야?"

"꽤 많아," 코너가 말했다. "그리고 두 사람 다 팔로우 안 했으니까 거기서 우리의 연결점을 발견하게 될 일도 없어."

"딱 좋다, 좋은 생각이야." 핍이 미소를 지으며 휴대폰을 꺼냈다. "여기에 로그인 좀 해줄래?"

"알겠어." 코너는 핍의 휴대폰을 들고 비밀번호를 입력한 뒤 다시 폰을 돌려주었다.

"An.On.In.Frame." 핍은 계정 아이디를 소리 내어 읽으며 하단의 사진 한 줄을 살짝 봤다. 코너가 원치 않을 수도 있으니 스크롤을 내리지는 않았다.

"사진 진짜 잘 찍었다, 코너."

"고마워."

핍은 다시 라일라 미드의 계정에 접속해 메시지 버튼을 클릭했다. 아무것도 없는 텅 빈 페이지와 메시지창이 떴다.

"자, 뭐라고 보낼까? DM으로 작업 걸 때 보통 어떤 식으로 보내?"

라비가 웃음을 터뜨렸다. "나한테 묻지 마. 보내본 적이 없어서 모르겠어. 너랑 사귀기 전에도 해본 적 없어."

"코너?"

"음, 모르겠다. 그냥 안녕, 인사나 하고 지내자. 이렇게 보내는 건 어때?"

"오, 그러면 되겠다." 라비가 말했다. "라일라가 DM으로 접근하는 걸 좋아하는지 싫어하는지 모르니까 최대한 깔끔하게 가는 게 좋을 것 같아."

"좋았어." 핍은 떨리는 손가락을 진정시켜가며 그렇게 메시지를 입력했다. "아니면 약간 꼬시듯이 안뇨용, 인사나 하고 지내자. 이렇게 보내는 건 어때?"

"왜 안 되뇨용." 라비가 말장난을 했다.

"알겠어, 모두 준비됐어?" 핍이 두 사람을 바라보며 말했다. "전송 버튼 누른다?"

"눌러." 코너가 말했다. 라비가 핍에게 손가락으로 총 쏘는 시늉을 했다.

메시지를 다시 읽어보는 핍의 손가락이 전송 버튼 주변을 어른거리며 주춤했다.

급기야 큰숨을 한번 들이켜고 핍이 전송 버튼을 눌렀다.

페이지 맨 위에 회색 말풍선으로 된 메시지가 전송되었다.

"보냈다." 핍이 숨을 내쉬면서 휴대폰을 무릎 위에 내려놓았다.

"잘했어, 이제 기다려보자." 라비가 말했다.

"오래 안 기다려도 될 것 같은데." 코너가 몸을 기울여 휴대폰을 확인하며 말했다. "벌써 읽었다고 뜨네."

"헐," 핍은 휴대폰을 다시 집어 들었다. "라일라가 메시지를 벌써 읽었어, 미쳤어." 읽음 표시가 뜬 화면을 보고 있는 동안 화면 왼쪽에는 '메시지 작성중……'이라는 표시가 떴다. "메시지 작성중이래. 헉, 벌써……." 긴장하여 전전긍긍하는 목소리가 핍의 목구멍을 뚫고 나왔다.

"진정해." 라비도 화면을 보기 위해 의자에서 내려오며 말했다.

작성중…… 표시가 사라졌다.

그리고 새로운 메시지가 화면에 나타났다.

메시지를 읽는 핍의 가슴이 철렁했다.

안녕, 핍.

그렇게 적혀 있었다.

그게 전부였다.

"제길," 핍의 어깨를 쥔 라비의 주먹에 힘이 들어갔다. "어떻게 너인 걸 알았지? 대체 어떻게 안 거야?"

"이게 뭐야," 코너가 머리를 흔들며 말했다. "헉, 이거 느낌이 너무 안 좋은데."

"쉿," 핍이 조용히 하라는 신호를 보냈다. 머릿속이 쾅쾅 울려대는 통에 라비와 코너가 뭐라 하는 소리도 핍의 귀에는 들어오지 않았다. "라일라가 다시 작성 중이야."

작성중……

그리고 아무것도 없었다.

작성중……

또, 작성중이라는 표시가 사라졌다.

작성중……

그리고 하얀색 말풍선 아래 두 번째 메시지가 도착했다.

점점 근접하고 있네 :)

19

입안의 물기가 다 날아가 바짝 말라버린 듯했다. 목소리도 나오지 않았다. 단어들이 구석에 몰려 사라져버리는 듯했다. 핍이 할 수 있는 것이라곤 그저 화면을 바라보며, 화면에 떠 있는 활자를 하나씩 헤쳐보았다가 다시 붙이는 일. 그러면서 그 의미를 파악해보려고 애쓰는 것뿐이었다.

안녕 핍.
점점 근접하고 있네 :)

먼저 입을 뗀 것은 코너였다. "이게 대체 무슨 소리야, 핍?"

핍이라는 이름이 이상하게 들렸다. 마치 자신의 이름이 아닌 것처럼 낯설게 느껴졌다. 이름이 주욱 늘어나서는 더 이상 핍이라는 소리에 들어맞지 않게 되어버린 듯했다. 핍은 1.5킬로도 채 떨어지지 않은 곳에 있는 이 낯선 사람이 보낸 메시지 속 핍이라는 글자를 그저 멍하니 바라보고만 있었다. "음." 이것밖에 할 수 있는 말이 없었다.

"너라는 걸 바로 알아챘어." 라비의 목소리를 듣고서야 핍은 정신을 차렸다. "이 사람은 네가 누군지 알고 있다는 얘기잖아."

"점점 근접하고 있다는 게 무슨 말이야?" 코너가 물었다.

"제이미를 찾는 데 가까워지고 있다는 거겠지." 핍이 말했다. 아니면 제이미한테 어떤 일이 일어난 건지 알아내는 데 가까워지고 있다는 얘기일 수도 있다고 핍은 혼자 마음속으로 생각했다. 이 두 문장은 거의 비슷하게 들리는 것 같기도 했지만 완전히 다른 의미를 가지고 있었다. 라일라는 알고 있었다. 라일라의 정체가 누구든, 그녀는 모든 것을 알고 있는 게 확실했다.

"그 웃는 표정은 뭐야." 라비의 손가락이 덜덜 떨리는 게 느껴졌다.

충격도 잠시, 핍은 곧바로 행동에 돌입했다.

"바로 답장해야 해." 핍이 자판을 두드리며 말했다.

당신 누구야? 제이미 어딨어?

이제 더 이상 다른 사람인 척하는 것은 아무 의미도 없었다, 라일라는 이미 한 수 앞서 있었다.

핍이 전송 버튼을 눌렀지만 메시지가 전송되는 대신 '오류'라는 알림창이 떴다.

'메시지를 보낼 수 없음. 이용자를 찾을 수 없음.'

"안 돼," 핍이 절규하듯 외쳤다. "아니야, 안 돼." 곧장 라일라의 계정에 다시 들어가보았지만, 게시물이 다 사라진 상태였다. 프로필 사진과 머리말은 아직 남아 있었지만 사진이 전부 사라진 상태였고, '게시물 없음,' 그리고 '이용자를 찾을 수 없음'이라는 글만이 떠 있었다. "안 돼," 핍이 절망하며 포효했다. "계정을 비활성화해버렸어."

"뭐라고?" 코너가 말했다.

"사라졌어."

라비가 서둘러 핍의 노트북을 가져가 라일라 미드의 페이스
북 페이지를 새로고침 했다.

'요청하신 페이지를 찾을 수 없습니다.'

"망할. 페이스북도 비활성화했어."

"틴더도 마찬가지야." 핍이 어플리케이션을 확인하며 말했다.
"라일라가 사라졌어. 놓쳐버렸어."

방 안에는 적막이 감돌았다. 단지 아무도 말을 하지 않는 그
런 고요함이 아니었다. 그들 사이의 공간을 채우며 숨을 조여오
는 그런 적막이었다.

"이 사람은 다 알고 있는 거지?" 라비는 갑작스럽게 침묵을
깨지 않고 침묵 사이를 부드럽고 조심스럽게 파고들며 차분한
목소리로 말했다.

"라일라는 제이미한테 무슨 일이 일어났는지 다 아는 거야."

코너는 머리를 부여잡고서 바닥을 쳐다보며 머리를 절레절
레 흔들었다. "너무 답답하다."

핍은 그런 코너의 모습에서 시선을 떼지 못하고 말했다.

"나도 그래."

라비를 현관까지 배웅하며 핍은 아빠에게 가짜 미소를 지어
보였다.

"업데이트는 다 끝낸 거야, 피클?" 아빠가 라비의 등을 다정
하게 두드리며 물었다. 오직 라비에게만 해주는 일종의 특별한
배웅 인사법이었다.

"네, 방금 업로드했어요."

코너는 한 시간 전쯤, 똑같은 질문을 서로에게 수도 없이 퍼붓다가 이러고 있어 봤자 아무런 소용도 없다는 것을 깨닫고 먼저 집으로 돌아간 후였다. 오늘 밤 할 수 있는 것은 더 이상 아무것도 없었다. 라일라 미드가 사라졌다. 하지만 그렇다고 해서 라일라와 함께 모든 단서가 사라진 것은 아니었다. 핍과 코너는 내일 학교에서 클라크 선생님에게 라일라에 대해 물어볼 계획이었다. 그리고 오늘 밤, 라비가 집에 돌아가고 나면 핍은 방금 일어난 일을 녹음하고, 지금까지 녹음한 인터뷰를 편집한 뒤 밤늦게 시즌 2의 첫 번째 에피소드를 게시할 계획이었다.

"저녁 잘 먹었습니다. 안녕히 계세요." 라비가 인사를 하며 핍을 향해 눈을 찡긋했다. 둘만의 작별 인사 신호였다. 핍도 라비를 따라 눈을 찡긋했다. 라비는 손잡이를 밀고 문을 열었다.

"엇." 문을 열자 문밖에서 주먹을 위로 올린 채 노크하려는 자세를 하고 서 있는 사람이 있었다.

라비도 놀라 "앗!" 하고 외쳤고, 핍은 누구인지 궁금해 고개를 길게 빼고 쳐다보았다. 네 집 건너 살고 있는 찰리 그린이었다. 머리를 모두 올백으로 빗어넘긴 모습이었다.

"핍, 라비, 안녕." 찰리가 어색하게 손 인사를 건넸다. "안녕하세요, 빅터 씨."

"안녕하세요. 찰리." 아빠가 특유의 밝은 목소리, 하지만 살짝 인위적인 하이톤으로 답했다. 손님이라고 생각되는 사람이 올 때면 스위치가 켜지듯이 장전되는 목소리였다. 라비가 이미 손님의 범주를 넘어선 것이 참 다행이었다. "무슨 일로 이렇게?"

"갑자기 불쑥 찾아와서 죄송합니다." 찰리가 말했다. 찰리의 열은 초록색 눈과 목소리에는 긴장한 기색이 역력했다. "시간이 늦었기는 한데, 내일은 또 애들 학교 가는 날이라……" 찰리의 시선이 핍에게로 고정되며 말끝이 흐려졌다. "신문에서 전단지 봤어, 핍. 제이미 레이놀즈에 대해 이야기해줄 게 있어서 찾아온 거야. 너한테 보여줄 게 있어."

아빠는 딱 20분 안에 돌아온다는 조건하에 허락을 했고, 찰리도 20분이면 충분하다고 답했다. 핍과 라비는 찰리의 뒤를 따라나섰고 이미 어두워진 길을 따라 늘어선 주황빛 가로등 불빛으로 이들의 그림자가 괴물같이 기다랗게 늘어졌다.

"저거 보여?" 자갈이 깔린 길을 따라 현관을 향해 가는 중 찰리가 뒤따라오는 두 사람을 흘깃 돌아보며 말했다. "플로라랑 나는 이렇게 현관에 카메라를 설치해두고 살아. 이사를 자주 다녔는데 다트포드에서 살 때 집에 도둑이 든 적이 있었거든. 그래서 킬턴으로 이사 온 뒤에도 카메라를 달아두면 플로라 마음이 좀 더 편하지 않을까 해서 이렇게 카메라를 떼어와서 달았어. 이 동네가 아무리 괜찮은 동네라고 해도, 조심해서 나쁠 건 없으니까."

찰리는 빛바랜 놋쇠 현관 벨 위에 붙어 있는 작은 검정색 장치를 가리키며 말했다. "동작 감지도 돼. 지금 우리도 녹화되고 있을 거야." 찰리가 카메라를 향해 손을 흔든 뒤 문을 열고 핍과 라비를 안으로 안내했다.

잭이 이 집에 살 때 와본 적이 있었던 핍은 찰리를 따라 이전에 잭이 사는 동안 첸 씨 가족의 놀이방이었던 공간으로 들어갔다. 이제 그곳은 사무실에 가까운 모양새로 바뀌어 있었다. 벽에는 책장이 있었고, 안쪽 창문 아래에는 안락의자가 놓여 있었다. 또 한쪽 벽에는 커다란 흰색 책상이 붙어 있었고 그 위에는 커다란 컴퓨터 모니터가 두 대 놓여 있었다.

"이쪽으로." 찰리가 컴퓨터 쪽으로 두 사람을 이끌며 말했다.

"와, 근사한데요." 라비가 컴퓨터 화면을 쳐다보며 말했다.

"내가 재택근무를 하거든. 프리랜서로 웹디자인 일을 하고 있어." 찰리가 설명했다.

"멋지네요." 라비가 말했다.

"그치, 잠옷 입고 일할 수 있는 게 제일 좋아." 찰리가 웃으며 말했다. "그래도 내 나이가 스물여덟이나 됐으니까 우리 아버지는 이제 진짜 직업다운 직업을 찾으라고 하시지만."

"어른들은 그렇죠." 핍이 불만스럽게 말했다. "잠옷 입고 일하는 게 얼마나 편한지도 모르고. 그런데 저희한테 보여준다던 게 뭐예요?"

그때 방 밖에서 누군가의 목소리가 들렸다. "안녕." 고개를 돌려보니 플로라가 문 앞에 서 있었다. 머리를 뒤로 묶은 플로라의 헐렁한 셔츠 앞쪽에는 밀가루가 묻어 있었다.

플로라는 플랩잭(귀리, 버터, 설탕, 시럽으로 만든 두꺼운 비스킷-역주)을 네 줄로 정렬해놓은 넓은 그릇을 들고 있었다. "내일 조쉬네 반 수업 때 애들 주려고 방금 구웠는데, 혹시 너희도 배고플까 해서. 건포도는 안 들었어."

"안녕하세요, 플로라." 핍이 미소를 지었다. "저는 괜찮아요. 고마워요." 핍은 꾸역꾸역 저녁을 먹은 터라 맛보고 싶은 마음이 없었다.

하지만 라비의 얼굴에는 미소가 크게 번졌다. 라비는 플로라에게 다가가 가운데 있는 플랩잭을 하나 집어 들며 말했다. "너무 좋아요, 진짜 맛있어 보여요."

핍이 한숨을 쉬었다. 라비는 먹는 거라면 사족을 못 쓰는 사람이었다.

"보여줬어, 찰리?" 플로라가 물었다.

"이제 막 보여주려던 참이야. 여기 봐봐." 찰리가 마우스를 휘적여서 모니터를 불러오며 말했다. "아까 우리 집 현관에 있는 카메라 얘기했었잖아. 동작을 감지하면 바로 녹화가 시작되고 휴대폰으로 알림이 와. 그리고 클라우드에 바로 업로드된 다음 일주일 동안 저장이 되거든. 지난 화요일 아침 일어나서 확인해보니까 한밤중에 어플리케이션 알림이 떴었더라고. 그래서 아래층에 내려가 뭐가 없어진 게 있는지, 아니면 물건 위치가 바뀐 게 있는지 확인해봤는데, 전부 그대로였어. 그래서 또 여우라도 왔다 갔나 보다 하고 그냥 넘겼지."

"그랬군요." 핍은 컴퓨터 화면으로 더 가까이 다가섰다. 찰리가 파일을 뒤적거렸다.

"근데 어제 보니까 플로라 물건이 하나 사라진 거야. 아무리 찾아도 없어. 그래서 혹시나 하는 마음으로 현관에 찍힌 영상 기록을 확인해봤지. 실제로 뭐가 있을 거라고는 생각도 못 했는데……" 찰리가 한 영상을 더블 클릭하자 재생 플레이어가 열렸다. 찰리는 전체화면을 설정하고 재생 버튼을 눌렀다.

화면에는 현관 전면부가 180도 범위로 찍혀 있었다. 조금 전 걸어 들어온 앞마당과 현관이 보였다. 그리고 양옆으로 난 창문도 보였다. 모든 것이 녹색이었고, 밤하늘만 짙은 녹색으로 변하는 가운데 나머지는 밝은 연두색이었다.

"이건 야간 모드." 찰리가 핍과 라비의 얼굴을 보며 말했다. "화요일 새벽 3시 7분에 찍힌 거야."

입구에 무언가 움직임이 있었다. 뭐가 됐든 그 움직임을 감지한 카메라가 작동하기 시작한 것이었다.

"미안, 화질이 별로 안 좋지." 찰리가 말했다.

앞마당을 지나 무언가가 카메라에 가까이 다가오자 희끄무레한 팔과 다리의 형체가 드러났다. 그리고 현관으로 다가오자 얼굴이 서서히 드러났다. 낯선 모습의 텅 빈 눈동자를 하고 있는, 잔뜩 겁을 집어먹은 얼굴의 그 남자는 핍에게도 익숙한 얼굴이었다.

"그전까지는 누군지도 몰랐다가 오늘 《킬턴 메일》에서 이 사람 사진을 봤어. 제이미 레이놀즈 맞지?"

"맞아요." 핍이 말했다. 목구멍이 조여오는 느낌이 들었다. "여기서 뭘 하는 거죠?"

"음, 왼쪽에 있는 창문을 한번 봐." 찰리가 화면 한구석을 가리켰다. "이게 바로 이 방이야. 내가 낮에 환기 좀 시키려고 창문을 열어놨었거든. 이후에 분명 제대로 닫고 잠갔다고 생각했는데, 그게 아니었는지 여기 자세히 보면 아래쪽으로 창문이 살짝 열려 있는 게 보이지."

찰리가 그렇게 설명하는 사이, 화면 속의 제이미도 창문이 열려 있는 걸 눈치채고 허리를 굽혀 벌어져 있는 틈 사이로 손가락을 집어넣었다. 어두운색 후드를 뒤집어쓰고 있어 뒤통수는 보이지 않았다. 핍은 제이미가 충분히 공간을 확보할 때까지 창문을 밀어 올리는 모습을 지켜보았다.

"뭘 하고 있는 거죠?" 라비도 이제 플랩잭은 새까맣게 잊고 화면 속에 빠져 있었다. "지금 이 집에 들어오려는 거예요?"

그리고 채 1초도 되지 않아 제이미가 머리를 숙이고 창문으로 기어 들어가면서 라비의 질문에 대한 답을 해주었다. 곧 제이미의 다리가 창문 안으로 완전히 들어가버리자 이제 화면에는 어둡고 텅 빈 잔디만이 보였다.

"집에 머문 시간은 41초밖에 안 돼." 찰리는 창문에 제이미의 연녹색 머리가 다시 등장하는 부분으로 영상을 건너뛰었다. 제이미가 낑낑거리며 힘들게 창문을 빠져나오고 있었다. 휘청거리며 밖으로 나온 제이미는 집 안으로 침입할 때와 마찬가지로 여전히 겁을 집어먹은 표정이었고, 손에는 아무것도 들려 있지 않았다. 이어 창문을 향해 돌아서서 문틀에 꼭 맞게 창문을 닫고는 대문 쪽으로 다가가 대문 입구에서 갑자기 뛰기 시작하더니 온통 초록색에 싸인 어둠 속으로 빨려 들어가 사라졌다.

"어어." 핍과 라비가 동시에 말했다.

"우리도 어제서야 이걸 본 거야." 찰리가 말했다. "플로라랑 같이 상의를 해봤어. 창문을 열어놓은 건 내 잘못이야. 그리고 이걸로 경찰서에 가서 신고를 하거나 어떻게 할 생각은 없어. 안 그래도 지금 충분히 힘든 상황인 것 같기도 하고, 제이미가 가져간 물건이, 정확히는 제이미가 가져갔다고 생각되는 물건이 그렇게 값비싼 게 아니기도 하고. 추억이 담긴 물건이긴 하지만 말이다."

"제이미가 가져간 게 뭔가요?" 핍의 시선이 본능적으로 플로라의 손목으로 향했다. "제이미가 뭘 훔쳐갔죠?"

"손목시계." 플로라가 플랩잭을 내려놓으며 말했다. "지지난 주에 여기다가 시계를 놔뒀던 기억이 나. 책을 읽는 데 걸리적거려서 풀어놨었거든. 그때부터 안 보여. 없어진 것도 그 시계밖에 없고."

"그 시계가 혹시 로즈골드 색상에 연핑크색 가죽끈으로 되어 있고 옆에 메탈로 된 꽃문양이 있는 거 맞나요?" 핍의 질문이 떨어지자 찰리와 플로라가 눈이 휘둥그레져서는 서로를 쳐다보았다.

"맞아," 플로라가 말했다. "바로 그 시계야. 비싼 시계는 아닌데 우리가 처음으로 함께 크리스마스를 보낼 때 찰리가 선물해준 거거든. 그걸 어떻게……."

"그 손목시계를 본 적이 있어요," 핍이 말했다. "제이미 방에서요."

"어-어어." 찰리가 놀라서 더듬거렸다.

"바로 돌려드릴게요."

"그러면 너무 고맙지. 하지만 천천히 돌려줘도 돼. 급할 건 없어." 플로라가 다정하게 미소를 지었다. "지금도 많이 바쁠 테니까."

"하지만 이상한 건……" 찰리는 유심히 쳐다보는 라비를 지나쳐 제이미가 얼마 전에 침입했던 창 쪽으로 걸어갔다. "왜 그 시계만 가져간 걸까? 딱 봐도 돈이 되는 물건은 아닌데. 그리고 이 방에다가 지갑도 놔뒀었거든. 안에 현금도 들어 있었고. 또 컴퓨터 장비만 해도 다 값나가는 것들인데. 그런 것들은 왜 그대로 놔두고 별 가치도 없는 시계 하나만 딸랑 가져갔을까? 시계 하나 가져가려고 들어와서 40초 있다가 나간 거지."

"저도 모르겠어요. 그게 정말 이상해요." 핍이 헛기침을 하며 말했다. "제이미는 이럴 사람이 아닌데."

찰리의 시선이 제이미가 밀고 들어왔었던 창문 아래틀로 향했다. "자기 본모습을 숨기는 데 능숙한 사람도 있으니까."

파일명:

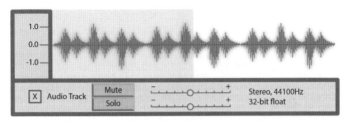

여고생 핍의 사건 파일, 시즌 2
에피소드 1 - 나가는 말. 녹음파일

핍: 이번 사건에서는 지난 사건 때는 생각할 필요가 없었던 중
요한 요소가 하나 있습니다. 바로 시간인데요. 1분 1초가
지날 때마다 제이미가 안전하게 집으로 돌아올 확률은 줄
어듭니다. 통계를 보면 그렇습니다. 제가 이 에피소드를
업로드하고 여러분이 듣게 될 시점에서는 또 한 번 중요한
이정표를 지나게 될 텐데요. 제이미가 마지막으로 목격된
지 72시간이 지나게 됩니다.

72시간은 바로 실종사건이 고위험 사건으로 분류되는 기
준선이 되며, 이 시점을 기준으로 살아 있는 사람을 찾기
보다는 사체를 찾게 되리란 걸 암묵적으로 받아들인다고
합니다. 제가 아무리 노력해도 흘러가는 시간을 붙잡을 수
없다는 사실이 너무 안타깝습니다.

하지만 그럼에도 불구하고 제이미가 무사할 것이라고, 우
리에게는 아직 시간이 있다고 믿고 싶습니다. 확률은 그냥
확률일 뿐이니까요. 아무것도 단언할 수 없습니다. 그리고
어제보다 오늘 더 많은 퍼즐 조각들이 맞춰지고 있습니다.

저는 모든 게 서로 연결되어 있다고 생각합니다. 그리고 정말로 이 모든 것이 연결되어 있다면, 이 문제는 결국 라일라 미드라는 한 사람으로 귀결됩니다. 실제로는 존재하지 않는 사람이죠.

그럼 이만, 다음 에피소드에서 뵙겠습니다.

59.17MB of 59.17MB uploaded

여고생 핍의 사건 파일: 제이미 레이놀즈의 실종

시즌 2, 에피소드 1
사운드클라우드에 업로드 완료.

화요일
실종 4일째

20

제이미 레이놀즈는 죽은 게 틀림없어.

코너가 내민 휴대폰 화면에 적혀 있는 그 문장에 핍의 초점이 맞았다가 흐려졌다를 반복했다.

"이거 봐." 복도를 따라 핍을 쫓아오느라 숨이 차 떨린 것인지 아니면 다른 이유 때문인지는 꼬집어 말할 수 없지만 코너의 목소리가 떨리고 있었다.

"봤어." 핍은 7학년 애들이 무리를 지어 떠들고 있는 곳에서 방향을 틀었다. "딱 한 가지만 약속해달라고 했잖아," 핍이 코너를 보며 말했다. "절대 댓글 보지 말라고, 응?"

"알아," 코너는 그렇게 말하며 다시 휴대폰 화면을 확인했다. "근데 네가 팟캐스트 링크를 첨부해놓은 그 트윗에 답장이 이렇게 많이 왔는데 어떻게 무시해. 벌써 여기에 '좋아요'가 109개 찍혔어. 109명이나 우리 형이 죽었다고 생각하는 걸까?"

"코너—"

"레딧에는 또 이런 게 올라왔어." 코너가 핍의 말을 귓등으로 흘리고 말을 이어갔다. "이 사람은 금요일 저녁에 형이 호신용으로 집에서 칼을 챙겨갔다고 생각하는 모양이야. 그러니까 형은 자기가 공격당하리라는 걸 알고 있었다는 거지."

"코너."

"왜?" 코너의 목소리는 방어적이었다. "너도 댓글 읽잖아."

"맞아. 읽고 있어. 뭔가 도움될 만한 게 있거나 내가 놓친 부분을 누군가는 알아차렸을 수도 있으니까. 근데 거의 대부분은 도움이 안 되는 얘기들이야. 인터넷에는 아무 말이나 지껄이는 사람들이 너무 많다고." 핍이 계단을 성큼성큼 올라가며 말했다. "추도식에서 제이미가 커다란 칼을 들고 다니는 걸 보기라도 했어? 대참사 파티에서 찍힌 사진들에서는? 없었잖아. 상식적으로 칼을 들고 다닐 수가 없었으니까. 그날 제이미는 셔츠랑 청바지를 입고 있었고 식칼을 숨길 만한 데가 없었어."

"너한테도 악플 많이 달리지?" 코너는 이중문을 밀고 역사 교실이 있는 층으로 들어가는 핍을 뒤따르며 물었다.

내가 제이미를 죽였어, 그리고 핍 너도 죽일 거야.

코너가 핍이 내미는 휴대폰에 뜬 댓글을 소리 내어 읽는 순간 한 학년 아래 여자애가 막 옆으로 지나갔다. 그 애는 헉하는 소리와 함께 놀란 입을 다물지 못하고 서둘러 반대 방향으로 발걸음을 돌렸다.

"댓글을 읽은 것뿐이야." 코너가 소리치듯 설명을 했지만 그 애는 헐레벌떡 반대쪽 문으로 사라졌다.

"다 왔다." 핍은 클라크 선생님의 교실 문밖에 서서 유리를 통해 교실 안쪽을 들여다봤다. 쉬는 시간이었는데도 클라크 선생님은 책상 앞에 앉아 있었다. 핍은 아무래도 새로 부임한 선생님이다 보니 교무실보다 교실이 더 편한 모양이라고 생각했다.

"일단 같이 들어가자. 대신 내가 눈짓을 주면 바로 나가야 해. 알지?"

"알겠어. 이제는 알아." 코너가 말했다.

핍이 문을 열고 들어가며 선생님을 향해 손 인사를 했다.

선생님이 자리에서 일어났다. "어서 오너라. 핍, 코너." 선생님은 손을 어찌할 줄 모르며 어색하지만 밝게 인사를 건네었다. 그러고는 한 손으로는 곱슬거리는 갈색 머리를 뒤로 넘기며 다른 한 손은 주머니에 넣었다. "무슨 일이야? 시험 때문에 물어볼 거라도 있니?"

"아뇨, 다른 일로 찾아왔어요." 핍은 교실 앞쪽 책상에 기대고 서 그 위에 배낭을 살짝 올려놓으며 말했다.

"무슨 일인데?" 선생님의 얼굴 표정이 바뀌며 짙은 눈썹 아래 이목구비가 재정렬되었다.

"소식 들으셨는지 모르겠지만, 코너네 형, 제이미가 지난 금요일에 사라졌어요. 그리고 제가 제이미를 찾고 있는 중이고요. 제이미도 저희 학교 학생이었어요."

"응, 알지. 어제 마을 신문에서 봤어." 선생님이 말했다. "정말 유감이다, 코너. 너나 가족들 모두 걱정이 정말 많을 텐데, 많이 힘들면 학교 상담사 선생님하고⋯⋯."

"그래서," 핍이 선생님의 말을 잘랐다. 쉬는 시간은 이제 15분밖에 남아 있지 않았고, 더 이상 지체할 시간이 없었다. "저희가 제이미의 실종에 대해 조사하면서 단서를 쫓다가 어떤 사람을 알게 됐거든요. 그런데 선생님이 그 사람을 잘 아실 거라는 생각이 들어서요. 저희한테 정보를 좀 주실 수 있을 것 같아서 이렇게 찾아왔습니다."

"음, 그래? 내가? 글쎄…… 어떻게?" 클라크 선생님이 말을
더듬거렸다.

"라일라 미드예요." 핍은 선생님의 얼굴에 나타나는 반응을
살피며 그 이름을 꺼냈다. 그리고 클라크의 얼굴 위로 찰나의
반응이 스쳐 지나갔다. 선생님은 바로 표정 관리를 했지만 두
눈에 스쳐 간 순간적인 당혹감까지 숨기지는 못했다. "라일라
미드를 아시죠?"

"아니." 클라크는 갑자기 옷이 끼어서 답답하기라도 한 듯이
목 부근의 칼라를 만지작거렸다. "미안하지만…… 처음 듣는 이
름인데."

이렇게 나오시겠다?

"그래요?" 핍이 말했다. "제가 잘못 알았나 보네요." 핍은 자
리에서 일어나 문으로 향했다. 뒤에서 선생님이 안도의 한숨을
내쉬는 소리가 들렸다. 순간 핍은 걷다 말고 뒤돌아서서 이렇
게 덧붙였다. "근데 좀," 핍이 혼란스러운 듯이 머리를 긁적였다.
"이상하네요, 이게 참."

"뭐가?"

"라일라 미드라는 이름을 처음 들어보셨다는 게 좀 이상해서
요. 인스타그램에서 팔로우도 하고 게시글에 '좋아요'도 몇 개
누르셨던데." 핍이 자기 질문에 대한 해답을 찾기라도 하듯이
천장을 쳐다보며 말했다. "그건 다 까먹으신 건가요?"

"그게, 난……." 클라크가 점점 가까이 다가오는 핍을 경계하
듯이 바라보며 더듬었다.

"까먹으신 것 같네요." 핍이 말했다. "한때 이 학교에 다녔던 학생의 목숨이 달린 문제인데, 선생님이 거기다 대고 거짓말을 하실 분은 아니니까요."

"저희 형의 목숨이 달린 문제죠." 코너가 맞장구를 쳤다. 기특하게도 이번에는 완벽한 타이밍이었다. 거기다 클라크를 바라보는 코너의 촉촉하고 간청하는 듯한 눈빛이라니.

"음…… 내가 관여할 문제는 아닌 것 같다." 그렇게 말하는 클라크 선생님의 목덜미 피부가 붉어졌다. "워드 선생님이랑 앤디 벨 사이에 있었던 사건 이후 학교 규율이 얼마나 엄격해졌는지 아니? 학생하고 이렇게 단둘이 있으면 안 돼."

"단둘이 아니니까 괜찮아요." 핍이 코너를 가리키며 말했다. "원하시면 문도 활짝 열어놓을 수 있어요. 저희가 원하는 건 무슨 일이 생기기 전에 제이미를 찾는 것뿐이에요. 그러니까 라일라 미드에 대해 아시는 게 있다면 뭐든 말씀해주세요."

"그만." 클라크가 말했다. 이제 클라크 선생님의 피부는 수염을 지나 광대뼈까지 붉어지고 있었다. "나는 너희 선생이야, 나를 가지고 놀 셈이냐."

"가지고 놀다니요. 여기 그럴 사람은 아무도 없어요." 핍이 뒤에 있는 코너를 흘깃 보며 이어나갔다. 밀려오는 죄책감을 애써 억누르며 가고 싶지 않은 곳까지 가야만 하는 게 너무 괴로웠다. "라일라가 지금 우리 학교에 다니고 있는 학생의 사진을 도용했던 건 아시나 모르겠네요. 스텔라 채프먼 말이에요."

"그때는 몰랐다," 클라크의 목소리가 꺼져가며 마치 속삭이듯이 말했다. "내 수업을 듣지 않으니까 몰랐어. 몇 주 전 복도를 지나가다가 걔를 발견하고 알았지. 하지만 그때는 이미 라일라하고 연락을 끊은 후였어."

"그래도," 핍은 표정을 수습하며 숨을 낮게 쉬고 이렇게 말했다. "사람들이 알게 되면 상당히 곤란해지실 텐데요."

"뭐라고?"

"제안을 하나 드릴까 해요." 핍이 얼굴 표정을 바꾸고 순진한 미소를 지어 보이며 말했다. "저랑 인터뷰를 한번 해주세요. 음성 변조를 해서 목소리도 바꾸고, 이름도 절대 밝히지 않을게요. 신분을 특정할 만한 정보들이 나오면 삐 소리 처리도 하고요. 대신 라일라 미드에 대해서 아는 걸 모두 말씀해주셔야 해요. 그렇게 해주시면 아무도 선생님이 원하지 않는 일에 대해서 알게 될 일은 없을 거예요."

클라크 선생님은 잠시 볼을 씹으며 생각에 잠겨 마치 구원 요청이라도 하듯 코너를 쳐다봤다. "협박하는 거니?"

"아니요, 선생님." 핍이 말했다. "협박이 아니라 부탁드리는 겁니다."

파일명:

여고생 핍의 사건 파일, 시즌 2
아담 클라크와의 인터뷰. 녹음파일

[X] Audio Track	Mute / Solo		Stereo, 44100Hz	32-bit float

핍: 자 그럼, 라일라하고 어떻게 만나게 됐는지부터 시작해볼
       까요.

익명: [음성변조] 실제로 만난 적은 한 번도 없습니다.

핍: 온라인상에서는 어떻게 처음 연락하게 된 거죠? 누가 먼
       저 대화를 걸었나요? 틴더에서 매칭 상대를 찾은 건가요?

익명: 아니, 아니. 틴더 계정은 없어요. 인스타그램에서 시작됐어
       요. [······삐······] 해야 해서 계정은 비공개로 해둔 상태였
       지요. 그러다 2월도 거의 다 끝나가던 어느 날 갑자기 이
       여자한테서 팔로우 요청이 왔어요. 프로필 사진을 보니까
       예뻤고, 킬턴에서 찍은 사진들이 있길래 이 동네에 사는구
       나 했죠. 나는 여기에 이사 온 지 몇 달 안 된 터라 [······
       삐······] 밖에서는 사람 만날 일도 없었죠. 그래서 새로운
       사람을 만나는 것도 좋겠다 싶어 나도 팔로우를 승인하고
       맞팔로우를 했습니다. 사진에 '좋아요'도 몇 개 누르고.

핍: 그러고 나서 바로 연락을 주고받았나요?

익명: 맞아요. 라일라한테서 메시지가 왔어요. "맞팔해줘서 고마

워요."라는 식으로. 자기가 아는 사람인 줄 알고 팔로우 신청을 했다고, 킬턴에 살고 있냐고 물어보더군요. 너무 자세한 대화는 언급하고 싶지 않습니다.

핍: 네, 알겠습니다. 그럼 한 가지만 확실하게 짚고 넘어가볼게요. 라일라와 나눈 대화는 일종의 썸을 타거나 했던 그런 분위기였나요?

익명: …….

핍: 네, 잘 알겠습니다. 꼭 대답하지 않으셔도 됩니다. 두 분이 나눴던 대화를 전부 얘기해주실 필요는 없습니다. 라일라의 정체를 파악하는 데 도움이 될 만한 정보만 얘기해주시면 될 것 같아요. 전화 통화는 해보신 적 있나요?

익명: 아뇨. 인스타그램으로만 연락했어요. 며칠 동안 뜨문뜨문 연락을 이어가면서 끽해야 일주일 정도 연락을 주고받았던 것 같아요. 그게 다예요.

핍: 라일라가 어디 사는지는 얘기해주던가요?

익명: 리틀 킬턴에 산다고 했습니다. 주소를 주고받을 정도까지는 안 갔습니다. 하지만, 이 동네를 잘 아는 것 같았어요. 킹스 헤드에서 술 한잔했다는 얘기도 하고.

핍: 본인 얘기는 안 하던가요?

익명: 나이는 스물다섯 살이라고 했어요. 부모님이랑 같이 살고 있다 했고, 런던의 어떤 회사에서 인사 관련 일을 하다가 병가를 내고 와 있다 했어요.

핍: 병가요? 어디가 아팠나요?

익명: 물어보지 않았어요. 서로 잘 아는 사이도 아닌데, 실례일 수도 있으니까.

핍: 개인적으로는 전형적인 사칭범 수법이라는 생각이 드네요. 라일라의 정체에 대한 의심은 전혀 하지 않으셨나요?

익명: 전혀. [⋯⋯삐⋯⋯]에서 스텔라 채프먼을 보기 전까지는. 내가 사칭범한테 걸렸다는 걸 깨닫고 엄청 놀랐죠. 오랫동안 연락한 게 아니라 그나마 다행이지만.

핍: 그럼 일주일 동안 연락을 했다고 하셨는데, 어떤 얘기를 나눴나요? 불편한 주제는 피하셔도 됩니다.

익명: 나에 대한 질문을 많이 하더라고요. 엄청 많이. 나한테 그렇게 관심을 가져주는 사람이 있다는 게 기분이 좋았어요.

핍: 그렇군요. 어떤 것들을 물어보던가요?

익명: 뭐 취조하듯이 물어보고 그런 건 아니었고, 그냥 대화 중에 나오는 자연스러운 질문들이었어요. 처음에는 나이를 물어보길래 스물아홉 살이라고 알려줬더니 언제 서른 살이 되느냐고, 서른 살 생일파티는 거하게 열어야 하지 않겠냐고 했어요. 수다스럽고 성격이 좋았어요. 그러고는 가족관계를 궁금해하더라고요. 부모님이랑 같이 사는지, 형제자매가 있는지, 부모님은 어떤 분인지 그런 것들 말예요. 그런데 막상 내가 라일라에게 그런 질문을 하면 답을 피하더군요. 자기 얘기를 하기보단 나를 더 알고 싶어하는 것 같았어요. 문득 가정환경이 안 좋았던 건 아닌가 하는 생각도 들었죠.

핍: 서로 꽤나 가까워지고 있었던 것 같은데, 왜 일주일 만에 연락을 끊었나요?

익명: 라일라가 먼저 연락을 끊었어요. 너무 황당했죠.

핍: 잠수를 탄 건가요?

익명: 그렇죠. 정말 황당했어요. 그 후에도 계속 "저기요, 어디로
      사라져버린 거죠?" 하고 메시지를 보냈는데, 답장은 없었
      어요. 그 뒤로는 한 번도.

핍: 라일라가 왜 잠수를 탔는지 짐작이 가는 데라도 있나요?
      라일라한테 말실수를 했다든지…….

익명: 말실수를 한 것 같진 않아요. 라일라가 그렇게 사라지기
      전에 내가 마지막으로 했던 말도 기억납니다. 무슨 일을
      하느냐고 묻길래 [……삐……]에서 [……삐……]로 있다
      고 얘기했죠. 그리고 그게 끝이었어요. 답장도 하지 않더
      군요. 그래서 어쩌면 라일라가 [……삐……] 같은 사람을
      안 좋아하는 게 아닌가 하는 생각이 들었어요. 더 조건 좋
      은 사람을 원했던 거일 수도…….

핍: 연락하던 당시에 라일라가 가짜라는 걸 모르셨다는 걸 알
      지만, 지금 와서 다시 생각해봤을 때 정체를 알 수 있을 만
      한 말을 흘린 적이 없을까요? 나이라든지? 어른들이 쓰는
      옛날 유행어를 쓴다든지 하는 것들은요? 또는 제이미 레
      이놀즈에 대해 언급을 한 적은 없었나요? 혹은 연락하고
      지내는 사람들이라든지…….

익명: 그런 얘기는 전혀 안 했어요. 난 라일라가 하는 말을 곧이
      곧대로 믿었어요. 딱히 자기 정체에 대해 흘릴 만한 말을
      한 적도 없었어요. 사칭범이라면 꽤 능력 있는 사람인 셈
      이죠.

21

코너는 접시 위 파스타를 포크로 깨작거리며 요리조리 뒤섞으면서, 파스타 면에 플라스틱 포크 자국만 남겨놓고 있었다.

잭도 그런 코너의 모습을 눈여겨보고 있었다. 핍은 귀가 먹먹할 정도로 시끄러운 학교 식당에서 말없이 앉아 있는 코너를 바라보다 테이블 맞은편에 있는 잭과 눈이 마주쳤다. 댓글 때문이라는 걸 핍도 알고 있었다. 인터넷상에서 불특정 다수의 사람들이 자기들의 생각과 가설을 무분별하게 올려대고 있었다.

제이미 레이놀즈는 죽은 거야. 살해당한 게 분명해. 그래도 싼 놈인 것 같아.

핍은 코너에게 그런 댓글들은 무시하라고 했지만 코너가 그러지 못하고 있다는 것이 너무나 뻔히 보였다. 이런저런 말들이 코너의 주변을 계속 맴돌며 할퀴고 상처를 남겼다.

팔꿈치로 이따금씩 핍의 갈비뼈를 찌를 수 있을 만큼 가까이 앉아 있던 카라도 아무 말 없는 코너를 의식하면서 코너가 가장 좋아하는 이야깃거리를 들먹였지만 소용이 없었다.

오로지 앤트와 로렌만이 코너의 기분을 눈치채지 못하고 있었다. 앤트는 코너의 절친이었지만 코너를 등지고 앉은 채 로렌과 딱 붙어서 낄낄거리고 있었다. 핍은 그런 앤트의 모습이 이제 놀랍지도 않았다. 어제만 해도 앤트는 제이미에 대해서 딱

한 번 언급했을 뿐 코너를 그다지 걱정하는 기색이 보이지 않았기 때문이다. 이런 상황에서 무슨 말로 위로를 해야 할지 곤혹스러운 것은 대부분 사람들이 마찬가지겠지만 적어도 유감이라든가, 공감의 말 한마디 정도 건네는 것이 도리일 텐데.

로렌이 앤트가 한 귓속말을 듣고 코웃음을 치는 순간, 핍은 속에서 무엇인가 확 솟구쳐 오르는 것을 느꼈다. 하지만 입술을 깨물고 화가 진정되기를 기다렸다. 이런 시기에 구태여 싸움을 걸 필요는 없었기에. 분을 삭이고 있는 사이 카라가 가방에서 킷캣을 하나 꺼내 코너의 시선이 닿는 쪽으로 미끄러뜨리듯 건네주었다. 넋을 놓고 있던 코너는 그걸 보고 정신을 차렸고, 입가에는 움찔거리는 미소가 번졌다. 코너는 포크를 내려놓고 카라의 호의를 받아들였다.

카라는 핍에게도 초콜릿을 건넸다. 카라는 피곤해 보였다. 핍과 카라가 밤에 전화 통화를 못 한 지 벌써 3일이나 지났다. 그간 핍은 너무나 바빠서 카라가 잠들 수 있도록 밤마다 전화하던 걸 빼먹었다. 그사이 카라는 뜬눈으로 밤을 새운 모양이었다. 카라의 눈 아래 칙칙한 다크서클이 그렇게 말해주고 있었다. 카라의 눈이 커지고 위로 치켜 올라가면서 핍에게 무엇인가 신호를 보냈고, 바로 그때 누군가 핍의 어깨를 두드렸다. 고개를 돌려 올려다보니 톰 노박이 어색한 손 인사를 하며 서 있었다. 지난여름 깨진 로렌의 전 남자친구였다.

"안녕." 식당 내 웅성거리는 소음 사이로 톰의 소리가 들렸다.

"뭐래." 로렌이 즉각적인 반응을 보였다. 오호, 드디어 관심을 끌었네. "무슨 일이야?"

"너랑은 상관없는 일이야." 톰이 눈가로 흩날린 긴 머리카락을 흔들어 뒤로 넘기며 말했다. "핍이랑 할 얘기가 있어."

"그러시겠지." 앤트가 급발진을 했다. 그리고 할 수 있는 한 가장 길게 몸을 빼고 앉아 한쪽 팔은 로렌 앞쪽으로 뻗어 식당 탁자를 부여잡았다.

"이쪽 테이블로 올 핑계가 그렇게 필요했어?"

"아니야, 난······" 톰이 말끝을 흐리며 어깨를 한번 으쓱하더니 핍을 향해 말했다. "내가 본 게 좀 있어."

"아무도 너 안 반겨, 꺼져." 앤트가 말했다. 그런 앤트의 태도에 로렌이 감동받은 듯한 미소를 짓고는 앤트의 팔짱을 꼈다.

"너랑 얘기하려고 온 거 아니야." 톰이 말했다. 그리고 다시 핍에게 눈을 돌렸다.

"제이미 레이놀즈에 관한 일이야."

그 소리에 코너가 얼굴을 번쩍 들더니, 넋 나간 표정은 온데간데없이 갑자기 눈을 반짝이며 톰을 쳐다보았다. 핍은 손을 들어 고개를 끄덕이며 코너에게 진정하라는 신호를 보냈다.

"아 그러셔." 앤트가 비꼬듯이 말했다.

"제발 좀 조용히 해줄래, 앤트." 핍이 자리에서 일어나 무거운 배낭을 어깨에 짊어지며 덧붙였다. "로렌 빼고 다들 싫어하는 거 안 보이니." 핍은 식당 테이블에서 벗어나며 톰에게 따라오라고 한 뒤 바깥 뜰로 이어지는 문으로 향했다. 확인하지 않아도 코너가 그 뒷모습을 바라보고 있을 게 뻔했다.

"여기서 얘기하자." 밖으로 나간 핍이 낮은 담벼락을 가리키며 말했다. 아침에 비가 내려서 벽돌이 아직 축축한 상태였다.

담벼락에 앉자 물방울이 바지로 스며들었다. 톰은 재킷을 펼쳐 그 위에 깔고는 핍을 따라 담벼락에 앉았다. "본 게 있다는 게 무슨 말이야?"

"제이미가 사라진 날에 관한 얘기야." 톰이 코를 킁킁거리며 말했다.

"그래? 혹시 팟캐스트 첫 번째 에피소드 들었어? 어젯밤에 공개했는데."

"아니, 아직." 톰이 말했다.

"내가 지난 금요일의 제이미 행적을 타임라인에 따라 구성해 놨어. 제이미는 밤 9시 16분에 대참사 파티에 있었고 10시 32분쯤 그곳을 떠났어. 혹시나 너도 파티에서 제이미를 봤다면 그 시간대겠지." 톰이 왜 그런 말을 하나 싶은 명한 눈빛으로 핍을 쳐다봤다. "그니까 내 말은, 그때 제이미가 파티에 있었다는 건 이미 알고 있다는 소리야. 혹시 네가 하려던 얘기가 그걸까?"

톰은 고개를 저었다. "어어, 아니. 그건 아냐. 나는 그날 파티에 안 갔어. 내가 제이미를 본 건 그 이후야."

"그래? 10시 32분 이후?" 핍의 몸이 즉각적으로 반응해 비상 상태에 돌입했다. 10학년 남자애들이 축구를 하며 소리를 지르고 있었고, 파리 한 마리가 막 핍의 배낭 위에 내려앉았다. 핍은 담벼락의 딱딱한 기운이 뼈까지 느껴지는 듯했다.

"맞아," 톰이 말했다. "그 이후였어."

"얼마나 지나서?"

"아마 15분이나 20분 후였던 것 같아." 톰이 기억을 떠올리며 얼굴을 찌푸렸다.

"그럼 한 10시 50분쯤?" 핍이 물었다.

"응, 그쯤 되는 것 같아."

핍은 몸을 바짝 긴장하고 앉아서, 톰이 계속 말을 이어가길 기다렸다.

하지만 톰은 아무 말도 하지 않고 가만히 있었다.

"그리고?" 핍은 자기도 모르게 짜증이 나고 있었다. "넌 그때 어디 있었는데? 어디서 제이미를 본 거야? 파티가 열렸던 하이 무어 근처?"

"어, 맞아. 그쪽 길이었는데…… 이름이 뭐였더라, 크로스레인." 톰이 말했다.

크로스레인이라. 핍은 크로스레인에 살고 있는 사람 중 아는 사람이 딱 한 명 있었다. 환한 파란색 문이 휘어진 길 쪽에 있는 그 집, 나탈리 다 실바가 부모님과 함께 사는 집이었다.

"10시 50분에 크로스레인에서 제이미를 본 거야?"

"응, 거기서 봤어. 자주색 셔츠에 하얀색 운동화를 신고 있었어. 그건 분명히 기억해."

"맞아, 정확히 그날 그렇게 입고 있었어." 핍이 톰의 확답에 움찔 놀라서 말했다. "넌 그때 왜 거기 있었어?"

톰이 으쓱했다. "친구네 집에 갔다가 돌아오는 중이었지."

"제이미는 거기서 뭘 하고 있었어?" 핍이 물었다.

"그냥 걸어가고 있었어. 걷다 스쳐 지나간 거야."

"혹시 통화 중이었어?"

"아니, 휴대폰은 안 들고 있었어."

핍이 한숨을 내쉬었다. 톰은 물어본 거 이외에는 구체적으로 살을 붙여주지 않았다.

"알겠어, 다른 거 본 건 없어? 제이미가 어딘가를 향해서 가고 있는 것처럼 보이진 않았어? 누구 집이라든지?"

"어 맞아." 톰이 끄덕였다.

"어디로 갔는데?"

"어떤 집 쪽으로 가고 있었어. 크로스레인의 중간 어디쯤이었던 것 같은데."

나탈리 다 실바의 집이 바로 그 중간쯤에 있다는 사실이 핍의 머릿속을 비집고 들어왔다. 맥박이 빨라지며 가슴이 쿵쿵거렸다. 손바닥은 끈적해지고 있었는데 빗물 때문은 아니었다.

"그 어떤 집을 향해 가고 있었다는 걸 어떻게 확신해?"

"왜냐면 집 안으로 들어가는 걸 봤으니까." 톰이 말했다.

"안으로?" 핍이 저도 모르게 큰 목소리로 외치듯 말했다.

"응." 톰은 마치 핍이 자기를 힘들게 만들고 있다는 듯이 짜증난 목소리로 답했다.

"어느 집?"

"아," 톰이 머리를 긁으며 가르마를 다른 쪽으로 옮기곤 답했다. "주변이 어두워서 번지수가 잘 안 보여 못 봤네."

"그러면 그 집이 어떻게 생겼는지라도 설명해줄 수 있어?" 핍이 담벼락을 꽉 쥐었다. 손톱이 담벼락에 박혔다. "대문 색깔이 뭐였어?"

"으음," 톰이 핍을 쳐다봤다. "하얀색이었던 것 같은데."

핍은 안도의 숨을 내쉬었다. 나탈리 다 실바의 집은 아니다. 아, 다행이다.

"잠깐만," 톰이 갑자기 말을 시작하며 핍의 안색을 살피는 듯했다. "아니다, 하얀색이 아니었던 것 같아. 파란색이었던 가…… 맞아, 파란색이야."

핍의 심장이 즉각적으로 반응하기 시작했고, 귀에는 드럼이 울리기 시작했다. 그 소리가 마치 *나탈리-다 실-바*, *나탈리-다 실-바*라고 메아리를 치고 있는 것만 같았다.

핍은 간신히 입을 다물었다가 다시 톰에게 질문하기 위해 입을 열었다.

"하얀색 벽돌집 맞아? 한쪽으로 덩굴나무가 있는?"

고개를 끄덕이는 톰의 낯빛이 밝아졌다. "맞아, 그 집이야. 제이미가 그 집으로 들어가는 걸 봤어."

"사람은 없었어? 현관에는?"

"없었어. 제이미가 들어가는 것만 봤어."

나탈리 다 실바의 집으로.

어찌 됐든 추도식이 끝나고 나탈리네 집으로 가는 것이 제이미의 원래 계획이기는 했다. 제이미가 자기 입으로 코너에게 그렇게 말했고, 나탈리도 핍에게 그렇게 얘기했다. 하지만 나탈리는 제이미가 오지 않았다고 했고, 제이미를 본 것은 사람들 무리 속에서 제이미가 '누군가'를 발견한 뒤 나탈리에게서 멀어져 가던 모습이 마지막이었다고도 했다.

하지만 톰은 제이미가 대참사 파티를 떠나 밤 10시 50분에 나탈리의 집으로 들어가는 것을 목격했다.

그렇다면, 누군가는 거짓말을 하고 있다는 얘기였다.

그게 누구일까, 그리고 왜 거짓말을 하는 것일까?

"톰," 핍이 말했다. "방금 했던 얘기를 한 번 더 해줄 수 있을까? 녹음을 하고 싶어서."

"그래, 안 될 거 없지."

Posts

↑
18
↓

u/hedeteccheprotecc의 댓글, 47분 전

'힐러리 와이즈먼'이라는 단서?

핍이 제이미가 실종된 날 밤의 행적을 찾느라 바쁜 건 알지만,
제이미 방 쓰레기통에서 발견한 그 쪽지를 제대로 캐보지 않은 건
실수라는 생각이 든다. 제이미네 집에 청소하러 오시는 분이 격주로
수요일마다 방문하니까 그 쪽지는 그 전 열흘 사이 쓰레기통에
버려진 것이다. 그리고 그 시점은 제이미가 이상한 행동(절도, 늦은
밤 몰래 집을 빠져나가기)을 했던 시기와도 맞물린다.

핍이 알아낸 것은 힐러리 와이즈먼이라는 사람이 리틀 킬턴에
살다가 12년 전 돌아가신 84세 할머니라는 정도였다. 제이미가 나이
든 할머니 이름을 적어놨다는 게 정말 이상하긴 하다. 근데 나는 그
쪽지가 어떤 사람을 가리키는 게 아니라 장소를 가리키는 걸 수도
있지 않나 하는 생각이 든다. 만약 그분이 킬턴에서 돌아가셨다면
마을 묘지 어딘가에 묻혔을 것이다. 그 쪽지가 힐러리라는 사람을
가리키는 게 아니라 일종의 접선 장소를 가리키는 거라면? 힐러리가
묻힌 묘지 말이다. 쪽지를 다시 읽어보면 '힐러리 와이즈먼 왼쪽
11'이라고 되어 있다. 만약 이게 힐러리 와이즈먼 묘지 왼쪽에서
11시에 만나자는 뜻이라면? 접선 장소와 시간을 표시한 것이다.
어떻게 생각하시는지?

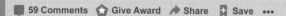

💬 59 Comments ⭐ Give Award ➤ Share 🔖 Save •••

핍은 그쪽 방향을 보지 않으려고 애를 썼다. 하지만 시선을 돌려보려 아무리 애를 써도 그 집이 이끄는 어떤 기운에 빨려 들어가는 기분이 들었다. 그곳은 이제 더 이상 다른 집들처럼 평범한 집이 아니었다. 마치 죽음의 공기가 주변을 둘러싸고 있는 듯한 느낌이 아른거리는 그 집은 거의 현실과는 다른 세계에 존재하는 것처럼 느껴질 정도였고, 굽이진 지붕 선과 벽돌을 따라 자란 넝쿨에 삼켜져버린 모습이었다. 벨 씨 가족들의 집이자 앤디가 죽은 바로 그 집.

핍은 거실 창문을 통해 제이슨 벨 아저씨의 뒤통수와 그 맞은편에 깜빡거리는 티비를 볼 수 있었다. 바깥쪽 인도에서 나는 발소리를 들은 모양인지 제이슨이 고개를 휙 돌렸고 그 순간 제이슨과 핍의 눈동자가 잠시 마주쳤다. 핍을 알아본 제이슨의 눈빛이 차갑게 변했고, 핍은 움찔해서 시선을 떨군 채 계속 걸어갔다. 그 집에서 점점 멀어져갔지만 여전히 등 뒤로는 제이슨의 시선이 느껴졌다.

"그러니까," 아무것도 의식하지 못한 라비가 말을 걸었다. 라비는 그 집에 대해 예민하게 반응하지 않았다. "누가 레딧에 올린 글을 보고 아이디어를 얻었다는 거지?" 라비는 핍과 함께 언덕 위의 교회로 이어지는 길을 따라 올라가고 있었다.

"응, 꽤 신빙성이 있는 주장이야." 핍이 말했다. "진작에 왜 그 생각을 못 했을까?"

"1화 공개되고 나서 건질 만한 거 더 없었어?"

"으응," 가파른 언덕을 오르는 핍의 목소리가 갈라졌다. 구불 구불한 모퉁이를 지나자 조금 떨어진 곳에 나무들 사이로 자리를 잡고 있는 교회가 보였다. "애버딘에 있는 맥도날드에서 제이미를 목격했다는 얘기도 있더라. 파리 루브르 박물관에서 봤다는 사람도 있어."

두 사람은 차들이 쌩쌩 지나가는 도로 위의 육교를 건너는 중이었다. 차들이 달려가는 소리가 마치 핍의 귀 안으로 지나가는 소리처럼 느껴졌다.

"다 왔다." 교회 마당 가까이 다가가자 교회 건물을 가운데 두고 양쪽으로 갈라진 길이 보였다.

"레딧에 그 글을 쓴 사람이 '왼쪽'이라고 했으니까, 이쪽으로 가보자." 핍이 언덕을 따라 잔디밭이 길게 이어져 있는 길을 앞장섰다. 눈길이 닿는 곳마다 평평한 대리석 명판과 파도처럼 배열되어 있는 묘비가 보였다.

"이름이 뭐였더라, 힐러리……?" 라비가 물었다.

"힐러리 와이즈먼, 2006년 사망." 핍이 눈을 가늘게 뜨고 묘비를 살폈다.

"나탈리 다 실바가 거짓말을 했다고 생각해?" 라비도 묘비명을 확인하며 물었다.

"모르겠어," 핍이 말했다. "하지만 둘 중 하나는 거짓말을 하고 있는 거야. 두 사람의 말이 서로 완전히 상충되는 건 나탈리

나 톰 두 사람 중 한 명은 거짓이란 얘기지. 근데 거짓말을 할 동기가 나탈리한테 더 많다는 생각이 드는 건 어쩔 수 없어. 어쩌면 그날 밤 제이미가 나탈리네 집에 간 게 맞는데 나탈리 입장에서는 남자친구 앞에서 그 얘기를 꺼내기가 싫었을 수도 있을 것 같아. 남자친구 인상이 무서웠거든."

"이름이 뭐라고? 루크?"

"맞아, 루크 이튼. 어쩌면 나탈리가 그냥 이 일에 엮이는 게 싫어서 제이미를 본 적이 없다고 말했을 수도 있어. 지난번에도 내가 자기를 의심했으니까. 그것도 아니라면 나탈리가 정말 이 일과 어떤 관련이 있어서 거짓말을 했을 수도 있고. 금요일 밤에 어디 있었냐고 물어봤을 때도 시원하게 대답을 해주지 않았거든."

"하지만 그러고 거의 한 시간 뒤 와이빌 로드에서 제이미가 목격됐잖아. 만약 나탈리네 집에 진짜 갔더라도 무사히 그 집에서 나왔다는 뜻이지."

"맞아," 핍이 말했다. "그럼 왜 거짓말을 했을까? 뭘 숨기려고 하는 걸까?"

"아니면 톰이 거짓말을 한 걸 수도 있지." 라비가 명판에 적힌 흐릿한 글자를 가까이 보기 위해 허리를 굽혔다.

"그럴 수도 있겠지," 핍이 한숨을 쉬었다. "하지만 톰이 왜? 톰은 그 집이 이 사건과…… 관련된 인물이 사는 집이라는 걸 알고 있었을까?"

"나탈리랑 다시 얘기해볼 거야?"

"모르겠어." 핍이 묘비명 몇 개를 훑고 지나갔다.

"만나봐야 할 것 같은데, 나탈리가 만나줄지 모르겠어. 나를 엄청 싫어하거든. 또 이번 주만 해도 나탈리한테 많은 일이 있었으니……."

"내가 같이 갈까?" 라비가 물었다. "맥스 재판 끝나면."

"응, 그래." 핍이 답했다. 하지만 재판이 끝날 때까지도 제이미를 못 찾을지 모른다는 생각이 들자 기운이 쭉 빠지는 느낌이었다. 핍은 발걸음을 재촉했다. "너무 느리다. 찢어져서 찾아보자."

"난 네가 너무 좋아 찢어지기 싫은데."

핍은 라비 쪽을 보지 않아도 라비가 히죽 웃고 있는 것이 느껴졌다.

"묘지까지 와서 이러지 말자."

"이분들은 못 들으셔," 라비가 대꾸했다. "알겠어, 나는 이쪽에서부터 찾아볼게." 라비가 멀리 떨어진 묘지로 터벅터벅 걸어가 핍의 반대쪽 방향에서부터 이름을 확인하기 시작했다.

몇 분 뒤 관리가 안 된 산울타리 옆에서 이름을 확인하느라 라비의 모습이 가려져 보이지 않자 핍은 죽은 사람들 이름이 가득한 이 들판에 혼자 남겨진 듯한 기분이 들었다. 주변에는 아무도 보이지 않았고, 아직 6시밖에 되지 않았지만 모두가 잠든 밤처럼 고요했다.

다음 줄 묘비명에 다가가서 훑어보기 시작했지만 힐러리라는 이름은 보이지 않았다. 그때 라비가 외치는 소리가 들렸다. 바람에 실려오는 라비의 목소리는 희미했지만 울타리 너머 손을 흔드는 라비의 모습이 보였다. 핍은 헐레벌떡 라비가 있는 방향으로 달려갔다.

"찾았어?" 핍이 숨을 몰아쉬며 물었다.

"힐러리 와이즈먼과의 아름다운 날들을 추억하며," 라비가 검정 대리석 명판에 금색으로 적힌 글씨를 소리 내어 읽었다. "2006년 10월 4일 사망. 사랑하는 엄마이자 할머니. 너무 보고 싶을 거예요."

"맞네," 핍이 묘 주위를 둘러보며 말했다. 힐러리의 묘 주변 한쪽으로는 울타리가 겹겹이 쳐져 있었고 다른 쪽으로는 나무들이 둘러서 있어 묘지의 다른 곳과는 차단되어 있었다. "꽁꽁 둘러싸여 있네. 어느 방향에서는 이쪽이 잘 안 보이겠다. 여기 길 쪽에서 보지 않는 한."

라비가 고개를 끄덕였다. "진짜 여기서 만났다면, 비밀 접선 장소로는 딱이네."

"맞아, 그런데 누구랑? 제이미랑 라일라는 실제로는 서로 만난 적이 없는데."

"저건 뭐지?" 라비가 힐러리의 묘 옆에 놓여 있는 작은 꽃다발을 가리켰다. 꽃들은 말라 죽어 있었다. 핍이 꽃다발을 집어 올리자 꽃잎이 아스러졌다. "두고 간 지 확실히 몇 주는 된 거야." 핍이 말했다. 그때 꽃들 사이로 작은 하얀색 카드가 눈에 띄었다. 비에 맞아 파란색 잉크가 번져 있었지만 여전히 글자를 식별할 수는 있었다.

"엄마, 생신 축하해요! 매일매일 엄마가 보고 싶어요. 엄마를 사랑하는 메리, 해리 그리고 조." 핍이 카드를 소리 내어 읽었다.

"메리, 해리 그리고 조." 라비가 곱씹으며 생각에 잠겼다. "우리가 아는 사람들인가?"

"아닐 거야," 핍이 말했다. "선거인 명부에서 찾아봤을 때는 킬턴에 와이즈먼이라는 성을 쓰는 사람은 없었어."

"그럼 와이즈먼 씨가 아닐 수도 있지 않을까?"

그때 위쪽 자갈밭에서 누군가가 걸어오는 소리가 들렸다. 핍과 라비는 동시에 홱 뒤를 돌아보았다. 바람에 흔들리는 나뭇잎들 사이로 걸어오는 사람의 모습이 나타나기를 기다리는 그 짧은 순간, 마치 있으면 안 될 곳에 몰래 들어갔다가 들킨 사람처럼 핍은 갈비뼈가 조여오는 듯했다.

이윽고 모습을 드러낸 사람은 스탠리 포브스였다. 그는 핍과 라비만큼이나 이런 곳에서 두 사람을 보고 적잖이 놀란 듯했다. 어둠 속에 있는 핍과 라비를 발견한 스탠리 포브스가 헉 소리를 내며 움찔했다.

"젠장, 놀랐잖아." 스탠리가 한 손으로 가슴을 쓰다듬으며 말했다.

"교회 근처에서 그런 말을 써도 돼요?" 라비가 미소를 지으며 긴장된 분위기를 풀려는 듯 덧붙였다.

"저희도 놀랐어요." 핍은 시든 꽃을 여전히 손에 들고서 말했다. "여긴 어쩐 일이세요?" 너무나도 자연스러운 질문이라고, 핍은 생각했다. 묘지에는 그들 외에 아무도 없었고, 핍과 라비도 이곳에 평범한 목적을 가지고 온 것은 아니었기 때문이다.

"나는…… 그…… 뭐야," 스탠리는 당황한 듯했다. "여기 목사님이랑 다음 주 신문에 기고할 내용에 대해 얘기할 게 좀 있어서. 너희는 여기 어쩐 일이야?" 스탠리가 똑같은 질문을 하며 핍과 라비가 서 있는 쪽 묘비를 확인하려고 눈살을 찌푸렸다.

핍은 이왕 이렇게 된 거 한번 캐보자는 생각이 들었다.

"저기,《킬턴 메일》에서 일하시니까 마을 사람들 대부분을 아시죠? 혹시 힐러리 와이즈먼이라는 분이랑 그분의 딸 메리 혹은 아들이나 손자에 대해서도 알고 계시나요? 이름은 해리랑 조예요."

스탠리는 묘지에서 어슬렁거리다가 만난 사람들끼리 무슨 이런 이상한 질문을 하느냐는 듯 눈을 가늘게 떴다. "음, 알지. 너도 아는 사람인데. 메리 사이드 말이야. 나랑 같이 신문사에서 일하는 그 메리. 해리랑 조는 메리 아들들이야."

스탠리가 그렇게 말하는 순간 핍의 머릿속에서 무언가가 끼워 맞아 들어갔다.

"해리 사이드? 더 북 셀라 서점 직원 말인가요?" 핍이 물었다.

"맞아, 거기서 일할걸." 스탠리가 발을 휘적거리며 말했다.

"그 제이미 레이놀즈 실종사건 조사랑 관련이 있는 거니?"

"그럴 수도요." 핍이 어깨를 으쓱했다. 핍이 자세히 설명을 해주지 않자 스탠리의 얼굴에는 실망하는 빛이 역력했다. 하지만 안타깝게도 핍은 작은 마을의 자원봉사 신문기자에게 건수를 주면서 조사를 방해받고 싶지는 않았다. 그러다 문득 그건 스탠리에 대해 너무한 처사일지도 모른다는 생각이 들었다. 스탠리는 핍이 부탁한 대로 마을 신문에 실종 전단지 기사를 실어주었고, 그걸 본 많은 사람들이 핍에게 정보들을 보내줬기 때문이다. 거기에 생각이 미치자 "아 참," 핍이 덧붙였다. "마을 신문에 실종 전단지 올려주셔서 감사하다고 인사 드리고 싶었는데, 정말 도움이 많이 됐거든요. 진짜 감사합니다."

"아니야." 스탠리가 라비와 핍을 번갈아 보며 미소를 지었다. "제이미 레이놀즈도 꼭 찾길 바란다. 네가 꼭 찾을 거라고 생각해." 스탠리는 소매 한쪽을 걷고 시간을 확인했다. "나는 가봐야겠다. 목사님이 기다리시겠어. 음. 그럼 너희도 잘 가라." 스탠리가 어색한 손짓으로 인사를 하고는 교회 쪽으로 멀어져갔다.

"해리 사이드는 와이빌 로드에서 제이미를 목격한 사람이야." 핍은 스탠리가 멀어져가는 것을 지켜보며 숨죽인 목소리로 말했다. "아, 진짜?" 라비가 말했다. "하여튼 좁은 동네야."

"그니까." 핍은 힐러리의 묘 앞에 시든 꽃을 다시 내려두었다. "이 동네가 진짜 좁긴 한가 봐." 핍은 그 말을 내뱉으면서도 본인의 말이 얼마나 맞는 것인지 알지 못했다. 그리고 이곳에 온 것이 제이미의 방 쓰레기통에서 발견한 종이 쪼가리에 대해 대체 어떤 설명이나 도움이 되는지 회의감이 들었다. 그저 제이미가 누군가와 접선하기 위해 이 어둠침침한 곳에 왔을지도 모른다는 점 외엔 알아낸 것이 없었다. 그 종이 쪼가리에 적힌 내용으로 사건을 풀어나가기엔 모든 게 너무 모호했다.

"자, 우리 재판 소식 올려야 해." 라비가 이렇게 말하며 핍의 손을 잡고 깍지를 꼈다. "그리고 스탠리 포브스 씨한테 감사하다고 인사를 하다니 감동했어." 하고는 놀라서 얼어붙은 표정을 지어 보이며 핍의 얼굴에 자기 얼굴을 들이밀었다.

"그만해." 핍이 라비를 밀치며 말했다.

"이제 진짜 사람 됐네." 라비는 장난스러운 표정을 거두지 않았다. "참 잘했어요. 도장 꽝!"

"그만하라니까."

23

노란색 조명으로 밝혀진 코너네 집 이층 창문들은 눈도 껌뻑 안 하고 가만히 핍을 내려다보고 있었다. 그리고 잠시 후 현관문이 안쪽으로 열리며 조안나 아줌마가 나타났다.

"왔구나." 아줌마가 핍을 안으로 안내하는 동안 코너도 현관으로 나왔다. "바로 와줘서 고마워."

"아니에요." 핍은 가방을 내려놓고 신도 벗었다. 라비와 막 맥스 재판 업데이트 녹음을 마치고, 증인으로 나왔던 맥스의 대학 친구 두 명에 대한 토론을 하고 있던 참인데 코너 엄마한테서 전화가 왔던 것이다.

"급한 일 같아서 달려왔어요." 핍이 두 사람을 번갈아 보며 말했다. 닫힌 문 뒤로 이어진 거실에서 텔레비전 소리가 들려왔다. 아서 레이놀즈 씨가 텔레비전을 보고 있는 듯했다. 코너의 아버지는 아직도 제이미를 찾는 일에 관여할 생각이 없는 모양이었다. 하지만 실종된 지 벌써 4일째인데 언제쯤이면 화가 누그러지실까? 핍은 그런 아저씨를 한편으로는 이해할 수 있었다. 한번 구덩이를 파고 들어가면 거기서 나오기가 쉽지 않은 법이니까. 하지만 슬슬 걱정은 되시겠지?

"중요한 일이라고 생각돼서 불렀어." 아줌마가 복도를 따라 핍에게 따라오라는 손짓을 하고 코너와 함께 계단을 올라갔다.

"컴퓨터인가요? 핍이 물었다. "로그인에 성공하셨어요?"

"그건 아니야," 아줌마가 말했다. "700개도 넘게 계속 시도해 봤는데 맞는 게 하나도 없더라."

"괜찮아요. 어제 전문가들한테 연락해놨으니까 조금만 기다려보세요." 핍은 행여 아줌마 뒤꿈치라도 밟을까 조심하며 계단을 따라 올랐다. "그게 아니면 무슨 일인데요?"

"어젯밤에 네가 공개했던 첫 번째 에피소드를 들어봤어. 몇 번씩이나." 아줌마가 빠르게 말했다. 계단을 오르는 아줌마의 숨이 차올랐다. "서점 직원들하고 했던 인터뷰 있잖니, 그 11시 40분에 와이빌 로드에서 제이미를 봤다던 애들 말이야. 그 얘기를 듣는데 계속 기분이 찜찜하더라고. 왜 그렇게 찜찜했는지 결국 알아냈어."

아줌마가 난장판이 된 제이미의 침실로 핍을 안내했다. 코너는 먼저 불을 켜고 앉아서 기다리고 있었다.

"해리 사이드 때문인가요?" 핍이 물었다. "해리를 아세요?"

아줌마는 고개를 저었다. "제이미가 입고 있던 옷 얘기를 했잖니. 두 명은 그날 우리가 봤던 대로 제이미가 자주색 셔츠를 입고 있었다고 했지. 제이미를 먼저 목격했던 애들 말이야. 제이미가 그 애들을 향해 걸어갈 때 본 거니까 앞모습을 본 거고. 그런데 또 다른 두 명은 나중에 나와서 제이미가 이미 그 집 앞을 지나간 후라 뒷모습을 봤다고 했어. 그리고 그 둘은 자주색 셔츠가 아니라 더 어두운색의 후드 모자가 달린 옷을 입고 있었던 것 같다고 했지. 또 주머니에 손을 넣고 걸어갔다고 했고."

"네, 약간 차이가 있었죠." 핍이 말했다. "그런데 목격자 진술은 원래 사소한 부분들에 차이가 좀 있을 수 있어요."

이제 아줌마의 눈에서는 이상한 빛이 나고 있었다. "그렇지, 그리고 우리는 당연히 제이미가 셔츠를 입고 있었다고 한 애들 말이 맞는다고 생각했잖아. 그날 제이미가 옷을 그렇게 입고 나갔으니까. 그런데 만약에 다른 두 애가 본 게 맞는다면? 제이미 한테 검은색 후드집업이 있거든. 그 옷을 정말 자주 입었어. 만약 지퍼를 안 잠갔다면 어두울 때 앞에서 봤을 때는 셔츠만 보였을지도 몰라."

"하지만 제이미가 금요일 집에서 나갈 때 검정색 후드집업을 입고 나간 게 아니잖아요." 핍이 코너를 보며 말했다. "따로 챙겨가지도 않았고, 가방을 들고 나가지도 않았고요."

"맞아. 분명히 아무것도 안 들고 나갔어." 코너가 끼어들었다. "나도 그렇게 말했었지. 그런데……" 코너는 다시 아줌마 쪽을 보라고 손짓했다.

"그런데……" 아줌마가 말을 이어갔다. "온 집안을 다 뒤져봤는데, 없어. 제이미 방 옷장, 서랍, 바닥에 쌓여 있는 옷들, 빨래통, 찬장…… 코너랑 조이 방도 다 뒤집어봤는데, 제이미 후드집업이 없어. 그 옷이 집에 없는 거야."

핍은 숨이 턱 막히는 듯했다. "없다고요?"

"진짜 있을 만한 곳은 두 번, 세 번 다 확인했어." 코너가 말했다. "몇 시간 동안 찾아봤는데, 어디에도 없어."

"그래서 만약 그 애들 말이 맞는다면," 아줌마가 말했다. "제이미를 나중에 본 그 애들의 말이 맞고, 정말로 제이미가 검은색 후드집업을 입고 있었다면……."

"제이미가 집에 들렀다 다시 나갔단 얘기네요." 핍이 말했다. 그리고 그 순간 싸늘한 소름이 돋는 동시에 그 소름이 배 속을 휘젓고 역류하며 올라오는 듯했다. 다리까지 떨렸다.

"대참사 파티에서 나와 와이빌 로드에서 목격된 시점 사이 집에 들렀던 거네요." 핍이 새삼스러운 눈길로 방을 둘러보며 말했다. 어지럽게 늘어져 있는 옷더미들은 어쩌면 제이미가 미친 듯이 후드집업을 찾다가 그렇게 된 건지 몰랐다. 침대 옆에 부서져 있는 머그컵은 어쩌면 그 와중에 실수로 깨뜨린 것일 수도 있었다. 없어진 칼은, 어쩌면 제이미가 그때 갖고 나간 것일 수도 있었다. 그리고 그 칼이 제이미가 집에 들른 진짜 이유일 수도 있었다.

"그런 것 같아." 아줌마가 말했다. "내 생각도 그래. 제이미가 집에 들렀다 간 거야." 그렇게 말하는 아줌마의 목소리에는 일말의 희망의 빛이 일렁였다. 아들이 집에 왔다가 결국 사라진 것인데도 그 아들이 다시 돌아오기를 바라는 그 순수한 바람이 온전히 느껴지는 그런 얼굴이었다.

"제이미가 정말로 집에 들러서 후드집업을 챙겨갔다면," 핍은 없어진 칼에 대한 언급은 회피하며 조심스럽게 말했다. "하이무어에서 집까지 걸어왔다고 했을 때, 밤 10시 45분쯤 집에 도착했을 테고, 여기서 와이빌 로드 중턱까지 가려면 또 15분 정도 걸리니까 최소 11시 25분에는 집을 떠났어야 해요. 그러니까 그사이에 들렀다고 할 수 있겠죠."

아줌마가 핍의 말 한마디 한마디에 집중하며 고개를 끄덕였다.

"그런데요……" 핍은 생각을 잠시 멈추고 아줌마 대신 코너에게 물었다. 아줌마보다 코너에게 묻는 편이 나았다. "그런데 너희 아버지가 집에 돌아오신 게 11시 15분쯤 아니야?"

하지만 대답을 한 것은 아줌마였다. "맞아, 그쯤에 왔지. 아서는 제이미를 아예 못 봤다니까 그 전에 왔다 간 모양이다."

"혹시 물어보셨나요?" 핍이 조심스럽게 말했다.

"뭘 말이니?"

"그날 밤 아저씨 동선에 대해서요."

"당연히 물어봤지." 아줌마가 단호하게 말했다. "너도 방금 말했듯이, 술집에서 집으로 돌아온 게 11시 15분쯤이랬어. 제이미는 없었댔고."

"그니까, 형은 그 전에 들렀다 간 거지? 그치?" 코너가 물었다.

"맞아." 겉으로는 그렇게 말했지만 핍은 속으로 전혀 다른 생각을 하고 있었다. 핍은 제이미를 목격했다는 톰의 말을 떠올렸다. 톰은 제이미가 10시 50분, 크로스레인에 있는 나탈리 다 실바의 집으로 들어가는 것을 봤다고 했다. 하지만 그렇게 짧은 시간 내 나탈리네 집에 갔다가, 다시 집에 들렀다 와이빌까지 가는 것이 가능한가? 제이미가 집에 들렀던 시간이 아서 아저씨와 겹치지 않는 이상, 그건 불가능에 가까웠다. 하지만 아저씨는 11시 15분에 집에 왔고, 제이미를 보지 못했다고 했다. 앞뒤가 들어맞지 않았다.

제이미가 나탈리네 집을 들르지 않고 그냥 집으로 왔다면 아저씨가 11시 15분 귀가하기 전에 왔다 갔을 수 있었을 테지만,

나탈리네 집에 들렀다면 정말 잠깐 나탈리 얼굴만 보고 집으로 왔다 해도 아저씨와 집에서 마주칠 수밖에 없었을 텐데. 아서 아저씨가 아들이 집에 있는 걸 눈치 못 챘거나, 혹은 알아챘음에도 모종의 이유로 거짓말을 하고 있다고 봐야 했다.

"핍?" 아줌마가 또다시 핍을 불렀다.

"죄송해요, 뭐라고 하셨어요?" 핍은 생각에 빠져 아줌마가 하는 말을 듣지 못했다.

"제이미의 후드집업을 찾아보다가 다른 걸 발견했어." 하얀색 빨래통을 향하는 아줌마의 눈빛이 어두워졌다. "빨래통을 뒤졌는데," 아줌마가 뚜껑을 열고 맨 위에 있는 옷을 끄집어내며 말했다. "이게 중간에 껴 있더라고."

아줌마는 핍이 잘 볼 수 있도록 어깨 재봉선을 따라 옷을 들어 올렸다. 회색 면 점퍼였다. 옷 앞쪽으로는 칼라에서 15센티 정도 내려온 지점에 갈색빛이 도는 붉은 피가 말라붙은 자국이 있었다. 자국은 총 일곱 군데 있었고 모두 직경이 1센티에 못 미치는 크기였다. 그리고 한쪽 소매에는 피가 스며든 자국이 길게 나 있었다.

"헉." 핍은 가까이 다가가 핏자국을 자세히 살펴봤다.

"제이미가 생일날 입었던 옷이야." 아줌마가 말했다. 온 마을에 붙어 있는 실종 전단지 속 제이미가 입고 있는 그 옷이었다.

"생일날 몰래 집에서 나가는 소리를 들었다고 했지?" 핍이 코너에게 물었다.

"응."

"그날 밤에 실수로 다친 일은 없었고?"

268

아줌마가 고개를 저었다. "생일파티 끝나고 곧장 방으로 올라갔어. 아주 멀쩡하고 기분도 좋았어."

"위쪽에서 피가 떨어진 것 같은데, 피가 튄 자국은 아니야." 핍은 핏자국 주변을 손가락으로 원을 그리듯 훑으며 말했다. "그리고 소매는 피가 흐르는 곳을 닦은 것 같고."

"제이미 피일까?" 아줌마의 얼굴에서 핏기가 싹 가셨다.

"그럴 수도…… 그다음 날 제이미 몸에 상처나 멍 같은 거는 못 보셨나요?"

"아니," 아줌마가 작은 목소리로 말했다. "적어도 눈에 띄는 곳에는 없었어."

"다른 사람의 피가 묻은 걸 수도 있어요." 마음속으로 생각하던 말이 자신도 모르게 입 밖으로 나와버렸다. 핍은 말을 뱉자마자 후회가 밀려왔다. 아줌마의 얼굴이 무너져 내리며 뺨을 타고 한줄기 눈물이 흘러내렸다.

"죄송해요, 아줌마." 핍이 말했다. "저도 모르게……."

"아냐, 네 잘못이 아니야." 아줌마가 빨래통 위로 옷을 조심스럽게 올려놓는데 급기야 봇물 터지듯 눈물이 턱 밑으로 뚝뚝 떨어졌다. "기분이 너무 이상해서 그래. 내가 아는 우리 아들이 아닌 것 같다는 생각이……."

코너가 다가가 엄마를 껴안아주었다. 이제 아들의 품속에 얼굴을 감추고 아줌마는 흐느끼고 있었다. 핍은 그 날것의 울음소리를 듣고 있는 것만으로도 마음이 너무 아팠다.

"아무 일 없을 거예요, 엄마." 코너가 아줌마의 머리칼 사이로 속삭이며 핍을 바라봤지만, 핍은 무슨 말을 해야 위로가 될지 아무런 생각이 떠오르지 않았다.

홀쩍거리며 코너의 품을 빠져나온 아줌마는 하염없이 흘러나오는 눈물을 연신 훔쳐냈다. "내가 아는 제이미가 맞는지 모르겠다." 그러고는 제이미의 옷을 내려다보며 말했다. "너희 엄마 물건을 훔치려 하고, 해고를 당하고도 몇 주 동안이나 거짓말을 하고, 한밤중에 남의 집에 침입해 필요하지도 않은 시계를 훔치고, 늦은 밤 몰래 집에서 나가고. 옷에는 피를 묻혀 오고. 꼭 내가 모르는 사람 같아." 아줌마는 자신이 알던 아들 제이미가 눈앞에 나타나는 것을 상상이라도 하듯 눈을 지그시 감으며 말했다. "우리 제이미는 그럴 애가 아니야. 그런 짓을 할 애가 아니야. 얼마나 착하고 사려 깊은 앤데. 내가 퇴근하고 오면 차를 내려주고, 오늘 하루는 어땠냐고 물어보는 앤데. 기분은 어떤지 살펴주고 얘기도 얼마나 자주 하는데. 제이미랑 나는 항상 함께였어. 태어날 때부터 그랬지. 난 우리 아들에 대해 내가 다 안다고 생각했는데. 이젠 점점 자신이 없어져."

핍의 눈길은 어느새 피가 묻은 옷 쪽으로 향해 있었다. 그 옷에서 시선을 뗄 수가 없었다. "표면상으로 보이는 것 뒤에 뭔가 말 못 할 사정이 있을 거예요. 24년 동안 한결같았던 제이미가 그렇게 손바닥 뒤집듯이 한순간에 바뀐다는 게 말이 안 돼요. 분명히 무슨 이유가 있을 거예요. 제가 꼭 밝혀낼게요. 약속드려요."

"난 그냥 제이미가 무사히 돌아오기만을 바라." 아줌마가 코너의 손을 꽉 쥐고 핍을 쳐다보며 말했다. "제이미가 돌아오기만 하면 돼. 나를 '조맘마'라고 부르는 내 아들 말야. 제이미는 커서도 나를 조맘마라고 부르곤 했어. 그럼 내가 웃으니까. 제이미가 세 살 무렵 제 엄마한테 조안나라는 이름이 있다는 걸 알게 됐을 때부터 날 그렇게 불렀어. 엄마는 엄마지만, 엄마 이름도 같이 불러주고 싶은 마음에 그렇게 불렀던 거야." 아줌마는 그렇게 말하며 코를 훌쩍이고, 어깨를 떨었다. "제이미가 그렇게 불러주는 소릴 다시 못 듣게 되면 어쩌지?"

나올 수 있는 눈물은 다 빠져나간 듯한 아줌마의 눈은 이제 공허했다. 아무것도 없이 텅 비어 있었다. 그런 아줌마를 감싸는 코너의 얼굴에는 두려움이 서려 있었다. 코너는 아줌마를 꽉 끌어안았다. 마치 그렇게 하는 것이 엄마가 더 이상 무너져 내리지 않도록 막을 수 있는 유일한 방법인 듯이.

핍이 끼어들 순간이 아니었다. 핍은 가만히 서서 모자를 바라봤다.

"이렇게 바로 알려주셔서 감사해요." 핍이 천천히 제이미의 방문 쪽으로 가며 말했다. "퍼즐 조각이 하나씩 모아지기 시작했고, 조금씩 진전이 있는 것 같아요. 그럼 저는 이만 집에 가서 다시 녹음도 하고 편집도 해야 할 것 같아요. 컴퓨터 전문가들도 재촉해보고요." 핍이 닫혀 있는 제이미의 노트북을 흘깃 쳐다보고는 코너에게 말했다. "혹시 지퍼백 같은 거 있니?"

갑자기 무슨 말인가 하며 핍을 쳐다보는 코너의 눈살이 찌푸려졌지만 그러면서도 코너는 고개를 끄덕였다.

"그 옷을 지퍼백에 담아서 보관해줘." 핍이 말했다. "햇볕이 닿지 않는 서늘한 곳에 보관해."

"알겠어."

"그럼 가볼게." 거의 속삭임에 가까운 소리였다. 핍은 복도를 따라 현관으로 향했다. 그런데 세 발자국 정도 내디뎠을 때, 무언가가 핍의 발목을 붙잡았다. 한순간 스쳐 지나가는 게 있었다. 그 생각의 정체를 파악하는 데 시간이 조금 걸렸다. 핍은 다시 뒤를 돌아 제이미의 방으로 향했다.

"제이미가 조맘마라고 불렀다고 하셨죠?" 핍이 말했다.

"맞아." 아줌마는 아주 무거운 물건이라도 되는 양 힘들게 고개를 들어 핍을 쳐다보았다.

"혹시…… '조맘마'는 시도해보셨어요?"

"뭐?"

"그 비밀번호 말이에요."

"아-아니," 아줌마가 겁에 질린 표정으로 코너를 바라보며 말했다. "별명도 다 시도해보라고 했을 때는 제이미 별명을 얘기하는 건 줄 알았어."

"그러셨군요. 사실 누구의 별명이든 다 해보는 게 좋죠." 핍은 그렇게 말하며 제이미의 책상으로 향했다. "앉아도 될까요?"

"그럼." 아줌마가 함께 와 핍의 뒤에 섰고, 그 옆에 코너가 섰다. 핍이 노트북을 열자 전원이 꺼져 있는 화면으로 세 사람의 얼굴이 반사된 모습이 보였는데 길게 늘어져 왜곡된 얼굴들은 마치 유령 같았다. 핍이 전원 버튼을 누르자 파란색 로그인 화면이 나타났고, 하얀색 비밀번호란이 지그시 핍을 노려보았다.

핍이 '조맘마Jomumma'를 한 글자씩 입력하자 하나씩 작은 원 모양이 되어버렸고, 마지막 엔터 키를 누르기 전에 잠시 숨을 고르고 지켜보는 동안 방은 완벽한 고요 그 자체였다. 아줌마와 코너 역시 숨도 쉬지 않고 지켜봤다.

엔터 키를 누르자 곧 즉각적으로 '비밀번호 오류'라는 알림이 떴다.

핍의 뒤에 서 있던 두 사람이 숨을 몰아 내쉬었다. 그 바람에 뒤로 묶은 핍의 머리카락이 살짝 흩날렸다.

"아니네요," 핍은 차마 뒤를 돌아볼 엄두를 내지 못했다. "그 래도 한번 시도는 해봐야 할 것 같았어요." 진심이었다. 사실 몇 번은 더 시도해볼 가치가 있었다.

핍은 알파벳 o를 숫자 0으로 대치한 뒤, 다시 시도해보았다.

비밀번호 오류.

끝에 숫자 1을 덧붙여보고 그다음 2를 덧붙여보았다. 계속해 서 123, 1234를 덧붙여보았지만 여전히 '비밀번호 오류'였다.

J를 대문자로도, 소문자로도 바꿔보았다.

Mumma, 이렇게 대문자를 적용해보아도, 또 소문자를 적용해 도 그대로였다.

핍은 고개를 푹 숙이고 한숨을 쉬었다.

"괜찮아," 코너가 핍의 어깨에 손을 얹으며 말했다. "할 만큼 했어. 전문가들이 알아서 풀어줄 거야, 그치?"

이메일에 답이라도 해주셔야 말이지. 전문가란 사람들은 분 명 바쁜 모양이었다. 지금 핍에게는 시간이 없는데, 제이미에게 는 시간이 없는데.

하지만 그렇게 포기할 수는 없었다. 핍은 언제나 포기하는 게 너무 힘들었다. 그래서 마지막으로 한 번 더 시도해보기로 했 다. "아줌마, 혹시 태어난 연도가 어떻게 되세요?"

"아, 66년이야." 아줌마가 말했다. "제이미가 아는지는 모르겠구나."

핍은 Jomumma66을 입력하고 엔터를 눌렀다.

'비밀번호 오류'라고 적힌 알림이 또다시 핍을 조롱했다. 핍은 마음속에서 분노의 불길이 타오르는 것을 느꼈다. 노트북을 들어 벽에다 던져버리고 싶은 충동에 손바닥이 간질간질했다. 불과 1년 전만 해도 알지 못했던, 핍의 내면에 존재하는 그 뜨겁고 원초적인 무언가가 불타올랐다. 코너가 핍의 이름을 부르고 있었지만, 그 자리에 앉아 있는 사람은 더 이상 핍이 아니었다. 핍은 마음을 가다듬고 분노를 누른 뒤 혀를 살짝 물고 다시 시도를 했다. 손가락으로 자판을 때려 부술 기세였다.

JoMumma66

비밀번호 오류.

망할.

Jomumma1966

오류.

망할.

JoMumma1966

오류.

J0Mumma66

환영합니다.

잠깐, 뭐라고? 핍은 '비밀번호 오류'라는 알림이 떠야 할 화면을 들여다보았다. 하지만 그 대신에 빙빙 돌아가는 '로딩중'이라는 신호가 핍의 눈동자에 반사되고 있었다. '환영합니다'라는 다섯 글자와 함께.

"성공했어요!" 핍은 자리에서 펄쩍 뛰었다. 웃는 것인지 기침을 하는 것인지 모를 소리가 터져 나왔다.

"성공한 거야?!" 아줌마가 핍의 말을 못 믿겠다는 듯이 반복했다.

"J0Mumma66." 코너가 암호를 외치며, 승리에 취해 두 팔을 번쩍 들어 올렸다.

"그거야, 됐어!"

어느새 세 사람은 서로 얼싸안고 둥글게 원을 만들어 돌고 있었다. 그리고 바로 뒤에서 제이미의 노트북이 켜지는 소리가 들려왔다.

24

"정말 괜찮으시겠어요?" 핍은 손가락을 마우스패드에 올려 클릭할 준비를 하고 아줌마를 보며 말했다. 이제 구글 크롬에 기록된 제이미의 검색 및 방문기록을 막 확인할 참이었다.

"여기서 뭐가 나올지 몰라요."

"그래. 괜찮아." 아줌마는 그 자리에서 꼼짝도 하지 않을 태세로 핍의 의자 등받이를 꽉 붙잡고 서 있었다.

핍은 코너와 짧은 눈빛을 주고받았다. 코너도 괜찮다는 듯이 고개를 끄덕였다.

"알겠습니다."

방문기록을 클릭하자 새로운 탭이 열렸다. 마지막 기록은 4월 27일 금요일 오후 5시 11분 유튜브에서 웃긴 영상 레전드 모음집을 시청한 기록이었다. 그 외에도 같은 날 레딧, 유튜브 영상을 방문하고 시청한 기록과 위키피디아에서 성전기사단이나 슬렌더 맨(미국의 도시 전설에 등장하는 괴물-역주)과 이런저런 것들을 찾아본 흔적들이 있었다.

그 전날 기록으로 스크롤을 내렸을 때 핍의 눈을 사로잡는 게 있었다. 지난 목요일, 그러니까 제이미가 실종되기 바로 전날 라일라 미드의 인스타그램 계정을 두 번 방문한 기록이었다. 또 '나탈리 다 실바 강간 재판 맥스 헤이스팅스'를 검색한 후 핍의 웹사이트 agoodgirlsguidetomurderpodcast.com을 방문한 기록도 있었다. 그날 핍의 팟캐스트와 라비의 재판 업데이트를 들었던 모양이다.

그리고 그 전날과 그 전으로 계속 거슬러 올라가니 레딧, 위키피디아, 넷플릭스를 몰아본 기록들이 떴다. 핍은 평소와 다른 부분, 눈에 띄는 기록들이 없는지 찾아보았다. 뜬금없이 위키피디아 백과사전을 검색해봤다든가 하는 정도가 아니라 정말 눈에 띄는 무언가가 있을 텐데 하고. 핍은 그 전주 월요일까지 스크롤을 내려보다가 제이미의 생일이었던 19일 화요일 기록을 보고 멈칫하고 말았다. 폭행죄 성립조건을 구글링해봤다고? 기록을 더 내려가자 싸우는 방법을 묻는 글도 있었다.

"말도 안 돼," 핍이 기록을 드래그하며 말했다. "제이미 생일 당일 밤 11시 30분에 찾아본 기록이에요. 코너 네가 형이 몰래 집에서 나가는 소리를 들었다고 했잖아. 옷에 피를 묻혀서 돌아온 그날이야." 핍은 빨래통에 들어 있는 구겨진 제이미의 회색 점퍼를 다시 슬쩍 보았다. "그날 누구랑 싸우게 되리란 걸 미리 알고 있었던 것 같은데. 싸울 준비를 하고 있었던 것 같잖아."

"형은 누구랑 싸운 적이 한 번도 없었어. 그니까 누구랑 싸우려면 그 방법도 찾아봐야 했겠지." 코너가 말했다.

핍은 이 문제에 대해서 더 하고 싶은 말이 있었지만 아래쪽의 또 다른 기록에 시선을 뺏기고 말았다. 16일 월요일, 제이미 생일 며칠 전의 기록이었다. 가부장적인 아빠 다루는 법. 핍은 목구멍에 숨이 턱 막히는 기분이 들었다. 하지만 겉으로는 표를 내지 않은 채, 두 사람이 보기 전에 재빨리 스크롤을 내렸다.

하지만 이미 본 것을 머릿속에서 지울 수는 없는 노릇이었다. 이제 핍의 머릿속에는 화가 폭발해서 싸우는 두 사람의 모습, 그리고 첫째 아들이 실종된 상황에서 아무런 관심도, 걱정도 없어 보이는 아저씨 모습, 또 그날 밤 제이미와 아저씨의 행동반경과 두 사람이 집에 온 시간이 겹쳤을 가능성에 대해서 생각했다. 그러다 문득 아서 레이놀즈가 바로 지금 이 집에서, 핍의 발밑에 앉아 있다는 사실이 떠올랐고 그 순간 아저씨의 존재가 바닥의 카펫을 뚫고 생생하게 느껴지는 듯했다.

"저건 뭐지?" 툭 끼어든 코너의 말에 핍은 움찔하고 말았다. 정신없이 스크롤을 내리기만 하던 핍은 멈추어서 코너의 손가락이 가리키는 줄을 따라갔다. 4월 10일 화요일 01:26 a.m. 뇌종양으로 시작하는 특이한 구글 검색 이력이 눈에 띄었다. 국민보건서비스(NHS) 웹사이트를 통해 페이지를 접속한 기록이 두 개 있었는데 하나는 뇌종양에 관련된 것이었고 다른 하나는 악성 뇌종양에 관한 것이었다. 그리고 몇 분 뒤 제이미는 다시 구글로 돌아와서 수술 불가능한 뇌종양에 대해 검색을 해본 뒤 암기부 단체 웹사이트에 접속했다. 그리고 그날 밤 또다시 구글에서 뇌종양 임상시험을 검색하고 있었다.

"나도 인터넷에서 별걸 다 검색해보고는 하는데, 제이미도 그런가 봐. 근데 그냥 가볍게 찾아보는 정도가 아니었던 것 같아. 뭔가 목적이 있었던 것 같은데. 혹시 주위에 뇌종양 걸린 사람이 있나요?" 핍이 아줌마에게 물었다.

아줌마는 고개를 저었다. "아니."

"누구 아는 사람이 뇌종양에 걸렸다고 말한 적은?" 이번에는 코너를 향한 질문이었다.

"아니, 그런 적 없어."

핍은 물어보고 싶은 것이 하나 더 있었지만 물어볼 수가 없었다. 제이미가 혹시 본인이 뇌종양에 걸렸단 사실을 알게 되어 이런 것들을 찾아본 것일까? 그럴 리는 없었다. 제이미라면 그런 일을 엄마에게 숨기지 않았을 것이다.

스크롤을 더 내려보려고 했지만 더 이상 남아 있는 기록이 없었다. 중간에 방문기록을 한번 정리했던 모양이다. 방문기록을 빠져나가려던 그 순간, 제이미가 뇌종양을 찾아본 기록과 뒷다리로만 걸어가는 강아지 영상 사이에 호젓이 자리를 잡고 있는, 미처 자세히 확인하지 못한 검색기록이 눈에 들어왔다. 뇌종양을 검색하고 9시간 뒤, 즉 잠자리에 들었다가 다음 날 일어난 제이미가 구글에서 단시간에 돈 구하는 법을 검색해본 기록, 그리고 단시간에 돈 구하는 11가지 방법이라는 제목의 기사를 클릭한 기록이 있었다.

아직 부모님과 함께 살고 있는 스물네 살의 청년이 충분히 검색해볼 만한 내용이라고 할 수 있었지만, 중요한 것은 검색을 한 시기였다. 그날은 중개사무소에서 제이미가 법인카드를 훔치려다 핍의 엄마한테 적발이 된 다음 날이었다. 분명히 그 일과 어떤 관련이 있는 것이다. 하지만 10일 화요일 아침 절박하게 돈이 필요했던 이유가 무엇일까? 그 전날 무슨 일이 일어난 것이 틀림없었다.

핍은 주소창에 인스타그램이라고 입력했다. 라일라 미드라는 이름으로 가장한 사람의 정체를 알아내기 위해서는 제이미와 라일라가 1대1로 나눈 메시지에 접속하는 것이 가장 중요했다. 제발 비밀번호가 저장되어 있기를. 제발. 제발.

로그인된 제이미의 계정과 함께 인스타그램 화면이 떴다.

"됐다." 그때 요란한 진동 소리가 끼어들었다. 바지 뒷주머니에 넣어둔 핍의 휴대폰이 의자에 부딪혀 시끄럽게 울려대고 있었다. 휴대폰을 꺼낸 핍은 화면에 뜬 시간과 발신인이 엄마임을 확인하고, 전화가 온 이유를 바로 알 수 있었다. 내일 학교 가는 날인데, 시간이 벌써 10시가 넘어버린 것이었다. 엄마는 화가 났을 것이 뻔했다. 한숨이 나왔다.

"집에 가야 할 시간이니, 핍?" 아줌마도 어깨 너머로 휴대폰 화면을 본 모양이었다.

"음, 네. 그래야 할 것 같아요. 혹시…… 제이미 컴퓨터를 좀 챙겨가도 될까요? 그러면 오늘 밤에 sns 계정이랑 기록들을 다 살펴보고 뭐라도 발견하게 되면 내일 바로 알려드릴 수 있을 것 같아요." 사실 그런 목적도 정말 있긴 했지만 핍은 어쩌면 제이미가 엄마나 동생이 라일라와 나눈 개인적인 메시지를 보는 것을 원하지 않았을 거라는 생각도 들었다. 제이미라면 그런 내용을 가족들에게 보여주기 싫었을 것이다.

"그럼, 당연하지." 아줌마가 핍의 어깨를 쓰다듬으며 말했다. "너가 아니면 누가 하겠니."

코너도 조용히 "그래."라고 동의했지만 핍은 코너가 함께 컴퓨터를 확인해보고 싶어한다는 것을 느낄 수 있었다. 코너에게는 더 이상 학교나 부모님, 취침 시간 같은 일상생활이 중요치 않았다.

"뭔가 중요한 게 나오면 바로 문자할게." 핍이 코너를 안심시키면서 크롬 브라우저를 최소화하자 로봇 테마로 꾸며진 바탕화면이 나타났다. 제이미는 컴퓨터를 윈도즈 10 운영체제에서 사용하고 있었고, 어플리케이션 모드로 설정해놓았다. 그래서 처음에는 조금 헷갈렸었다. 마이크로소프트 워드 사각형 무늬 바로 옆에 딱 자리 잡고 있는 크롬 어플리케이션을 발견하기 전까지는. 핍은 노트북을 닫으며 나머지 앱을 훑어보았다. 엑셀, 4OD, Sky Go, Fitbit.

핍은 노트북을 닫으려다 말고 잠시 희미한 생각의 윤곽이 스치는 것을 느꼈다. "핏비트?" 핍은 코너를 바라봤다.

"아, 아빠가 형 생일 때 사주신 거야. 딱 봐도 형은 별로 달가워하지 않는 것 같았지만. 그죠?" 코너가 아줌마에게 물었다.

"제이미가 뭐 딱히 갖고 싶어하는 게 없어서 선물을 고르기가 힘들긴 해. 아빠 입장에서 그냥 도움이 됐으면 하는 마음으로 준비한 거야. 선물로 좋은 아이디어라고 여겼던 거지." 그렇게 말하는 아줌마의 목소리는 방어적이었다.

"알아요, 엄마." 코너가 핍 쪽을 향하며 말했다. "아빠가 계정을 만들고 앱을 휴대폰이랑 노트북에 다운로드해주셨어. 아빠 말로는 형이 알아서 하지는 않을 거라고. 맞는 말인지도 몰라. 그래도 그때부터 형은 핏비트를 차고 다녔어. 내 생각에는 그냥 아빠를 안심…… 아니다, 기쁘게 해주려고 그랬던 것 같아." 코너의 시선이 엄마 쪽으로 향했다.

"잠깐," 핍의 머릿속에서는 이제 생각이 완전히 정리되고 있었다. "제이미가 사라진 날 차고 있던 그 검정 시계가 핏비트야?"

"맞아." 코너가 뭔가 이상한 낌새를 눈치채고 천천히 대답했다. 뭔지는 몰라도 핍이 머릿속으로 뭔가 생각하고 있다는 것만은 분명 알아차릴 수 있었다.

"이럴 수가," 핍의 목소리가 갈라져 나왔다. "어떤 종류야? GPS도 달려 있어?"

핍의 깨달음이 아줌마에게도 전달된 듯 아줌마가 휘청거렸다. "잠깐, 아직 박스를 가지고 있어. 기다려봐." 그렇게 말하고 방 밖으로 뛰어나갔다.

"만약에 GPS가 달려 있으면," 코너가 마치 달리기를 하고 있는 사람처럼 숨찬 목소리로 말했다. "지금 형이 어디 있는지 정확히 알 수 있는 건가?" 사실 대답이 필요 없는 질문이었다. 지금은 시간을 낭비할 때가 아니었다. 핍은 서둘러 핏비트 어플리케이션 아이콘을 클릭했다. 화면에 화려한 대시보드가 가득 떴다.

"아니야," 아줌마가 박스에 적힌 글씨를 읽으며 방으로 들어왔다. "그냥 심박수만 측정되는 모델이야. GPS는 안 적혀 있네. 그냥 심박수, 활동분석 및 수면 분석이 된다고 적혀 있어."

핍도 이미 파악한 내용이었다. 대시보드에는 걸음 수, 심박수, 소모한 칼로리와 수면 시간, 활동 시간 아이콘이 정렬되어 있었다. 그런데 모든 아이콘 아래에는 '데이터 불러오지 못함. 동기화하고 다시 시도하시오.'라고 적혀 있었다. 오늘, 5월 1일 화요일 기록이었다. 핍은 상단에 있는 달력 아이콘을 클릭해 날짜를 어제로 설정했다. 하지만 똑같은 문구가 적혀 있었다. '데이터 불러오지 못함. 동기화하고 다시 시도하시오.'

"이게 무슨 뜻이야?" 코너가 물었다.

"지금 핏비트를 차고 있지 않은 상태여서 그래." 핍이 말했다. "아니면 휴대폰하고 일정 거리 이상 떨어져 있어서 데이터를 불러오지 못하는 거거나."

하지만 일요일과 토요일을 건너뛰고 제이미가 사라진 금요일을 클릭하자 아이콘 아래 정보들이 살아 돌아오며 초록색과 주황색 동그라미가 생성됐다. 그리고 아까의 알림 문구가 사라진 자리에는 숫자들이 떴다. 그날 10,793보를 걸었고 1,649칼로리 소모. 위로 치솟았다가 아래로 내려가는 심박수 그래프가 화면에 나타났다.

마우스 패드를 따라 움직이는 핍의 손가락 안에 심장이 들어온 듯 두근거리기 시작했다. 걸음 수 아이콘을 클릭하자 새로운 화면이 열리며 하루 동안 제이미의 걸음 수가 막대그래프로 표시됐다.

"말도 안 돼." 핍의 시선이 그래프의 끝을 향했다. "제이미가 마지막으로 목격된 이후의 데이터가 여기 있어요." 핍이 그래프를 손가락으로 가리켰고, 아줌마와 코너는 눈이 동그래져서 화면 쪽으로 가까이 다가왔다. "자정이 될 때까지 계속 돌아다니고 있었네요. 자, 그럼 11시 40분 정도에 와이빌 로드에서 목격됐으니까……" 핍은 11:30 p.m.과 12:00 p.m. 사이의 칸을 드래그해서 그 구간에 찍힌 걸음 수를 확인했다. "1,828보를 더 걸어간 거예요."

"거리가 어느 정도 될까?" 아줌마가 물었다.

"지금 구글링해볼게요." 코너가 휴대폰을 타닥거렸다.

"1.5킬로 조금 안 되는 거리야."

"왜 갑자기 걷다가 자정에 멈춘 걸까?" 아줌마가 말했다.

"데이터가 다음 날로 넘어가서 그래요." 핍이 그렇게 말하며 뒤로 가기 버튼을 눌러 금요일 데이터로 돌아갔다. 그리고 토요일로 넘어가려고 하던 순간 제이미의 심박수 그래프에서 무엇인가를 발견하고, 더 자세히 보기 위해 아이콘을 클릭했다.

대체로 그날의 분당 심박수는 80 근처로 유지되고 있었다. 하지만 5시 반에는 분당 100 정도로 그래프가 치솟는 부분들이 있었다. 코너가 말한 대로 아빠와 다투던 시간이었다. 그리고 몇 시간 동안 다시 심박수가 안정되었다가 스텔라 채프먼을 따라 파티에 가던 시점에는 90으로 올라가기 시작했고, 조지 말로 제이미가 밖에서 라일라로 추정되는 누군가와 통화하는 것을 봤을 시점에는 더욱 빨리 뛰었다. 그리고 제이미가 그 집을 떠나 멀어지는 동안에도 100 이상을 웃도는 상태로 유지되었다. 와이빌 로드에서 목격된 시점인 밤 11시 40분 이후로는 박동이 계속해서 빨라지다가 자정에는 130을 찍었다.

심장이 왜 그렇게 빨리 뛴 것일까? 달리고 있었던 걸까? 뭔가 무서운 일이 일어났나? 그에 대한 해답은 토요일 데이터에 있을 것이었다. 핍은 토요일의 기록으로 넘어갔고, 곧바로 화면은 그 전날 기록과 다르게 텅 빈 상태를 나타냈다. 총 걸음 수는 2,571보밖에 되지 않았다. 핍은 걸음 수 메뉴를 열어보고 배에서 다리까지 힘이 쭉 빠지는 것을 느꼈다. 자정부터 12시 반까지 기록되어 있는 걸음 수는 그 이후로 더 이상 이어지지 않았다. 아무런 데이터가 남아 있지 않았다. 그래프가 갑자기 바닥으로 떨어지며 0에 머물러 있었다.

　하지만 그 전에 또 잠시 동안 걸음 수가 기록되지 않은 구간이 있었다. 제이미가 거리에 멈춰 서 있었거나 앉았거나 했던 모양이었다. 그 구간은 자정 바로 직후였는데 그렇게 몇 분 동안 움직이지 않았다. 하지만 그것도 그리 오래 지나지 않아 0시 5분에 제이미는 다시 움직이기 시작했고, 그러고 나서 0시 30분에 모든 움직임이 중단되었다.

　"이렇게 갑자기 멈춘다고?" 그렇게 말하는 코너의 눈빛은 또다시 딴 세상에 가 있는 사람 같았다.

　"그래도 이건 엄청난 수확이야." 핍은 코너의 흔들리는 눈빛을 다잡으려고 애쓰며 말했다. "이 데이터를 이용해서 제이미가 어디에 갔는지, 12시 반이 되기 직전에 어디 있었는지 추적해볼 수 있어. 제이미한테 무슨 일이 벌어진 것이든 걸음 수가 그 시점에 사건이 일어났음을 말해주는 거잖아." 그러고서 핍은 코너의 어머니 쪽을 보며 말했다. "이건 어머니가 12시 36분에 보낸 문자가 전송되지 않은 거랑도 맞아떨어지고요. 또 어디서 사건이 일어난 건지도 알 수 있을지 몰라요. 자, 11시 40분에 와이빌 로드 모퉁이에서 목격된 제이미는 총 2,024보를 걷고 몇 분 동안 멈춰 있었어요. 그리고 다시 2,375보를 걸어간 뒤에, 무언가 일이 벌어진 그 장소로 간 거죠. 이 수치들을 이용해서 반경을 설정해볼 수 있을 것 같아요. 와이빌 로드에서 마지막으로 목격된 장소를 시작점으로요. 그리고 그 설정된 범위 내에서 제이미의 흔적이 있는지, 제이미가 어디로 갔는지 알 수 있을 만한 것들을 찾아보는 거예요. 정말 큰 수확이에요."

코너는 옅게나마 미소를 지어 보이려고 했지만 눈빛은 그렇지 못했다. 아줌마 또한 겁을 먹고 있었지만 꾹 닫은 입이 어떤 굳은 결심을 말해주고 있었다.

주머니에서 또다시 휴대폰이 울렸다. 핍은 그 소리를 무시한 채 제이미의 심박수를 확인하기 위해 다시 대시보드로 돌아갔다. 심박수는 이미 상당히 높은 수준인 100부터 시작했다. 이상한 것은 제이미가 움직이지 않고 가만히 멈춰 있던 몇 분 동안 심장 박동이 점점 더 빠르게 치솟았다는 점이다. 다시 걷기 시작하기 직전에는 분당 126까지 치솟았다. 그러고서 다시 수치는 떨어졌지만 아주 약간일 뿐이었다. 그 상태로 제이미는 또다시 2,375보를 걸어갔다. 그리고 12시 반이 되기 전 마지막 몇 분 동안에는 분당 158을 기록하며 심박수가 최대치를 찍었다.

이제 그것은 바닥으로 떨어져 직선을 그리고 있었다.

158에서 바로 0으로 곤두박질친 후, 더 이상 뛰지 않았다.

아줌마도 같은 생각을 한 모양이었다. 순간 아줌마의 목구멍에서 찢어지듯이 끔찍한 소리가 터져 나왔기 때문이다. 아줌마가 두 손으로 얼굴을 부여잡았다. 그리고 이번에는 똑같은 생각이 코너를 사로잡았다. 눈동자가 가파르게 떨어지는 그래프 위를 스쳐 지나가는 동안 코너의 입이 벌어지고 있었다.

"심장 박동이 멈췄어." 코너의 목소리는 너무 작아 거의 들리지 않았다. 가슴이 요동을 치고 있었다. "형이…… 형이……."

"아냐." 핍은 손에 힘을 주며 외쳤다. 거짓말이었다. 핍도 마음속으로 똑같은, 극도의 공포감을 느꼈기 때문이다. 하지만 핍은 그런 마음을 숨겨야 했다. 그게 핍이 지금 이곳에서 해야 할 일이었다. "그런 뜻이 아니에요. 이건 그냥 핏비트가 제이미의 심장 박동 데이터 기록을 중단했다는 뜻이에요. 제이미가 핏비트를 껐을 수도 있고…… 그게 전부일 거예요. 제발, 다른 생각은 하지 마세요."

하지만 두 사람의 얼굴에서 더 이상 핍이 하는 말이 들리지 않는다는 것을 알 수 있었다. 두 사람의 시선은 화면에 떠 있는 그 직선, 아무것도 존재하지 않는다는 뜻의 그 직선에 고정되어 있었다. 그리고 그 생각, 희망을 잡아먹는 블랙홀과도 같은 그 생각에서 벗어날 수가 없었다. 핍은 아무리 기를 써도 그 블랙홀을 채울 수 있을 만한 말을 생각해낼 수 없었다.

컴퓨터에서는 인스타그램 DM을 확인할 수 없다는 것을 알고는 완전히 멘탈이 붕괴됐었다. 모바일 앱에서만 DM을 볼 수 있다니. 헐⋯⋯.

하지만 다행히도 제이미 노트북의 이메일은 로그인되어 있는 상태였고, 인스타그램에서 비밀번호 재설정 메일을 보내 내 휴대폰으로 제이미의 계정에 접속할 수가 있었다. 계정에 접속하자마자 바로 라일라 미드와 나눈 DM을 확인해봤다. 주고받은 메시지는 많지 않았다. 일주일 정도 주고받은 게 전부였다. 둘이 한 대화로 미루어 봤을 때, 제이미와 라일라는 틴더에서 먼저 알게 된 이후, 인스타그램에서 얘기를 이어가다가 왓츠앱으로 옮겨간 듯하다. 왓츠앱에서 나눈 대화는 확인 불가능했지만 인스타그램 대화는 이렇게 시작됐다.

> 네 계정 찾았다.

찾았구나.
숨기려 했던 건 아니었는데 :)

오늘 하루는 어땠어?

> 좋았어, 물어봐줘서 고마워. 오늘 진짜 엄청난 저녁 식사를 요리했거든. 나만한 셰프도 없지.

어이구, 참 겸손하시네. 무슨 요리를 했는데?

나중에 나한테도 만들어줄래?

너무 호들갑 떨면서 얘기했나?
사실 그냥 맥앤치즈였어.

대부분의 메시지가 그런 식이었다. 한바탕 끼를 부리고 수다를 떠는 내용이었다. 메시지를 주고받은 지 3일째에는 두 사람 모두 〈피키 블라인더스Peaky Blinders〉(범죄 조직 '피키 블라인더스'의 이야기를 그린 영국 드라마)를 좋아한다는 공통점을 발견했다. 그리고 제이미는 1920년대 갱스터가 되는 게 평생소원이라고 라일라에게 고백했다. 라일라는 정말로 제이미에게 관심이 많은 듯했다. 언제나 제이미에게 질문을 많이 던졌다. 하지만 조금 이상한 부분들이 있었다.

곧 생일이라고 하지 않았어?

맞아.

서른 살이라니, 달걀 한 판이네.

생일에는 뭐 할 거야?

파티할 거야? 가족들 초대해서?

> 사실 시끄러운 파티를 별로 좋아하는 편은
> 아니라서. 그냥 친구들이랑 느긋하게 보낼
> 것 같아.

특히 이 부분에서 나눈 대화가 신경 쓰였다. 라일라는 어째서 제이
미가 원래 나이보다 여섯 살이나 많은, 서른 살로 알고 있는 것일
까? 이후 보낸 메시지에 그 대답이 나온다. 처음 이 부분을 읽었을
때, 클라크 선생님이 했던 얘기와의 공통점이 눈에 띄었다. 선생님
은 라일라가 나이를 직접적으로 물어보며 나이 얘기를 여러 번 언
급했다고 했다. 또 하나 이상한 점은 클라크 선생님도 곧 서른이 되
는 스물아홉 살이라는 것이다. 우연일 수도 있지만, 적어도 기록을
해놓을 필요가 있을 것 같다.

또 이상한 점은 제이미(그리고 라일라)가 나눈 대화에서 제이미가 킬
턴의 작은 집에서 혼자 사는 것으로 되어 있다는 점이었다. 왜? 제
이미는 가족과 함께 살고 있는데…… 인스타에서 나눈 대화의 끝으
로 갈수록 이러한 점들이 모두 확실해진다.

> 언젠가 얼굴 좀 볼 수 있으면 좋겠다.

> 진짜로, 그랬으면 좋겠다.

있잖아 라일라, 너한테 해야 할 얘기가 있어. 나도
어렵게 꺼내는 얘기야. 너를 정말 좋아해. 진심으로.
지금까지 다른 누구한테도 이런 감정을 느껴본 적이
없어. 그래서 솔직히 말할게. 나는 사실 스물아홉
살이 아니야. 사실 몇 주 뒤면 스물네 살이 돼.
그리고 런던에 있는 금융회사에서 일하는 능력
있는 자산관리사도 아니고. 가족들이랑 친한 지인이
소개해준 곳에서 접수 직원으로 일하고 있어. 그리고
난 내 집도 없어. 아직 부모님이랑 동생이랑 같이
살고 있어. 진심으로 미안해. 아무도 속이고 싶지는
않았어. 특히나 너는 더더욱. 내가 왜 프로필에
그렇게 거짓말을 늘어놨었는지도 모르겠어. 너무
내 상황이 안 좋고 피해의식이 강할 때 그 프로필을
만들었었거든. 내가 되고 싶은 사람의 모습을
만들어낸 거지, 진짜 내 모습을 보여준 게 아니었어.
내가 진짜 잘못한 거고, 너무 미안해. 그치만
언젠가는 정말 그런 사람이 되고 싶어. 너를 만나고
나서 정말로 그렇게 되기 위해 노력하고 싶어졌어.
정말 미안해, 라일라. 화를 내도 좋아. 그래도 너만
괜찮다면, 계속 연락을 이어가고 싶어. 너를 만나고
세상이 달라졌어.

이 부분은 정말 아주 흥미롭다. 그러니까 제이미가 이 사칭범한테
속기 전에 먼저 이 사칭범을 속였던 것이다. 틴더 프로필에서 나이
와 직업, 가족에 대한 정보를 속인 것이었다. 그리고 자기 입으로도
그렇게 한 이유를 솔직하게 밝혔다. 심경이 불안해서 그랬던 것이라
고. 제이미의 이런 자격지심이 나탈리 다 실바와 관련이 있을지 모
른다는 생각도 든다. 소중한 사람을 자기보다 나이가 많은 루크 이
튼에게 뺏겼다고 생각한 것일까. 사실 스물아홉 살이라는 나이를 설
정한 것도 혹시 루크가 스물아홉 살이기 때문에 그런 것이 아닌가

라는 생각이 들기도 한다. 그런 식으로나마 일종의 자신감을 얻으려고 했던 것인지, 아니면 나탈리가 자신이 아니라 루크를 선택한 것에 대해 일종의 합리화를 하기 위한 일환이었는지 싶기도 하다.

제이미가 그렇게 장문의 편지를 보낸 후, 라일라는 3일 동안 제이미의 연락을 씹었다. 그 3일 동안 제이미는 라일라와 다시 연락하기 위해 최선의 노력을 다했다.

> 라일라, 무슨 말이라도 좀 해줘.

> 진심으로 미안해.

> 다시는 이렇게 너를 화나게 하는 짓 절대 안 할게.

> 나랑 얘기하기도 싫지? 당연해.

> 차단은 안 했네, 아직 기회가 있다고 해석해도 될까?

> 라일라, 제발.

> 넌 나한테 정말 소중해.

> 너를 위해 뭐든지 할게.

뭐든지?

하느님, 감사합니다. 응. 뭐든지.
무엇이든 할게. 약속해.

좋아.

번호가 뭐야? 왓츠앱에서 얘기하자.

너랑 다시 연락돼서 너무 좋아.
내 번호는 077009004720야.

이 대화를 읽고 있자니 왠지 모르게 소름이 돋는다. 3일동안 저렇게 제이미를 완전히 무시하더니 무엇이든 하겠다는 말에 "뭐든지?"라고 바로 답장을 하다니. 오싹한 기분이 든다. 하지만 어쩌면 그건 내가 라일라랑 나눴던 짧은 대화 때문에 더 그렇게 느껴지는 걸 수도 있다. 라일라는 누구일까? 제이미와 나눈 대화에서는 그녀의 정체를 알 수 있는 어떤 정보도 발견할 수 없다. 라일라는 아주 신중하고, 모호한 경계를 넘나드는 데 고수이다. 제이미의 번호를 물어보는 대신 자기 번호를 알려주기라도 했다면 지금 상황은 완전히 달라졌을 텐데. 라일라한테 바로 연락을 해보거나 전화번호를 검색해볼 수도 있었을 텐데.

지금 나는 여전히 두 가지 의문에 매달리는 것 외에는 할 수 있는 게 없다. 라일라는 대체 누구인가? 그리고 그녀가 제이미의 실종사건에 어떤 관련이 있는가?

PS.

심장 박동에 관한 정보들을 찾아봤다. 그래프에 나타난 내용들을 해석해보기 위해 배경지식이 필요했으니까. 하지만 지금은 괜히 찾아봤다는 생각이 든다. 처음 발걸음을 멈춘 시각인 0시 2분에 제이미의 심장 박동은 126까지 올라간다. 그리고 데이터가 완전히 끊기기 직전에는 158까지 치솟는다. 전문가들의 설명을 찾아보니 그 정도의 분당 심박수는 목숨을 걸고 싸우거나 도망가거나, 양자택일해야 하는 그런 상황에 처했을 때나 나타나는 수치라고 한다.

파일명:

 목격 장소 및 검색 지역. 이미지파일

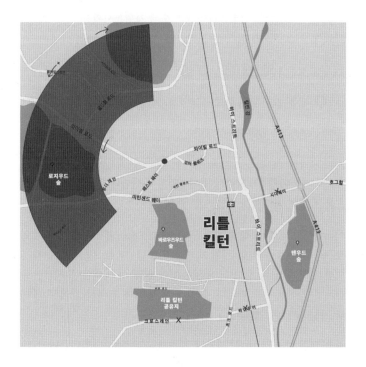

수요일

실종 5일째

📅 공지

5월   실종된 제이미 레이놀즈 수색 자원봉사활동
2일   주최: 핍 피츠-아모비

🕐 오늘 4:30 PM

📍 리틀 킬턴 고등학교 주차장

✉ 초청자: 핍 피츠-아모비

여러분, 안녕하세요? 소식을 들어서 알고 있겠지만 코너 레이놀즈의 형, 제이미가 사라진 지 벌써 5일이 지났습니다. 지금은 팟캐스트를 올리며 제이미를 찾고 있는 중입니다.

여러분의 도움이 절실히 필요합니다. 최근 제이미가 가장 마지막으로 돌아다닌 대략적인 지역 범위를 확보했는데요. 금요일 밤 제이미한테 무슨 일이 생긴 건지 알아내기 위해 이 지역을 수색하면서 단서를 찾아보려고 합니다. 그런데 범위가 꽤 넓어서 같이 수색해 줄 자원봉사자를 찾습니다.

오늘 하교 후 4시 30분, 주차장 끝에서 모여주시면 먼저 간단한 설명을 할 예정입니다. 자원봉사자 인원이 충분히 모인다면 저와 코너 레이놀즈 그리고 카라 워드, 이 세 명이 이끄는 3개 팀으로 나눠 수색을 진행할 예정입니다. 저희를 찾아 팀을 배정받으시면 됩니다.

감사합니다. 참여할 의향이 있는 분은 연락 부탁드립니다.

25

수풀 바닥을 살피며 조심스럽게 한 발자국 한 발자국 내딛는 핍의 신발 주위로 진흙이 뭉쳤다. 진흙 바닥에 남은 발자국들이 수풀을 따라 흔적을 남겨놓았다. 핍이 찾고자 하는 발자국은 따로 있었다. 제이미가 실종되던 날 신고 있었던 갈지자의 세로선 무늬가 나 있는 퓨마 운동화 바닥 자국이었다.

모두가 핍과 같은 모습이었다. 핍이 브리핑할 때 설명해줬던 걸 찾기 위해 모두 땅바닥을 보며 수색 작업 중이었다. 학교가 끝나고 집결지에서 모인 자원봉사자는 총 88명. 대부분은 핍과 같은 학년 아이들이었지만 졸업반 학생들도 몇몇 있었다. 그중 30명은 코너와 함께 학교 뒤편에 위치한 마틴센드 웨이와 에이커스 엔드 그리고 튜더 레인의 아래쪽을 따라 그곳에 살고 있는 주민들의 집을 하나씩 모두 방문하며 금요일 밤 12시 2분과 12시 28분 사이에 제이미를 본 적이 있는지를 탐문하고 다녔다. 또 다른 29명은 카라와 함께 북쪽으로 가서 올드팜 로드와 블랙필드 레인 부근의 들판을 살피고 농지를 훑었다. 그리고 나머지 29명은 핍과 함께 이곳에서 2미터 간격으로 넓은 개미 대형을 만들어 로지우드의 한쪽 끝에서 다른 쪽 끝까지 수색했다.

맥스의 재판이 일찍 휴정되어 돌아온 라비까지 합류하며 이제 핍이 이끄는 수색대는 30명이 되었다. 오늘은 맥스가 발언할 차례였다고 전해주던 라비의 눈에 증오 같은 것이 번득였다. 맥스와 그의 변호사가 공작을 펼치며 꽤나 선방을 한 모양이었다. 그들은 반대심문에서 검사가 던진 질문에 대한 모든 답변을 철저히 준비해 대답했다. 맥스의 답변 이후에는 양측이 마지막 발언을 할 기회가 주어졌고 판사가 배심원들에게 숙고할 시간을 주며 재판이 휴정되었다.

"얼른 내일이 돼서 패소한 맥스 표정을 보고 싶어 죽겠어. 영상이라도 찍어와서 너한테 보여주고 싶은 심정이야." 라비가 발로 호랑가시나무 덤불 안을 확인하며 말했다. 핍은 샐이 앤디를 죽일 만한 시간이 충분하지 않았다는 걸 증명하기 위해 이 수풀에서 사건을 재현해봤던 때가 생각났다.

핍은 조금 떨어진 곳에서 발자국을 찾고 있던 스텔라 채프먼과 옅고 불편한 미소를 주고받았다. 라일라 미드의 얼굴을 한 채 자신을 바라보는 스텔라의 모습을 보며 핍은 뒷목을 따라 차가운 소름이 돋는 것을 느꼈다. 수풀에서 흔적을 찾기 시작한 지 벌써 한 시간이 넘었지만 강아지 똥이 담겨 있는 봉지나 꾸깃꾸깃한 새우칩 과자봉지 하나씩을 발견한 것 외에는 별다른 수확이 없었다.

"제이미!" 아래쪽에서 누군가가 소리를 치기 시작했다.

그렇게 제이미를 부르는 소리가 한동안 지속됐다. 누가 먼저 제이미의 이름을 외치기 시작했는지는 알 수 없었지만 터덜터덜 걷는 수색대 무리의 위아래로 간헐적인 외침이 이어졌다.

"제이미!" 핍도 그 외침에 응답하듯 제이미의 이름을 불렀다. 그렇게 허공에다 대고 소리를 질러봤자 아무 소용이 없을 터였다. 제이미가 아직도 이곳에 있을 리는 없었기 때문이다. 하지만 이렇게 이름을 외치다 보니 적어도 뭔가 하고 있다는 기분이 들었다.

핍은 발걸음을 멈추고 대형에서 벗어나 바닥에 일어난 나무 뿌리 아래를 확인해보았지만 역시나 아무것도 없었다.

바스락거리는 발소리들 사이로 휴대폰 알림이 띠링 울렸다. 코너에게서 온 문자 메시지였다. '세 명씩 팀을 짜서 한 집씩 탐문하고 있는데, 방금 튜더 레인 쪽은 끝내고 이제 들판 쪽 집들로 이동하는 중이야. 그쪽은 뭐 건진 거 있어?'

"제이미!"

핍은 튜더 레인 쪽을 맡지 않게 되어 다행이라고 생각했다. 그곳에는 맥스 헤이스팅스의 집이 있었다. 맥스의 집은 탐문지역에서 간발의 차로 벗어난 곳에 있었고, 재판 기간 동안 맥스와 그의 부모님은 형사법원 근처에 있는 비싼 호텔에서 지내고 있었기에 집은 어차피 비어 있었지만 여전히 그 집 근처에 갈 필요가 없다는 사실이 기뻤다.

'아직은 아무것도 나온 게 없네.' 핍이 답장을 했다.

"제이미!"

전송 버튼을 막 누른 그 순간, 카라에게서 전화가 걸려왔다.

"여보세요." 핍은 거의 속삭임에 가까운 목소리로 전화를 받았다.

"핍," 카라의 목소리와 함께 휴대폰에 바람이 스치는 소리가 들렸다. "우리 팀 중 하나가 방금 뭘 발견했는데, 너가 말한 대로 다들 한 발자국씩 떨어져 있으라고 해놨어. 네가 지금 여기로 와봐야 할 것 같아."

"뭔데 그래?" 그렇게 말하는 핍의 목소리가 공포로 비틀렸다.
"지금 어디야?"

"농가에 있어. 시카모어 로드에 있는 그 폐농가 있잖아."

핍도 아는 곳이었다.

"지금 바로 갈게."

핍과 라비는 모퉁이를 돌아 시카모어 로드 쪽으로 달려가고
있었다. 작은 언덕을 등지고 있는 그 농가가 점점 가까워지고
있었다. 탁한 흰색 벽돌 사이사이 검게 그을린 나무판자가 얽혀
져 있는 집, 하늘을 받치고 있어야 할 지붕은 곧 무너져 내릴 듯
이 비정상적으로 안으로 굽어 들어간 버려진 농가. 저 버려진
건물 뒤 보이지 않는 어딘가, 베카 벨이 5년 반 전 언니의 시신
을 숨겨두었던 곳. 앤디는 바로 이곳 오수정화조 속에서 썩어가
고 있었다.

핍이 자갈밭에서 잔디로 올라가던 중 넘어지려 하자 라비가
반사적으로 손을 내밀어 핍을 잡아주었다. 농가에 점점 더 가까
워지자 카라와 함께 수색을 하던 사람들의 모습이 보였다. 우중
충한 외관의 버려진 농가, 방치된 땅, 그리고 농가 주변의 발목
을 휘감을 정도로 무성하게 자란 잡초와 색색깔의 옷을 입고 있
는 사람들의 모습이 대조적이었다.

모두가 느슨한 대형을 이루고 서서, 일제히 같은 곳을 바라보
고 있었다. 이 버려진 농가를 집어삼킬 듯한 기세로 가지가 자
란 나무 밑 쪽을 보고 있었다.

맨 앞쪽에서 나오미와 함께 서 있던 카라가 핍을 향해 손을 흔들며 모두에게 뒤로 물러나달라고 소리쳤다.

"뭘 찾았는데?" 핍이 숨이 차서 말했다. "뭐야?"

"저 나무들 아래 길게 자란 잔디 보이지. 저기 봐봐." 나오미가 손가락으로 가리켰다.

"칼이야." 카라가 말했다.

"칼이라고?" 핍은 그 말을 반복하며 나무 쪽으로 시선을 옮겼다. 눈으로 직접 확인해보기도 전에 그 칼이 어떤 칼인지 이미 너무나 잘 알고 있었다.

핍이 허리를 굽혀 아래쪽을 살피는 것을 라비가 옆에서 지켜보았다. 그리고 그곳에, 잔디 속에 반쯤 가려져 있는, 손잡이에 노란 띠가 둘러진 회색 날의 칼이 놓여 있었다.

"코너네 집 주방에서 사라진 그 칼 맞지?" 라비가 물었다. 하지만 대답은 필요 없었다. 핍의 눈빛이 충분히 그 대답을 해주고 있었다.

핍은 눈을 가늘게 뜨고 칼을 살펴보았다. 더 이상 가까이 갈 엄두는 나지 않았다. 몇 발자국 떨어진 지점에서는 칼이 깨끗해 보였다. 흙먼지가 약간 끼어 있는 듯했지만 적어도 눈에 보이는 핏자국은 없었다. 핍은 코를 킁킁거리다가 휴대폰을 꺼내서 칼을 발견한 상태 그대로 사진을 찍고는 뒤로 물러나 라비에게 같이 가자는 손짓을 했다.

"자, 이제," 극심한 공포감이 밀려왔지만 핍은 이 두려움을 조절하고 또 적절하게 이용할 생각이었다. "카라, 코너한테 전화해서 그쪽 사람들 다 집에 보내고 코너만 여기로 좀 와달라고 해줘, 지금 바로."

"알았어." 그렇게 말하는 카라의 휴대폰이 벌써 귀를 향하고 있었다.

"나오미 언니, 카라 전화 끝나면 잭한테 전화해서 우리 쪽 팀도 좀 해산시켜달라고 전해줘."

핍과 라비는 자원봉사자들을 잭과 스텔라 채프먼에게 맡기고 빠져나온 터였다. 그쪽 팀은 이제 아무리 수색을 해도 헛수고로 끝날 터였다. 제이미는 이쪽으로 왔었으니까. 집에서 가져온 식칼을 들고, 여기 수색 범위의 거의 외곽 끄트머리까지 제이미가 왔던 것이다. 아마 제이미가 잠깐 움직이지 않았던 그 순간은 이 농가로 오기 직전 어디선가였을 텐데. 그리고 바로 여기서 0시 28분 제이미의 핏비트는 더 이상 심박수를 기록하지 않았고, 걸음 수도 여기 멈춰 있었다. 그리고 칼이 바로 여기에 떨어져 있었다.

그 칼이 바로 증거물이었고 증거는 손을 대지 않고 조심해서 다루어야 한다. 경찰이 오기 전까지는 아무도 칼에 손을 대서는 안 되었다.

핍은 아머샴 경찰서의 번호를 누르고 전화를 걸었다. 그리고 사람들이 없는 쪽으로 걸어가며 귓가에 스치는 바람을 이어폰으로 막았다.

"안녕하세요, 일라이자." 핍이 말했다. "네, 핍 피츠-아모비 맞아요. 지금 서에 누가 계시나요? 아아, 혹시 시카모어 로드에 있는 농가 쪽으로 와주시도록 부탁 좀 드릴 수 있을까요? 네, 거기 맞아요. 앤디가…… 아뇨, 이번 실종사건과 관련된 거예요.

제이미 레이놀즈요. 이번 사건하고 관련 있는 칼을 여기서 발견했는데, 절차에 따라 수거하고 보관해야 할 것 같아서요. 사실 여기 말고 다른 번호로 전화해야 한다는 거 알지만…… 제발 이번 한 번만 부탁 들어주시면 안 될까요, 일라이자. 이번 한 번만이요." 핍이 말을 멈추고 전화기 너머에서 들려오는 얘길 듣고 있었다. "감사합니다, 감사합니다."

"15분 걸린대." 핍이 라비 옆으로 다가오며 말했다. 어쩌면 이 15분이라는 시간 동안 제이미가 왜 여기에 왔을지 추리해볼 수 있을 것이었다.

"사람들이 저 나무 쪽으로 가지 못하도록 좀 막아줄 수 있어?" 핍이 나오미에게 말했다.

"그래, 그럴게."

"가자." 핍은 라비를 데리고 농가 입구로 들어섰다. 빨간색 페인트가 칠해진 현관문이 문틀에서 달랑거리는 모습이 마치 입을 벌리고 있는 것처럼 보였다.

라비와 핍이 집 안으로 들어서자 흐릿한 조명이 두 사람을 감쌌다. 창문은 찌든 때와 이끼가 끼어 뿌예서 잘 보이지 않았고, 발밑에는 온갖 지저분한 얼룩으로 더러워진 오래된 카펫이 깔려 있었다. 너무 오랫동안 방치되어 흰 곰팡이와 먼지 냄새가 가득했다.

"우리 여기로 이사 오는 거야?" 라비가 방을 둘러보며 역겨운 표정으로 말했다.

"마치 선배 방은 훨씬 나은 것처럼 말하네."

안쪽으로 더 들어가자 오래된 파란색 벽지가 떨어져 나가 덜

렁거리며 그 속의 하얀색 벽이 드러나 있었다. 그 모습은 마치 벽에 작은 파도가 치고 있는 것 같았다. 아치형 문을 따라 들어가자 거실로 쓰였던 것처럼 보이는 널찍한 공간이 나타났다. 한쪽에는 걸면이 벗겨져 나가고 색도 바랜 계단이 있었고, 창문에는 한때 꽃무늬가 찍혀 있었을 법한 낡은 커튼이 축 늘어져 있었다. 그리고 정중앙에는 회색 먼지가 달라붙어 있는 빨간색 소파가 놓여 있었다.

핍은 소파 쪽으로 발을 옮겼다. 가까이 가자 소파 쿠션들 사이로 먼지가 털려 나간 부분이 보였다. 먼지가 사라지고 소파의 선명한 빨간색이 드러난 원 자국이었다. 마치 최근 그 자리에 누군가가 앉아 있었다는 사실을 온몸으로 보여주는 듯했다.

"여기 좀 와봐." 라비가 거실 한가운데서 핍을 불렀다. 작은 캔 세 개가 식탁 의자 위에 거꾸로 세워져 있었고, 주변에는 음식물을 쌌던 것으로 보이는 종이와 다이제스티브 비스킷, 봉지 과자 껍질, 프링글스 감자칩 통이 널려 있었다. 맥주병과 수제로 말아서 피우는 담배꽁초도 함께.

"완전히 버려진 집은 아닌가 봐." 라비가 담배꽁초를 하나 집어 들고는 코에 가져다 댔다. "대마초 냄새 같아."

"잘한다. 여기가 만약 범죄 현장이라면 선배 지문을 다 남겨 놓은 꼴이 되었네."

"헉, 그러네." 라비가 입을 앙다물었다. 눈에는 후회의 기색이 역력했다. "이거는 그냥 내가 갖고 가서 없애버려야 되겠다." 라비가 담배꽁초를 주머니에 넣고 자리에서 일어났다.

"왜 이런 데 모여서 놀고 담배를 피우고 그러는 걸까?" 핍이 현장을 자세히 살피며 말했다. 집 안 구석구석을 보면서 그런 의문이 생겼다. "좀 소름 끼치는데, 여기서 무슨 일이 있었는지 몰랐던 건가? 앤디 시체가 여기서 나왔다는 거 말야. 몰랐나?"

"어쩌면 그래서 여기가 더 매력적이었을지도." 라비가 영화 예고편이라도 더빙하듯 말했다. "살인 사건이 일어난 오래된 폐가에서 담배도 피우고 과자도 까먹고. 꽤 재밌을 것 같은데? 누군지는 몰라도 자주 왔나 봐. 밤마다 열리는 모임 같은 거였으려나. 이따가 밤에 여기 다시 와서 잠복해 있다가 누가 오는지 확인해보면 어떨까? 제이미의 실종과 관련이 있는 애들일 수도 있고, 아니면 지난 금요일에 뭐라도 목격했을지 누가 알아?"

"잠복이라고?" 핍이 미소를 지었다. "알겠습니다, 경사님."

"아니, 경사님은 너지, 난 아냐."

"경찰 왔다!" 핍과 라비가 코너와 카라에게 안에서 발견한 것들을 보여주고 있을 때 나오미가 농가를 향해 소리쳤다.

"내가 나가볼게." 핍이 서둘러 집 밖으로 나왔다. 밝은 햇살에 눈을 찌푸리며 보니, 자갈이 깔린 도로에 경찰차 한 대가 멈추어 서 있었다. 양쪽 문이 열리며 운전석에서는 다니엘 다 실바가 경찰모를 고쳐 쓰며 내렸고 조수석에서는 소라야 부지디가 내렸다.

"안녕하세요." 핍이 그들을 향해 걸어가며 소리쳤다.

"일라이자가 또 너라고 하더라." 다니엘이 숨길 수 없어 그랬든 아니면 일부러 대놓고 그랬든 경멸하는 표정으로 말했다. 핍이 자기를 앤디의 살인 용의자로 의심했을 때부터 다니엘은 핍을 싫어했다. 하지만 뭐 상관없었다. 핍도 다니엘을 싫어하는 건 마찬가지였으니까.

"네, 또 저네요. 2017년부터 시작된 모든 문제들은 다 저 때문이죠." 핍이 심드렁하게 웃으며 답했다. 소라야의 얼굴에 미소가 스치듯이 지나갔다. "여기, 이쪽으로 오세요." 핍은 앞쪽에 있는 작은 나무를 가리키며 앞장서 걸어갔다.

다니엘과 소라야는 길게 자란 잡초와 나무뿌리들을 밟고 따라왔다. 두 사람은 칼을 내려다보더니 서로를 바라봤고 핍은 그 모습을 지켜봤다.

"이게 뭐지?" 다니엘이 핍에게 물었다.

"칼이죠," 핍이 말했다. 그리고 조금은 상냥한 목소리로 설명을 덧붙였다. "레이놀즈 씨 집에서 사라진 그 칼이에요. 실종된 제이미 레이놀즈네 집 말이에요. 기억하시죠? 동생분이랑도 친구잖아요."

"그치, 어……."

"사건번호 400152……."

"알았다, 됐어." 다니엘이 말을 잘랐다. "이게 다 무슨 일이지?" 다니엘이 농가에서 그리 멀지 않은 곳에 아직 모여 있는 학생들을 가리켰다.

"저희 수색팀이에요." 핍이 말했다. "경찰이 아무것도 해줄 수 없다고 하니까. 풋내기 학생들한테라도 도움을 청해야죠."

다니엘이 혀를 씹으며 볼 근육이 경련을 일으켰다. "좋아," 다니엘이 소리치며 박수를 요란하게 세 번 쳤다. 갑작스러운 그의 행동에 핍도 놀랐다. "모두들 집으로 귀가! 지금 당장!"

학생들은 즉시 작은 그룹들로 쪼개져서 귓속말을 나누며 해산했다. 핍은 돌아가는 아이들을 향해 고맙다는 표시로 고갯짓을 했다. 하지만 워드 자매는 가지 않았다. 코너와 라비도 마찬가지였다. 네 사람은 모두 농가 입구에 남아 서 있었다.

"이 칼은 정말 중요한 증거예요." 핍이 최대한 침착하게 설명했다. "지금 바로 수거해서 보관하고 증거 수집 담당자에게 넘겨야 해요."

"그래, 절차는 굳이 네가 말해주지 않아도 알아." 다니엘이 짜증스러운 목소리로 말했다. "네가 여기다 둔 거니?" 다니엘이 칼을 가리키며 물었다.

"아니요," 핍이 답했다. 그 원초적인 뜨거운 직감이 다시 깨어났다. "당연히 아니죠. 애들이 이걸 처음 발견했을 때 저는 이곳에 있지도 않았어요."

"우리가 수거할게." 소라야가 다니엘과 핍 사이를 가로막으며 두 사람을 무장해제시켰다. "확실하고 안전하게 보관할 테니까 걱정 마." 소라야의 눈빛은 다니엘과는 정말 대조적이었다. 따뜻했고 어떤 의심의 기색도 없었다.

"감사합니다." 핍이 말했고, 소라야는 다시 경찰차로 돌아갔다.

소라야가 멀찍이 가버리자 다니엘 다 실바가 또 입을 열었다. "이게 만약에 가짜고, 경찰들 상대로 장난치는 거면······."

"진짜예요." 꽉 문 치아 사이로 단어가 쪼개지듯이 튀어나왔다. "제이미 레이놀즈는 진짜로 사라진 거예요. 그 칼도 정말로 여기서 발견된 거고요. 저도 경찰들이 모든 사건을 다 수사할 여력이 없다는 건 알아요. 그래도 제 얘기 한 번만 들어주세요. 호킨스 경위님한테도 좀 말씀해주시고요. 분명히 뭔가 안 좋은 일이 생긴 거 같아요."

다니엘은 아무 말도 하지 않았다.

"제 말 들리세요?" 핍이 말했다. "분명히 범죄가 연루되어 있다고요. 누군가가 죽었을 수도 있어요. 그런데 지금 경찰은 아무것도 안 하고 있잖아요. 바로 여기, 이곳에서 제이미한테 무슨 일이 있었던 거예요." 핍이 칼을 가리키며 말했다. "제이미가 온라인으로 연락을 하던 사람이랑 분명 관련이 있을 거예요. 라일라 미드라는 사람인데, 그게 본명은 아니……."

핍은 그렇게 말하다가 멈추어서 다니엘의 얼굴을 살펴보았다. 라일라라는 이름을 듣자마자 다니엘의 얼굴에서 즉각적인 반응이 있었기 때문이다. 다니엘의 콧김이 세지면서 콧구멍이 커졌고, 마치 무언가를 숨기고 싶어하는 사람처럼 시선이 곧장 아래로 떨구어졌다. 옅은 갈색빛 피부에 홍조가 떠올랐고 구불구불한 머리카락이 이마로 떨어졌다.

"라일라를 아시는군요," 핍이 말했다. "라일라랑 연락을 주고받았나요?"

"지금 무슨 소리를 하는지 전혀 모르겠는데."

"라일라를 아는 게 맞는군요," 핍이 말했다. "라일라의 진짜 정체도 알아요?"

"무슨 소리야?" 다니엘이 낮은 목소리로 말했다. 짜증이 난 듯한 그 떨리는 목소리에 핍의 목을 타고 소름이 돋았다. "난 모르는 일이라고. 알아들어? 한 번만 더 이상한 소리 하면……."

다니엘은 그렇게 말을 하다 말고 문장의 끝부분은 핍의 상상에 맡겨놓은 채 자리를 떴다. 그는 핍에게서 물러서며 애써 표정 관리를 했다. 소라야가 경찰차에서 파란색 고무장갑을 낀 채 종이로 된 증거 수집 봉투를 들고 돌아왔다.

폐농가에서 발견된 칼. 이미지파일

사건 기록 5. 문서파일

문제의 칼 발견

핏비트에 더 이상 기록이 되지 않은 시점, 전화기가 꺼진 시점 기준으로 제이미의 걸음 수 데이터에 들어맞는 지역 범위에서 칼이 발견됐다. 집에서 칼을 갖고 나간 사람이 제이미라는 확신이 생겼다. 그리고 그 말인즉슨, 제이미가 대참사 파티에서 나와 와이빌 로드에서 목격되기 전 집에 들렀다는 뜻이 된다. 집에 들러서 후드집업과 칼을 가지고 다시 나간 것이다. 그런데 왜 무기가 필요했던 걸까? 제이미는 무엇을 그렇게 두려워했던 걸까?

제이미가 집에 들렀다고 가정해보면, 아서 레이놀즈 씨가 귀가한 시간과 어떻게 겹칠까? 제이미가 나탈리 다 실바네 갔다가 자기 집으로 걸어와서 후드집업과 칼을 챙겨 11시 15분, 즉 아버지가 돌아오기 전에 집을 나서는 것이 가능한가? 그건 단순히 시간이 촉박한 정도가 아니라 불가능에 가까웠다. 그 사실은 타임라인 구성에 틀린 부분이 있다는 것이고, 누군가가 거짓말을 하고 있다는 뜻이 된다. 나탈리하고 한 번 더 얘기를 해봐야 할 것 같다. 남자친구가 없는 자리에서는 제이미에 관한 일을 더 솔직하게 얘기해주지 않을까?

다니엘 다 실바

다니엘의 반응을 볼 때 다니엘은 라일라 미드와 연락을 주고받던 것으로 보인다. 그럼 다니엘은 라일라의 진짜 정체를 알고 있을까? 다니엘은 라일라와 아무런 관련이 없는 척했는데 뭔가를 알고 있어서 그런 것일까? 아니면 그저 아내가 아기를 돌보는 동안 다른 여자와 온라인으로 부적절한 연락을 주고받았다는 사실을 들키고 싶지 않았던 것일까? 작년 일로 미루어 보건대 다니엘은 그런 짓을 하고도 남을 사람이다.

새로운 수확은 이제 라일라 미드와 연락하던 사람이 최소한 세 사람(제이미, 아담 클라크, 다니엘 다 실바)이나 된다는 사실을 발견했다는 것이다. 하지만 조금 이상한 점이 있다. 이 세 남자는 모두 29세나 30세이다(물론 제이미는 아니지만, 프로필상으로는 29살이었다). 그리고 세 사람의 외모도 공통점이 있다. 세 사람 모두 백인이고, 머리는 갈색이다. 이건 단순한 우연일까 아니면 어떤 이유가 있는 것일까?

폐농가

금요일 밤 제이미는 폐농가에 갔다. 건물 안까지 들어가지는 않았을지 몰라도 최소한 그곳에 갔었던 건 확실하다. 그리고 그곳은 우리가 생각했던 것처럼 아무도 드나들지 않는 버려진 장소가 아니었다. 누가, 왜 그곳에 드나드는지 그 이유를 찾아야 한다. 그게 제이미의 실종과 어떠한 연관이 있는지도 밝혀내야 한다.

잠복근무(오늘밤). 자정 직전에 라비를 픽업하고 코너와 카라도 그곳에서 만나기로 했다. 우선 엄마 아빠가 잠들 때까지는 기다려야 한다. 차는 길가에 주차해두고 엄마한테는 학교에 두고 왔다고 말했다. 이렇게 하면 들키지 않고 차를 몰고 갈 수 있으니까. 그리고 집에서 나갈 때 삐걱거리는 소리가 나는 세 번째 계단은 조심해야 한다는 점, 꼭 기억할 것.

59.17MB of 59.17MB uploaded

여고생 핍의 사건 파일: 제이미 레이놀즈의 실종

시즌 2, 에피소드 2
사운드클라우드에 업로드 완료.

26

차를 댔을 때 코너는 이미 도착해 있었다. 헤드라이트의 직격 탄을 맞은 코너의 눈이 살아 숨 쉬듯이 빛났다. 라비와 핍은 시 카모어 로드로 꺾어지기 직전, 올드팜 로드에 있었다. 라비는 핍에게 배낭을 건네고 핍의 손을 잡아주었다. 그리고 두 사람은 차에서 내렸다.

"왔어?" 핍이 코너에게 속삭이듯 말했다. 밤바람에 휘날려 춤 을 추는 핍의 머리카락이 얼굴을 스쳤다. "무사히 잘 빠져나왔 어?"

"응," 코너가 말했다. "엄마가 잠든 것 같지는 않았어. 코를 훌 쩍거리는 소리가 들렸거든. 근데 내가 나오는 소리는 못 들으셨 을 거야."

"카라는?" 핍이 10미터 정도 위쪽에 주차된 차로 시선을 옮기 며 물었다.

"차 안에 있어, 나오미랑 통화 중이야." 코너가 말했다. "카라 가 나간 걸 나오미가 알아챈 모양이야. '할아버지 할머니는 거 의 귀머거리나 마찬가지'라고 하더니 언니에게 들킨 거지."

"아, 그렇구나."

라비가 핍의 옆으로 다가와 자리를 잡았다. 살을 에는 듯한 바람 때문에 방패막이가 되어주려는 듯했다.

"댓글 봤어?" 코너의 목소리가 심각했다. 화가 난 목소리인 듯도 한데 너무 어두워서 표정을 제대로 읽을 수가 없었다.

"아니," 핍이 말했다. "왜?"

"새로운 에피소드를 올린 지 3시간밖에 안 됐는데, 벌써 인터넷에 쫙 퍼졌어."

"어떤 내용이?"

"사람들은 우리 아빠가 형을 죽였다고 생각하나 봐." 코너는 단단히 화가 난 목소리였다. 날이 선 날카로운 목소리가 핍의 귀를 파고들었다. "아빠가 칼을 챙겨서 와이빌 로드까지 쫓아가 형을 죽이고 시체는 어딘가 숨겨둔 이후 칼을 버렸대…… 내가 12시에 집에 돌아왔을 때도 아빠는 집에 안 계셨을 거래. 왜냐면 내가 집에 돌아왔을 때, 그 사람들 말을 빌리면, '실제로 아빠를 본 적이 없으니까.' 그리고 주말에 집을 비웠던 건 제이미의 시체를 제대로 처리하느라 그런 거라고. 살인 동기는 제이미가 가족들한테 실망만 안겨주는 못난이라서."

"댓글 읽지 말라고 했잖아." 핍이 차분하게 일렀다.

"사람들이 우리 아빠가 살인자라고 그러는데 어떻게 안 읽어. 아빠는 형한테 아무 짓도 안 했어. 그럴 분이 아니야!"

"나는 한 번도 그렇게 말한 적 없어." 핍은 코너도 소리를 낮춰주기를 바라며 목소리를 낮추고 말했다.

"다 네 팟캐스트를 듣고 하는 말들이잖아. 그런 생각들이 결국 어디서 나온 거겠어?"

"코너, 나한테 이 일을 부탁한 건 너야. 이런 상황은 감당하기로 약속했잖아." 칠흑 같은 어둠이 압박을 해오는 것처럼 느껴졌다. "나는 사실을 올렸을 뿐이야."

"그 사실이라고 하는 게 글쎄 우리 아빠랑 상관이 없다고. 지금 거짓말을 하고 있는 사람이 있다면, 그건 우리 아빠가 아니라 나탈리 다 실바야."

"알았어," 핍이 코너의 손을 붙잡았다. "너랑 다투고 싶지 않아. 지금 우리는 싸울 게 아니라 제이미를 찾아야 해, 알지?"

마침 저 앞쪽에서 카라가 막 차에서 내려 말없이 손 인사를 하며 핍 일행 쪽으로 걸어오고 있었는데 눈치를 채지 못하고 있던 코너가 말했다.

"나도 알아." 핍이 신호를 주듯이 눈썹을 치켜올렸음에도 코너는 알아채지 못했다. "그래도 형이 사라진 거랑 우리 아빠랑은 아무 상관 없는 일이야."

"코너……" 라비가 말리려는 순간이었다.

"아니라고, 우리 아빠는 살인자가 아니야!" 코너가 소리쳤다. 그리고 그 바로 뒤에는 카라가 서 있었다.

카라의 눈이 흐려지고 무슨 말인가를 하려고 열렸던 입이 그대로 굳어졌다. 코너도 마침내 카라가 온 것을 눈치챘는지 이 불편한 침묵을 어떻게든 모면해보고자 뒤늦게 코를 긁적였다. 라비는 갑자기 별들에 엄청난 관심이라도 생긴 듯이 밤하늘로 시선을 돌렸고, 무슨 말을 해야 할지 알 수 없었던 핍은 허둥지둥 어찌할 줄을 몰랐다. 하지만 이내 카라의 표정은 평정을 되찾았다.

"뭔 얘기야?" 카라가 아무렇지 않은 듯이, 누가 봐도 과장되게 어깨를 들썩이며 물었다. "잠복해야 한다고 하지 않았나? 이렇게 할 일 없는 백수들처럼 수다만 떨고 있을 거야?"

요 몇 주간 할머니한테 들었던 말을 써먹는 방법으로 카라는
이 어색함에서 빠져나오려 하고 있었다. 핍은 그렇게 카라가 던
져준 해결책을 덥석 물고 고개를 끄덕였다. "그래, 가자." 지금
같은 상황에선 아무 일도 없었던 듯 넘어가는 것이 모두에게 최
선이었다.

코너는 핍의 옆에서 어색하게 걸어갔다. 자갈밭을 따라 걸어
가자 잔디 저편에 버려진 폐농가가 나타났다. 그리고 그곳에는
핍이 예상치 못했던 게 있었다. 폐가 근처 도로에 차 한 대가 주
차되어 있었다.

"누가 왔나?" 핍이 말했다.

불과 몇 초 뒤, 농가의 더러운 창문으로 밝은 빛이 비치면서
그 질문에 대한 답을 대신해주었다. 집 안에서 누군가가 손전등
을 비추고 있었다.

"어떻게 할 생각이야?" 라비가 핍에게 물었다. "직진할까, 아
니면 좀 돌아갈까?"

"두 가지가 어떻게 다른 건데?" 코너가 물었다. 노기는 좀 가
라앉은 듯했다.

"돌아가는 건 여기 이렇게 숨어 있다가 저 사람들이 떠날 때
누군지 확인해보는 거지." 라비가 설명했다. "직진이란, 음, 그냥
지금 당장 쳐들어가서 안에 대체 누가 있는지 확인하고 얘길 해
보는 거고. 개인적으로는 숨어서 지켜보는 쪽이 나을 것 같기도
한데, 여기 바로 밀고 들어가는 걸 선호하는 분이……."

"바로 들어가자." 라비의 예상대로 핍은 결단을 내렸다. "시간

이 별로 많지 않아. 가자. 조용히 하고." 핍이 덧붙였다. 직진한
다고 해서 꼭 깜짝 파티를 포기한다는 것은 아니었다.

네 사람은 폐농가를 향해 발걸음을 맞추어 다가갔다.

"우리 좀 멋있는데?" 라비가 핍에게 속삭였다. 카라가 그 소
리를 듣고 코웃음을 쳤다.

"조용히 가자고 했잖아. 농담 금지야. 코웃음도 금지." 라비는
긴장되면 농담을 하고, 카라는 코웃음을 치는 습관이 있었다.

핍이 가장 먼저 현관 앞에 도착했다. 유령 같기도 한 은색 달
빛이 복도 안벽을 밝히고 있는 모습은 마치 네 사람에게 거실
로 이어지는 길을 안내해주는 것만 같았다. 핍이 안으로 한 발
짝 내딛자 왁자지껄한 웃음소리가 들려왔다. 여러 명이 모여 있
는 듯했다. 웃음소리 속에서 남자 두 명과 여자 한 명의 목소리
가 들렸다. 목소리가 앳되게 들렸고, 웃음소리로 미루어 짐작건
대 약에 취해 있을 가능성도 짙어 보였다.

핍은 조용하게 몇 발자국을 떼었다. 라비도 숨을 참고 그 뒤
를 바짝 따랐다.

"나는 한 27개 정도는 입 안에 한꺼번에 넣을 수 있어." 그중
한 목소리가 말했다.

"진짜 그러지 마, 로빈."

핍은 멈칫했다. 로빈이라고? 혹시 앤트랑 같이 축구를 하던
한 학년 아래 그 로빈일까? 지난해 하위 바워스에게 약을 샀던
그 남자애?

핍은 거실로 들어섰다. 세 사람이 거꾸로 뒤집어 세워놓은 쓰
레기통 위에 앉아 있었다. 흰 목재 서랍장 맨 위 서랍에 손전등

이 천장을 향해 회색빛을 반사하고 있었고, 불을 붙인 담배 세 대 끝에 밝은 노란빛이 빛나고 있었다.

"로빈 케인." 핍이 이름을 부르자 세 사람은 자리에서 펄쩍 일어났다. 다른 두 명은 처음 보는 얼굴들이었는데, 여자애는 비명을 지르다 거의 쓰레기통에서 떨어질 뻔했고, 또 다른 남자애의 손에서는 담배가 떨어졌다.

"조심해, 그러다가 불 낼라." 핍이 말하는 동안 그 남자애는 꽁초를 주우며 동시에 얼굴을 가리기 위해 기를 쓰고 후드모자를 끌어 내렸다.

로빈이 드디어 핍과 눈을 마주치며 말했다. "제길, 하필이면."

"하필이면 나네, 미안하게도." 핍이 말했다. 그사이 나머지 세 사람도 안으로 들어왔다.

"여기서 뭐 하는 거야?" 로빈이 담배를 한 모금 길게 빨며 말했다. 얼마나 길게 빠는지 얼굴이 붉으락푸르락해져서는 기침을 간신히 참고 있었다.

"그러는 너는 여기서 뭐 하는 건데?" 핍의 질문에 로빈은 몰라서 묻느냐는 듯 아무 말도 않고 담배를 위로 치켜올려 보여주었다.

"알겠어, 그건 됐고…… 여기 자주 와?" 핍이 말했다.

"이거 지금, 나한테 작업 거는 거야?" 로빈이 말했다. 그 말에 라비가 핍의 옆으로 나서서 허리를 쫙 펴고 서자 로빈은 바로 수그러들었다.

"말 안 해도 알겠다. 여기다 버리고 간 쓰레기만 봐도." 핍은 널브러져 있는 갖가지 포장지와 빈 맥주병을 가리켰다. "범죄 현장이 될 수도 있는 곳에다 쓰레기를 놔두고 간 건 알아?"

"앤디 벨은 여기서 안 죽었어." 로빈이 다시 담배꽁초에 시선을 돌리며 말했다. 로빈의 친구들은 쥐 죽은 듯이 시선을 피하고만 있었다.

"그 얘기를 하는 게 아니야." 핍은 자세를 고치며 말했다.

"제이미 레이놀즈가 5일째 실종상태야. 그리고 사라지기 직전에 여기 왔었고. 혹시 뭐 아는 거 있어?"

"아니." 로빈이 말했고 다른 두 명도 잇달아 아니라고 답했다.

"혹시 지난 금요일 밤에도 여기 왔었어?"

"아니." 로빈이 휴대폰으로 시간을 확인하며 말했다. "내 말 좀 들어봐. 빨리 여기서 나가. 곧 누가 올 거야. 조금 빨리 올 때도 있거든. 너희가 여기 있으면 안 돼."

"그게 누군데?"

"그걸 내가 말해줄 것 같아?" 로빈이 코웃음을 쳤다.

"안 가고 계속 남아 있겠다면 어쩔 거야?" 핍이 빈 프링글스 통을 세 사람 쪽으로 차며 말했다. 프링글스 통이 탈탈거리다 한쪽에 섰다.

"특히나 핍, 넌 여기 있으면 좋을 게 없을 텐데." 로빈이 말했다. "아마 그 사람은 누구보다 널 제일 싫어할걸. 네가 하위 바워스를 감옥에 처넣었잖아."

핍의 머릿속 퍼즐 조각이 끼워 맞춰졌다.

"아," 핍의 입에서 탄식이 새어 나왔다. "마약과 관련된 거구나. 마약 거래도 하니?" 핍이 로빈 다리 옆에 놓인 커다랗고 빵빵한 검은색 가방을 쳐다보며 말했다.

"아니, 거래 같은 거 안 해." 로빈이 코를 움찔했다.

"그 안에 든 양을 봐서는 혼자 쓰기에 너무 많은 것 같은데." 핍은 로빈이 다리 뒤로 밀어 넣고 숨기려 하는 가방을 가리키며 말했다.

"마약 거래 같은 거 안 한다고, 알았어? 그냥 런던에서 이걸 받아와 여기다가 놓고 가는 것뿐이야."

"그러니까 너는 운반책 뭐 그런 거구나." 라비가 끼어들었다.

"공짜로 약을 받을 뿐이야." 로빈의 목소리가 방어적으로 커졌다.

"와우, 사업 좀 할 줄 아시네." 핍이 말했다. "그러니까 누가 너를 운반책으로 써먹으려고 길을 들이고 있는 거네."

"아니, 그런 게 아냐." 로빈은 다시 휴대폰을 내려다봤다. 눈빛에 공포감이 깃들며 동공이 흔들렸다.

"부탁이야. 언제든지 들이닥칠 수 있다고. 이번 주에 벌써 한 명이 튀어서 이미 화가 많이 난 상태란 말이야. 900파운드를 못 받았다 그랬어. 진짜 가줘. 이제."

로빈이 그 말을 하자마자 밖에서 무슨 소리가 들렸다. 자갈길에 차바퀴 긁히는 소리. 정차 후 엔진 꺼지는 소리가 밤공기를 뚫고 들려왔다.

"누가 왔다." 코너가 쓸데없는 설명을 덧붙였다.

"아 망했다." 로빈이 쓰레기통에 담배를 비벼 끄며 말했다. 하지만 핍은 이미 방향을 돌려 코너와 카라 사이를 뚫고 지나 복도를 가로질러 활짝 열린 현관을 향해 가고 있었다. 그렇게 밖으로 나오긴 했지만 차에서 쏟아져 나오는 헤드라이트 불빛 때문에 아무것도 보이지 않았다. 그 차는 로빈의 차 앞에 정차하고 있었는데 맹렬히 뿜어내는 환한 빛에 눈이 멀 지경이었다. 핍이 눈을 찌푸리며 겨우 알아본 것은 차의 색깔이 밝다는 것뿐이었다.

핍은 두 손으로 눈을 가렸다. 엔진 돌아가는 소리가 들렸고 곧이어 그 차는 시카모어 로드를 따라 도주하기 시작했다. 그리고 차 뒤꽁무니로 조약돌과 먼지구름만을 남긴 채 사라졌다.

"얘들아!" 핍이 소리쳤다. "당장 내 차에 타!! 뛰어!"

핍은 이미 잔디를 가로질러 먼지가 나뒹구는 도로로 달려가고 있었다. 라비가 금세 핍을 추월했다.

"차 키 줘." 라비가 소리쳤고 핍은 재킷 주머니에서 차 키를 꺼내 라비에게 던졌다. 라비가 먼저 차문을 열고 보조석으로 뛰어 들어갔고, 핍이 운전석에 앉아 문을 쾅 닫았을 때는 라비가 벌써 차 키를 꽂아놓은 뒤였다. 핍은 차 키를 돌려 시동을 걸고 헤드라이트로 카라와 코너를 비추며 둘을 향해 질주했다.

핍이 차를 멈추자 두 사람이 뒷좌석에 올라탔고, 카라가 문을 닫기도 전에 핍은 액셀을 밟고 출발했다.

"뭘 봤어?" 차를 추격하기 위해 길모퉁이를 돌아갈 때 라비가 물었다.

"아무것도 못 봤어." 핍은 페달을 더 세게 밟았다. 자갈이 차 옆으로 튀어 나가는 소리가 들렸다. "분명히 현관에서 날 본 거야. 보자마자 저렇게 도망을 가는 거고."

"왜 도망을 가지?" 라비의 머리 받침대를 꼭 붙잡고 있던 코너가 물었다.

"모르지." 핍은 속도를 올렸고 이제 차는 언덕을 내려가고 있었다.

"뭔가 찔리는 게 있으니까 도망을 가겠지. 저 앞에 보이는 게 미등 맞나?" 핍이 눈을 찌푸렸다.

"맞아." 라비가 말했다. "젠장, 엄청 빨리 달리고 있네. 속도를 좀 더 내야겠다."

"벌써 70킬로야." 핍이 입술을 꽉 다물고 액셀을 더 세게 밟으며 말했다.

"좌회전, 방금 좌회전했다." 라비가 말했다.

핍은 길모퉁이를 휙 돌아서 또 다른 좁은 시골길로 들어섰다.

"가, 가, 가." 코너가 말했다.

핍은 점점 더 따라붙고 있었다. 이제 도로 옆 어두운 산울타리 옆으로 하얀색 차체가 보였다.

"번호판을 보려면 좀 더 붙어야 해." 핍이 말했다.

"또 속도 낸다." 카라가 핍과 라비의 자리 사이에 얼굴을 들이밀고 말했다.

핍은 액셀을 밟았다. 속도계의 바늘이 80을 넘어 계속 오르고 또 올랐고, 앞차와의 간격은 좁혀지고 있었다.

"오른쪽!" 라비가 말했다. "우회전이야."

가파른 회전이었다. 핍은 페달에서 발을 떼고 운전대를 돌렸다. 차가 길모퉁이를 지나 휙 돌아가는 중이었지만 아차 하는 사이 손에서 운전대가 빠져나가는 것이 느껴졌다.

차가 미끄러지고 있었다.

운전대를 돌리려고, 붙잡으려고 해봤지만 차가 너무 빨리 미끄러지는 바람에 손을 쓸 수가 없었다. 비명 소리가 들렸지만 바퀴가 끼익거리는 소리에 묻히고 말았고, 차는 왼쪽으로 또 오른쪽으로 미끄러지며 원을 그렸다.

그렇게 차가 미끄러지다 엉뚱한 방향에서 겨우 멈출 때까지 네 사람은 모두 비명을 지르고 있었다. 도로의 경계선에 심어진 산딸기나무에 보닛이 반쯤 박히고 나서야 차는 멈췄다.

"제길." 핍이 주먹으로 운전대를 내리치며 말했다. 경적 소리가 한 번 빽 하고 울렸다. "다들 괜찮아?"

"으응." 코너가 말했다. 무거운 숨을 몰아쉬는 코너의 얼굴이 빨개져 있었다.

라비는 놀란 카라와 눈빛을 주고받고는 어깨 너머로 핍을 바라봤다. 핍은 그 둘의 눈에 담긴 의미를 읽을 수 있었다. 코너는 절대 모를, 세 사람만의 비밀이었다. 카라의 언니와 맥스 헤이스팅스가 딱 그들 나이 때 자동차 사고를 낸 적이 있었다는 것, 맥스가 친구들을 설득해서 큰 부상을 당한 남자를 길에다 버려두고 갔다는 것, 그리고 그것이 비극의 발단이 되었고 라비 형의 죽음에까지 이르게 되었다는 것.

그리고 방금 그들 또한 무모하게 비슷한 짓을 저지를 뻔한 것이었다.

"너무 바보 같았어." 핍이 말했다. 핍을 휘감은 그 감정은 죄책감이었다. 혹은 부끄러움이었다. 다시는 이러지 않기로 했는데. 또 자제력을 잃고 말다니…… "미안해."

"나 때문이야." 라비가 핍에게 손깍지를 꼈다. "내가 더 빨리 가라고 그랬잖아. 미안해."

"번호판 본 사람 없어?" 코너가 물었다. "나는 맨 앞 글자밖에 못 봤는데 N 아님 H였어."

"못 봤어." 카라가 말했다. "근데 스포츠카였어. 하얀색 스포츠카."

"BMW였어." 라비가 덧붙였다. 그리고 그 말을 들은 순간 핍의 긴장감이 라비의 손을 잡고 있는 손가락까지 전해져 내려왔다. 라비가 핍을 보며 물었다. "왜 그래?"

"나…… 나 그런 차를 타는 사람을 알아." 핍이 작은 목소리로 말했다.

"아, 나도 알아." 라비가 대답했다. "그런 차를 모든 사람이 한 명은 아닐 거야."

"그치," 핍이 숨을 몰아 내쉬었다. "근데 내가 아는 사람은 나탈리의 새 남자친구야."

목요일
실종 6일째

눈앞에 놓인 토스트를 내려다보는 핍의 얼굴에서 하품이 새어 나왔다. 배는 고프지 않았다.

"오늘 아침에는 왜 이렇게 피곤해할까?" 엄마가 손에 들고 있는 머그잔 너머로 핍을 바라보며 물었다.

핍은 어깨를 으쓱하고는 토스트를 깨작거렸다. 조쉬는 맞은편에 앉아서 코코팝 시리얼을 퍼먹으며 콧노래를 부르고 있었고, 그 와중에 식탁 아래로는 다리를 휘적거리며 반은 실수인 듯 아닌 듯 핍의 다리를 계속 걷어차고 있었다. 핍은 아무런 반응을 하지 않은 채, 다리를 의자 위로 올려 책상다리를 하고 앉았다. 언제나 그렇듯이 BBC 채널 라디오가 흘러나오고 있었다. 노래가 거의 끝나가고 희미해지는 드럼 소리 위로 진행자들이 대화하는 소리가 겹쳤다.

"제이미 그 짓 때문에 너무 무리하는 거 아니지?" 엄마가 말했다.

"제이미 그 짓 때문이라뇨, 엄마." 핍은 점점 짜증이 올라오는 것을 느꼈다. 따뜻하고 불안정한 핍의 피부 바로 아래 짜증이 겹겹이 층을 이루고 있는 듯했다. "제이미 인생이 걸린 일에요. 조금 피곤하면 뭐 어때요."

"알겠다, 알겠어." 엄마가 조쉬의 빈 그릇을 치우며 말했다. "그래도 엄마니까 걱정은 할 수 있잖아."

핍은 엄마가 그러지 않기를 바랐다. 어느 누구도 걱정하는 걸 원하지 않았다. 걱정이 필요한 사람은 핍이 아니라 제이미였다.

휴대폰 화면이 켜지며 알림이 떴다. 라비에게서 온 메시지였다. '법정에서 막 나와 배심원 심의가 끝날 때까지 기다리는 중. 별일 없지?'

핍은 의자에서 일어나 한 손으로는 휴대폰을 낚아채고 다른 한 손으로는 토스트를 쓰레기통에 밀어 넣었다. 엄마가 바라보는 눈길이 느껴졌다. "배가 안 고파서요." 핍이 설명을 덧붙였다. "학교에는 시리얼 바 챙겨서 갈게요."

몇 발자국 못 갔을 때 뒤에서 엄마가 부르는 소리가 들렸다.

"화장실 가는 거예요!" 핍이 말했다.

"핍! 얼른 이리 와봐!" 엄마가 소리쳤다. 그것도 아주 크게. 엄마가 소리 지르는 것은 드문 일이었다. 그것도 이렇게 공포에 질린 목소리로.

즉각적으로 불길한 기분이 들며 핍의 얼굴에서 핏기가 싹 가셨다. 핍은 뒤돌아서 주방으로 달려갔다. 오크나무 바닥에 양말이 밀려 벗겨졌다.

"왜, 무슨 일인데요?" 핍이 당황한 표정을 한 조쉬와 엄마의 얼굴을 빠르게 스캔했다. 엄마가 라디오에 손을 뻗어 소리를 키웠다.

"이것 좀 들어봐."

〈오전 6시, 개를 산책시키던 행인이 리틀 킬턴과 아머샴 사이 A413 도로 옆에 위치한 숲속에서 시신을 발견했습니다. 경찰은 아직 현장에 있는 상황입니다. 시신의 신원은 파악되지 않았지만 20대 초반으로 추정되는 백인 남성이라고 합니다. 사인도 아직 파악되지 않았습니다. 테임즈 벨리 경찰서의 대변인은……〉

"안 돼." 핍의 입에서 튀어나온 소리였지만 핍은 아무런 감각이 없었다. 입술을 움직인 기억도 목구멍을 타고 말이 새어 나온 기억도 나지 않았다. "아니야, 아냐, 이건." 그냥 멍한 채로 온몸의 무게를 지탱하고 있는 발바닥이 땅바닥 밑으로 가라앉는 기분, 손과 손가락이 하나씩 분리되는 느낌이 들 뿐이었다.

"피……핍?"

주변의 모든 것들이 너무나 천천히 움직이고 있었다. 마치 방이 둥둥 떠다니는 것만 같았다.

"핍!"

엄마 목소리를 인식하는 순간 모든 것이 제자리로, 제시간으로 돌아왔고 심장 박동 소리가 고막을 때리듯 쿵쿵 거세게 울려퍼지며 들려오기 시작했다. 시선을 들어올리니 엄마가 공포에 질린 눈으로 핍을 마주 보고 있었다.

"얼른 가봐." 엄마가 허둥지둥 다가오더니 핍의 어깨를 돌려놓으며 말했다. "가봐! 학교에는 오늘 늦게 등교할 거라고 전화해놓을게."

〈그럼 이어서, 제가 가장 사랑하는 80년대 노래이기도 하죠, 「달콤한 꿈」을 들려……〉

"아닐 거야, 그럴 리가 없어……."

"얼른." 엄마가 핍의 등을 밀며 말했다. 그 순간 핍의 휴대폰이 울리기 시작했다. 코너였다.

핍에게 문을 열어준 것은 코너였다. 빨갛게 충혈된 눈을 하고 있는 코너의 윗입술이 떨리고 있었다.

핍은 아무 말도 하지 않고 집 안으로 들어서서 코너의 팔을 오랫동안, 아무 말 없이 붙잡고 서 있었다. 그리고 팔을 놓아주며 물었다. "엄마는 어디 계셔?"

"이쪽에." 차가운 거실로 핍을 데리고 가는 코너의 목소리가 꺽꺽거렸다. 너무나도 강하고 밝은, 생기 넘치는 햇볕이 거실을 잘못 비추고 있는 것만 같았다. 그리고 그 한가운데, 아줌마는 소파에서 오래된 담요를 두르고 웅크리고 앉아 얼굴을 휴지에 파묻고 있었다.

"핍 왔어요." 코너가 거의 속삭임에 가까운 목소리로 말했다.

아줌마가 고개를 들어 올려다보았다. 두 눈이 퉁퉁 부어 얼굴이 평소와 달라 보였다. 마치 얼굴 아래 어딘가가 무너진 것만 같았다.

아줌마는 아무런 말을 하지 않고 그저 핍을 향해 두 팔을 벌렸다. 핍은 비틀거리며 다가가 아줌마에게 맞춰 몸을 낮추었다. 아줌마는 그런 핍을 껴안았고 핍도 아줌마를 껴안았다. 아줌마의 심장 뛰는 소리가 느껴졌다.

"아머샴 경찰서 호킨스 경위님한테 연락해야 해요." 핍이 아줌마에게서 몸을 떼며 말했다. "신원을 파악했는지……."

"아서가 지금 통화 중이야." 아줌마는 몸을 움직여 두 사람 사이에 코너가 앉을 공간을 만들어주었다. 코너가 자리에 앉자 아저씨의 목소리가 들려왔는데 점점 더 이쪽으로 가까이 오며 소리가 커졌다.

"네," 아저씨가 귀에 휴대폰을 대고 거실로 들어오며 말했다. 핍을 발견한 아저씨 눈이 몇 번 깜빡이는 듯했다. 얼굴은 회색빛이었고 입술은 긴장되어 보였다. "제이미 레이놀즈예요. 아니요 R로 시작해요. 네. 사건번호요? 아……." 아서의 시선이 아줌마를 향했다. 아줌마가 소파에서 일어나려고 했지만 핍이 끼어들었다.

"490," 핍이 번호를 말하면, 아저씨가 그 번호를 휴대폰에 대고 따라 불렀다. "015. 293."

아저씨가 핍을 향해 고개를 끄덕였다. "네. 지난주 금요일 밤 실종됐어요." 아저씨가 엄지손가락을 씹으며 말했다. "A413에서 발견된 그 시신 말이에요, 신원 파악은 아직 안 됐나요? 아뇨, 안 돼요. 또 이렇게 기다리라고만 하시면……."

아저씨는 벽에 기대서서 손가락으로 머리를 짚고 그 때문에 생긴 주름살을 그대로 감싼 채 기다리고 있었다.

기다리고 또 기다렸다.

살면서 그렇게 끔찍한 기다림은 처음이었다. 가슴이 너무 답답해 겨우 코로 숨을 쉬며 크게 심호흡을 해야 했다. 그리고 그렇게 숨을 쉴 때마다 온몸이 아파서 곧 쓰러질 것 같았다.

제발 아니기를, 핍은 마음속으로 빌었다. 딱히 특정한 대상이 있는 것은 아니었다. 제발. 제발 제이미가 아니었으면 하고 빌

었다. 제발. 핍은 코너와 약속을 했다. 제이미를 찾아주겠다고,
살아 돌아올 거라고 했다. 제발, 제발 아니기를.

핍의 시선이 아저씨에게서 다시 옆에 앉아 있는 코너에게로
향했다.

"내가 여기 있어도 돼?" 핍이 입 모양으로만 소리 없이 물었
다.

코너는 고개를 끄덕이고는 핍의 손을 잡았다. 두 사람의 손바
닥이 딱 붙었다. 코너가 다른 한 손으로는 아줌마의 손을 잡는
것이 보였다.

그렇게 기다렸다.

아저씨는 눈을 감고 휴대폰을 쥐지 않은 손으로 눈꺼풀을 꾹
누르고 있었다. 눈이 아파 보일 정도로 세게 눌렀다. 아저씨의
가슴이 올라왔다 내려갔다 하는 것이 보였다.

계속 기다렸다.

그리고…….

"네?" 아저씨가 눈을 번쩍 뜨며 말했다.

핍의 심장이 방망이질하듯 요란하게 그리고 빠르게 뛰기 시
작했다. 마치 몸에 심장만 남은 느낌이었다. 심장 외에 다른 장
기들은 다 사라지고, 피부가 그 위를 덮고 있는 기분이었다.

"네, 형사님." 아저씨가 말했다. "네 맞습니다. 그래서 전화드
린 거 맞습니다. 네."

코너가 핍의 손을 더 세게 쥐었다. 뼈가 부서질 것 같았다.

"네, 알겠습니다, 그러니까……" 아저씨의 손이 덜덜 떨리고
있었다. "네, 알겠습니다."

그리고 침묵. 아저씨는 조용히 휴대폰에서 들려오는 말을 듣고만 있었다.

아저씨의 얼굴이 내려앉아 두 개로 쪼개지는 듯했다.

휴대폰을 잡은 손이 힘없이 처지고, 다른 한 손으로는 얼굴을 감싸 쥐더니 인간에게서 나올 것 같지 않은 그런 소리가 아저씨의 몸을 뚫고 튀어나오기 시작했다.

핍의 손을 꽉 쥐고 있던 코너의 손이 느슨해지며 넋이 나간 듯 입이 벌어졌다.

문에 기대고 있던 아저씨가 똑바로 섰다. 쏟아져 흘러내린 눈물이 아저씨의 입속으로 들어갔다.

"제이미 아니래." 아저씨가 말했다.

"뭐라고?" 아줌마가 자리에서 벌떡 일어나 얼굴을 움켜쥐었다.

"제이미 아니야." 아저씨는 흐느끼며 목이 멘 소리로 전화기를 내려놓고 한 번 더 반복했다. "다른 사람이래. 그 가족들이 신원을 확인했대. 제이미는 아니야."

"제이미가 아니라고?" 아줌마가 아직도 믿을 수 없다는 듯이 말했다.

"아니야." 아저씨가 비틀비틀 앞으로 걸어와서 아줌마를 껴안고 머리카락에 얼굴을 파묻으며 말했다. "우리 아들 아니래. 제이미 아니래."

코너가 핍의 손을 놓고 부모님 사이로 비집고 들어갔다. 빨개진 코너의 볼에는 눈물 자국이 있었다. 세 사람은 그렇게 서로를 껴안고 울었다. 안도와 걱정 그리고 혼란스러움이 뒤섞인 울음이었다. 그들은 잠시 아들과 형을 잃었던 것이다. 그 몇 분 동안 세 사람의 마음속에서 제이미는 죽은 사람이었다.

하지만 그 시신은 제이미가 아니었다.

핍도 뜨겁게 흘러내리는 눈물을 점퍼 소매로 닦았다.

감사합니다, 핍은 보이지 않는 상상 속의 누군가에게 말했다. 감사합니다.

아직 그들에게는 기회가 남아 있었다.

핍에게는 마지막 기회가 남아 있었다.

파일명:

여고생 핍의 사건 파일, 시즌 2
아서 레이놀즈 씨와의 인터뷰. 녹음파일

핍:　　　네, 녹음 시작하겠습니다. 괜찮으실까요?

아서:　　응, 준비됐다.

핍:　　　네, 혹시 전에는 왜 인터뷰를 원하지 않으셨는지, 또 왜 함
　　　　께 제이미를 찾아보려고 하지 않으셨는지, 이유가 궁금합
　　　　니다.

아서:　　솔직히 말해 화가 나 있었거든. 당연히 제이미가 또 집을
　　　　나간 거라고 생각하고 있었어. 처음 제이미가 집을 나갔을
　　　　때 우리가 얼마나 걱정했었는지 뻔히 알면서 또 그런 짓을
　　　　하다니 싶어 화가 났지. 애들 엄마랑 코너가 제이미가 실
　　　　종됐다고 하는데 나도 맞장구를 치고 싶지가 않았어. 실종
　　　　된 게 아니라고 생각했으니까. 뭔가 잘못됐다는 걸 인정하
　　　　고 싶지가 않았어. 그냥 제이미한테 화난 채로 있는 쪽이
　　　　마음이 더 편했던 것 같아. 근데 내 생각이 틀렸지. 시간이
　　　　너무 많이 지났어. 진짜 제이미가 가출을 한 거라면, 지금
　　　　쯤이면 팟캐스트를 들었겠지. 그리고 집으로 돌아올 수 있
　　　　는 상황이었다면 진작 왔겠지.

핍:　　　그럼 왜 제이미가 또 가출한 거라고 생각하셨던 건가요?

혹시 추도식 전에 크게 말다툼을 했던 것 때문이라고 생각하셨나요?

아서: 맞아. 나도 제이미랑 싸우고 싶지 않아. 그냥 제이미가 잘되기를 바랄 뿐이야. 인생에서 좀 더 똑똑한 선택을 내릴 수 있게 또 제이미가 좋아하는 걸 할 수 있게 밀어주고 싶을 뿐이야. 제이미는 그렇게 할 수 있는 애니까. 근데 지난 몇 년 동안 제이미가 그냥 저러고 있는 거야. 어쩌면 내가 잘못된 방식으로 밀어붙였는지도 모르겠어. 그냥 어떻게 제이미를 도와줘야 할지 잘 모르겠다.

핍: 네, 지난 금요일에는 어떤 일로 다투셨던 건가요?

아서: 사실 계속 좀 폭풍 전야 같기는 했어. 그러다가 최근에 제이미가 돈을 빌려달라는 거야. 왜 돈이 필요했는지 모르겠어. 돈까지 빌려달라니까 화가 나서 자기 인생을 책임져야 할 나이며, 제대로 된 직장을 잡아야지, 뭐 그런 얘길 했는데 듣기 싫어하더구나.

핍: 제이미가 돈을 빌려달라고 한 게 언제였나요?

아서: 그게 언제였냐면…… 조안나가 배드민턴을 치러 갔던 날이었으니까, 화요일. 4월 10일 화요일.

핍: 돈이 왜 필요한 건지도 물어보셨나요?

아서: 아니, 그게 문제였어. 어디다 쓰려고 하는 건지 절대 얘기를 안 하더라고. 그냥 정말 중요한 일이라고만 하는 거야. 당연히 나는 안 된다고 했고. 금액도 말도 안 되고.

핍: 혹시 제이미가 부탁한 금액이 얼마였는지 여쭤봐도 될까요?

아서: 900파운드였어.

핍: 900파운드요?

아서: 응.

핍: 정확히 900파운드요?

아서: 맞아. 왜? 왜 그러는데?

핍: 그게…… 딱 그 정확한 액수를 다른 사람한테서 들은 적이 있어서요. 루크 이튼이라는 사람인데, 이번 주에 900파운드를 손해 봤다고 했거든요. 제 생각에는 루크 이튼이 약을…… 아닙니다. 좀 더 조사해보고 말씀드리도록 하겠습니다. 그럼, 금요일 밤 술집에서 나와 집에 돌아오신 건 몇 시쯤이었나요?

아서: 시간을 딱 확인했던 기억은 없지만 11시 반 전이었다는 건 분명해. 아마 11시 20분쯤 됐을 거야.

핍: 그리고 그때 집에는 아무도 없었죠? 제이미를 못 보셨죠?

아서: 없었어, 나 혼자였어. 먼저 자러 들어갔는데 나중에 코너가 들어오는 소리가 들리더구나.

핍: 제이미가 그사이 집에 슬쩍 들어왔을 수도 있지 않나요? 아저씨가 집에 들어오시고 나서 잠시 후라든지…….

아서: 그건 불가능해. 집에 와서 한참 거실에 앉아 있었어. 현관으로 누가 들어왔으면 분명 들렸겠지.

핍: 저희는 제이미가 옷이랑 칼을 가지러 집에 들렀다 다시 나갔다고 보고 있어요. 그러면 제이미는 아저씨가 귀가하시기 전에 들렀다가 나간 게 되겠네요. 그 칼에 대해서는 뭐

라도 아시는 게 있나요?

아서: 아니, 애들 엄마가 말해주기 전까지는 그게 사라진 줄도
몰랐어.

핍: 그럼 제이미가 사라진 직후인 지난 주말에는 계속 어디 계
셨나요? 코너 말로는 집에 안 계셨다고 하던데요.

아서: 차를 몰고 나가서 제이미를 찾아다녔어. 제이미가 그냥 어
디 가서 혼자 열을 식히고 있을 거라고 생각했지. 그래서
그럴 만한 곳을 찾아다닌 거지. 찾으면 대화로 풀고 집으
로 데려오려고 했는데…… 아무데도 없더구나.

핍: 괜찮으세요, 아저씨?

아서: 아니, 무서워서 미치겠다. 마지막으로 아들을 봤을 때 싸
웠다는 게, 화가 나서 했던 그 말이 마지막이 될까봐 무서
워. 제이미한테 제대로 사랑한다고 말한 적도 한 번도 없
는데…… 다시는 그럴 기회가 오지 않을까봐…… 제이미
가 나한테 도움을 청했는데, 나는 그걸 들어주지 않았어.
죽고 사는 문제라고 너희 어머니한테 그랬다며, 맞지? 그
걸 내가 안 된다고 한 거야. 아빠란 사람이, 자식이 언제든
기댈 수 있는 존재여야 할 아버지란 사람이 아들의 부탁을
거절해버렸어. 이게 전부 다 나 때문이면 어떡하지? 그때
그냥 제이미 말대로 해줬더라면…… 그랬더라면…….

28

크로스레인의 나무들이 스산한 바람에 떨고 있었고 그 가운데 핍은 길 뒤로 긴 그림자를 남기며 걷고 있었다.

핍은 코너의 부모님이 마음을 추스를 때까지 기다렸다가 코너를 학교까지 데려다주고 차를 학교에 주차해두었다. 하지만 코너와 함께 학교로 들어가지는 않았다. 엄마가 이미 학교에는 늦을 거라는 전화를 해둔 상태였기에 이 시간을 잘 활용해야 했다. 또 더 이상은 나탈리 다 실바와의 대화를 미룰 수 없었다. 이제 모든 길은 나탈리에게로 향하고 있었다. 지금 핍이 걷고 있는 이 길도.

콘크리트 길을 따라 올라가며 핍의 시선이 파란색으로 칠해진 현관에 고정되었다.

핍은 마음을 단단히 먹기 위해 큰숨을 한번 들이켜고 현관 벨을 짧게 두 번 눌렀다. 그리고 빗질도 못 한 머리를 불안한 손길로 만지작거리며 기다렸다. 아직도 심장이 진정되지 않은 상태였다.

희뿌연 유리 사이로 흐릿한 형체가 천천히 문 쪽으로 다가서며 커져왔다. 딸깍 문이 열렸고 그 앞에 환한 금발 머리를 뒤로 넘기고 옅은 파란색 눈동자를 따라 짙은 아이라인을 그린 얼굴을 하고 있는 나탈리 다 실바가 나타났다.

"안녕." 핍은 할 수 있는 한 가장 밝게 인사를 건넸다.

"제길. 또 뭔데." 나탈리가 말했다. "이번엔 또 뭐 때문이야?"

"제이미에 관해 물어볼 게 몇 가지 있어서 왔어." 핍이 말했다.

"내가 알고 있는 건 이미 다 말해줬어. 제이미가 어디 있는지는 모르고 아직도 연락이 없는 건 마찬가지야." 나탈리가 문을 닫으려는 자세를 취했다.

"시체가 발견됐어." 나탈리를 저지하기 위해 순간적으로 튀어나온 말이었다. 그리고 그것이 먹혔다. "제이미는 아니야. 그런데 제이미였을 수도 있었던 일이지. 벌써 아무런 연락도 없이 실종된 지 6일이 지났어, 나탈리. 제이미한테 진짜 큰일이 생긴 게 틀림없어. 그래도 제이미를 가장 잘 아는 사람이라고 생각해서 찾아온 거야." 핍의 목소리가 갈라졌다. "나를 위해서 해달라는 게 아니야. 나를 싫어한다는 것도 잘 알고 있어. 그리고 이해해. 그래도 제발 한 번만 도와줘. 레이놀즈 가족들을 위해서라도. 방금도 제이미네 집에서 오는 길이야. 한 20분 동안 우리는 제이미가 죽은 줄만 알았어."

아주 미묘해서 알아차리기 힘들었지만 나탈리의 눈빛이 조금 부드러워졌다. 촉촉하고 슬픈 눈빛이 살짝 반짝이는 듯했다.

"넌," 나탈리가 천천히 입을 열었다. "제이미가 진짜 위험한 상황이라고 생각하는 거야?"

"제이미 가족들을 위해서라도 희망적으로 생각해보려 하고 있지만……" 핍이 말했다. "그렇지만 사실 잘 모르겠어."

나탈리의 팔에 힘이 빠지는 듯하더니 창백한 아랫입술을 깨물었다.

"최근 몇 주 동안 계속 제이미랑 연락을 주고받았어?"

"응, 가끔씩." 나탈리가 말했다.

"제이미가 혹시 라일라 미드라는 사람 얘기를 꺼낸 적 있어?"

기억을 떠올려보는 나탈리의 시선이 위를 향했다. 입술을 깨문 나탈리의 치아가 점점 턱까지 내려왔다. "아니, 처음 들어보는 이름이야."

"알겠어. 그리고 전에 이미 한번 물어봤던 거지만, 제이미가 추도식 끝나고 약속대로 집으로 찾아오지 않았어? 한 10시 40분쯤에?"

"아니," 나탈리가 고개를 한쪽으로 기울였다. 짧은 백색 머리카락이 눈가로 흘러내렸다. "말했잖아. 마지막으로 제이미를 본 건 추도식에서였다고."

"그게……" 핍이 입을 열었다. "그 시간쯤에 언니네 집으로 제이미가 들어가는 걸 봤다는 사람이 있어. 크로스레인에 있는 어떤 집으로 들어갔다고 했는데, 딱 언니네 집 외관을 정확하게 설명했거든."

나탈리의 눈이 깜빡였다. 부드러워졌던 눈빛이 한순간에 사라졌다.

"그 사람이 뭐라고 지껄였건 내 알 바 아니고. 잘못 본 거야." 나탈리가 말했다. "제이미는 우리 집에 온 적 없어."

"알겠어, 미안해." 핍이 두 손을 들어 올렸다. "그냥 한번 물어본 거였어."

"이미 다 물어봐놓고 이제 와서. 뭐 더 남은 거 없지?" 나탈리의 손이 다시 문을 향했다.

"마지막으로 물어볼 게 있어." 핍이 긴장한 눈빛으로 문을 잡고 있는 나탈리의 손가락을 보며 말했다. 지난번에도 딱 이런 상황에서 나탈리가 핍의 얼굴에 대고 문을 쾅 닫아버렸었다. 조심하자, 핍! "남자친구에 관한 거야. 루크 이튼이라는 그 사람 있잖아."

"내 남자친구 이름은 나도 알아." 나탈리가 말을 툭 뱉었다. "루크는 왜?"

"그게 말이야……" 핍은 어떻게 말을 꺼내야 좋을지 알 수 없었다. 그래서 그냥 빨리 말을 해버렸다. "내 생각에는 그 루크라는 사람이 마약이랑 관련된 일에 손을 대고 있는 것 같거든. 어떤 애를 시켜서 런던 갱단으로부터 약을 받아와 이 지역 여러 딜러한테 배포하는 것 같아."

나탈리의 얼굴이 심각해졌다.

"그리고 그 약을 받아서 갖다 놓는 곳이…… 앤디의 시체가 발견됐던 그 폐농가야. 근데 거기는 제이미가 사라지기 전 마지막으로 갔던 곳이기도 해. 그래서 루크랑 관련이 있을 수도 있다는 생각이 들어."

나탈리의 몸이 움찔했고, 문을 잡고 있는 주먹에 핏기가 가시고 있었다.

"그게 다가 아니야," 핍은 나탈리가 끼어들 여지를 주지 않고 말을 이어갔다. "루크가 마약을 운반하라고 시킨 애가 말하기를, 이번 주에 900파운드를 못 받아서 루크가 화가 많이 났대. 근데 제이미가 몇 주 전에 아빠한테 빌려달라고 부탁했던 금액이 딱 900파운드였어……."

"무슨 말이 하고 싶은 거야?" 머리를 살짝 아래쪽으로 기울이며 말하는 나탈리의 눈에 그늘이 졌다.

"어쩌면 루크가 사채업자 일도 하고 있을 수 있다는 거야. 그리고 만약에 제이미가 어떤 이유로 루크한테 돈을 빌렸다면, 결국 갚을 수 없게 돼서 아빠한테 부탁까지 하고, 직장에서 돈을 훔칠 만큼 절박해졌고, 죽고 사는 문제라고까지 얘기하면서……" 핍은 말을 하다 잠시 멈춰서 나탈리의 얼굴을 슬그머니 올려다봤다. "그러다가 전에 우리가 대화했을 때, 루크가 그날 밤 내내 집에 있었다고 했을 때 언니가 살짝 이상한 반응을 보였던 것 같았어서, 그게……"

"그게 의심스러웠어?" 나탈리의 윗입술이 떨리고 있었다. 핍은 나탈리에게서 마치 열기와도 같은 분노가 뿜어져 나오는 것을 느낄 수 있었다. "대체 왜 그러는 거야? 너 재밌자고 이렇게 다른 사람들 들쑤시고 다녀도 되는 거니?"

"그런 게 아니야. 이건 제이미를 위해서……"

"제이미가 사라진 거랑 나랑은 아무런 상관 없어. 루크도 마찬가지고." 나탈리가 소리를 지르며 뒤로 물러났다. "제발 나 좀 내버려 둬," 나탈리의 목소리가 떨리고 있었다. "제발 날 좀 내버려 둬."

그리고 문이 쾅 닫히며 나탈리의 얼굴도 문 뒤로 사라졌다. 쾅 하는 소리가 핍의 귓가에 울리며 사라지지 않았다.

그래블리 웨이에 들어서서 학교로 돌아가던 길에 그 느낌이 찾아왔다. 목 피부를 타고 올라오는 정전기 같은 그 느낌. 핍은 전에도 그런 느낌을 받은 적이 있었다. 그리고 그게 무엇인지도 알고 있었다. 시선이었다. 누군가가 핍을 바라보고 있었다.

핍은 길가에 우뚝 멈춰 서서 어깨 너머로 고개를 돌려보았다. 핍의 뒤쪽으로 초크 로드에는 땅을 보며 카트를 밀고 있는 남자 외에는 아무도 없었다.

앞쪽도 확인해보았다. 길을 따라 늘어서 있는 집들의 창문을 훑어보았다. 집들은 핍을 내려다보고 있었고 희뿌연 창문들 속에는 어떤 얼굴도 들어 있지 않았다. 핍은 길가를 따라 주차된 차를 훑어보았다. 아무것도, 아무도 없었다.

하지만 핍은 분명히 누군가의 시선을 느꼈다. 그게 아니라면 핍이 미쳐가고 있는 것일지도 몰랐다.

핍은 가방끈을 붙들고 학교를 향해 다시 걸어갔다. 귓가에 들려오는 발자국이 내 것이 아니라는 걸 알아채기까지는 시간이 조금 걸렸다. 오른쪽 방향에서 또 다른 발소리가 핍의 발소리와 엇박으로 희미하게 들려왔다. 핍은 고개를 들어보았다.

"좋은 아침." 길 건너편에서 누군가가 소리쳤다. 《킬턴 메일》의 메리 사이드였다. 메리 옆에는 검정색 래브라도 한 마리가 함께 있었다.

"좋은 아침이에요." 핍이 답례로 인사했다. 하지만 핍 스스로가 듣기에도 아무런 영혼 없는 인사였다. 다행스럽게도 그때 휴대폰이 울려주었다. 핍은 고개를 돌려서 휴대폰 화면을 밀어 전화를 받았다.

"핍." 라비였다.

"아, 라비." 핍은 전화기 목소리 안으로 파고들어가 라비의 목소리로 온몸을 감싸며 말했다. "오늘 아침에 무슨 일이 있었는지 알아? 뉴스에서 20대 백인 남성 시체가 발견됐다고 해서 너무 놀라 바로 코너 집으로 갔는데, 확인을 해보니까 제이미가 아니었어, 다른 사람이었어."

"핍?"

"……그리고 아저씨가 드디어 나랑 대화를 하기 시작했어. 제이미가 아저씨한테 900파운드를 빌려달라고 했대. 로빈이 그랬었잖아, 이번 주에 루크가 900파운드를 못 받았다고……."

"핍?"

"아무것도 아닌 우연이라기엔 조금 그렇지 않아? 그래서 바로 나탈리를 찾아갔는데, 나탈리는 계속 제이미가 추도식 끝나고 온 적이 없다고……."

"핍, 그만하고 내 말 좀 들어봐." 핍은 그제야 라비의 목소리에 낯선 날이 서 있는 것을 알아챘다.

"왜 그래? 미안해. 근데 왜?" 핍의 발걸음이 느려지며 자리에서 멈춰 섰다.

"배심원 판결이 나왔어." 라비가 말했다.

"벌써? 어떻게 됐어?"

하지만 라비는 대답을 하지 않았다. 라비의 목구멍에 턱 막힌 숨소리만 들릴 뿐이었다.

"안 돼." 핍은 갑자기 심장이 벌렁거리기 시작했다. 심장이 갈비뼈를 뚫고 나올 듯했다. "라비? 뭐야? 아니, 말하지 마……."

"무죄래. 모든 혐의에 대해."

귓속에서 피가 터져 나와 철철 흐르는 것 같았다. 귓속에 폭풍이 휘몰아치는 것만 같았다. 핍은 한 손으로 벽을 잡고 겨우 기대서 있다가 결국 차가운 콘크리트 바닥에 주저앉고 말았다.

"아니야, 그럴 리가 없어." 핍이 중얼거렸다. 날카로운 비명 소리는 밖으로 나오지 못한 채 내장을 할퀴고 있었다. 비명이 몸부림을 치고 있었다. 핍은 얼굴을 부여잡고 스스로 입을 틀어막았다. 손톱이 볼을 파고들었다.

"핍," 라비가 부드럽게 말했다. "나도 너무 속상해. 나도 믿을 수가 없었어. 아직도 안 믿겨. 이건 말도 안 돼. 부당해. 이건 아니잖아 정말. 이 판결을 바꿀 수만 있다면, 내가 할 수 있는 거 무슨 짓이든 할 것 같아. 핍? 괜찮아?"

"아니." 핍은 얼굴을 감싸고 말했다. 절대 괜찮을 수가 없었다. 일어날 수 있는 가장 최악의 상황이 일어나버린 것이다. 핍은 혹시나 이런 결론이 나올지 모른다고 상상도 해보았고 악몽을 꾼 적도 있었지만 실제로 이렇게 되리라고는 예상치 못했다. 더 이상 진실은 중요하지 않았다. 맥스 헤이스팅스가 무죄라니. 맥스가 자기가 한 짓을 시인한 녹음본이 핍에게 버젓이 있었다. 안 돼. 이제 핍과 나탈리 다 실바, 베카 벨 그리고 맥스와 같은 대학을 다니는 그 여대생 두 명도 모두 거짓말쟁이가 되어버렸다. 그리고 연쇄 강간범은 아무런 처벌도 받지 않고 멀쩡히 두 발로 걸어 나오게 된 것이다.

순간 핍의 머릿속에 나탈리가 떠올랐다.

"어떡해, 나탈리." 핍이 얼굴을 감쌌던 손을 떼며 말했다. "라비, 나 가봐야 할 것 같아. 나탈리한테 가봐야 해. 괜찮은지 확인해봐야겠어."

"알겠어. 내가……." 라비가 무슨 말인가 하려고 했지만 이미 핍은 빨간색 버튼을 누르고 바닥에서 일어나 다시 그래블리 웨이를 따라 뛰어가고 있었다.

핍은 나탈리가 자신을 싫어한다는 것을 잘 알고 있었다. 하지만 나탈리가 혼자 이 소식을 듣게 놔둘 수는 없었다. 그 어떤 사람도 그런 상황에서는 혼자 두어서는 안 된다.

핍은 전속력으로 달렸다. 운동화가 보도블록에 차여 마치 갈 길을 방해하는 것처럼 느껴졌다. 심장이 아팠다. 심장이 금방이라도 뛰기를 멈추고 싶어하는 것 같았지만 핍은 더 빨리 달리며 길모퉁이를 돌아 크로스레인으로, 파란색 페인트가 칠해진 그 문을 향해 달렸다.

이번에는 초인종의 존재를 까먹고 문을 쾅쾅 두드렸다. 조금 전의 통화 내용을 마음속으로 되풀이해보고 있던 핍의 머릿속은 소용돌이치고 있었다. 어떻게 이럴 수가 있지? 이게 가능한 일인가? 이게 현실일 리가 없었다. 현실감이 느껴지지 않았다.

뿌연 창문 뒤로 나타난 나탈리의 실루엣을 본 핍은 나탈리가 벌써 그 소식을 들었을지, 이미 충격을 받은 것 같아 보이진 않는지 확인해보려 안색을 더듬었다.

문을 열고 핍이 서 있는 것을 확인한 나탈리의 안색이 바로 굳어졌다.

"뭐 하는 거야, 나 좀 내버려 두라고 했……."

그 순간 나탈리는 핍의 숨소리가 이상한 것을 눈치챘다. 핍은 공포에 질린 얼굴이었다.

"뭔데 그래?" 나탈리가 문을 활짝 열며 급하게 물었다.

"혹시 제이미가……."

"소-소식 들었어?" 핍이 말했다. 스스로의 목소리가 낯설게 느껴졌다. "판결 나온 거?"

"뭐?" 나탈리의 눈살이 찌푸려졌다. "아직 아무한테도 연락 못 받았는데. 끝났대? 무슨……?"

이어서 핍은 나탈리가 핍의 표정을 읽고 눈빛이 바뀌는 그 순간을 보았다.

"안 돼." 말소리라기보다는 숨소리에 더 가까운 소리였다. 나탈리는 현관 쪽으로 한 걸음 휘청거리듯 뒷걸음치며 두 손으로 얼굴을 감쌌다.

"아니야!" 그 말이 이번에는 나탈리의 목을 죄고 있는 듯했다. 곧 질식할 것만 같은 비명이었다.

나탈리가 복도 벽에 부딪히며 벽에 걸려 있던 액자가 바닥으로 떨어져 깨졌다.

핍은 집 안으로 뛰어 들어가서 벽을 따라 쓰러져 내리는 나탈리를 잡아주려 했지만 발을 헛디디고 나탈리와 함께 쓰러졌다. 나탈리는 완전히 바닥에 주저앉았고, 핍은 앞으로 넘어졌다.

"미안해," 핍이 말했다. "정말 미안해."

나탈리는 울고 있었다. 화장한 얼굴 위로 검은색 눈물이 길게 자국을 남기며 흘러내렸다.

"말도 안 돼." 나탈리가 울부짖었다. "사실일 리가 없어, 미쳤어!"

핍은 몸을 앞으로 숙이고 나탈리의 등 뒤로 팔을 감쌌다. 핍은 나탈리가 자신을 밀쳐낼 것이라고 생각했다. 하지만 그러지 않았다. 나탈리는 핍에게 기대어 핍의 어깨에 얼굴을 파묻었다.

핍의 점퍼에 대고 악을 쓰는 나탈리의 비명 소리가 조금 먹먹하게 들렸다. 뜨겁고 들쭉날쭉한 나탈리의 호흡이 고스란히 피부로 느껴졌다. 또다시 비명 소리가 터져 나왔고 나탈리의 오열에 두 사람의 어깨가 같이 흔들리고 있었다.

"정말, 정말 미안해." 핍이 속삭였다.

29

나탈리의 비명 소리가 핍의 곁을 떠나지 않았다. 아직도 피부 위로 비명 소리가 기어가는 것 같았다. 역사 수업에 18분 지각한 채로 교실을 들어서는데 클라크 선생님이 "핍, 지금이 도대체 몇 시지? 네 시간이 선생님 시간보다 소중하다고 생각하니?"라고 말했을 때조차 그 느낌은 가시지 않았다.

핍은 작은 목소리로 "아니요, 죄송합니다. 선생님." 하고 말했지만 속으로는 그 비명 소리를 밖으로 끄집어내고 싶은 마음에 '네, 제 시간이 더 소중할지도 몰라요.'라고 말하고 싶었다. 핍은 교실 뒤편 코너의 옆자리에 앉았다. 그리고 필기를 하기 위해 볼펜을 쥐고는 손에 너무 힘을 준 나머지 볼펜 중간 연결 부분이 부러지며 속에 있던 부품들이 사방으로 튕겨 나왔다.

점심시간을 알리는 종이 울리고 핍과 코너는 교실 밖으로 나왔다. 코너도 이미 판결 결과를 알고 있었다. 연락이 되지 않는 핍이 걱정되어 라비가 카라에게 문자를 보냈고, 카라가 또 코너에게 그 소식을 전한 것이었다. 학교 식당으로 터벅터벅 걸어가는 동안 코너가 꺼낸 말은 "정말 유감이야. 힘내자." 이 한마디가 전부였다. 그게 코너가 할 수 있는 유일한 말이었고, 핍도 그러기는 마찬가지였지만 그 말을 몇 번이고 더 한다 해도 이 상황을 나아지게 할 수는 없었다.

다른 아이들은 평상시 늘 앉던 테이블에서 점심을 먹고 있었다. 핍은 카라의 손을 한번 꽉 쥐는 걸로 둘만의 인사를 하고 카라의 옆자리에 가서 앉았다.

"나오미 언니한테는 얘기했어?" 핍이 카라에게 물었다.

카라가 고개를 끄덕였다. "완전히 무너졌어. 아직도 난 안 믿겨."

"그니까, 진짜 구리다." 샌드위치를 두 개째 먹어 치우기 시작하던 앤트가 쩌렁쩌렁하게 소리쳤다.

핍이 그런 앤트를 돌아보며 말했다. "어제 수색할 때는 어디 있었어?"

샌드위치를 삼키던 앤트가 눈썹을 재정렬하더니 대답했다.

"수요일이었잖아. 축구했지." 앤트는 코너 쪽은 보지도 않은 채 그렇게 말했다.

"로렌 너는?"

"아…… 엄마가 프랑스어 복습하라고 집에서 못 나가게 해서." 로렌의 목소리는 높고 방어적이었다. "우리가 다 갈 거라고 생각했어?"

"네 절친의 형이 사라졌어." 핍이 말했다. 옆에서 코너의 몸이 뻣뻣하게 굳어지는 것이 느껴졌다.

"알아, 뭔지 알지." 앤트가 코너를 향해 살짝 미소를 건넸다. "우리도 당연히 걱정되지. 근데 우리가 뭘 한다고 해서 바뀌는 것도 아니잖아."

핍이 그런 두 사람에게 잔소리를 하며 그 기운으로 자기 안에 들어 있는 비명을 잠재우려던 차에 갑자기 누군가가 눈에 들어왔다. 핍의 시선을 끌어당긴 것은 앤트의 뒷자리 테이블에서 친구들과 한창 시끄럽게 웃고 떠들고 있던 톰 노박이었다.

"잠깐만." 말이 끝나기도 전에 핍은 이미 테이블을 돌아 시끄러운 식당을 뚫고 지나가고 있었다.

"톰." 핍이 톰을 불렀다. 톰이 듣지 못하자 그 일행이 깔깔대는 소리보다 더 크게 다시 이름을 불렀다. 톰이 뚜껑 열린 콜라병을 내려놓고 몸을 돌려 핍을 올려다봤다. 핍이 맞은편에 앉은 톰의 친구들을 둘러보자 그들은 서로 귓속말을 하고 팔꿈치를 찔러댔다.

"어어, 무슨 일이야?" 느긋한 미소를 짓는 톰의 볼이 살짝 파였다. 그 낯짝을 보고 핍은 분노가 차올랐다.

"나한테 거짓말한 거 맞지?" 핍이 말했다. 대답을 기다리는 질문이 아니었다. 최소한 이제 톰은 거짓 웃음기를 얼굴에서 싹 지웠다. "금요일 밤에 제이미 레이놀즈를 본 적 없잖아. 크로스레인 근처에도 간 적 없었겠지. 그냥 그 길이 대참사 파티가 열린 곳 근처라 둘러댄 거고, 나머지는 네가 상상해서 지어낸 거지. 내가 크로스레인이란 말에 반응하고 또 현관문 색깔에 반응하는 걸 보고 날 이용한 거지? 일어난 적도 없는 얘기를 지어낸 거잖아!"

근처 테이블에 앉아 있는 사람들이 쳐다보고 있었다. 식당에 있는 사람들의 절반이 고개를 돌리고 이쪽을 대놓고 보거나 또 일부는 흘끗거리고 있었다.

"그날 밤 제이미는 나탈리네 집에 가지 않았고, 넌 그걸 본 적도 없어. 이 거짓말쟁이야." 말려 올라간 핍의 입술이 톰을 향해 이빨을 드러냈다. "그래그래, 아주 훌륭해 톰. 그렇게 팟캐스트에도 출연하시고. 그래서 얻은 게 도대체 뭔데?"

머뭇거리며 할 말을 찾는 톰의 손가락이 위로 올라갔다.

"인터넷에서 유명세라도 좀 타보려고 그런 거야?" 핍이 쏘아붙였다. "네 사운드클라우드라도 홍보하려고? 너 그러고도 인간이라 할 수 있니? 사람이 실종됐다고. 제이미의 목숨이 달렸어, 너 때문에 아까운 시간만 낭비했잖아!"

"나는 그런 적이……."

"대단하다," 핍이 틈을 안 주고 말했다. "그거 알아? 이미 동의서 다 작성했으니까, 이것도 팟캐스트에 올릴 거야. 온 세상 사람들한테 거짓말쟁이라고 욕 좀 한번 들어봐."

"아니, 그러면 안 돼……." 톰이 뭔가 말을 하려고 했다.

하지만 화가 머리끝까지 난 핍의 손은 어느새 톰 앞에 놓인 뚜껑 열린 콜라병을 향하고 있었다. 그리고 그렇게 핍은 지금 이 상황을 다시 생각해볼 겨를도 없이 어느새 거꾸로 들어 올린 콜라병을 톰의 머리 위에 들이붓고 있었다.

탄산이 부글부글한 갈색 액체가 폭포수처럼 톰의 머리와 얼굴을 적셨고, 톰이 눈을 질끈 감았다. 사람들이 헉하고 숨을 내쉬는 소리, 킥킥거리며 웃는 소리가 들렸지만 톰이 상황을 파악하고 충격을 추스르기까지는 몇 초의 시간이 걸렸다.

"이게!" 톰이 벌떡 일어나며 눈에 들어간 콜라를 손으로 훔쳤다.

"두 번 다시 날 돌아버리게 만들지 마." 핍이 빈 콜라병을 톰의 발치에 던지며 말했다. 찬물을 끼얹은 듯 조용한 식당에 그 소리가 멀리 메아리쳐 울렸다. 그리고 손에 묻은 콜라 방울을 튕겨내며 걸어 나가는 핍을 따라 수백 명의 시선이 옮겨갔다. 하지만 그중에 어떤 이도 핍과 눈을 맞추지는 못했다.

　카라는 항상 정해진 그곳, 영어 교실 근처 여닫이 문 앞에서 핍을 기다리고 있었다. 그날 수업은 이제 두 과목밖에 남지 않은 상황이었다. 그런데 복도를 지나 카라를 향해 가던 핍은 무언가 이상한 것을 눈치챘다. 핍이 지나가면 조용해지는 복도, 삼삼오오 모여서 입을 가리고 시선은 핍을 향한 채 무언가를 이야기하는 아이들. 이들 모두가 다 식당에서의 그 일을 봤을 리는 없을 터였다. 어찌 됐든 그건 핍에게 중요하지 않았다. 사람들이 수군대야 할 대상은 핍이 아니라 톰 노박이었다.

　"왔어." 핍이 카라 옆으로 오며 말했다.

　"핍, 있잖아……." 카라 역시 이상하게 행동하고 있었다. 카라가 입에서 뽀드득거리는 소리를 냈다. 뭔가 잘못됐을 때 나오는 카라의 습관이었다.

　"그거 봤어?"

　"뭘?"

　"〈와이어드립〉 기사." 카라가 손에 쥔 휴대폰을 흘긋 내려봤다. "누군가 제이미를 위해 만든 페이스북 이벤트에 이런 걸 링크로 걸었어."

　"아니." 핍이 말했다. "왜, 무슨 내용인데?"

　"음, 그게……" 카라가 말끝을 흐리면서 휴대폰을 다시 내려다보고 엄지손가락으로 화면을 몇 번 두드리더니 핍에게 휴대폰을 건넸다. "그냥 한번 읽어봐."

여고생 핍의 사건 파일, 시즌 2는 보이는 것과 다를지도……

이번 주 화요일 새로운 미스터리 사건에 대한 첫 번째 에피소드가 공개되면서 *여고생 핍의 사건 파일*은 폭발적인 반응을 얻으며 복귀했다. 팟캐스트 진행자 핍 피츠-아모비가 거주하는 지역에서 제이미 레이놀즈라는 24세 남성이 실종되었다. 경찰은 제이미 레이놀즈를 찾으려는 생각이 없어 결국 핍이 나서게 되었고 조사하는 과정에서 새로운 에피소드를 업로드하고 있는 중이다.

하지만 경찰이 제이미 사건에 관심을 보이지 않는 진짜 이유가 따로 있는 건 아닐까?

핍과 가까운 관계인 한 제보자가 독점 공개한 정보에 따르면 이번 팟캐스트 시즌 2는 사실 짜고 치는 것이라고 한다. 제이미 레이놀즈는 핍 절친의 친형이다. 제보자에 따르면 제이미 실종사건은 이 세 사람이 자극적인 내용의 새 시즌물로 인기를 얻기 위해 계획한 일이라는 것이다. 실종사건을 연기해야 하는 주인공 제이미는 그 대가로 팟캐스트가 방송되면 핍이 맺은 후원계약처에서 상당한 보상을 받을 거라고 한다.

어떻게 생각하시는지? 제이미 레이놀즈는 정말로 실종된 것일까? 혹은 여기 진짜 범죄를 저지르고 있는 십 대 여왕의 손에 우리가 놀아나고 있는 것일까? 여러분의 생각을 아래 댓글에 남겨주기 바란다.

30

복도에는 또다시 핍의 주위를 맴도는 눈들이 가득했다.

핍은 고개를 숙이고 사람들 눈을 피해 사물함으로 향했다. 하교 시간이 다가오고 있었다. 기사 내용이 학교 전체에 다 퍼지고도 남았을 것이다.

하지만 사물함까지 갈 수가 없었다. 같은 학년 애들 무리가 사물함 앞에서 등 뒤로 배낭을 메고 동그랗게 모여 떠들고 있었다. 핍은 자리에 멈춰 서서 여자애들이 스스로 비켜주기를 기다렸다. 핍의 기색을 눈치챈 학생 한 명의 동공이 커지더니 팔꿈치로 다른 애들을 쿡쿡 찌르며 조용히 하라는 신호를 보냈다. 여자애들 무리는 곧바로 해산되어 핍에게서 멀리 흩어져갔다. 애들이 지나가면서 속삭이는 소리, 낄낄거리는 소리가 들렸다.

핍은 사물함을 열고 정치 과목 교과서를 안에 넣었다. 그리고 손을 빼려는 순간, 반으로 접혀 있는 작은 종이 쪼가리를 발견했다. 누군가가 문틈 사이로 끼워 넣고 간 모양이었다.

핍은 그 종이를 꺼내서 펼쳐보았다.

거기에는 커다란 검정 글씨로 인쇄된 글자들이 적혀 있었다.

마지막 경고야, 피파. 그만둬.

마음속으로 터져 나온 비명이 목을 타고 다시 올라갔다. 지난 10월 엘리엇 워드가 사물함에 남겨놨던 쪽지와 똑같은 걸 넣어두다니. 상상력들도 풍부하지.

쪽지를 쥐고 있던 핍의 손이 주먹으로 오므라들며 종이가 꾸깃꾸깃 뭉쳐졌다. 핍은 돌돌 뭉친 종이를 바닥에 버리고 사물함 문을 쾅 닫았다.

바로 뒤에서는 카라와 코너가 핍을 기다리고 있었다.

"괜찮은 거야?" 카라가 부드러운 표정으로 핍을 걱정하듯 바라봤다.

"괜찮아." 핍은 카라, 코너와 함께 복도를 걸어 내려왔다.

"봤어?" 코너가 말했다. "사람들이 진짜로 인터넷 그 기사를 믿고 있어. 팟캐스트 내용이 너무 정교했다고 하면서. 대본이 있는 것 같았다는 소리를 해."

"말했었잖아," 핍이 말했다. 분노로 다져진 어두운 목소리가 튀어나왔다. "댓글 절대 보지 말라고."

"그래도……."

"어이," 화학실을 지나 모퉁이를 돌아갈 때 앤트가 부르는 소리가 들렸다. 뒤를 돌아보니 앤트와 로렌 그리고 잭이 맞은편에서 걸어오고 있었다.

핍과 코너 그리고 카라는 그 애들이 가까이 올 때까지 기다렸다. 앤트가 핍과 나란히 섰다.

"온 학교가 다 네 얘기 중이야." 앤트가 말했다. 핍은 곁눈질로 앤트가 자신을 쳐다보고 있는 것을 알 수 있었다.

"학교에 워낙 바보들이 넘쳐나다 보니." 카라가 서둘러 핍 옆으로 오면서 말했다.

"그럴지도." 앤트가 어깨를 으쓱하며 로렌과 눈빛을 주고받았다. "근데 있잖아, 우리도 한번 생각해보니까, 그렇게 하면 참 편하긴 하겠더라."

"뭐가 편해?" 핍이 으르렁거리듯 말했다. 아무도 느끼지 못했을 수도 있지만, 핍 스스로는 느낄 수 있었다.

"이 제이미 사태 말이야." 이제 로렌이 끼어들었다.

핍은 입 닥치라는 의미에서 로렌을 쏘아보았지만 소용이 없었다. "코너, 넌 형이 사라져서 맘이 편해?"

코너는 어떻게 답을 해야 할지 몰라 우물쭈물했다. 긍정도 부정도 아닌 웅얼거리는 소리만 나올 뿐이었다.

"무슨 말인지 다 알잖아." 앤트가 말을 이어갔다. "그 사칭범 얘기도 그렇고, 그렇게 하면 존재하지도 않는 범인 이름을 밝힐 필요도 없는 거고. 앤디랑 샐의 추도식이 있던 날 때마침 사건이 일어난 것도 그렇고. 그 기분 나쁜 폐가에서 사라진 칼을 발견한 것도 그렇고…… 다 들어맞지 않아?"

"닥쳐, 앤트." 잭은 그렇게 조용히 경고를 했다. 그리고 뭔가가 오고 있다는 것을 감지한 듯 뒤로 물러섰다.

"뭐라고 지껄이는 거야?" 카라가 믿을 수 없다는 표정으로 앤트를 쳐다봤다. "한 번만 더 그런 식으로 말해봐. 내가 너를 끝장내줄 테니까."

"와우." 앤트가 두 손을 들어 올리며 킬킬 웃었다. "그냥 말이 그렇다는 거잖아."

앤트가 뭐라고 하든 핍은 귓속에 울리는 자기 목소리 때문에 아무 소리도 들리지 않았다. *거기다가 칼을 갖다둔 거야? 어떻게 거기다가 칼을 갖다 놓을 수가 있어? 제이미가 사라진 건 맞*

아? 라일라 미드는 진짜 존재하는 사람이야? 이 모든 게 다 진
짜이긴 해?

핍은 자신이 어떻게 아직도 걷고 있는지 모를 정도로 발의 감
각이 느껴지지 않았다. 오직 한 가지만 느껴졌다. 목구멍을 감
싸고 도는 그 비명 소리가 점점 더 핍을 강하게 조여왔다.

"솔직히 말해도 화 안 낼게." 앤트가 말을 하고 있었다. "솔직
히 말해서, 이게 다 지어낸 거라면 진짜 천재적이라고 생각해.
결국 이렇게 들켜버린 거랑 나와 로렌한테 미리 얘기를 안 해준
거만 빼고 말이야."

카라가 정색을 했다. "그니까 넌 지금 코너랑 핍을 거짓말쟁
이라고 하는 거야? 제발 철 좀 들어라 앤트, 언제까지 이렇게
머저리같이 굴래?"

"야," 로렌이 끼어들었다. "머저리 같은 건 너야."

"아, 그러셔?"

"얘들아……." 코너가 말을 뱉자마자 다른 목소리에 묻혀버렸
다.

"제이미는 어딨어?" 앤트였다. "어디 고급 여관에 짱박혀 있
나?"

핍은 앤트가 그냥 찔러보는 거라는 걸 알고 있었지만 더 이상
화를 주체할 수 없었다.

복도 끝에 있는 문이 안쪽으로 열리더니 교장 선생님이 걸어
나왔다. 선생님의 눈이 가늘어지더니 눈에 불꽃이 튀었다.

"아, 핍!" 교장 선생님이 핍을 보고 소리쳤다. "지금 당장 나랑
얘기 좀 하자. 집에 가기 전에!"

"망했네." 앤트가 속삭이자 로렌이 코웃음을 쳤다. "가봐. 이제 다 끝났네. 이제 사실대로 말할 때도 됐지."

핍은 눈이 뒤집혔다. 발이 비틀리면서 팔이 앞으로 쭉 뻗어나 갔다.

앤트의 가슴으로 올라간 핍의 팔이 온 힘을 다해 그를 복도 끝으로 밀어젖혔다.

앤트가 사물함에 쾅 하고 부딪혔다.

"이게 무슨……."

치켜세운 핍의 팔꿈치가 앤트의 목을 죄며 앤트를 가두고 꼼짝달싹하지 못하게 하고 있었다. 핍은 앤트의 눈을 똑바로 주시하며 눈이 불타서 재로 없어질 것 같은 모습으로 한참을 바라보고 있다가 결국은 팔의 힘을 풀어주었다. 그리고 앤트의 얼굴에 대고 비명을 지르기 시작했다. 목구멍을 찢고 나오는, 가슴속 어디에서 나오는지 알 수 없는 비명이 처절하게 새어 나왔다. 비명 소리밖에 남지 않을 때까지 핍은 소리를 질렀다. 세상에는 이제 핍과 그 비명 소리밖에 없었다.

31

"정학이라고?"

핍은 아빠의 눈을 피하며 주방 의자에 쭈그리고 앉았다.

"응."

다른 한쪽에는 엄마가 서 있었는데 핍은 엄마와 아빠 사이 그 중간에 있었다. 핍의 머리 위로 엄마 아빠가 계속 얘기를 하고 있었다.

"3일 동안 정학이래. 케임브리지 입학은, 피파?"

"그 애 이름은 뭐라고 했지?" 엄마의 목소리가 날카로워진 반면 아빠의 목소리는 부드러웠다.

"안토니 로위예요."

핍은 아빠의 표정을 올려다보았다. 아랫입술이 윗입술까지 올라와 있고, 그다지 놀랍지 않다는 듯이 아빠의 눈에 주름이 졌다.

"그건 무슨 표정이야?" 엄마가 말했다.

"아무것도 아냐." 아빠가 입술을 내리고 얼굴 표정을 바꾸며 말했다. "그냥 원래 그 애가 참 맘에 안 들었었거든."

"그게 이 상황에서 도움이 되는 말이야, 여보?" 엄마가 딱딱 거렸다.

"아니지. 잘못했어." 아빠가 핍과 시선을 주고받으며 말했다.

아주 잠깐이었지만 그걸로 충분했다. 주방 한가운데 앉아 있던 핍은 조금 덜 외롭게 느껴졌다. "왜 그랬어, 핍?"

"나도 모르겠어요."

"모르겠다고?" 엄마가 말했다. "사물함에 애를 밀쳐놓고 팔로목을 눌렀다며. 그래놓고 어떻게 아무것도 모른다고 할 수가 있을까? 카라랑 잭, 코너가 교장 선생님한테 앤트가 먼저 너를 자극했다고 옹호해줘서 다행이지, 아니면 퇴학당할 뻔했잖아."

"걔가 어쨌는데 그렇게 화가 났을까?" 아빠가 물었다.

"나보고 거짓말쟁이라고 했어요." 핍이 말했다. "인터넷에서도 그렇고, 배심원 열두 명도 나를 거짓말쟁이라고 생각하고, 이제 친구들까지도 나보고 거짓말쟁이라고 말해요. 아마 내가 거짓말쟁이고, 맥스 헤이스팅스가 피해자인가 봐요."

"판결이 그렇게 나온 건 정말 안타까웠어." 아빠가 말했다. "많이 힘들었지?"

"맥스가 탄 약을 먹고 강간당했던 사람들이 훨씬 힘들었을 거예요." 핍이 말했다.

"맞아. 이건 정말 불공평하고 끔찍해." 엄마가 얼굴을 찌푸리며 말했다. "그렇다고 그걸로 폭력적 행위를 정당화할 수는 없어."

"변명을 하려는 건 아니에요. 용서를 구하는 것도 아니고요." 핍이 딱 잘라 말했다. "이미 벌어진 일이고, 걔한테는 미안한 마음 전혀 없어요."

"무슨 말을 하는 거야?" 엄마가 말했다. "핍, 이러는 건 너답지 않아."

"이게 나다운 거라면요?" 핍이 의자에서 일어나며 말했다. "이게 원래 딱 나다운 거라면요?"

"핍, 엄마한테 소리 지르지 마라." 아빠가 핍 쪽에서 멀어져 엄마 옆으로 가며 말했다.

"소리 지른다고요? 제가요?" 핍은 흥분한 나머지 더 크게 소리를 지르며 말했다. "지금 그게 문제예요? 연쇄 강간범이 오늘 이렇게 풀려났는데. 제이미가 6일째 안 나타나고 있다고요. 죽었을 수도 있어요. 근데 지금 제가 소리를 지르는 게 문제라고요?"

"진정해라, 제발." 아빠가 말했다.

"진정을 할 수가 없어요! 이 이상 더 진정할 수가 없다고! 왜 그래야 하는데요."

핍의 휴대폰은 화면이 바닥 쪽을 향한 채 놓여 있었다. 핍은 벌써 한 시간째 발가락만 만지작거리면서 책상 밑에 앉아 휴대폰을 뒤집어보지 않았다. 책상 밑의 차가운 나무다리에 머리를 기댄 채 모든 빛을 피하고 있었다.

핍은 배고프지 않다고 둘러대고 저녁 식사 때도 아래층으로 내려가지 않았다. 아빠가 핍의 방으로 올라와 조쉬 앞에서까지 그 얘기를 하진 않을 거라고 했지만 이렇게 가짜 휴전을 가장하고 아무렇지 않은 척 식탁에 앉아 있고 싶지 않았다. 이 언쟁은 끝날 수가 없는 것이었다. 왜냐하면 핍은 미안하지 않았기 때문이다. 사과할 마음이 없었다. 그런데 엄마가 원하는 것은 그 사과였다.

익숙한 노크 소리가 들렸다. 길게 한 번, 짧게 한 번, 그리고 다시 길게 한 번. 현관문이 열리고 닫힌 뒤에 익숙한 발소리, 운동화 뒤꿈치가 나무 바닥에 긁히는 익숙한 소리가 들렸다. 그런 다음 라비가 운동화를 벗어서 발매트 옆에 단정히 놓아두는 움직임이 느껴졌다.

이어서 계단을 지나가는 엄마의 목소리가 들려왔다. "방에 있어. 어떻게 말이 통하는지 얘기 좀 해보렴."

라비가 방에 들어왔지만 핍은 보이지 않았다. "나 여기 있어." 라고 핍이 나직하게 말하기 전까지는.

라비는 무릎을 꿇고 앉아 책상 밑으로 얼굴을 들이밀었다.

"왜 전화를 안 받아?" 라비가 말했다.

핍은 팔이 안 닿는 위치의 저쪽 바닥에 엎어져 있는 휴대폰을 쳐다봤다.

"괜찮아?" 라비가 물었다.

핍은 지금 다른 그 무엇보다도 괜찮지 않다고 말하고 책상 아래서 나와 라비에게 안기고 싶은 심정이었다. 그리고 거기 그렇게 머문 채 다시는 세상 밖으로 나가고 싶지 않았다. 어느 누구도 앞으로 일이 어떻게 될지 아는 사람은 없었지만, 핍은 라비가 모든 게 다 괜찮을 것이라고 하는 말을 듣고 싶었다. 잠시 동안만이라도 라비와 함께 시간을 보낼 때의 자기 모습으로 돌아가고 싶었다. 하지만 핍의 정신은 완전히 다른 곳에 가 있었다. 어쩌면 영영 떠난 것일지도 몰랐다.

"아니, 안 괜찮아." 핍이 말했다.

"부모님이 걱정을 많이 하셔."

"엄마 아빠 걱정은 필요 없어." 핍이 콧방귀를 뀌었다.

"나도 걱정이 돼." 라비가 말했다.

핍은 다시 머리를 책상에 기대었다. "선배 걱정도 필요 없어."

"나와서 얘기 좀 하자." 라비가 부드럽게 말했다. "부탁이야."

"웃었지?" 핍이 물었다. "판사가 무죄라고 할 때, 걔, 웃었지?"

"얼굴이 안 보였어." 핍이 책상 아래에서 빠져나올 수 있도록 라비가 손을 내밀며 말했다. 핍은 라비의 손을 잡지 않고 스스로 빠져나와 자리에서 일어났다.

"분명히 웃었을 거야." 핍은 날카로운 책상 모서리를 손이 아플 때까지 꾹 눌렀다.

"그게 중요해?"

"중요해."

"미안해." 라비는 핍의 눈을 맞추려고 노력했지만 핍은 라비의 시선을 애써 피했다. "내가 뭐라도 해서 이 상황을 바꿀 수만 있다면, 뭐든 하겠어. 정말로. 근데 지금은 우리가 할 수 있는 게 아무것도 없잖아. 또 맥스 때문에 화가 나서 괜히 정학도 당하고…… 그런 애 때문에 그런 일까지 당하는 건 너무 억울하잖아. 그럴 가치가 없어."

"그럼 그렇게 걔가 이긴 거야?"

"아니, 내 말은……" 라비는 문장을 끝맺지 못하고 핍에게 다가와 팔을 벌리고 핍을 감싸 안았다. 맥스의 뾰족한 턱이 머릿속을 스쳐 지나가서 그런 것인지, 아직도 그 비명 소리의 여파가 속에 남아 울리고 있어서 그런 것인지는 알 수 없었지만 핍은 그런 라비를 밀어냈다.

"왜……" 팔을 떨어뜨린 라비의 눈빛이 어두워졌다. "왜 그러는 거야?"

"나도 모르겠어."

"뭐 하는 거야, 이게. 이제 온 세상을 다 미워하겠다는 거야? 나까지?"

"아마도." 핍이 말했다.

"핍…….."

"생각해봐, 이게 다 무슨 의미가 있어?" 말라붙은 목구멍 사이로 목소리가 긁히듯 나왔다. "작년에 이룬 그 모든 게 다 무슨 의미가 있는 거야? 진실을 찾으려고 그 일을 했다고 생각했어. 근데 그거 알아? 진실은 중요하지가 않아! 맥스 헤이스팅스는 무죄고 나는 거짓말쟁이가 됐고 제이미는 실종된 것도 아니래. 이제 그게 진실이야." 핍의 눈에 눈물이 차올랐다. "제이미를 못 구하면 어떡해? 내가 제이미를 구할 만한 능력이 없다면……? 라비, 나는…….."

"우리가 꼭 찾아낼 거야." 라비가 말했다.

"나는 제이미를 찾아야 해." 핍이 말했다.

"나는 안 그런 줄 알아?" 라비가 말했다. "내가 너만큼 제이미를 잘 알지는 못하고 또 어떻게 설명해야 할지도 잘 모르겠지만, 나도 제이미를 찾아야 돼. 제이미가 무사해야 해. 제이미는 우리 형이랑도 잘 알았고, 형이랑 앤디와도 친구였어. 6년이나 지난 지금 모든 게 다시 반복되는 기분이야. 우리 형 때는 내가 아무것도 할 수 없었지만 지금은 적어도 작은 희망이라도 있잖아. 제이미가 우리 형은 아니지만 그래도 나한테는 이게 두 번째 기회라는 생각이 들어. 너는 혼자가 아니야, 핍. 그러니까 사람들을 좀 그만 밀어내. 나도 밀어내지 말고."

핍은 책상을 부여잡은 손에 힘이 들어가 뼈가 튀어나올 지경이었다. 이럴 때는 옆에서 사라져주는 게 좋았다. 이건 소리 없는 외침이었다. "그냥 좀 혼자 있고 싶어."

"알겠어." 라비가 근지럽지도 않은 뒷머리를 긁적였다. "갈게. 화가 많이 나서 이렇게 몰아붙이는 거 알아. 나도 정말 너무 화가 나. 그리고 이게 네 진심이 아니란 것도 알아. 내가 화낸 것도 진심이 아니라는 거, 알지?" 라비가 한숨을 쉬었다. "다시 내가 생각나면, 원래의 너로 돌아오면, 바로 알려줘."

라비는 문 쪽으로 가다가 중간에 손을 들고 고개를 숙이더니 "사랑해."라고 화난 투로 말했다. 그러고는 핍 쪽을 쳐다보지도 않고 문을 확 열고 나갔다. 그의 뒤로 방문이 흔들렸다.

32

'토할 것 같아.'

나오미가 보낸 문자에는 그렇게 적혀 있었다.

핍은 침대에서 일어나 앉아 나오미가 보낸 사진을 눌렀다.

페이스북을 캡처한 사진이었다. 맥스 헤이스팅스의 가짜 프로필 이름인 낸시 탄고튓츠의 계정에 올라온 그 사진에는 맥스와 그의 엄마, 아빠 그리고 변호사 크리스토퍼 엡스가 함께하고 있었다. 그들은 뒷배경으로 하얀색 원기둥과 거대한 연청색 새장이 보이는, 아주 호화스러워 보이는 레스토랑에 둘러앉아 있었다. 맥스가 사진에 네 사람이 다 들어오도록 휴대폰을 들고 있었고, 다들 샴페인 한 잔씩을 손에 들고 웃고 있었다.

맥스는 사진에 런던 사보이 호텔과 네 사람을 태그해놓고 '축하중'이라는 멘트를 달아놓았다.

곧바로 핍 주변에서부터 시작해 방 안의 공기가 내려앉기 시작했다. 방 안의 네 벽이 안쪽으로 한 발짝 좁혀졌고 모서리에 있는 그림자가 커지며 핍을 조여오기 시작했다. 핍은 방 안에 있을 수가 없었다. 여기서 질식하기 전에 밖으로 나가야 했다.

핍은 휴대폰을 쥐고 비틀거리며 문밖으로 나와 조쉬의 방을 지나서 계단으로 살금살금 지나갔다. 조쉬는 이미 잠든 후였다. 진작에 핍의 방으로 와서는 "누나가 배고플 것 같아서. 쉿, 엄마

367

랑 아빠한테는 말하지 마."라고 말하며 주방에서 몰래 훔쳐온 감자칩 한 봉지를 건네주었더랬다.

엄마 아빠가 거실에서 TV를 보는 소리가 들렸다. 9시에 시작하는 프로그램을 기다리는 듯했다. 문을 통해 대화하는 소리가 희미하게 들렸지만 한 가지 단어는 확실하게 들려왔다. 핍의 이름이었다.

핍은 조용히 운동화를 신은 뒤 옆에 있는 열쇠를 살짝 쥐고 현관을 빠져나와 소리 나지 않게 가만히 문을 닫았다.

밖에는 비가 오고 있었다. 세차게 내리는 비가 땅에 튀었다가 핍의 발목까지 튀어 올랐다. 아무리 세찬 비가 내려도 상관없었다. 밖에 나와서 머리를 식히기만 할 수 있다면. 어쩌면 비가 타오르는 분노를 씻겨 내려주어 타고 남은 재만 남을 수 있게 도와줄 수 있을지도 몰랐다.

핍은 도로를 가로질러 반대편 숲속으로 달려갔다. 숲은 어둡고 칠흑같이 깜깜했지만 어느 정도는 빗줄기를 막아주었다. 어두운 것도 나쁘지 않았다. 덤불에서 보이지도 않는 무언가가 바스락거리는 소리에 겁을 먹기 전까지는 괜찮았다. 핍은 다시 도로로 나와, 달빛이 비춰주는 안전한 보도에서 비를 맞았다. 몸이 떨리기 시작했다. 추위를 느낄 법도 했지만, 사실상 아무것도 느껴지지 않았다. 그리고 어디로 가야 할지도 알 수 없었다. 그저 어떤 것도 자신을 가두지 않는 곳에서 걷고 싶을 뿐이었다. 그래서 핍은 마틴센드 웨이 끝까지 걸어갔다가 집 앞으로 돌아왔다. 그리고 또 멈추어 서서 방향을 돌려 다시 길을 걸었다. 그렇게 올라갔다 내려갔다를 반복하면서 생각을 되짚어보며 그 끝에 맺힌 응어리를 풀어보려 했다.

핍은 벌써 그 길을 세 번째 왔다 갔다 하고 있었다. 머리에서
는 물이 뚝뚝 떨어지고 있었다. 그런데 그 순간 핍은 갑자기 멈
추어 섰다. 무언가 움직임이 있었기 때문이다. 잭의 집 앞길에
서부터 누군가가 걸어 내려오고 있었다. 사실 그 집은 더 이상
잭네 집은 아니었다. 그 형체는 찰리 그린이었다. 찰리 그린은
검은색 쓰레기봉투를 끌고 집 근처 쓰레기통을 향하고 있었다.

그는 어둠 속에서 나타난 핍을 발견하고 깜짝 놀라 펄쩍 뛰었
다.

"아, 핍 너구나." 찰리가 웃으며 쓰레기봉투를 쓰레기통에 넣
었다. "놀랐잖아. 너……" 찰리는 말을 하다 말고 멈춰서 핍을
쳐다봤다. "세상에, 비를 쫄딱 맞았네. 겉옷이라도 입지 그랬어.
우산은 왜 안 썼어?"

핍은 대답을 할 수가 없었다.

"어찌 됐든 집에 다 왔으니까 얼른 들어가서 말려야겠다." 찰
리가 친절하게 말했다.

"저……," 핍이 더듬거렸다. 이가 딱딱 부딪히고 있었다. "집
에 못 들어가요, 아직은."

찰리는 고개를 갸우뚱하고 핍의 눈을 쳐다보며 "그래? 그래,"
하고 어색하게 말했다. "잠깐 우리 집에라도 들어갈래?"

"아니에요, 감사합니다." 핍이 허둥지둥 대답했다. "밖에 있고
싶어요."

"아, 그렇구나." 찰리가 발을 끌며 집 쪽을 바라보았다.
"그…… 어…… 그럼 지붕 아래서 비라도 잠깐 피할래?"

핍은 괜찮다고 말하려다가 순간 추운 듯한 느낌이 들어 고개를 끄덕였다.

"그래, 그러자." 찰리가 따라오라는 손짓을 하고는 집 앞 계단을 올라가려다 말고 멈춰 섰다. "뭐라도 좀 마실래? 수건은?"

"아뇨, 괜찮아요." 핍은 그렇게 답한 뒤 비에 젖지 않은 계단 중앙에 앉았다.

"그렇게 해." 찰리가 붉은 머리카락을 뒤로 쓸어내리며 끄덕였다. "근데, 괜찮은 거니?"

"오늘……" 핍이 입을 뗐다. "오늘 하루가 너무 끔찍했어요."

"어어," 찰리가 핍이 앉은 계단 아래칸에 자리를 잡았다. "무슨 일인지 털어놔볼래?"

"어떻게 해야 할지 사실 잘 모르겠어요." 핍이 말했다.

"나도, 그, 네 팟캐스트를 들었거든. 이번에 새로 올라온 제이미 레이놀즈 얘기 말야." 찰리가 말했다. "네가 정말 잘하고 있다는 생각이 들었어. 그리고 엄청 용감하다고도 생각했어. 뭐땜에 그렇게 힘든지는 모르겠지만, 넌 꼭 길을 찾아낼 거야."

"맥스 헤이스팅스가 무죄로 풀려났대요."

"하아." 찰리가 다리를 펴며 한숨을 쉬었다. "제장, 상황이 좋지 않네."

"좋지 않은 정도가 아니죠." 핍이 코끝에 떨어진 빗물을 닦으며 코를 훌쩍거렸다.

"있잖아," 찰리가 말했다. "내 생각일 뿐이지만, 법이란 게 말야, 옳고 그름 그리고 선과 악을 가려내기 위해 만들어진 거잖아. 근데 그게 정당할 때도 있지만, 한편으로 그에 못지않게 부당할 때도 있는 것 같아. 나도 그걸 느낀 적이 있었는데, 받아들이기가 힘들었어. 마땅히 우리를 보호해줘야 할 것들이 그렇게 해주지 못하고 실망시킬 때 우리는 어떻게 해야 할까?"

"너무 순진했어요." 핍이 말했다. "작년에 그 일이 있고 나서 사실상 제가 맥스를 법정에 넘긴 거예요. 그리고 제가 이긴 거라고 생각했고, 나쁜 인간은 이제 그에 따른 처벌을 받게 될 거라고 믿었어요. 그 모든 일들이 다 진실이었으니까요. 저한테는 진실이 가장 중요했어요. 그래서 어떤 대가를 치르든 그 진실을 찾는 데 모든 걸 쏟아부었던 거예요. 맥스는 분명히 유죄였고 그래서 처벌받을 거라고 생각했어요. 그런데 현실에서는 정의란 건 존재하지도 않고, 진실도 중요하지가 않은 거예요. 이렇게 맥스를 그냥 풀어줬다는 건."

"아니야, 정의는 있어." 찰리가 내리는 비를 올려다보며 말했다. "경찰서에서나 법정에서 실현되는 그런 종류는 아닐 수도 있지만, 그래도 정의는 있어. 그리고 또 선과 악, 옳고 그름 그런 얘기들 있잖아, 잘 생각해보면, 현실에서 그런 것들은 그렇게 중요하지 않아. 누가 어떤 게 맞고 틀린 건지 결정할 수 있겠어. 이번에 잘못된 판결을 내리고 맥스가 두 발로 걸어 나가게 만든 그 사람들도 그걸 진짜 결정할 수 있는 사람들일까? 아니지." 찰리가 고개를 저었다. "내 생각은 그래. 뭐가 맞고 틀리다 라는 결정은 나 스스로 하는 거야. 그들이 한 결정을 내가 받아들일 필요가 없는 거지. 넌 아무것도 잘못한 거 없어. 다른 사람이 저지른 잘못 때문에 그렇게 자책하지 마."

핍은 찰리를 향해 몸을 돌리며 말했다. "이제 그게 뭐가 중요한가요? 맥스가 승소한 마당에.”

“네가 그렇게 생각하면 맥스가 이기는 거야.”

“제가 뭘 할 수 있을까요?” 핍이 물었다.

“팟캐스트를 듣다 보니까 어떻게 할 수 있는 게 그리 많지는 않은 것 같더라.”

“제이미를 아직도 못 찾았어요.” 핍이 손톱을 뜯으며 말했다. “그리고 사람들은 이제 제이미가 진짜 사라진 게 아니라고, 이게 제 자작극이라고 믿고 있고요. 내가 거짓말쟁이고 나쁜 사람이고…….”

“그게 신경 쓰여?” 찰리가 물었다. “네가 틀린 게 아닌데 사람들이 어떻게 생각하는지가 신경 쓰여?”

핍은 잠시 멈칫했다. 하려던 말이 목구멍 안으로 다시 들어갔다. 왜 사람들이 어떻게 생각하는지를 신경 썼을까? 핍은 전혀 신경 쓰이지 않았다고 대답하려 했었다. 그런데 가슴속 답답한 그 느낌이 항상 신경 쓰고 있었다는 걸 반증하는 것은 아닐까? 지난 6개월 동안 계속해서 자라나던 그 느낌 말이다. 지난번 일에 대한 죄책감, 바니가 죽은 것, 모범생처럼 행동하지 않은 것, 가족들을 위험한 상황에 빠뜨린 것, 그리고 매일 엄마의 눈에 담긴 실망감을 읽는 것. 카라와 나오미를 지키기 위해 비밀을 혼자 간직하면서 느꼈던 찜찜한 기분. 적어도 사람들이 핍을 거짓말쟁이라고 하는 그 말은 맞는 말이었다.

더 끔찍한 것은, 이런 상황에서 작년의 나는 원래의 내가 아니었다고, 더 이상 그런 사람이 되지 않겠다고 다짐한 것이었다. 이제 다른 사람…… 좋은 사람이 되었다고 생각한 것이었다. 지난번에는 거의 정신이 나갔었고, 이번에는 그럴 일이 없을 거라고 생각했지만, 그건 사실이 아니었다. 그렇지 않은가? 어쩌면 핍은 처음으로 진정한 자기 모습과 마주한 것일 수도 있었다. 그리고 이제 그때 일로 죄책감이 드는 데에도 지쳐가고 있었다. 과거 자신의 모습에 부끄러움을 느끼는 데에도 지쳐가기는 마찬가지였다. 핍은 맥스 헤이스팅스 같은 인간은 살면서 단 한 번도 죄책감을 느껴본 적이 없을 거라고 장담했다.

"아저씨 말이 맞아요." 핍이 허리를 곧게 펴고 앉으며 말했다. 숨을 조여오듯 답답하고 괴롭던 느낌이 서서히 사라지기 시작했다. "어쩌면 그렇게 꼭 착한 사람이 될 필요는 없을 것 같아요. 사람들이 보기에 착한 그런 사람이요. 그리고 꼭 그렇게 모범생이 될 필요도 없고요." 핍은 찰리를 향해 몸을 돌렸다. 빗물에 젖어 옷이 무거워졌지만 몸의 움직임은 가뿐했다. "사람들 눈에 보기 좋은 건 꺼지라고 해요. 사람들이 누굴 좋아하는지 알아요? 법정에 가짜 안경을 쓰고 들어가서 순진한 척 빠져나오는 맥스 헤이스팅스 같은 놈들이 좋은 사람인 줄 알잖아요."

"맞아. 그니까 포기하지 마." 찰리가 말했다. "그런 놈 때문에 포기해서는 더더욱 안 되지. 너한테는 그보다 소중한 한 사람의 목숨이 달려 있잖아. 나는 네가 제이미를 꼭 찾을 거라고 생각해." 찰리는 핍에게 미소를 지어 보였다. "다른 사람들은 너를 믿지 않을 수도 있어. 그렇지만 중요한 건 네 집 건너 사는 이웃사촌은 널 믿는다는 거야. 꼭 기억해둬."

핍은 어느새 얼굴에 미소가 번지는 것을 느낄 수 있었다. 아주 작은, 한순간 스치듯 지나간 거였지만 분명히 핍은 미소를 지었고 그건 진짜 미소였다. "고마워요, 찰리." 찰리가 해준 말은 하나하나 지금 핍에게 꼭 필요한 말이었다. 찰리가 아니라 가까운 주변 사람들이 그런 말을 했다면 오히려 귀에 들어오지 않았을지도 모른다. 그러기엔 너무 많은 분노와 죄책감과 여러 가지 내면의 목소리가 핍을 조여오고 있었기 때문이다. 하지만 지금 찰리가 해주는 얘기는 너무나 귀에 쏙쏙 잘 들어왔다. "감사해요." 진심이었다. 말뿐이 아니라 핍은 머릿속에서도 진심으로 감사를 표하고 있었다.

"천만에."

핍은 계단에서 일어나 쏟아져 내리는 빗속으로 걸어 나갔다. 하늘을 올려다보자 겹겹이 내리는 빗물 사이로 달빛이 흔들리고 있었다. "갈게요. 가서 할 일이 있어요."

33

핍은 아무도 볼 수 없게 집에서 약간 위로 올라가는 길의 튜더 레인 중간쯤 차를 정차해놓고 휴대폰을 만지작거리다가 정말 마지막으로 그 녹음본을 재생해보았다.

[맥스, 2012년 3월 대참사 파티에서 베카 벨한테 약을 먹이고 강간했지?]

[뭐? 아니. 그런 적 없어.]

[거짓말하지 마, 맥스. 또 거짓말하면 내가 어떻게든 널 부셔놓을 테니까. 베카가 마실 음료에 로히프놀을 넣고 섹스했지?]

[어, 맞아. 근데…… 강제는 아니었어. 베카가 하지 말라고 안했으니까.]

[약을 먹였으니까 그랬겠지, 이 역겨운 강간범 새끼야. 니가무슨 짓을 한 건지 알아?]

귓가가 울렸다. 핍은 맥스의 목소리를 무시하고 자기 목소리에만 집중하기 위해 노력했다. 선과 악은 더 이상 중요하지 않았다. 그저 승자만이 있을 뿐이었다. 그리고 그렇게 놔둔다면 맥스는 정말 이기는 것이었다. 그렇게 놓아둘 수는 없었다.

그래서 핍은 저질러버리고 말았다.

버튼을 클릭해서 웹사이트에 전화 녹음본을 올리고, 트위터 팟캐스트 계정에도 포스팅을 올렸다. 그리고 그 아래에는 이렇게 썼다. '맥스 헤이스팅스 재판 마지막 업데이트. 배심원단이 어떻게 생각하는지는 상관없다: 맥스 헤이스팅스는 유죄.'

그렇게 업로드가 되었다. 저질러버린 것이다.

이제 더 이상 돌아가는 길은 없었다. 이게 핍이었고, 그게 핍의 선택이었다.

핍은 조수석에 휴대폰을 두고 창고에서 챙겨온 페인트 통을 들고서 페인트 붓을 뒷주머니에 찔러 넣었다. 그리고 다시 차문을 열고 뒷좌석에서 아빠의 공구 박스에 들어 있던 망치를 챙겨 밖으로 나왔다.

핍은 한 집, 두 집, 세 집을 지나쳐 계속 걸어갔다. 그리고 하얀색 현관 뒤 펼쳐진 맥스 헤이스팅스 가족의 대저택 앞에 서서 그 집을 올려다봤다. 모두 사보이 호텔에서 고급 저녁 식사를 하러 나가 집은 비어 있는 상태였다. 그리고 핍은 지금 여기, 이렇게 이 빈집 앞에 서 있었다.

핍은 진입로와 떡갈나무를 지나 현관에 이르러서 페인트 통을 바닥에 내려놓은 뒤 망치 끝으로 페인트 통 뚜껑을 비집고 열었다. 통은 탁한 녹색 페인트로 반쯤 차 있었다. 주머니에서 브러시를 꺼내 페인트 통에 담그고 적당히 페인트 물이 떨어지길 기다렸다.

되돌아갈 수는 없었다. 핍은 숨을 크게 한번 들이쉬고 일어서서 문 위에다가 붓을 가져다 댔다. 그리고 저 높이까지 팔을 뻗고 아래위로 붓을 굴리면서, 선이 선명하게 그려지지 않을 때마다 다시 쪼그려 앉아 페인트를 묻혔다.

삐뚤삐뚤하고 페인트가 튄 글자들이 현관문과 그 양쪽의 밝은색 벽돌에 퍼져 나갔다. 핍은 글자 위를 한 번 더 진하고 선명하게 덧칠했다. 그렇게 마무리가 되었다. 바닥에 브러시가 떨어졌고, 주변으로 페인트가 튀었다. 이제 핍은 망치를 집어 들어 손에 쥐고 그 무게를 느껴보았다.

핍은 집의 왼편에 난 창으로 걸어갔다. 망치를 든 팔을 준비자세로 한껏 뒤로 젖혔다가 전력을 다해 창문에 휘둘렀다.

창문이 와장창 깨지고 깨진 유리 조각들이 마치 비가 내리듯 안과 밖으로 흩뿌려지면서 핍의 운동화에도 떨어졌다. 핍은 망치를 쥔 손에 힘을 더 꽉 주고 바스락거리는 유리를 밟으며 그 옆에 있는 창으로 향했다. 그리고 또 망치를 휘둘렀다. 쨍그랑하고 유리 깨지는 소리가 빗소리에 묻혔다. 또 다음 창문이었다. 망치를 한 번 휘두르자 창문에 금이 가며 쪼개졌고, 두 번 휘두르자 유리가 폭발하듯이 조각났다. 핍은 글씨를 적어놓은 현관문을 지나 반대쪽 창문이 난 쪽으로 향했다. 한 개. 두 개. 세 개. 그렇게 집 앞쪽 모든 창문이 부서졌다. 산산조각이 난 창문으로 집 안의 모습이 훤히 드러냈다.

숨이 턱 끝까지 차올랐다. 할 일을 마치고 뒷걸음질을 쳐서 진입로로 내려오는 동안 오른쪽 팔에서는 통증이 느껴졌다. 비와 땀에 젖고 페인트가 들러붙은 머리카락을 뒤로 넘기며 파괴의 현장을 바라보았다. 집 앞 현관, 아모비네 집의 새 정원 창고와 같은 색으로 새겨진 글자는 이랬다.

강간범
절대 가만두지 않을 거야

핍은 그걸 읽고 또 읽은 뒤 자기가 저질러놓은 그 광경을 둘러보았다.

그러고서 아직도 자기 안에 그 비명 소리가 남아 있는지 귀 기울여보았지만 없었다. 가슴속에서 울리던 그 비명이 더 이상 들리지 않았다. 핍이 이긴 것이다.

'잠깐 나올 수 있어?' 핍은 라비에게 문자를 보냈다. 화면 위로 튀기는 빗방울에 더 이상 터치가 인식되지 않았다.

몇 초 뒤 핍이 보낸 메시지 아래 '읽음'이라는 알림이 떴다.

핍은 바깥에 선 채 라비의 방 창문에서 커튼이 잠깐 들썩이는 걸 보았다. 핍은 2층 가운데 창문에 복도 조명이 켜지고 이어서 계단 조명과 현관 유리까지 차례대로 불빛이 켜지는 것을 죽 지켜보고 있었다.

문이 열리면서 라비가 흰색 티셔츠와 남색 추리닝 바지를 입고 모습을 드러냈다. 라비는 핍을 보고 또 비가 내리는 하늘을 한번 올려다보더니 맨발로 철퍽철퍽 뛰어왔다.

"날씨 참 좋다." 라비가 얼굴로 떨어진 빗방울에 눈을 찡긋했다.

"미안해." 핍은 얼굴에 머리카락이 달라붙은 채로 라비를 보며 말했다. "괜히 화풀이해서 미안해."

"괜찮아."

"아니, 안 괜찮아." 핍이 고개를 저었다. "선배한테 화를 낼 이유가 없었잖아. 나는 나한테 화가 났던 거 같아. 그리고 꼭 오늘 있었던 일 때문만은 아냐. 그니까, 그것 때문도 물론 있지만 한동안 나 스스로를 계속 속여왔거든. 앤디 벨을 죽인 사람을 찾으려고 혈안이 되어 있었던 나랑 지금의 나는 다른 사람이라고 그렇게 되뇌었어. 사람들에게 그걸 증명해 보이고 나 스스로도 그렇게 생각하려 했지. 그런데 이제는 그게 나란 생각이 들어. 어쩌면 내가 정말 이기적이고 거짓말쟁이며, 무모하고 어디 꽂히면 아무것도 안 보이고, 또 나쁜 짓을 하면서도 그게 나일 때는 괜찮다고 은연중에 그렇게 여기는 위선적인 사람일지도 모른다는 생각이 들었어. 그리고 그게 나쁜 거지만 또 그렇게 인정하고 나니까 마음이 편해지더라고. 그게 진정한 나처럼 느껴졌고 그리고 그런 나를 선배가 받아들여줬으면 좋겠어. 왜냐하면…… 나도 선배를 사랑하니까."

핍이 말을 채 끝내기도 전에 라비는 두 손으로 핍의 볼을 감싸고 엄지로 아랫입술에 묻은 빗물을 닦아냈다. 그리고 핍의 턱을 들어 올려 키스했다. 오랫동안 그렇게 젖은 얼굴로 미소가 삐져나오는 것을 참으며 키스를 했다.

하지만 결국에는 웃음을 참지 못하고 라비가 먼저 몸을 뒤로 뺐다. "그냥 물어보지 그랬어. 난 네가 어떤 사람인지 예전에 알았거든. 그리고 난 너를 사랑해. 근데 그 말은 내가 먼저 했다."

"그랬지. 화가 난 채로." 핍이 대꾸했다.

"아, 너무 생각이 많아서 복잡했거든." 라비는 갑자기 심각한 표정과 진지한 눈빛이 되어 말했다.

"라비, 있잖아?"

"응, 핍. 왜?"

"나, 할 말이 있어. 방금 내가 무슨 일을 저지르고 왔는데 말야……"

"무슨 일?" 라비의 표정이 바뀌었다. 이번엔 정말 진지하고 심각할 때만 나오는 표정이었다. "무슨 짓을 했길래 그래?"

금요일
실종 7일째

34

침대 옆 협탁에 있는 휴대폰 알람이 학교 갈 시간에 맞춰서 울리기 시작했다.

핍은 발 한쪽을 이불 밖으로 내놓고 하품을 했다. 하지만 곧 정학당했다는 사실이 떠올라 발을 이불 안으로 다시 집어넣고 팔을 뻗어 알람을 일시 정지시켰다.

잠이 덜 깨 비록 한쪽 눈만 뜬 채였지만 휴대폰 화면에 메시지 알림이 뜬 것이 보였다. 7분 전, 나탈리 다 실바에게서 온 메시지였다.

'안녕. 나탈리인데, 너한테 보여줄 게 있어. 제이미랑 라일라 미드에 관한 거야.'

핍은 눈이 다 뜨이기도 전에 먼저 이불부터 박차고 일어나 앉았다. 그리고 어젯밤 비에 젖어 아직도 축축한 청바지를 당겨 입고 빨래통 맨 위에 얹어놓았던 하얀색 긴소매 티셔츠를 입었다. 한 번쯤은 더 입어도 괜찮을 것이었다.

엄마가 출근하기 전에 인사하러 들어왔을 때 핍은 빗물에 엉킨 머리카락을 빗으며 씨름을 하는 중이었다.

"조쉬 학교 데려다주러 간다." 엄마가 말했다.

"네." 헝클어진 머리에 빗이 걸린 채로 핍이 얼굴을 찌푸리며 말했다. "좋은 하루 보내세요."

"요새 대체 뭘 하고 다니는 건지 이번 주말에 날 한번 잡고 얘기를 해봐야 할 것 같아." 엄마의 눈빛은 단호했지만 목소리는 애써 그걸 누르려 하고 있었다. "스트레스를 많이 받고 있는 건 알지만, 이번에는 그렇게 무리하지 않기로 했잖아."

"무리 안 할게요. 이번에는." 핍이 말했다. 헝클어진 머리카락 뭉치가 살짝 풀어졌다. "그리고 정학당한 것 죄송해요." 사실 조금도 죄송하지 않았다. 핍이 생각하기에 앤트는 그렇게 당해도 쌌다. 하지만 그렇게 말해서 엄마를 안심시켜줄 수 있다면 거짓말을 해야 했다. 엄마가 딸을 생각해서 그러는 것이라는 걸 핍도 잘 알고 있었지만 지금 그런 걱정들은 방해만 될 뿐이었다.

"괜찮아, 우리 딸." 엄마가 말했다. "재판 결과나 제이미 일로 많이 충격받고 힘들었을 텐데. 오늘은 그냥 집에 혼자 있으면서 공부도 좀 하고 예전처럼 지내보는 게 좋을 것 같다."

"네, 그래볼게요."

핍은 그렇게 엄마가 방문을 나서서 조슈아에게 신발 왼쪽 오른쪽을 잘 구분해 신으라고 말하며 밖으로 나가는 소리를 듣고 기다렸다. 자동차 엔진 소리와 함께 진입로에 바퀴 굴러가는 소리가 들렸다. 핍은 그때부터 딱 3분을 기다린 뒤 집을 나섰다.

문틈 사이로 나탈리의 얼굴이 나타났다. 눈이 부어 있었고, 머리를 뒤로 넘겼는데 그 자리 그대로 손가락 자국이 남았다.

"아, 너구나." 나탈리가 문을 완전히 열며 말했다.

"문자 보고 왔어." 핍이 말했다. 나탈리의 슬픈 눈빛을 마주치자 심장이 쪼그라드는 듯했다.

"그래." 나탈리가 한 발짝 뒤로 물러섰다. "어, 일단…… 들어와." 나탈리는 핍에게 문지방을 넘어오라는 손짓을 하고 문을 닫은 뒤 복도를 따라 핍을 주방으로 데려갔다.

이렇게 집 안 깊숙이 들어온 것은 처음이었다.

나탈리는 주방 식탁 의자 하나에 앉고는 핍에게도 반대쪽에 앉으라는 손짓을 했다. 핍은 시키는 대로 의자 모서리에 어색하게 앉았다. 나탈리와 핍 사이에 무거운 공기가 감돌았다.

나탈리가 목을 가다듬고 한쪽 눈을 문지르며 말했다. "오늘 아침에 우리 오빠가 얘기해줬는데, 어젯밤 누가 맥스네 집 유리를 부숴놓고는 문에다가는 강간범이라고 써놓고 갔대."

"아…… 그…… 그래-정말?" 핍이 침을 겨우 삼키며 말했다.

"응, 근데 누가 그랬는지는 모르는가 봐. 목격자도 없고 증거도 없고."

"아…… 그것참." 핍이 기침을 했다.

나탈리가 핍을 의미심장하게 쳐다봤다. 나탈리의 눈빛에 또다른 기색이 스쳤다. 핍은 나탈리가 눈치챘다는 사실을 알아챘다. 그리고 또 다른 일이 벌어졌다. 나탈리가 식탁 너머로 손을 뻗어 핍의 손을 잡은 것이다.

"그 녹음파일 올린 거 나도 봤어." 핍의 손을 잡고 있는 나탈리의 손에 힘이 들어갔다. "그런 걸 올리면 네가 곤란해지지 않을까?"

"그럴지도." 핍이 말했다.

"어떤 기분인지 나도 알아." 나탈리가 말했다. "그 화나는 기분 말이야. 온 세상에 불을 질러버리고 싶고, 그래서 불타오르는 걸 내 두 눈으로 보고 싶은 심정."

"뭐 그 비슷한 기분이야."

나탈리는 핍의 손을 쥔 손에 힘을 꽉 주더니 손을 풀어주었다. "내 생각에는 너랑 나랑 꽤 비슷한 점이 있는 것 같아. 전에는 그렇게 생각 안 했는데…… 네가 진짜 너무너무 싫었거든. 진심으로. 그리고 앤디 벨도 그만큼 싫었었어. 걔를 싫어하는 감정 외에는 아무것도 생각나지 않을 정도로 말이야. 내가 왜 그렇게 너를 싫어했는지 알지? 네가 워낙 여기저기 들쑤시고 다녀서 그랬던 것도 있지만." 나탈리가 손가락을 탁탁 쳤다. "네 팟캐스트를 들어봤어. 다 듣고 나니까 앤디가 예전처럼 싫지는 않더라고. 더 솔직하게는 앤디가 안됐다는 생각까지 들었어. 그래서 대신 너를 더 싫어하게 됐어. 근데 생각해보니까 줄곧 엉뚱한 사람을 미워했던 것 같아." 나탈리가 옅은 미소를 띠며 코를 훌쩍였다. "너는 괜찮은 애야." 나탈리가 말했다.

"고마워." 핍이 말했다. 나탈리의 미소가 핍에게도 다가와 핍의 마음속 창문으로 들어온 듯했다.

"그리고 네 말이 맞았어." 나탈리가 손톱을 뜯으며 말했다. "루크 말이야."

"남자친구?"

"이젠 남자친구 아니야. 루크는 아직 모르지만." 나탈리가 웃었다. 하지만 조금도 즐거운 웃음은 아니었다.

"무슨 말이 맞았다는 거야?"

"제이미가 사라진 날 우리가 어디 있었냐고 물어봤을 때, 루크가 자기는 밤새 혼자 집에 있었다고 했잖아. 그리고 그때 내 반응이 이상했다고……" 나탈리가 말을 잠시 멈추었다. "네가 제대로 본 거야. 루크가 거짓말을 했어."

"그럼 그날 어디 있었는데?" 핍이 말했다.

"몰라. 내가 꼬치꼬치 캐묻는 거 싫어해." 나탈리가 의자에서 자세를 바꾸어 앉았다. "그날 제이미가 우리 집에 오지도 않고 전화도 안 받길래, 루크네 집으로 갔거든. 근데 집에 없었어. 차도 없었고."

"그게 몇 시였어?"

"자정 즈음이었어. 그리고 나는 집으로 돌아왔고."

"그럼 루크가 어디 갔던 건지는 모르는구나." 핍이 팔꿈치를 식탁에 대고 앞으로 기댔다.

"몰랐었는데, 이젠 알아." 나탈리는 휴대폰을 꺼내 테이블 위에 올려놓았다.

"어젯밤 네가 했던 말을 계속 생각해봤어. 제이미가 실종된 거랑 루크랑 어떤 관련이 있을 수도 있다고 했었잖아. 그래서 루크가 자는 동안 휴대폰을 확인해봤어. 왓츠앱에 들어가보니까 어떤 여자랑 연락을 하고 있었더라고." 나탈리가 또 웃음을 터뜨렸다. 작고 공허한 웃음이었다. "이름이 라일라 미드였어."

그 이름을 듣자 핍은 온몸에 소름이 끼쳤다.

"제이미도 그 사람이랑 연락하고 있었다고 했잖아." 나탈리가 말했다. "어제 새벽 4시까지 네가 올린 에피소드 두 개 다 들어봤어. 넌 라일라가 누군지 아직 못 찾아낸 것 같더라. 근데 루크는 라일라가 누군지 알고 있어." 나탈리가 머리칼을 넘기며 말했다. "제이미가 사라진 그날도 루크는 라일라를 만나러 갔었어."

"진짜?"

"메시지에 그렇게 적혀 있었어. 몇 주 동안 연락을 주고받았던데. 스크롤을 올려가면서 전부 다 읽어봤어. 틴더에서 만난 것 같더라고. 딱 헤어지려고 했었는데, 잘됐지. 그리고 주고받은 메시지도 참, 노골적이더라. 근데 실제로 만난 건 지난 주 금요일이야. 이거 한번 봐." 나탈리는 휴대폰 잠금을 풀고 사진 앱을 열었다. "캡처를 두 번 해서 내 휴대폰으로 보내놨어. 사실 너한테 보여줘야겠다는 생각이 더 빨리 들긴 했었어…… 네가 판결 소식을 듣고 우리 집으로 다시 왔었잖아. 내 옆에 있어주려고. 그러던 참에 맥스네 집에 일어난 일 얘길 듣고 말해줘야겠다고 결심했어. 여기." 나탈리는 핍에게 휴대폰을 건네주었다.

첫 번째 캡처 화면을 따라 핍의 눈이 스쳐 내려갔다. 오른쪽 초록색 말풍선이 루크가 보낸 것이었고 왼쪽 하얀색 말풍선은 라일라가 보낸 것이었다.

계속 오빠 생각 했어…….

그래? 나도 네 생각 하고 있었어.

별로 바람직한 생각은 아니겠지 :)

나를 잘 아네.

그러고 싶어.

더 이상 기다리기 싫은데. 오늘 밤에 볼래?

그래. 어디서?

로지우드 주차장

그 마지막 메시지를 보고 핍은 순간 숨이 막히는 듯했다. 로지우드 주차장이라니. 핍이 수요일에 자원봉사자들과 함께 수색을 하던 곳이었다. 수색 범위 내에 있는 곳이었다.

핍은 나탈리를 흘깃 올려다보고 그다음 캡처본으로 넘어갔다.

주차장?

옷은 별로 걸친 게 없을 거야.

언제?

지금 와.

그리고 10분 뒤 11:58 p.m. 메시지.

오는 중이야?

거의 다 왔어.

그리고 한참 뒤인 12:41 a.m. 루크가 보낸 메시지.

> 씨발, 죽여버린다.

핍의 시선이 나탈리에게 꽂혔다.

"그게 끝이야." 나탈리가 고개를 끄덕이며 말했다. "그 뒤로 주고받은 메시지는 없었어. 근데 루크는 분명 라일라가 누군지 알고 있어. 넌 라일라 미드가 제이미랑 관련이 있다고 생각하는 거지?"

"응, 맞아." 핍이 그렇게 말하며 휴대폰을 식탁 너머로 다시 건네주었다. "라일라랑 관련이 있는 것 같아."

"제이미를 꼭 찾아줘." 나탈리의 입술이 떨리고 있었고 말라붙은 눈이 살짝 반짝였다.

"제이미는…… 나한테 정말 중요한 사람이야. 제이미가 꼭 무사히 돌아와야 해."

이제 핍이 식탁 너머로 손을 뻗어 나탈리의 손을 꼭 쥐어주었다. 그리고 엄지손가락으로 나탈리의 주먹 쥔 손등을 쓸어내리며 말했다. "알았어."

35

핍의 옆에서 같이 걸어가고 있던 라비는 가만히 있지 못하고 주위가 산만했다.

"그 사람이 얼마나 무섭다고 했지?" 라비가 핍의 재킷 주머니에 손을 넣으며 물었다.

"꽤 무서워." 핍이 말했다.

"마약 거래도 한다며."

"마약 거래상 그 이상인 것 같아." 비컨 클로즈 거리로 들어서고 있을 때 핍이 말했다.

"거참 잘됐네." 라비가 말했다." 하위의 보스라니. 이 사람도 협박해야 되는 거야?"

핍은 어깨를 으쓱하고 묘한 표정을 지어 보였다. "뭐든 먹히는 건 해봐야지."

"그래, 좋았어." 라비가 말했다. "그런 새로운 마음가짐 좋아. 그래. 그렇게 하는 거야. 어느 집이야?"

"13번지." 핍은 하얀색 BMW 차량이 밖에 주차되어 있는 집을 가리켰다.

"13번지라고?" 라비가 눈을 찌푸렸다. "아주 환상적이다. 행운의 숫자네."

"가자." 핍이 웃음을 꾹 참고 라비의 등을 두 번 두드렸다. 그리고 차 옆을 지나갔다. 수요일 밤 추적했던 그 차였다. 핍은 차 쪽을 한번 보고, 라비도 한번 쳐다보고는 초인종을 눌렀다.

고막을 찌르듯이 날카로운 벨 소리가 났다.

"핍 피츠-아모비가 찾아와서 노크를 하는데 무서워하지 않을 사람은 없을 듯싶다." 라비가 속삭였다.

그때 문이 활짝 열리며 지난번과 똑같이 검은색 농구 반바지와 회색 티셔츠를 입은 루크 이튼이 나타났다. 창백한 목 피부를 올라타고 있는 문신과 회색 티셔츠가 잘 맞아떨어졌다.

"어, 다시 보네." 그가 걸걸한 목소리로 말했다. "이번에는 무슨 일로?"

"물어볼 게 있어요. 제이미 레이놀즈에 관해서요." 핍이 할 수 있는 한 허리를 꼿꼿하게 편 자세로 말했다.

"안타깝지만," 루크가 한쪽 발로 다리를 긁으며 말했다. "질문 같은 거 딱 질색이야."

그는 문을 힘껏 잡아당겼다.

"아니, 저기-" 다급히 말했지만 이미 너무 늦은 뒤였다. 문틈을 비집고 핍의 목소리가 들어가기도 전에 현관문이 쾅 닫혔다. "젠장." 핍이 큰 소리로 욕을 했다. 현관을 주먹으로 때리고 싶은 충동이 일었다.

"얘기 안 하고 싶어할 것 같았……" 말을 하던 라비의 목소리가 갑자기 작아졌다. 핍이 현관문 밑쪽 편지 구멍에 손가락을 집어넣고 있었다. "뭐 하는 거야?"

핍은 그 네모난 작은 구멍에 얼굴을 가까이 가져다 대고 소리를 질렀다. "제이미가 사라졌을 때 그쪽한테 돈을 빌린 거 알아요! 묻는 말에 답해주면 제이미가 빌린 900파운드를 내가 대신 갚아줄게요!"

핍이 허리를 펴고 일어났다. 편지함 뚜껑이 챙그랑 소리를 내며 닫혔다. 라비는 화가 난 표정으로 눈을 가늘게 뜨고 핍을 쳐다보며 "뭐 하는 거야?"라고 입 모양으로 물었다.

핍이 미처 답할 새도 없이 문이 다시 열렸다. 광대뼈가 튀어나온 얼굴로 루크가 협상의 여지를 보였다.

"전부 다?" 루크가 혀 차는 소리를 내며 물었다.

"네." 핍이 재깍 대답했다. 숨을 몰아쉬고 있었지만 단호한 목소리였다. "900파운드 전부 다요. 다음 주에 갚을게요."

"현금으로." 루크가 불꽃이 튀는 눈으로 핍을 보며 말했다.

"네, 좋아요." 핍은 끄덕였다. "다음 주 말까지 가져올게요."

"좋아." 루크가 문을 활짝 열어주며 말했다. "그럼 거래 성사. 탐정님."

핍은 문지방을 넘어 집 안으로 발을 들였고, 라비가 바로 뒤에서 따라 들어오는 것이 느껴졌다. 루크가 문을 닫자 세 사람은 그 좁디좁은 복도에 들어서게 되었다. 먼저 앞장을 선 루크의 팔이 핍의 몸을 스치고 지나갔는데 핍은 그게 고의적이었는지 실수였는지 분간할 수가 없었다.

"이쪽으로." 루크는 주방으로 안내를 하며 쩌렁쩌렁 소리를 쳤다.

주방에는 의자가 네 개 있었지만 아무도 자리에 앉지는 않았다. 루크는 문신이 있는 팔을 활짝 뻗고 조리대에 기대어 무릎을 비스듬하게 구부린 채로 서 있었다. 핍과 라비는 주방 입구에서 발가락은 주방에 그리고 발꿈치는 복도에 걸친 채로 나란히 서 있었다.

루크가 뭔가를 말하려고 입을 여는 찰라, 주도권을 뺏기고 싶지 않았던 핍이 먼저 질문을 했다.

"제이미가 왜 900파운드를 빌렸나요?"

루크는 고개를 푹 숙이고 웃으며 앞니를 한번 핥았다.

"약하고 관련이 있는 건가요? 제이미가 약을 구입⋯⋯."

"아니." 루크가 말했다. "그냥 걔가 900파운드를 빌려달라 그래서 빌려준 것뿐이야. 나탈리를 통해 내가 가끔 돈도 빌려주고 한다는 소릴 들었는지 어쨌는지 일전에 찾아와서 돈을 좀 빌려달라고 애걸복걸하더라고. 어쨌든 그래서 빌려줬어. 물론 이자를 높게 쳐서." 루크가 기분 나쁜 웃음을 터뜨리며 덧붙였다. "늦게 갚으면 두들겨 패주겠다고 했는데, 이 새끼가 아예 사라져버렸네. 맞지?"

"그 돈이 어디에 필요한 건지도 말했나요?" 라비가 물었다.

루크의 눈길이 라비에게로 향했다. "그런 건 안 물어봐. 내가 알 바 아니니까."

그러다 핍은 문득 제이미가 왜 돈을 빌렸는지보다 언제 빌렸을까라는 의문이 들었다. 루크의 위협이 너무 두려웠던 것일까? 죽고 사는 문제라고 얘기할 만큼? 제이미는 제때 돈을 갚지 못하면 루크가 무슨 짓을 할지 무서워서 아버지한테 돈을 빌려달라고 부탁했다 거절당하자 핍의 엄마 사무실에서 카드까지 훔치려고 했던 것일까?

"돈을 빌린 게 언제였어요?" 핍이 물었다.

"기억 안 나." 루크가 이 사이로 혀를 내밀며 어깨를 으쓱했다.

핍은 머릿속으로 시간대별 정리를 해보았다. "9일 월요일이었나요? 아니면 10일 화요일? 아님 그 전?"

"아니, 그 후였어." 루크가 말했다. "금요일이었다는 건 확실해. 그니까 3주 전이었겠네. 이제 벌써 기한을 넘겼어."

핍의 머릿속으로 조각들이 다시 정렬되었다. 아버지한테 부탁하고 카드를 훔치려는 시도까지 한 뒤에 그 돈을 빌린 것이었다. 그렇다면 루크를 찾아간 것은 가장 마지막 수단이었을 테고, 다른 죽고 사는 문제가 있었다는 얘기가 된다. 핍은 라비를 흘깃 보았다. 신속하게 움직이는 눈동자가 라비도 같은 생각을 하고 있다는 것을 말해주었다.

"알겠어요." 핍이 말했다. "이제 라일라 미드에 대해서 질문할게요."

"그럴 것 같았어." 루크가 웃음을 터뜨렸다. 대체 뭐가 재밌는 것일까?

"지난 금요일 자정 즈음에 라일라를 만나러 갔었죠?"

"맞아, 그랬지." 허를 찔린 듯한 표정을 하는 것도 잠시, 루크는 조리대에 손가락을 타닥타닥 두드렸다. 그 소리가 핍의 심장 뛰는 소리 같았다.

"그럼 진짜 라일라가 누구인지 알겠네요."

"응, 알아."

"누군가요?" 핍의 목소리는 절박했다.

루크는 치아를 드러내며 씩 미소를 지었다.

"제이미가 라일라 미드야."

36

"뭐라고요?" 핍과 라비가 동시에 말했다. 서로 눈을 굴리며 상대를 바라보았다.

핍이 고개를 저으며 말했다. "그건 말이 안 돼요."

"말이 돼." 루크는 쿡쿡거리며 웃었다. 라비와 핍이 당혹해하는 모습을 즐기는 듯했다. "그날 밤 라일라랑 연락하다가 로지우드 주차장에서 만나기로 했어. 근데 그 자리에 누가 나왔는지 알아? 제이미 레이놀즈, 걔가 나타났어."

"하…… 하지만……" 핍의 머릿속이 정지됐다. "정말 제이미가 맞아요? 자정이 막 지나서 만난 거 맞죠?" 바로 그때가 제이미의 심박수가 첫 번째로 치솟은 시점이었다.

"맞아. 그 이상한 새끼. 지가 똑똑한 줄 알았겠지. 여자인 척하고 나를 꼬시면서. 나를 나탈리한테서 떼어내려고 그런 건지 어쩐 건지. 그 새끼가 내 앞에 있었으면 진작에 죽었어."

"그다음은요?" 라비가 물었다. "주차장에서 만난 다음 어떻게 되었나요?"

"별거 없었어." 루크가 짧게 깎은 머리를 쓰다듬으며 말했다. "차에서 내려 라일라를 불렀는데 걔가 나무 사이에서 나타났어."

"그러고요?" 핍이 물었다. "그리고 어떻게 했어요? 얘기라도 했나요?"

"딱히 얘기를 한 건 아니고. 걔 행동이 좀 이상했어. 겁먹은 것 같다고 해야 되나. 나한테 엿 같은 짓을 했으니까 겁을 먹은 게 당연하긴 한데." 루크가 또 이를 갈았다.

"양손을 다 주머니에 넣고 있었어. 그리고 딱 두 마디를 했어."

"무슨 말이요?" 핍과 라비가 또 동시에 물었다.

"정확히 뭐였는지는 잘 모르겠는데 좀 이상한 말이었어. '차일드 브룸스틱child broomstick.' 아니면 '차일드 브라운 식child brown sick'이라 했던가. 모르겠다. 차일드 뒷부분은 뭐라는지 잘 안 들렸어. 그러고 나서는 내가 어떻게 나오는지 궁금하다는 듯 나를 쳐다보더라고." 루크가 말했다. "그래서 내가 그냥, '뭐라는 거야, 이 새끼?' 이러니까 바로 아무 말도 없이 돌아서서 미친 듯이 달려가던데. 그래서 나도 쫓아갔지. 잡았으면 죽여버렸을 텐데. 어두워서 숲속에서 놓쳐버렸어."

"그러고요?" 핍이 물었다.

"그게 끝이야." 루크가 허리를 펴고 일어나며 회색 문신이 덮인 목으로 우두둑거리는 뼈 소리를 냈다. "그렇게 결국 못 잡고 난 집으로 돌아왔고, 그 새끼는 사라졌고. 뭐 다른 놈한테도 그런 장난질을 하다가 어떻게 되기라도 한 건지. 뭐가 됐든 그래도 싸지. 뚱뚱이 새끼."

"그런데 제이미는 그다음에 바로 폐농가로 갔어요." 핍이 말했다. "거기는 그, 뭐라고 해야 하지? 그 물건들을 챙겨가는 장소잖아요. 제이미가 왜 거길 갔을까요?"

"모르지. 그날 밤 난 거기 안 갔어. 근데 거기만큼 이 동네에서 비밀스러운 일들을 하기 좋은 곳이 없어. 뚝 떨어져 있으니까. 뭐 너 덕분에 이제는 또 새로운 장소를 찾아봐야 하게 생겼지만." 루크가 으르렁거리듯 말했다.

"그……" 픕은 무슨 말이라도 하려고 했지만 할 말이 생각나지 않았다.

"그게 내가 라일라 미드, 그니까 그 제이미에 대해서 아는 전부야." 루크는 고개를 숙이고 팔을 들더니 픕과 라비 뒤쪽의 복도를 가리켰다. "이제 그만 가봐."

픕과 라비는 움직이지 않았다.

"당장." 루크가 더 큰 목소리로 말했다. "나 바빠."

"알겠어요." 픕이 눈으로 라비에게도 가자는 신호를 보내며 몸을 돌렸다.

"일주일 줄게." 루크가 두 사람의 뒤통수에 대고 소리를 쳤다. "다음 주 금요일까지 내 돈 준비해. 참고로 난 기다리는 거 싫어해."

"그럴게요." 픕이 그렇게 말하며 두 발짝 멀어졌다. 그런데 그 순간 머릿속에 흩어져서 돌아다니고 있던 생각의 조각들이 맞춰지며 픕은 다시 발길을 되돌렸다. "루크, 나이가 스물아홉 살인가요?" 픕이 물었다.

"어." 루크의 눈썹이 눈 사이 코까지 내려오며 만날 기세였다.

"곧 서른 살이 되나요?"

"두 달 후. 왜?"

"아니에요." 픕이 고개를 저었다. "돈은 목요일에 가져올게요." 그리고 픕은 복도를 따라 불안한 눈빛으로 픕을 위해 문을 열어놓은 채 기다리고 있는 라비에게로 향했다.

"어쩌려고 그래?" 문이 완전히 닫히고 나서 라비가 물었다. "900파운드를 어디서 구하려고, 핍? 딱 봐도 위험한 사람인 것 같은데, 이런 사람이랑 엮이면……."

"가능한 한 빨리 협찬 계약을 맺어야 할 것 같아." 핍이 고개를 돌려 루크의 하얀 차량에 스치듯 퍼지는 빛줄기를 보며 말했다.

"언젠가 한 번은 너 때문에 심장마비 걸리겠어." 라비가 핍의 손을 잡고 모퉁이를 돌며 말했다. "제이미가 라일라라니, 말도 안 돼. 그치?"

"아니야." 생각해볼 겨를도 없이 핍의 입에서 대답이 튀어나왔다. "그럴 리가 없어. 둘이 주고받은 메시지도 다 읽어봤고 스텔라 채프먼이랑 있었던 일도 그렇고, 그럴 수가 없어. 대참사 파티 때도 밖에서 라일라랑 통화를 하고 있었잖아. 어찌 됐든 실제로 존재하는 사람이어야 하잖아. "

"아, 그러면 라일라가 루크랑 만나기로 한 자리에 제이미를 내보낸 건가?" 라비가 말했다.

"그랬을 수도 있을 것 같아. 통화하면서 한 얘기가 그거일 수도 있어. 그리고 루크랑 마주쳤을 때는 그 후드 주머니에 칼을 가지고 있었을 거야."

"왜?" 머릿속이 뒤죽박죽이 된 라비의 이마에 주름이 생겼다. "말도 안 되는 것투성이야. 그리고 차일드 브룸스틱인지 뭔지 그건 뭐야? 우리랑 장난하는 건가?"

"장난치는 것 같아 보이지는 않았어. 또 조지가 그랬었잖아.

제이미가 통화하면서 차일드 어쩌고 하는 소릴 들었었다고."

두 사람은 핍의 엄마가 시내를 돌아다닐 때 발견할 수 없도록 차를 주차해둔 지하철역으로 향했다.

"나이는 왜 물어봤어?" 라비가 말했다. "나를 저 나이 든 놈이랑 교환이라도 하려고?"

"우연이라기엔 너무 겹치는 게 많아." 핍이 라비를 향해서라기보다는 혼잣말하듯 되뇌었다. "아담 클라크, 다니엘 다 실바, 루크 이튼…… 심지어 제이미까지. 제이미는 거짓말을 한 나이기는 하지만, 라일라랑 연락을 했던 남자들은 전부 스물아홉 살이나 막 서른 살이 된 사람들이었어. 그리고 전부 백인이고, 머리색은 갈색이며 모두 이 동네에 사는 사람들이야."

"그러네." 라비가 말했다. "그게 라일라의 취향인가 보네. 굉장히 구체적인 취향이다."

"모르겠다." 핍은 어젯밤 빗물에 젖어 아직도 축축한 운동화를 내려다봤다. "그런 공통점들이 있는 것도 그렇고, 상대방한테 질문을 계속했던 것도 그렇고, 마치 누군가를 찾고 있던 것 같아. 정확히 누구인지는 모르지만 그런 조건에 부합하는 사람 말이야."

핍은 라비를 올려다보았다. 그리고 바로 저쪽편 거리에 서 있는 사람에게로 시선이 옮겨갔다. 새로 개점한 코스타 커피숍 바로 앞이었다. 검은색 재킷을 입은, 헝클어진 금발 머리가 눈까지 내려오고 삐죽한 광대뼈가 튀어나온 놈.

그가 돌아왔다.

맥스 헤이스팅스.

맥스는 낯선 남자 두 명과 길거리에서 웃고 떠들고 있었다.

모든 것을 비워냈는데 다시 검고 차갑고 또 빨갛게 불타오르는 감정이 치솟았다. 그리고 그렇게 길에 장승처럼 멈춰 서서 맥스를 노려보았다. 어떻게 저럴 수가 있지? 어떻게 이 동네에서 저렇게 버젓이 돌아다니고 웃고 떠들 수가 있지? 그것도 떡하니 길거리에서?

핍의 손에 힘이 꽉 들어가며 손톱이 라비의 손바닥에 박혔다.

"아야." 라비가 손을 풀고 핍을 쳐다봤다. "핍, 왜 그래……?" 라비의 시선이 핍을 따라 도로 저편으로 옮겨갔다.

맥스도 그 시선을 느낀 듯했다. 바로 그 순간 맥스의 시선이 도로에서 공회전을 하고 있는 차들을 지나 핍에게로 꽂혔다. 맥스의 입가가 가늘어지더니 한쪽 끝이 위로 올라갔다. 맥스는 한쪽 팔을 들어 올리고 손바닥을 쫙 펴더니 손 인사를 했다. 가늘게 모인 맥스의 입매에는 미소까지 떠올랐다.

핍은 안에서 부글거리는 불꽃을 느꼈다. 하지만 먼저 폭발한 쪽은 라비였다.

"어딜 쳐다봐, 이 새끼야!" 라비가 맥스를 향해, 그 사이를 가로막고 있는 차들 너머로 소리쳤다. "아는 척도 하지 마, 알아들어?"

지나가던 사람들이 모두 고개를 돌리고 쳐다보며 웅성거렸다. 창문으로 내다보는 얼굴도 보였다. 맥스는 팔을 내렸지만, 여전히 입가에는 미소를 짓고 있었다.

"가자." 라비가 핍의 손을 잡으며 말했다. "빨리 여길 뜨자."

라비는 핍의 침대에 누워서 공처럼 말아둔 핍의 양말을 허공으로 던졌다 받기를 반복했다. 머릿속을 정리할 때 라비가 곧잘 하는 짓이었다.

핍은 전원이 꺼진 노트북 앞에 앉아서 핀을 담은 통을 뒤지고 있었다.

"한 번 더." 라비가 말했다. 그러면서 천장으로 올라가는 양말을 따라 쫓아갔던 시선이 다시 양말을 따라 손 쪽으로 내려왔다.

핍이 헛기침을 한번 하고 말했다. "제이미는 집에서 챙겨온 칼을 들고 로지우드 주차장으로 갔어. 심박수를 보면 굉장히 긴장하고 겁먹은 상태였어. 라일라가 이 두 사람을 속여서 서로 만나도록 한 거야. 왜? 그 이유는 몰라. 제이미는 루크한테 알 수 없는 두 마디 말을 하고 루크의 반응을 살피더니 도망쳤어. 그리고 그다음에는 그 폐농가로 갔어. 그때 심박수는 더 높게 치솟았어. 더 심하게 겁을 먹었단 얘기지. 그리고 어찌어찌해 그 칼은 나무들 아래 풀 사이에 떨어뜨리게 됐고. 제이미가 차고 있던 핏비트는 벗겨졌거나 고장났거나, 아니면⋯⋯."

"심장이 멈췄거나." 라비가 양말을 던지고 받으며 말했다.

"그리고 몇 분 뒤에 휴대폰이 꺼지고 다시는 켜지지 않았어." 핍은 그렇게 말하며 고개를 푹 숙이고 머리를 싸맸다.

"있잖아," 라비가 말했다. "루크는 제이미가 라일라인 줄 알고 대놓고 제이미를 죽이고 싶다고 말했잖아. 그러면 제이미를 따라서 농가까지 쫓아갔을 수도 있지 않을까?"

"만약에 제이미를 죽인 게 루크라면, 우릴 만나주지 않았을 것 같아. 아무리 900파운드를 준다고 하더라도."

"일리 있네." 라비가 말했다. "그런데 처음엔 거짓말을 했잖아. 처음 루크랑 나탈리를 찾아갔을 때, 그때 말해줬을 수도 있었을 텐데."

"맞아. 그런데 생각해보면 그때 루크는 나탈리 몰래 다른 여자를 만나러 나간 거였고, 그때는 나탈리가 같이 있었잖아. 또 이런 실종사건 같은 일에 휘말리고 싶지 않았을 것 같기도 해. 지금 하고 있는 짓도 있으니까 더 그렇겠지."

"맞아. 어쨌든 제이미가 루크한테 했던 말이 중요한 것 같긴 해." 라비가 양말을 쥐어짜며 침대에서 일어나 앉았다. "그게 이 사건의 열쇠야."

"차일드 브룸스틱? 차일드 브라운 식?" 핍이 미심쩍은 표정으로 라비를 바라봤다. "딱히 열쇠라고 느껴지진 않는데."

"루크가 잘못 들은 걸 수도 있어. 아니면 우리가 모르는 다른 뜻이 숨어 있을 수도 있고. 한번 찾아봐." 라비가 노트북 쪽으로 손짓을 했다.

"찾아보라고?"

"해봐서 손해 볼 건 없잖아. 구시렁거리지만 말고."

"알겠어." 핍은 노트북 전원 버튼을 눌러 부팅을 하고 크롬 브라우저를 열어 구글에 접속했다. "해볼게."

핍은 검색창에 차일드 브룸스틱을 입력하고 엔터 키를 눌렀다. "이럴 줄 알았어. 퀴디치(『해리포터』 시리즈에 나오는 가상의 스포츠)랑 마녀 복장 같은 핼러윈 코스튬만 나오는데. 그다지 도움이 안 된다."

"무슨 뜻으로 한 말일까?" 라비가 양말을 또 던지며 궁금해했다. "그 나머지 것도 시도해봐."

"으으, 알겠어. 그 대신 이번에는 이미지는 안 눌러볼 거야." 핍은 그렇게 말하며 검색창을 지우고 차일드 브라운 식child brown sick을 입력한 후 엔터 키를 눌렀다. 예상했던 대로 아이들 건강에 대한 웹사이트와 '구토'라는 제목 페이지가 떴다. "봐, 내가 소용없을 거라고—"

말문이 막힌 핍의 눈이 가늘어지며 시선이 멈추었다. 검색창 바로 아래에 구글이 '차일드 브런즈윅Child Brunswick으로 검색하시겠습니까?'라는 질문을 던지고 있었다.

"차일드 브런즈윅." 핍이 작게 혼잣말을 해보는데 그 조합으로 이름을 다시 보니 어딘가 익숙하게 느껴지는 구석이 있었다. "그게 뭐야?"

라비가 침대에서 스르륵 빠져나와 뒤로 다가오는 사이 핍은 구글이 묻는 그 단어를 클릭했고 그러자 대형 언론사의 기사로 검색창이 도배되었다. 핍은 기사들을 훑어 내려가기 시작했다.

"아, 그거구나." 핍은 라비를 쳐다보며 그도 곧 알아차릴 것으로 기대했지만 라비의 눈빛은 아무것도 모르는 눈치였다. "차일드 브런즈윅은 스코트 브런즈윅 사건에 관련된 아이한테 언론에서 붙여준 이름이야."

"무슨 사건?" 라비가 어깨 너머로 화면을 읽어보며 물었다.

"내가 추천한 범죄 방송 안 들어?" 핍이 말했다. "거기서 다룬 사건이야. 전국에서 가장 악명 높은 사건이기도 하고. 한 20년 전이었지. 스코트 브런즈윅이라는 연쇄 살인마가 있었어. 정말 많이 죽였는데, 스코트 브런즈윅은 자기 아들, 즉 차일드 브런즈윅을 동원해서 희생자들을 유인했어. 정말 못 들어봤어?"

라비가 고개를 흔들었다.

"그럼 이거 한번 읽어봐." 핍이 기사 하나를 클릭해주었다.

작성자: 오스카 스티븐스

1998년과 1999년 켄트주의 마게이트에서는 끔찍한 연쇄 살인 사건이 발생했다. 불과 13개월 사이 십 대 7명이 실종되었다. 제시카 무어/18세, 이비 프렌치/17세, 에드워드 해리슨/17세, 메간 켈러/18세, 샬롯 롱/19세, 패트릭 에반스/17세 그리고 에밀리 노웰/17세. 이후 해안가를 따라 1.5킬로 간격으로 타고 남은 유해가 발견되었는데 사인은 모두 둔기에 의한 외상이었다.

이 괴물의 마지막 희생자였던 에밀리 노웰의 시신은 1999년 3월 실종된 이후 3주 뒤에 발견되었지만, 경찰들이 살인범을 추적해 내기까지는 두 달이 더 소요되었다.

경찰은 마게이트에서 평생을 살아온 41세 지게차 운전사인 스코트 브런즈윅에 집중했다. 브런즈윅은 시신들이 발견된 곳에서 늦은 밤 운전을 하고 지나가는 그를 봤던 목격자의 증언을 기반으로 구성한 몽타주에 근접했다. 그의 차량 역시 목격자의 증언과 일치하는 하얀색 토요타 승합차였다. 그의 집을 수색하는 과정에서 브런즈윅이 일종의 트로피로 간직해온 피해자들의 양말 한 짝씩이 발견되기도 했다.

하지만 그의 살인죄를 입증하기 위한 법의학적인 증거가 거의 없었다. 이 사건이 법정에 회부되었을 때, 재판은 정황 증거와 그의 범행의 주요한 목격자이자 마지막 범행이 자행될 당시 고작 열 살이었던 브런즈윅의 아들 증언에 의지할 수밖에 없었다. 아들과 단둘이 살았던 브런즈윅은 살인을 하기 위해 아들을 이용했다. 그는 놀이터, 공원, 공공 수영장이나 쇼핑센터 같은 공공장소에서 대상을 정한 후 아들을 접근시켜 브런즈윅이 대기하고 있던 승합차로 데리고 오도록 시켰으며, 그렇게 납치하여 살인한 시체를 처리할 때도 아들을 부려먹었다.

스코트 브런즈윅의 재판은 2001년 9월에 시작되었다. 당시 언론에 의해 차일드 브런즈윅이라는 별명으로 불리게 된 그의 열세 살짜리 아들은 만장일치로 그가 유죄라는 결과를 이끌어내는 데 핵심적인 증언을 했다. 스코트 브런즈윅은 무기징역을 받았지만 판결 후 더럼에 위치한 프랭클랜드 교도소에서 재소생활을 시작한 지 불과 7주 만에 동료 재소자에게 폭행당해 사망하였다.

옆에서 그를 도왔던 차일드 브런즈윅은 소년재판에 회부되어 소년원에서 5년의 구금형을 받았다. 그리고 열여덟 살이 되었을 때 가석방심의위원회에서 평생 보호 가석방을 결정했다. 차일드 브런즈윅은 목격자 보호 제도의 적용을 받아 새로운 신분으로 살아가게 되었고, 언론에는 그에 대한 정보나 새로운 신분에 대한 보도를 하지 못하도록 금지 명령이 내려졌다. 내무장관은 이러한 조치에 대해, 아버지가 끔찍한 범죄를 저지르는 데 있어 아들이 수행한 역할로 인해 그에게 자경단원 식의 보복이 가해질 위험이 있기 때문이라고 밝혔다.

37

두 사람을 보는 코너의 눈이 가늘어지며 어두워졌다. 주근깨가 박힌 코에는 주름이 졌다. 핍이 급하게 알려줄 것이 있다는 문자를 하자마자 코너는 학교에서 생물 수업을 듣다 말고 바로 뛰쳐나왔다.

"뭐야? 뭘 알아낸 건데?" 코너가 핍의 책상 의자를 불안한 듯 돌리며 물었다.

핍은 목소리를 키웠다. "그니까 내 말은, 라일라 미드의 진짜 정체가 무엇이든, 차일드 브런즈윅을 찾고 있었을 수도 있겠다는 생각이 들었다는 거야. 단순히 제이미가 그 이름을 루크한테 말해서 그런 건 아니야. 1999년 3월에 마지막 살인 사건이 발생했을 때 차일드 브런즈윅은 열 살이었어. 그리고 재판이 시작된 2001년 9월에는 열세 살이었지. 그럼 2018년도인 지금은 스물아홉 살이나 곧 서른 살이 될 거라는 말이 돼. 라일라가 지금까지 연락했던 사람들은 제이미가 스물아홉 살이라고 처음에 거짓말한 것까지 포함해서 전부 나이가 스물아홉이거나 서른이었어. 그리고 항상 상대에게 이것저것 많이 물어봤어. 그중에 누가 차일드 브런즈윅인지 알아내려고 그랬던 게 거의 확실해. 그리고 어떤 이유에선지 모르겠지만 라일라는 그 사람이 우리 동네에 살고 있다고 생각하는 거야."

"근데 이게 형이랑 무슨 상관이 있어?" 코너가 물었다.

"전부 다 상관이 있지." 핍이 말했다. "내 생각에는 제이미가 라일라 때문에 이 일에 말려든 것 같아. 라일라가 판을 짜놓은 대로 루크 이튼을 만나러 가서, '차일드 브런즈윅'이라고 소리치고 반응을 본 거지. 그런데 루크는 아무런 반응이 없었고."

"그 사람은 차일드 브런즈윅이 아니니까?" 코너가 말했다.

"그렇지, 바로 그거야." 핍이 말했다.

"그러면 말야," 라비가 끼어들었다. "제이미는 루크를 만나고 나서 바로 그 폐농가로 갔잖아. 그리고 거기서 정확히는 모르지만 뭔가 일이 벌어졌고. 그래서 우리가 가설을 세워봤는데……" 라비가 핍을 흘끔 보며 말했다. "제이미가 어쩌면 다른 사람을 보러 거기 간 걸 수도 있다는 거지. 라일라가 '차일드 브런즈윅' 일 수도 있다고 생각했던 또 다른 사람 말이야. 그리고 이번에 는 그 사람이…… 반응을 보인 거지."

"누구? 또 누가 있는데?" 코너가 말했다. "다니엘 다 실바? 아니면 클라크 선생님?"

"아니야." 핍이 고개를 저었다. "아니 내 말은, 물론 그 두 사람도 라일라가 연락을 하고 있던 사람들이긴 하지만, 한 명은 경찰이고 또 한 명은 선생님이잖아. 차일드 브런즈윅이 경찰이거나 선생님일 수는 없으니까. 내 생각에는 라일라가 중간에 연락을 하면서 그걸 알아낸 거 같아. 그래서 아담 클라크 선생님이 본인 직업을 밝혔을 때 아예 연락을 끊어버린 거지. 그러니까 다른 사람이야."

"이게 다 무슨 소리야?"

"내 생각에는 만약 우리가 차일드 브런즈윅을 찾게 된다면," 핍이 귀 뒤로 머리카락을 꽂아 넘기며 말했다. "제이미를 찾을 수 있을 거야."

"말도 안 돼. 우리가 어떻게 그 사람을 찾아?" 코너가 말했다.

"검색." 핍이 이불 위에 올려져 있던 노트북을 갖고 와 다리에 올렸다. "차일드 브런즈윅에 대해서 찾을 수 있는 건 다 찾아보자. 그리고 라일라 미드가 왜 브런즈윅이 우리 동네에 산다고 생각하는지도."

"언론 보도 통제까지 내려졌는데, 쉽지는 않겠지." 라비가 말했다.

핍과 라비는 이미 검색에 들어가 뉴스란의 첫 번째 페이지에 있는 기사 목록들을 살피며 건질 만한 정보들이 있는지 체크했다. 하지만 아직은 그의 나이 외에는 공개된 것이 없었다. 핍은 스코트 브런즈윅의 수배 사진을 인쇄해보았지만, 아무리 보아도 익숙한 얼굴이 떠오르지 않았다. 그는 창백한 하얀 피부에 주름이 약간 있고 까칠하게 수염을 기르고 있었다. 갈색 눈동자에 갈색 머리. 그냥 평범한 남자의 모습으로, 어떤 연쇄 살인마 같은 괴물의 흔적은 발견할 수 없었다.

핍은 다시 검색에 들어갔다. 라비도 마찬가지로 검색에 돌입했고, 코너도 휴대폰으로 검색을 하기 시작했다. 그리고 10분 동안 세 사람은 그렇게 아무런 말 없이 검색만 했다.

"뭐 하나 찾은 것 같다." 라비가 말했다. "오래된 기사에 달린 익명 댓글이야. '확인 안 된 소문이지만, 2009년 12월 차일드 브런즈윅이 데번주에 살다가 자기 정체를 여자친구에게 말했고,

그 여자친구가 사람들한테 그 사실을 공개해서 다른 지역으로 옮겨가 새로운 신분을 부여받아야 했다.' 세금 낭비라고 불평하는 댓글이 많네."

"기록해둬." 핍이 첫 번째 기사를 결국 다른 말로 똑같이 풀어낸 또 다른 기사를 읽으며 말했다.

핍은 다음 화면에 뜬 글을 읽어주었다. "2014년 12월, 리버풀에 사는 한 남성이 성인이 된 차일드 브런즈윅의 모습이라고 주장하는 사진을 게재하여 법정모독죄로 9개월의 집행유예를 선고받았다." 핍은 여기서 잠깐 쉬고 다시 이어갔다. "그의 주장은 결국 사실이 아닌 것으로 판명이 났으며 법무장관은 이러한 조치가 단순히 차일드 브런즈윅을 보호하기 위한 목적에서가 아니라 차일드 브런즈윅으로 오인받아 위험에 처할 수 있는 사람들을 보호하기 위해서라는 입장을 밝혔다."

곧이어 라비가 침대에서 일어나자 그 바람에 핍이 균형을 잃었다. 라비는 핍의 머리카락을 한번 쓰다듬고는 샌드위치를 만들어 아래층으로 내려갔다.

"새로 찾은 거 있어?" 라비가 다시 돌아와 핍과 코너에게 접시를 건네며 물었다. 라비의 샌드위치에는 이미 두 번 베어먹은 자국이 있었다.

"코너가 뭘 찾았어." 핍이 '차일드 브런즈윅 리틀 킬턴'으로 검색한 결과 창을 내려가며 말했다. 처음 몇 페이지는 작년에 있었던 핍의 사건 조사 결과로 도배가 되어 있었다. '앤디 벨 사건을 해결한 리틀 킬턴의 소녀 탐정'이라는 내용이었다.

"어어," 입술을 깨물고 있던 코너가 입을 열었다. "여기 팟캐스트 댓글에 누가 차일드 브런즈윅이 다트포드에 살고 있다는 소문을 들은 적이 있대. 몇 년 전 댓글이야."

"다트포드?" 라비가 노트북 앞에 다시 자리를 잡으며 말했다. "나도 방금 기사를 읽었는데, 인터넷에서 차일드 브런즈윅이라고 지목된 사람이 자살했다는 내용이야."

"아아, 같은 사람인가 보다." 핍이 사건 노트에 기록을 하고 다시 검색페이지로 돌아가며 말했다. 이제 구글 검색기록의 9번째 페이지에서 위로부터 3번째 링크를 살필 차례였다. 클릭을 하자 포챈(4Chan. 익명으로 기고하는 영어권 웹사이트) 게시물이 나왔는데 원 작성자는 이렇게 글을 마무리하고 있었다. '차일드 브런즈윅은 멀쩡히 살아 돌아다니고 있다. 누구라도 길을 가다 마주쳤을 수 있다. 다만 모르고 스쳐 지나갔을 뿐.'

그 아래에는 다양한 댓글이 달려 있었다. 대부분은 차일드 브런즈윅을 찾으면 어떻게 해버리겠다는 무서운 협박들이었고, 일부는 사람들이 찾아본 기사 링크를 걸어놓은 것이었다. 특히나 살벌하게 무서운 살해 협박을 한 글의 댓글 중에는 이런 내용도 있었다. '그 사건들이 벌어졌을 때 그 애는 고작 어린애였다는 걸 알면서 그러나요. 애는 아빠가 시켜서 할 수 없이 한 거예요.' 이에 대해서는 또 이런 댓글이 달려 있었다. '그래도 걔는 평생 감옥에 갇혀 살아야 해. 아마 지 애비만큼 나쁜 놈일 거야. 나쁜 종자를 받은 놈이야. 걔한테도 똑같은 피가 흐르니까.'

핍은 유독 어두운 기운으로 가득한 이 인터넷 창에서 벗어나기 위해 뒤로가기를 막 누르려던 참이었다. 그러다 거의 맨 아래쪽에 있던 한 댓글에 시선을 빼앗겼다. 4개월 전 글이었다.

익명, 12월 29일 토요일 11:25:53

차일드 브런즈윅이 어딨는지 알고 있음. 걔는 지금 리틀 클리턴에 살고 있음. 뉴스에 나온 앤디 벨 사건을 해결했던 여자애가 살고 있는 그 동네임.

핍은 심장이 미친 듯이 뛰기 시작하며 가슴이 떨렸다. 리틀 킬턴을 리틀 클리턴으로 친 오타였다. 그래서 지금까지 검색 결과에서는 이 글을 발견하지 못한 것이었다.

핍은 그 글에 달린 답글을 읽기 위해 스크롤을 내렸다.

익명, 12월 29일 토요일 11:32:21

어디서 들은 얘기임?

익명, 12월 29일 토요일 11:37:35

내 친구 사촌이 지금 그렌든 교도소에 있는데 같은 방 쓰는 사람이 그 동네에서 왔고, 차일드 브런즈윅이 누군지 알고 있다고 함. 둘이 친구였고 몇 년 전에 브런즈윅이 그 사람한테 자기 정체를 털어놨다고 함.

익명, 12월 29일 토요일 11:39:43

진짜임? :)

핍은 목구멍이 턱 막혀 숨을 쉴 수가 없었다. 라비는 핍이 긴장한 것을 느끼고 걱정스러운 눈빛으로 핍을 쳐다봤다. 방 한쪽에서는 코너가 무슨 말을 하려고 했지만 핍은 머릿속을 정리하기 위해 코너에게 조용히 하라고 신호를 보냈다.

그렌든 교도소.

핍도 그곳에 아는 사람이 하나 있었다. 그렌든 교도소는 하위 바워스가 마약 관련 혐의에 대해 무죄를 주장하다가 복역하고 있는 곳이었다. 그는 12월 초부터 형을 살기 시작했다. 이 댓글에서 말하는 복역수는 하위가 틀림없었다.

그리고 그 말인즉슨 하위 바워스가 차일드 브런즈윅이 누구인지 정체를 알고 있다는 뜻이기도 했다. 또 그건, 잠깐…… 핍의 머릿속이 버벅거리며 몇 개월 전의, 잊고 있던 기억을 더듬어보기 시작했다.

핍은 눈을 감고 집중했다. 그리고 그 기억을 떠올렸다.

"망할." 핍은 다리에 올려놨던 노트북이 미끄러지게 내버려두고 벌떡 일어나서 쏜살같이 휴대폰이 놓여 있는 책상으로 향했다.

"왜?" 코너가 물었다.

"망할, 망할, 망할." 핍은 중얼거리며 휴대폰 잠금을 풀고 사진첩을 열었다. 그리고 스크롤을 내려 4월, 3월로 조쉬의 생일 때 찍은 사진들과 카라가 어떤 머리를 할까 물어보며 보내왔던 사진들을 지나 1월에 찍은 사진들과 레이놀즈 가족 집에서 찍은 새해 전날 밤 파티 사진, 크리스마스, 윈터 원더랜드에서 친구들과 찍은 사진, 라비와 처음 저녁 약속이 있던 날, 11월에 찍은 사진과 뉴스 기사에 난 자신의 얘기를 캡처해놓은 파일 그리고 3일 동안 병원에서 지내며 찍은 사진, 또 라비와 함께 앤디

네 집에 몰래 들어가서 앤디 벨의 플래너를 찍어온 사진들이 있었다. 그때는 눈치채지 못했는데 별을 그려놓은 그림 옆에 앤디가 휘갈겨 쓴 제이미의 이름이 적혀 있는 것이 보였다. 핍은 사진을 더 넘겨보다 드디어 멈췄다.

10월 4일에 찍은 사진들. 작년에 하위 바워스하고 대화를 시도하기 위해서 이용한 사진들이었다. 하위가 사진을 삭제하라고 했지만 핍은 혹시나 있을 경우를 대비해 사진을 복원해놓았다. 지금보다 앳된 모습의 로빈 케인이 하위에게 돈을 건네고 종이가방을 건네받는 모습이 찍힌 사진이었다. 하지만 핍이 원한 것은 그 사진이 아니었다. 그 사진을 찍기 몇 분 전에 찍은 사진들이었다.

하위 바워스는 울타리 앞에서 어스름한 곳으로부터 나오는 누군가를 만나기 위해 기다리고 있었다. 그리고 그 누군가는 하위에게 돈봉투를 건넸지만 물건을 건네받지는 않았다. 그는 베이지색 코트를 입고 지금보다 더 짧은 머리를 하고 있었다. 볼이 발개진 남자. 스탠리 포브스였다.

사진 속의 그 형체들은 움직이지도 않고 가만히 선 채 입만 벌리고 있는 상태였지만 핍은 7개월 전 엿들었던 그 대화를 기억해냈다.

"이번이 마지막이야. 알아들어?" 스탠리는 그렇게 말했다. "이 이상 계속 요구해도 더 가진 게 없어."

하위의 대답은 소리가 너무 작아서 듣기 어려웠지만 분명 "하지만 돈을 안 가져오면 다 불어버릴 거야." 이 비슷한 내용이었다고 핍은 확신했다.

그리고 스탠리는 그를 쏘아보며 이렇게 말했다. "말하면 어떻게 되는지 알지?"

핍은 그때 그 순간, 절망과 분노 가득한 눈으로 하위를 바라보던 스탠리의 그 눈빛을 지금도 기억하고 있었다.

그리고 이제는 그 눈빛의 이유를 알 수 있었다.

고개를 들어 옆을 돌아보니 라비와 코너가 아무 말 없이 핍을 쳐다보고 있었다.

"왜 그래?" 라비가 물었다.

"차일드 브런즈윅이 누군지 알았어." 핍이 말했다. "스탠리 포브스야."

38

그들은 그렇게 아무 말 없이 앉아 있었다. 조용한 침묵 속에서 핍의 귓가에는 알 수 없는 윙윙거리는 소리가 들렸다.

지금까지 찾은 정보들을 취합해볼 때 핍의 추론이 사실이 아니라고 반박하는 게 하나도 없었다.

스탠리는 4년 전 《킬턴 메일》에 기고한 주택 가격에 관한 기사에서 나이가 25세라고 언급한 적이 있었다. 나이대가 딱 들어맞는다. 거기다 개인 sns 계정이 없는 것으로 보이는 점도 아귀가 들어맞았다. 그리고 핍은 지난 일요일 아침에 있었던 일을 기억해냈다.

"자기 이름에 반응을 잘 안 해. 내가 지난주에 '스탠리'라고 불렀을 때도 반응이 없었어. 사무실 직원은 스탠리가 원래 그렇다고, 선택적으로 듣는다고 했어. 하지만 어쩌면 스탠리라는 이름으로 살아온 기간이 짧아서 그랬을 수도 있잖아."

라비와 코너도 핍의 의견에 동조했다. 우연의 일치라기에는 들어맞는 신호들과 흔적들이 너무 많았다. 스탠리 포브스가 차일드 브런즈윅이었던 것이다. 그는 친구였던 하위 바워스에게 그 사실을 얘기했는데, 하위는 그를 배신했고 오히려 그 정보를 악용해 스탠리에게서 돈을 갈취했던 것이다. 하위는 감방 동료에게 이 사실을 얘기했고, 그 동료가 자기 사촌에게, 그 사촌은 또 자기 친구에게 이야기를 전해 그 친구가 인터넷에 루머를 올린 것이었다. 그리고 그것이 라일라 미드(그녀의 정체가 무엇이든)가 리틀 킬턴에 차일드 브런즈윅이 살고 있다는 사실을 알아낸 경로였다.

"그래서, 이게 무슨 뜻이지?" 코너가 점점 깊어지는 침묵을 깨고 말했다.

"라일라가 차일드 브런즈윅으로 추정되는 사람을 둘로 추려서," 라비가 손가락으로 두 사람이라는 표시를 하며 이야기했다. "그날 밤 제이미랑 만나게 한 거라면, 제이미가 사라진 그 농가에서 만난 사람이 스탠리였다는 말이잖아. 그 뜻은……"

"스탠리는 제이미한테 무슨 일이 있었는지 안다는 거지. 그리고 만약 제이미에게 무슨 일이 생겼다면 그걸 저지른 사람이 바로 스탠리라는 뜻이지." 핍이 말했다.

"그런데 우리 형이 왜 이런 일에 말려들게 된 거야?" 코너가 물었다. "말도 안 되잖아."

"아직은 몰라. 그리고 지금은 그게 중요한 게 아니야."

핍이 자리에서 일어섰다. 긴장해서 다리가 부들부들 떨렸다. "중요한 건 제이미를 찾는 거야. 스탠리 포브스를 이용해서."

"어떻게 할 계획이야?" 라비가 자리에서 일어나며 물었다. 라비의 무릎에서 뚜둑 소리가 났다.

"경찰을 부를까?" 코너도 자리에서 일어났다.

"경찰은 못 믿어." 핍이 말했다. 이 모든 일 그리고 맥스의 일을 겪고 나서 핍은 다시는 경찰을 믿을 수가 없었다. 경찰만이 옳고 그름을 결정할 수 있는 것은 아니었다. "스탠리 집에 잠입해야 해." 핍이 말했다. "만약 스탠리가 제이미를 납치했거나……" 핍은 코너를 스윽 봤다. "해치기라도 했다면 제이미가 지금 어디 있는지에 대한 단서를 그 집에서 찾을 수 있을 거야. 먼저 스탠리를 밖으로 불러내야 해. 그다음에 그 집으로 들어갈 거야. 오늘 밤에."

"어떻게?" 코너가 물었다.

마치 미리 준비라도 했던 양 계획이 흘러나왔다. "우리가 라일라 미드가 되는 거야." 핍이 말했다. "유심카드를 바꿔 끼워서 라일라인 척하고 다른 번호로 문자를 보낼 거야. 오늘 밤 그 농가에서 만나자고. 라일라도 지난주에 그렇게 해서 스탠리를 불러내 제이미랑 만나게 했겠지. 스탠리는 분명히 진짜 라일라와 만나고 싶어할 거야. 자기 정체를 알고 있는 사람이 누군지 또 원하는 게 뭔지 알아내고 싶을 테니까. 분명히 올 거야. 분명히."

"조만간 앤디 벨처럼 대포폰 하나 장만해야겠다." 라비가 말했다. "좋았어. 그럼 농가로 유인해낸 사이 다 같이 그 집에 들어가서 제이미 행방에 대한 단서를 찾아보자."

코너가 함께 고개를 끄덕였다.

"아니야," 핍이 두 사람을 멈춰 세웠다. 라비와 코너는 다시 핍의 말에 집중했다. "전부 다는 안 돼. 누구 한 명은 농가에 남아 다른 두 사람이 집을 뒤지는 동안 시간을 충분히 끌어줘야 해. 스탠리가 집으로 돌아가려고 출발하면 그것도 알려줘야 하고." 핍이 라비의 눈을 바라보며 말했다. "내가 할게."

"하지만……." 라비가 무슨 말인가를 하려고 했지만 핍이 가로막았다.

"그렇게 하자. 내가 농가에서 망을 보고 있을 테니까 두 사람이 스탠리 집으로 잠입해줘. 에이커스 엔드에 있는 앤트네 집에서 두 집 더 내려가면 그 집이야. 맞지?" 핍이 코너에게 질문을 돌렸다.

"응, 내가 어딘지 알아."

"핍." 라비가 또 입을 열었다.

"곧 있으면 엄마가 돌아오실 거야." 핍은 라비의 팔을 잡고 말했다. "빨리 가봐. 부모님한테는 선배 집에서 저녁을 먹기로 했다고 말하고 나갈게. 9시에 와이빌 로드 중간지점에서 만나자. 그때 문자도 보내고 준비를 해놓자고."

"알겠어." 코너는 핍을 향해 눈을 깜박이는 신호를 보내고 방에서 나갔다.

"코너, 너희 엄마한테는 말씀드리지 말고." 핍이 코너의 등에 대고 소리쳤다. "아직은 안 돼. 일단 우리 셋만 알고 있자."

"알아들었어." 코너가 또 한 발짝을 디디며 말했다. "가자, 라비."

"아, 잠깐만 기다려줘." 라비가 코너를 향해 턱으로 고갯짓을 하며 먼저 내려가라는 신호를 했다.

"왜 그래?" 라비가 가까이 다가오자 핍이 물었다.

"왜 그러는 거야?" 라비가 조심스레 물었다. "왜 너가 망을 보겠다는 거야? 내가 할게. 네가 스탠리 집으로 들어가봐."

"아니야, 그러면 안 돼." 핍은 라비가 너무 가까이 다가오자 볼이 뜨거워지는 것을 느끼며 말했다. "코너는 일단 그 집에 들어가봐야 해. 제이미는 코너의 형이니까. 근데 선배도 마찬가지야. 이게 선배한테는 두 번째 기회라고 그랬잖아?" 핍은 속눈썹 사이에 낀 머리카락을 떼어내며 말했다. 라비는 핍의 손을 잡아 자기 얼굴에 가져다 댔다. "선배가 해줬으면 좋겠어. 선배가 제 이미를 찾아야 돼. 찾아줘. 제발." 핍이 덧붙였다.

라비는 시간이 가는 줄도 모르고 한참 동안 핍의 손을 붙잡고서 미소를 지었다. "너 정말 혼자서 해도 괜찮겠어? 정말……."

"난 괜찮아." 핍이 말했다. "망만 볼 거야."

"알겠어." 라비가 핍의 손을 내려놓고서는 자기 이마를 핍의 이마에 갖다 대며 말했다. "우리가 제이미를 꼭 찾을 거야." 그리고 속삭였다. "모든 게 다 잘될 거야."

핍은 잠시 동안이나마 그런 라비의 말을 믿기로 했다.

> 나 라일라인데,

> 농가에서 11시에 만나요.

> :)

읽음 10:18

> 갈게.

39

달빛은 버려진 농가의 우둘투둘한 윤곽을 따라 비춰주다 중간중간 파인 틈과 구멍 사이로 그리고 한때 창문이 있었을 위층의 큰 구덩이를 따라 은색 빛을 뿌리고 있었다.

핍은 2미터 정도 떨어진 도로 건너편 나무들 사이에 숨어 그 오래된 집을 바라보고 있었다. 나뭇잎 사이로 바람이 휘익 지나가며 핍의 마음속에서 울려오는 소리를 무언의 단어로 새기고 있었다.

휴대폰 화면이 밝아지면서 진동이 울렸다. 라비였다.

"여보세요?" 핍은 조용히 전화를 받았다.

"여기 길가에다 주차해놨어." 라비가 숨죽인 목소리로 말했다. "스탠리가 방금 현관으로 나왔어. 지금 차에 타는 중." 그러고 나서 라비는 잠시 휴대폰에서 입을 떼고 옆에 있는 코너에게 뭔가 속삭이는 듯했다. "됐어. 방금 지나갔다. 지금 그쪽으로 가는 중이야."

"알겠어." 핍이 말했다. 휴대폰을 잡고 있는 손가락이 갑자기 긴장하며 팽팽해졌다. "빨리 안으로 들어가."

"그래, 가고 있어." 라비가 말했다. 차문이 조용히 닫히는 소리가 났다.

보도를 따라 걷는 라비와 코너의 발소리가 핍의 전화기를 타고 들려왔다. 빨라지는 두 사람의 발소리에 맞춰 핍의 심장도 뛰었다.

"매트 아래에는 열쇠가 없네." 라비가 코너와 핍에게 말했다. "얼른 뒤로 돌아가보자. 누가 보기 전에."

두 사람이 집 뒤로 서둘러 가는 모양인 듯 라비의 허덕이는 숨소리가 들렸다. 3킬로미터 떨어진 곳에 있었지만 우린 여전히 같은 하늘, 같은 달빛 아래 있었다.

철컥거리는 소리가 났다.

"뒷문은 잠겼어." 코너의 목소리가 희미하게 들렸다.

"그니까. 대신 손잡이 옆에 바로 잠금장치가 있네." 라비가 말했다. "창문을 부수고 열면 될 것 같아."

"큰 소리 안 나게 조심하고." 핍이 말했다.

재킷을 벗어 주먹에 두르며 바스락거리는 소리와 끙끙거리는 소리가 휴대폰으로 들려왔다. 그리고 쿵 하는 소리가 한 번 나고, 또 한 번 나더니 유리가 후두두 부서지는 소리가 났다.

"안 다치게 조심해." 코너가 말했다.

끙끙거리는 라비의 깊은 숨소리가 들렸다.

찰칵하는 소리.

끼익하는 소리.

"좋아. 들어왔어." 라비가 속삭였다.

라비와 코너가 집 안으로 들어가며 바닥에 떨어진 유리를 밟아 바스락거리는 소리가 들렸다. 그리고 그때 거리 저쪽 끝에서 어둠 사이로 한 쌍의 노란 눈 같은 불빛이 밝게 비치기 시작했다. 헤드라이트 불빛은 올드팜 로드를 타고 핍 쪽으로 점점 가까이 다가오고 있었다.

"왔다." 핍은 시카모어 로드를 타고 검은색 차량이 다가오는 것을 보고 목소리를 낮추어 조용히 말했다. 차량은 자갈길로 들어서서 차를 세웠다. 핍의 차는 스탠리가 보지 못하도록 올드팜 로드 위쪽에 세워두었다.

"잘 숨어 있어." 라비가 말했다.

차문이 휙 열리고 스탠리 포브스가 밖으로 나왔다. 어둠 속에서 하얀 셔츠가 눈에 들어왔다. 갈색 머리카락은 헝클어져 있었고, 얼굴은 어둠에 묻혀 잘 보이지 않았다. 스탠리는 농가 쪽으로 몸을 돌려 다가가기 시작했다.

"안으로 들어갔어." 스탠리가 활짝 열린 현관을 따라 어두운 폐농가 안으로 들어갔다.

"우리는 주방이야." 라비가 말했다. "어둡다."

핍은 휴대폰을 입에 더 가까이 가져다 댔다. "라비, 코너가 이거 못 듣게 해. 만약에 휴대폰이든 옷이든 제이미 물건이 뭐라도 발견되면 아직 만지지 마. 일이 뜻대로 안 되면 그게 증거가될 테니까."

"알겠어." 라비는 그렇게 말하면서 코를 훌쩍이는 것인지 놀라서 숨을 쉬는 것인지 분간할 수 없는 소리를 냈다.

"라비?" 핍이 말했다. "라비, 무슨 일이야?"

"망할." 코너의 목소리였다.

"누가 있어." 라비의 숨소리가 빨라지고 있었다. "사람 목소리가 들려. 여기 누군가 있어."

"뭐?" 핍의 목구멍을 타고 두려움이 몰려왔다. 목구멍이 턱 막혔다. 그리고 라비의 두려운 숨소리 사이로 코너가 외치는 소리가 들렸다.

"제이미! 우리 형이야!"

"코너, 뛰지 마. 기다려." 라비가 코너에게 소리쳤다. 소리가 휴대폰에서 점점 멀어져갔다.

바스락거리는 소리.

달리는 소리.

"라비?" 핍이 애타게 불렀다.

웅얼거리는 목소리.

쿵 하는 소리.

"형! 형. 나야! 코너! 내가 왔어!"

휴대폰에서 탁탁거리는 소리가 나더니 라비의 숨소리가 다시 들렸다.

"대체 어떻게 된 거야?" 핍이 말했다.

"여기 있어." 코너의 고함 소리와 함께 라비가 떨리는 목소리로 말했다. "제이미가 여기 있어. 괜찮아. 살아 있어."

"살아 있어?" 이렇게 말하는 본인의 말소리가 머리에 제대로 각인이 되질 않았다.

코너의 고함 소리는 이제 미친 듯한 흐느낌으로 바뀌어 있었다. 웅얼웅얼 소리가 간간이 들리고 그 사이사이 제이미의 목소리가 들렸다.

"세상에! 살아 있구나." 핍은 나무 뒤로 한 발자국 더 다가가며 갈라지는 목소리로 말했다. "제이미가 살아 있어." 핍은 다짐이라도 하듯 한 번 더 그 말을 되뇌었다. 눈물이 터져 나왔다.

감사합니다. 감사합니다. 감사합니다. 핍은 눈을 감고 인생에서 그 어떤 때보다 강렬하게 진심으로 그 다섯 글자를 되뇌었다.

"핍?"

"제이미는 괜찮아?" 핍이 재킷에 눈물을 닦으며 물었다.

"제이미한테 갈 수가 없어" 라비가 말했다. "방 안에 갇혀 있어, 아래층에 있는 화장실 같아. 문 바깥 쪽도 사슬 자물쇠에 감겨 있어. 근데 제이미는 괜찮은 것 같아."

"죽은 줄 알았잖아." 코너가 울고 있었다. "우리가 왔으니까 괜찮아, 형. 우리가 꺼내줄게."

제이미의 목소리가 커졌지만, 알아들을 수는 없었다.

"제이미가 뭐라고 하는 거야?" 핍이 농가 쪽을 다시 확인하며 물었다.

"제이미가……" 라비는 잠시 가만히 제이미가 하는 말을 듣더니 핍에게 전달해주었다. "우리보고 나가래. 나가야 한대. 무슨 약속을 했대."

"뭐라고?"

"형 두고는 아무 데도 안 가!" 코너가 소리쳤다.

하지만 그때 어둠 속에 나타난 어떤 움직임이 핍의 시선을 끌었다. 스탠리가 다시 복도를 지나 폐농가 바깥으로 나오고 있었다.

"나왔다." 핍이 숨죽여 말했다. "스탠리가 나왔어. 그쪽으로 가려고 해."

"망할." 라비가 말했다. "다시 라일라인 척하고, 문자 보내. 기다리라고."

하지만 스탠리는 이미 썩은 문지방을 지나 차를 향하고 있었다.

"너무 늦었어." 귀까지 피가 솟구쳐 올라오는 느낌이 들었다. 핍은 그 순간 결정을 내렸다. "내가 주의를 끌어볼게. 일단 제이미를 데리고 나와서 안전한 곳으로 가."

"안 돼, 핍……."

하지만 핍은 휴대폰을 내려놓고 통화종료 버튼을 누른 뒤 나무 뒤에서 나와 길을 달리기 시작했다. 발에 자갈이 차이는 소리가 났다. 잔디밭으로 넘어가자 스탠리가 드디어 달빛에 비친 핍의 모습을 발견했다.

스탠리의 발길이 멈췄다.

핍은 속도를 줄이고 활짝 열린 현관 쪽에서 스탠리를 향해 걸어갔다.

어두운 곳에서 형체를 알아보기 위해 스탠리가 눈을 찌푸렸다.

"거기 누구예요?" 상대를 알아보지 못한 스탠리가 물었다.

그리고 알아볼 수 있을 만큼 핍이 가까이 왔을 때 스탠리의 얼굴이 구겨지며 눈가에 주름이 생겼다.

"아니야." 그의 목소리가 생경했다. 헐떡이는 소리로 같은 말을 되뇌었다. "아니야, 말도 안 돼. 핍. 너야?" 그가 뒷걸음질을 쳤다. "네가 라일라야?"

40

핍이 고개를 저었다.

"아니에요," 핍은 그렇게 답하고서 빨라지는 심장 리듬에 뚝 뚝 끊기는 듯한 목소리로 말을 이어갔다. "문자는 제가 보낸 게 맞는데 제가 라일라는 아니에요. 라일라가 누군지도 모르고요."

어둠 속에서 스탠리의 얼굴 윤곽이 조금 선명해졌지만 제대 로 보이는 것은 흰 눈자위와 흰색 셔츠뿐이었다.

"너…… 너도……" 스탠리가 더듬거리며, 힘들게 차마 하지 못할 말을 하듯 물었다. "너도 알아……?"

"당신이 누구인지 말인가요?" 핍이 부드럽게 말했다. "네, 알 고 있어요."

스탠리의 숨소리가 떨리며 고개가 가슴팍으로 떨어졌다. "아 아." 스탠리는 핍의 눈을 바라보지 못했다.

"들어가서 얘기 좀 할 수 있을까요?" 핍이 현관 쪽으로 고갯 짓을 했다. 라비랑 코너가 사슬을 부수고 제이미를 꺼내는 데 얼마나 시간이 필요할까? 최소한 10분은 걸릴 것이라고, 핍은 생각했다.

"그래." 스탠리가 속삭이듯 꺼져가는 목소리로 말했다.

핍은 어깨 너머로 스탠리가 어두운 복도를 따라오는 것을 확 인하며 먼저 앞장을 섰다. 바닥을 보고 있는 스탠리의 눈빛은 마치 패잔병과도 같았다. 핍은 바닥에 널린 쓰레기들을 지나 거실 끝 쪽의 붙박이장으로 다가갔다. 맨 위 서랍은 열린 채였고, 로빈 일당이 가져다 놓은 커다란 손전등도 아직 거기 있었다. 핍은 손을 뻗어 손전등을 들고 어둠 속 실루엣밖에 보이지 않는, 그마저도 사라질 것 같은 스탠리를 돌아보았다.

핍이 손전등을 딸깍 켜자 방 안의 윤곽과 색깔들이 살아 돌아왔다.

스탠리는 손전등 빛에 눈을 찌푸렸다.

"원하는 게 뭐야?" 불안한 듯 손을 만지작거리던 스탠리가 물었다. "한 달에 한 번 돈을 줄 수 있어. 마을 신문에서 일하는 건 거의 자원봉사 개념이라 많이 벌지는 못하지만 주유소에서도 일하고 있으니까. 돈은 줄 수 있어."

"돈을 준다고요?" 핍이 말했다.

"사, 사람들한테 말을 하지 않는 대가로." 스탠리가 말했다. "비밀을 지켜준다면."

"스탠리, 저는 협박하려고 그랬던 게 아니에요. 아무한테도 말 안 할게요. 약속해요."

스탠리의 눈빛에 혼란스러운 기색이 스쳤다. "아니 그러면…… 뭐 때문에 이러는 거야?"

"저는 그냥 제이미를 구하고 싶었을 뿐이에요." 핍이 손을 내밀며 말했다. "그게 다예요."

"걔는 무사해." 스탠리가 말했다. "무사하다고 계속 말했잖아."

"제이미를 해쳤나요?"

스탠리의 반짝이던 갈색 눈빛이 화가 난 듯 딱딱해졌다.

"걔를 해쳤냐고?" 스탠리의 목소리가 커졌다. "물론 절대 아니야. 걔가 날 죽이려고 했지."

"네?" 핍의 숨이 턱 막혔다. "도대체 무슨 일이 있었던 거예요?"

"그게…… 그 라일라 미드라는 여자가 《킬턴 메일》 페이스북 페이지에서 나한테 말을 걸어왔어." 스탠리가 한쪽 벽에 기대 말을 하기 시작했다. "그러다가 결국 번호를 교환하고 문자를 주고받기 시작했지. 그렇게 몇 주 동안이나 연락을 하고 지냈어. 라일라를 좋아했거든…… 적어도 그때는 그렇다고 생각했어. 그리고 저번 주 금요일 밤늦게 여기서 만나자고 문자가 왔어." 스탠리는 말을 잠시 멈추고 다 벗겨져 나가는 오래된 벽을 둘러봤다. "여기 도착했을 때 라일라는 없었어. 밖에서 10분 정도 기다리고 있는데 누가 나타나는 거야. 제이미 레이놀즈였어. 막 달려온 사람처럼 숨을 몰아쉬고 좀 이상해 보였어. 그러고서 나한테 오더니 바로 '차일드 브런즈윅' 그 이름부터 대뜸 내뱉더라고." 스탠리는 잠시 쿨럭거리며 기침을 했다. "나는 당연히 너무 놀랐지. 여기서 산 지도 벌써 8년이 넘었는데…… 한 명 빼고는 아무도……."

"하위 바워스요?" 핍이 끼어들었다.

"맞아, 하위 빼고는 아무도 몰랐지." 스탠리는 경멸하듯 말했다. "그를 친구라고 생각했어. 믿을 수 있는 사람이라고. 라일라에 대해서도 마찬가지 마음이었지. 뭐, 어찌 됐든 너무 놀라서 공황상태가 됐는데 갑자기 제이미가 칼을 들고 달려들었어. 간신히 벗어나서 결국 칼을 떨어뜨리게 만들긴 했지. 그런데 정신 차리고 보니까 걔랑 몸싸움을 하고 있었어. 저 밖의 나무 아래에서. 그렇게 싸우는 중에 내가 제발 살려달라고 하다가 걔를 나무 쪽으로 밀어버렸는데 머리를 부딪히더니 쓰러졌어. 잠깐 의식을 잃은 줄 알았는데 조금 지나니까 약간 멍해진 것 같기도 하고, 뇌진탕이 온 것 같기도 해 보였어."

"그리고…… 그냥 어떻게 해야 할지 막막했어. 경찰에 신고해서 누가 내 정체를 알고 죽이려 했다고 말하면 난 또 떠나야 하겠지. 또 다른 동네에서 다른 이름으로 다른 인생을 시작해야 돼. 떠나고 싶지 않았어. 여기가 내 집인데. 나는 여기 생활이 좋아. 친구가 한 명도 없었는데 여기서 친구도 생기고 스탠리 포브스로 살며 처음으로 행복한 생활에 가까운 날들을 보냈어. 완전히 다른 곳에서 다시 또 다른 사람 행세를 하며 시작하는 건 못 할 짓이야. 이미 한 번 겪었어. 스물한 살 때. 그때 사랑하던 여자한테 내 정체를 밝혔더니 결국 경찰을 불렀고 나는 이 동네로 옮겨와서 스탠리 포브스라는 새로운 이름으로 살아야 했지. 다시 처음부터 시작해야 하는 그 과정을 또 겪을 수가 없었어. 어떻게 해야 할지 생각할 시간이 필요했을 뿐이야. 제이미를 해칠 생각은 눈꼽만큼도 없었어."

고개를 들어 이쪽을 바라보는 스탠리의 눈에는 눈물이 그렁그렁했고 핍이 자신을 믿어주었으면 하는 간절한 바람이 느껴졌다. "제이미를 일으켜 세워서 차로 데리고 갔어. 그때까지도 계속 멍하고 힘이 없길래 병원으로 데리고 가겠다고 말했지. 그런 다음 휴대폰을 빼앗아 전원을 껐어. 혹시나 전화를 걸려고 할까봐. 그러고는 우리 집으로 데리고 들어가서 아래층 화장실

에 가뒀지. 거기가 바깥에서 잠글 수 있는 유일한 방이라. 걔가
밖으로 안 나오기를 바랐어. 다시 나를 죽이려고 달려들까봐 겁
이 났거든."

핍은 고개를 끄덕였고 스탠리는 다시 말을 이어갔다.

"이 상황을 어떻게 해결해야 할지 생각할 시간이 필요했어.
제이미는 계속 문에 대고 미안하다며 좀 꺼내달라고, 집에 보내
달라고 했지만 나는 생각할 시간이 필요했어. 누가 휴대폰 위치
추적을 할까봐 일단 망치로 제이미의 전화기를 부쉈어. 몇 시간
지나서 문손잡이에 사슬 자물쇠랑 파이프도 꽂았어. 내가 문을
열어도 그 순간 제이미가 밖으로 나올 수는 없게. 그리고 침낭
이랑 쿠션이랑 먹을 걸 넣어줬어. 싱크대에서 수돗물을 받아먹
을 수 있게 컵도 넣어주고. 생각을 좀 해봐야겠다고 말하고 그
안에 가둬놨어. 그날 밤은 아예 잠을 못 자고 계속 생각했어. 제
이미가 라일라라고 믿고 있었거든. 라일라인 척하고 나를 꾀어
내서 죽이려 했다 생각하고 또다시 나를 죽이려 들까봐, 아니면
사람들한테 내 정체를 얘기할까봐 보내줄 수가 없었어. 경찰도
부를 수가 없었어."

"그다음 날은 주유소에 출근을 해야 했어. 결근하거나 병가
를 내면 감찰관이 이것저것 물어보거든. 의심을 사고 싶지 않았
어. 그날 저녁 집에 돌아와서까지도 어떻게 해야 할지 모르겠어
서 저녁을 만들어 문 사이로 넣어주다가 그때 대화를 하기 시작
했어. 제이미는 차일드 브런즈윅이 무슨 뜻인지도 모른다고 했
어. 그냥 라일라 미드라는 여자가 시킨 짓을 한 거래. 라일라한
테 엄청 빠진 것 같더라고. 라일라가 나한테 했던 멘트랑 똑같

은 멘트를 제이미한테도 했더라. 아빠가 너무 가부장적인 사람이라서 밖에 잘 나가지도 못하게 하고, 뇌종양인데 수술도 못한다고." 그리고 스탠리는 비아냥거리듯 말했다. "제이미한테는 거기서 한 걸음 더 나갔더라고. 임상시험이 있는데 아빠는 못하게 하고 자기는 돈을 낼 방법이 없다고, 근데 안 하면 죽을지도 모른다고 했대. 제이미는 라일라를 사랑한다고 생각했으니까 어떻게든 살리고 싶어서 1,200파운드를 줬대. 그것도 상당 부분은 빌려 가지고. 라일라는 현금을 교회당 묘지에 두고 가면 아빠 몰래 나올 수 있을 때 가지러 가겠다고 했고, 이런저런 것들을 하게 시켰대. 다른 사람 집에 몰래 들어가서 아빠가 자선 상점에 기부해 다른 사람이 사가버린, 죽은 엄마의 시계를 훔쳐오게도 하고. 또 생일날 밤에는 자기가 임상시험 하는 걸 방해하는 사람을 때려주라고, 그런 일도 시켰다고 하더라고."

"금요일 밤도 라일라가 제이미를 보낸 거죠?"

스탠리는 고개를 끄덕였다. "제이미는 라일라가 다른 사람 사진을 이용해서 자기를 속였다는 걸 알고 바로 전화해봤대. 그랬더니 라일라가 자기를 뒤쫓는 스토커가 있어서 가짜 사진을 쓸 수밖에 없었다고, 사진 빼고 다른 건 다 진짜라고 했대. 그리고 그 스토커가 제이미랑 라일라 사이를 알게 돼서 라일라를 죽이겠다고 협박 문자를 보냈다고 했대. 스토커를 두 명으로 추렸는데 둘 중에 누구인지는 모른다고, 근데 죽인다고 하면 정말로 죽일 사람이라고 했대. 그래서 그 둘한테 한적한 곳에서 만나자며 문자를 보내놓고 제이미한테는 스토커가 자길 죽이기 전에 먼저 그자를 죽여달라고 부탁했대. '차일드 브런즈윅'이라고 말하면 상대 쪽에서 무슨 뜻인지 알고 반응을 할 거라고. 그 사람이 스토커라고."

"처음에는 못 한다고 했대. 그런데 라일라가 계속 설득을 했다나 봐. 부탁을 들어주지 않으면 라일라가 떠날까봐 그게 무서웠다고 하더라고. 그런데 막상 나를 공격하던 그 순간에 '이건 아니다'라는 생각이 들었대. 그래서 내가 자기를 쳐서 칼이 떨어졌을 때 속으로 오히려 안심이 됐다더군."

핍은 그 장면이 머릿속에 그려지는 듯했다. "그니까 제이미는 라일라랑 전화 통화를 한 거죠? " 핍이 물었다. "여자가 확실하긴 한가요?"

"맞아." 스탠리가 말했다. "그래도 난 완전히 제이미를 믿지 못했어. 여전히 제이미가 라일라일 수도 있고 나한테 거짓말을 하는 걸 수도 있다고 생각해서 풀어주면 날 죽이거나 사람들한테 말할 거라고 생각했지. 그래서 그 대화를 나눈 다음에 — 토요일 밤에 대화를 많이 했어 — 합의를 봤어. 같이 라일라의 진짜 정체를 알아내서 제이미가 라일라가 아니고 정말로 다른 사람이 맞는지 확인하기로 했어. 그리고…… 라일라를 찾고 나면 비밀을 지켜주는 대가로 돈을 줄 생각이었고. 또 나는 제이미가 나를 죽이려 했던 일을 신고하지 않는 대신 제이미는 내 비밀을 지켜주기로 했고. 그렇게 약속하고 라일라를 찾아내 내가 제이미를 완전히 믿을 수 있을 때까지 제이미는 화장실에서 지내기로 했어. 나한테는 사람을 믿는 게 힘든 일이야."

"그리고 그다음 날 《킬턴 메일》 사무실에 있을 때 네가 찾아왔지. 동네에는 온통 실종 전단지가 붙어 있었고. 그래서 네가 더 조사를 하기 전에 빨리 라일라를 찾아내 그동안 제이미가 어디 있었는지 스토리를 지어 가지고 표지 기사를 내려 했지. 그날 교회에서 나도 힐러리 와이즈먼의 묘지를 찾고 있었어. 라일라를 찾을 수 있는 단서가 있지 않을까 해서. 금방 찾을 줄 알았는데, 아직까지도 라일라가 누구인지 알아내지 못했어. 네 팟캐스트를 듣고 나서 라일라가 너한테 연락했다는 걸 알았어. 그리고 제이미가 정말 라일라가 아니라는 것, 제이미가 한 말이 모두 진실이었다는 것도 알았지."

"저도 아직 라일라가 누군인지 알아내지 못했어요." 핍이 말했다. "그리고 왜 이런 짓을 한 건지도요."

"내가 알아. 라일라는 내가 죽기를 바라고 있어." 스탠리가 한쪽 눈을 닦으며 말했다. "많은 사람들이 내가 죽기를 바라. 난 매일 어깨 너머로 뒤를 쳐다보며 살아. 이런 일이 일어나리란 걸 늘 예상하거든. 나는 그냥 살아만 있고 싶었어. 조용히 살면서 착한 일도 좀 하고. 내가 착한 사람은 아니고 또 착했던 적도 없다는 걸 나도 잘 알아. 샐에 대해 그렇게 얘기하고 그 가족들을 그렇게 대하고…… 여기서 처음 그 사건이 터졌을 때 샐이 그 짓을 저질렀다는 얘길 듣고는 아버지를 보는 듯했어. 우리 아버지 같은 괴물이 또 있구나. 그러면서 뭔가 내가 바꿀 수 있는 기회라고 생각했지. 근데 내가 틀렸어. 무고한 사람을 그렇게 몰아붙이다니." 스탠리가 또 한쪽 눈을 훔쳤다. "핑계가 될 수 없단 걸 알지만, 나는 그다지 좋은 환경이나 좋은 사람들 사이에서 자라지 못했어. 그 사람들한테 모든 걸 배웠지. 하지만 그런 생각이나 내가 배운 모든 걸 다 지우려 했어. 더 나은 사람이 되려고 노력했어. 가장 최악의 내 모습은 아버지처럼 되는 거니까. 그런데 사람들은 내가 아버지랑 똑같다고 생각하고, 나는 그 사람들 생각이 맞을까봐 항상 너무 두려웠어."

"그 사람이랑은 달라요." 핍이 한 발짝 앞으로 다가가며 말했다. "그때는 아무것도 모르는 어린아이였잖아요. 아빠가 그 일을 하게 시켰던 거고요. 스탠리의 잘못이 아니에요."

"그래도 사람들한테 알릴 수도 있었는데. 아빠가 시킨 짓을 하기 싫다고 할 수도 있었어." 스탠리가 손을 쥐어뜯었다. "그럼 아빠가 나를 죽였을 수도 있겠지만 그러면 그 사람들은 안 죽었겠지. 그리고 그 사람들은 내 인생보다 훨씬 나은 인생을 살았을 거야."

"아직 안 끝났어요, 스탠리." 핍이 말했다. "우리가 같이 해봐요. 라일라가 누군지 찾아보고, 원하는 게 돈이면 돈을 주고. 아무한테도 스탠리의 정체를 밝히지 않을게요. 제이미도 말 안 할거예요. 여기서 계속 지내면서, 지금처럼 살아요."

스탠리의 두 눈에 희미한 희망의 기색이 스쳤다.

"제이미는 아마 지금쯤 라비랑 코너한테 무슨 일이 있었는지 얘기하고 있을 거예요. 그러면……."

"잠깐, 뭐라고?" 스탠리가 말했다. 그리고 한순간에 온 희망이 사라진 눈빛이었다. "라비랑 코너가 지금 내 집에 있어?"

"어어……" 핍이 침을 꿀꺽 삼켰다. "네, 죄송해요."

"창문으로 들어간 거야?"

아무 말도 없는 핍의 얼굴에 그 대답이 적혀 있었다.

스탠리의 얼굴이 어깨 아래로 푹 떨어지더니 깊은숨을 내쉬었다. "그럼 이미 다 끝난 거야. 창문이 깨지면 바로 경찰한테 연락이 가. 15분 안에 도착할 거야." 그는 손을 얼굴로 가져갔다. "다 끝난 거야. 스탠리 포브스도."

핍은 뭐라 말하고 싶었지만 무슨 말을 해야 할지 알 수 없었다. "정말 미안해요." 핍이 말했다. "몰랐어요. 제이미를 찾으려고만 했던 건데……."

스탠리는 고개를 들고 핍을 향해 애써 희미한 미소를 지어 보였다. "괜찮아." 스탠리가 작은 목소리로 말했다. "어차피 이 생활은 너무 과분했어. 이 동네도 너무 지나치게 좋은 곳이었어."

"아니……" 미처 말을 다하기도 전에 핍의 꽉 문 이 사이로 목소리는 뭉개지고, 무슨 소리가 들렸다. 바스락거리는 발소리.

스탠리도 그 소리를 들은 모양이었다. 그는 고개를 돌리고 핍 쪽으로 뒷걸음질을 쳤다.

"누구 있어요?" 복도에서 누군가의 목소리가 들렸다.

핍은 침을 꼴깍 삼켜서 겨우 목구멍으로 넘기며 다가오는 누군가에게 답을 하듯 똑같이 "누구세요?" 하고 물었다. 목소리의 주인공은 그림자로 천천히 다가와 드디어 불빛에 모습을 드러내었다.

찰리 그린이었다. 찰리는 집업재킷을 입고 있었다. 그는 살짝 미소 지으며 핍을 쳐다봤다.

"아, 너일 줄 알았어." 찰리가 말했다. "저쪽 길에서 네 차를 봤거든. 그리고 이쪽에 불빛이 있길래 한번 확인해봐야 할 것 같아서 와봤는데, 괜찮아?" 찰리는 살짝 스탠리 쪽으로 눈을 돌렸다가 바로 핍을 쳐다보았다.

"아, 그럼요." 핍이 미소를 지었다. "아무 문제 없어요. 그냥 얘기를 좀 나누고 있었어요."

"그래, 다행이다." 찰리가 숨을 내쉬며 말했다. "핍, 근데 휴대폰 좀 잠시만 빌릴 수 있을까? 배터리가 나갔는데 플로라한테 메시지를 보내야 해서."

"아, 네." 핍이 말했다. "그럼요, 당연하죠." 핍은 재킷 주머니에서 휴대폰을 꺼내 잠금을 풀고 찰리에게 다가가 휴대폰을 건넸다.

휴대폰을 집어 드는 찰리의 손이 핍의 손바닥에 살짝 스쳤다.

"고마워." 찰리가 휴대폰 화면을 보는 동안 핍은 다시 스탠리의 옆으로 돌아갔다. 찰리는 휴대폰을 꽉 쥐더니 손을 내리고는 주머니에 휴대폰을 집어넣었다.

핍은 그런 찰리의 행동을 지켜보면서 이게 무슨 상황인지 전혀 이해가 되지 않았다. 그리고 머릿속이 복잡해지며 아무런 생각도 할 수가 없었다.

"그쪽 것도." 이제 찰리는 스탠리를 향했다.

"뭐라고?" 스탠리가 말했다.

"당신 휴대폰도." 찰리가 차분하게 말했다. "나한테 넘기라고, 지금."

"이게 무, 무슨." 스탠리가 더듬거렸다.

찰리는 한 손을 뒤쪽으로 가져가 무엇인가를 꺼내는 듯했고, 위아래 입술이 전부 보이지 않을 만큼 입을 앙다물었다.

그리고 찰리의 손이 다시 밖으로 나왔을 때는 무언가 쥐어 있었다.

검고 뾰족한 무언가. 찰리는 떨리는 손으로 그것을 쥐고 스탠
리에게 겨눴다.

총이었다.

"휴대폰 넘겨, 당장."

41

휴대폰은 쓰레기봉투와 맥주병 사이를 훑고 지나가며 마룻
바닥을 미끄러져 몇 바퀴 돌고 나서 찰리의 발 앞에 멈추었다.

스탠리를 겨누고 있는 찰리의 오른손에 들린 총이 흔들렸다.

그는 한 발짝 더 앞으로 다가왔다. 핍은 찰리가 휴대폰을 집
으려 한다고 생각했지만 그게 아니었다. 찰리는 발을 들어 올리
고는 부츠를 신은 발꿈치로 휴대폰 화면을 세게 내리쳤다. 휴대
폰이 와장창 깨지며 부서졌다. 휴대폰 화면의 불빛이 깜빡거리
다 죽었다. 갑작스러운 소리에 놀란 핍은 움찔했지만 시선은 총
에 고정했다.

"찰리…… 뭐 하는 거예요?" 찰리의 떨리는 손처럼 핍의 목소
리도 떨리고 있었다.

"왜 이래, 핍." 찰리는 총신에 눈을 고정한 채 빈정거리는 투
로 말했다.

"이제 다 알아차렸을 텐데."

"당신이 라일라 미드군요?!"

"맞아, 내가 라일라 미드야." 찰리는 씁쓸한 듯 또 초조한 듯
가늠하기 어려운 표정으로 답했다. "나 혼자서는 못 했을 테지
만 말이야. 필요할 때마다 플로라가 목소리를 빌려줬으니까."

"대체 왜요?" 심장이 너무 빠르게 뛰어 핍은 미칠 것 같았다.

찰리의 눈은 핍과 스탠리를 번갈아 보며 지나갔지만 총만은 움직이지 않았다.

"미드는 로라의 성이기도 해. 나의 성이 뭔지 알고 싶나? 노웰이야. 찰리 노웰."

스탠리의 입에서 헉하는 낮은 비명 소리가 흘러나왔다. 그리고 눈빛에는 절망감이 가득했다.

"안 돼." 스탠리가 거의 들리지 않을 만큼 작게 웅얼거렸지만 찰리는 그 소리를 들은 듯했다.

"맞아." 찰리가 말했다. "에밀리 노웰, 마게이트의 괴물하고 그 아들이 죽인 마지막 피해자. 우리 누나였지. 이제 내가 기억나나?" 찰리가 스탠리를 향한 총을 홱 움직이며 소리쳤다. "내 얼굴 기억나? 난 네 얼굴이 아무리 애를 써도 기억이 안 나더라. 얼마나 원망스러웠는지."

"미안해요, 정말 미안해요." 스탠리가 말했다.

"미안하단 소리 하지 마." 시뻘게진 찰리의 목에는 마치 뻗어 나가는 나무뿌리 같은 힘줄이 섰다. "니가 에밀리한테 질질 짜면서 하는 소리 다 듣고 있었어." 그는 핍에게 고개를 돌리더니 "이 새끼가 어쨌는지 알려줄까?" 하고 물었다. 하지만 그것은 질문이 아니었다. "그때 나는 아홉 살이었어. 놀이터에서 놀고 있었지. 우리 누나는 나를 돌보면서 그네 타는 법을 알려주던 중이었어. 그때 이 꼬마애가 우리 쪽으로 오더니 누나한테 눈을 크게 뜨고 불쌍한 척하면서, '엄마를 잃어버렸는데, 우리 엄마 좀 찾아주면 안 돼요?' 이러더라." 찰리의 손이 총과 함께 춤을 추듯 움직였다. "당연히 천사 같은 우리 누나는 도와주겠다고 했지. 누나는 나한테 친구들이랑 미끄럼틀 옆에서 기다리고 있으라 하고 꼬맹이 엄마를 찾아주러 갔어. 그리고 그렇게 둘이 떠난 후에 누나는 다시 돌아오지 못했어. 나는 혼자 놀이터에서 누나를 몇 시간이고 기다렸지. 눈을 감고 '셋, 둘, 하나' 숫자를 세고 또 누나가 얼른 나타나기를 기도하면서. 그런데 누나는 3주가 지나서야 온몸이 절단되고 불에 탄 채로 발견됐지." 찰리는 눈을 질끈 감았다. 눈물이 볼을 타고 흐르는 대신 그대로 목의 칼라로 떨어졌다. "니가 우리 누나를 납치해 갈 때 나는 미끄럼틀을 뒤로 탈 생각만 하고 있었어."

"미안합니다." 스탠리는 눈물을 흘리며 손으로 얼굴을 가렸다. "정말 미안해요. 당신 누나, 그분 생각이 제일 많이 나요. 나한테 너무 친절하게 대해줬는데, 나는……."

"입 닥쳐!" 찰리가 소리쳤다. 찰리의 입가에는 거품이 일었다. "우리 누나를 네 그 더러운 머리에서 당장 지워버려! 우리 누나를 고른 건 니 아빠가 아니라 너잖아. 니가 그런 거야! 니가 우리 누나를 데리고 갔다고! 너는 무슨 짓이 벌어질지 뻔히 알면서 일곱 명이나 납치하는 걸 도왔어. 심지어 그 짓을 하는 것도 도왔어. 그런데 나라에서는 그냥 그것들을 깨끗하게 지워주고 이렇게 멀쩡히 새로운 삶을 살게 도와주네? 내 인생이 어땠는지 한번 말해줄까?" 숨쉬기도 힘든 목소리로 찰리는 말을 이어갔다. "누나 시체가 발견되고 3개월 후에 우리 아빠는 목을 맸어. 학교 갔다 와서 내가 아빠를 발견했지. 우리 엄마는 더 이상 버티지 못하고 모든 걸 잊기 위해 술과 마약에 의존해서 살았어. 나는 거의 굶다시피 했지. 1년도 채 안 돼 사람들이 나를 엄마 곁에서 떼어내 위탁 가정에 보내더라. 그 후로 이 집 저 집을 전전하며 살았어. 잘해준 사람도 있었지만, 아닌 사람들도 있었어. 열일곱 살 때는 길거리에서 노숙을 했어. 그러면서도 버틸 수 있었던 건 한 가지 목적이 있었기 때문이야. 너희 두 사람은 그런 짓을 하고도 살기를 바란다고? 한데 너희 아빠는 누가 이미 죽였더라. 그리고 너는 두 발로 걸어 나갔지. 하지만 나는 언젠가는 너를 찾아내 내 두 손으로 죽일 거라고 다짐했어. 차일드 브런즈윅."

"찰리, 제발 총부터 내려놓고 우리……." 핍이 애원했다.

"아니." 찰리는 핍을 쳐다보지 않았다. "난 19년 동안 이 순간을 위해 살아왔어. 9년 전에 언젠가 너를 내 손으로 죽이려고 이 총을 샀고. 그렇게 9년을 준비하고, 기다렸어. 인터넷에서 찾을 수 있는 너에 대한 소문이나 정보를 전부 다 따라다녔어. 지난 7년 동안 열 번 이사하면서 너를 찾아다녔어. 그때마다 라일라 미드 같은 인물을 만들어내서 나이대랑 외모가 비슷한 사람들을 찾아내 접근했지. 진짜 정체를 밝힐 때까지. 근데 어디에도 니가 없었어. 여기에 있었던 거야. 드디어 내가 널 찾은 거야. 제이미가 실패해서 차라리 다행이야. 내 손으로 하는 게 맞아. 원래 이렇게 됐었어야 했어."

핍은 방아쇠에 올려진 찰리의 손가락이 움직이는 것을 보고 있었다. "잠깐만요." 핍이 소리쳤다. 시간을 조금만 끌자. 계속 말을 시켜보자. 만약 경찰이 스탠리 집에 출동했다면 라비가 경찰을 여기로 보내줄지도 모른다. 제발 라비, 경찰 좀 보내줘. "제이미는 무슨 상관인가요?" 핍이 서둘러 물었다. "제이미를 왜 끌어들인 거예요?"

찰리가 입술을 핥았다. "어쩌다 보니 그렇게 된 거야. 차일드
브런즈윅하고 제이미가 일치하는 부분이 있어서 연락을 시작
했어. 그러다가 제이미가 나이를 속였다는 걸 알게 되어 연락을
끊었는데, 제이미가 너무 열정적이었어. 그렇게 라일라한테 폭
빠진 사람은 처음이었어. 너무 빠진 나머지 시키는 건 무엇이
든 다 하겠다며 계속 연락을 하더라고. 그러자 그런 생각이 들
었지. 한평생을 내가 차일드 브런즈윅을 죽이고, 그 대가로 브
런즈윅이 받았어야 했을 무기징역을 살 거라고만 생각했어. 그
런데 제이미랑 얘기를 하다가, 다른 사람이 대신 차일드 브런즈
윅을 죽여줄 수 있다면? 내가 원하는 건 어쨌든 브런즈윅이 죽
는 것이라면? 하는 생각이 들었어. 그러면 나는 플로라와 함께
남은 인생을 살 수 있겠지. 플로라는 나를 이해해. 열여덟 살 때
만난 이래로 같이 브런즈윅을 찾으러 다니면서 날 도와줬어. 플
로라를 위해서 이 기회를 활용해볼까 하는 생각이 들었지. 그래
서 제이미가 어디까지 해줄 수 있을지 시험해봤어. 한데 생각
보다 너무 큰 역할을 해주려 하더라고." 찰리는 계속 말을 이어
갔다. "제이미는 라일라를 위해 1,200파운드를 마련해서 한밤
중에 묘지에다가 놓고 가줬어. 한 번도 싸워본 적 없으면서 모
르는 사람을 때리고. 우리 집에 몰래 들어와 시계를 훔치고. 라
일라를 위해서 말이야. 매번 강도를 조금씩 높여갔지. 라일라를
위해서 누구를 죽여줄 수도 있지 않을까 하는 생각까지 들었어.
근데 추도식에서 모든 게 어긋나고 말았지. 온 동네 사람들이
한군데 모이다 보니까."

"이런 라일라 작전도 벌써 아홉 번을 해봤어. 같은 마을에 살고 있는 여자애 사진을 쓰는 게 최적이라는 걸 금방 알게 됐지. 사람들은 자기가 아는 장소나 낯익은 듯한 얼굴들이 나오면 의심을 별로 안 해. 그런데 그 계획이 여기서는 역효과가 난 거지. 라일라가 가짜란 걸 제이미가 알아버렸어. 마음의 준비도 안 되어 있었을 텐데 말야. 나도 마찬가지고. 그래도 아직 제이미가 라일라의 손바닥 안에 있을 때 그날 밤 계획을 실행해봐야 했어. 우린 차일드 브런즈윅이 누구인지 여전히 알아내질 못했지만 연령대와 외모 조건에 맞는 사람, 그러니까 루크 이튼, 스탠리 포브스, 이렇게 두 명으로 추린 상태긴 했지. 둘 다 확실한 신분이 필요한 직장도 없고 가족 얘기를 안 해. 그리고 어릴 때 얘기를 물어보면 질문을 회피했어. 그래서 그 두 사람 모두에게 제이미를 보내기로 했어. 나중에 제이미가 실종되었다는 얘길 듣고 뭔가 잘못됐다는 걸 알았지." 그러고는 찰리가 스탠리에게 물었다. "제이미를 죽였나?"

"아니." 스탠리가 웅얼거렸다.

"제이미는 살아 있어요. 무사해요." 핍이 말했다.

"정말? 다행이네. 제이미 일로 죄책감을 갖고 있었거든." 찰리가 말했다. "그렇게 일이 잘못되고 나니까 둘 중에 누가 브런즈윅이 맞는지 알아내는 데 내가 섣불리 움직일 수가 없었어. 하지만 그래도 괜찮았어. 네가 찾아낼 거라고 믿고 있었으니까." 찰리는 고개를 돌리고 핍을 향해 옅은 미소를 지었다. "네가 찾아줄 거라 생각했어. 계속 너를 지켜보고 있었거든. 기다리고 있었어. 그리고 네가 도움이 필요해 보일 때는 길을 찾을 수 있도록 이끌어줬지. 그리고 너는 길을 찾았고." 찰리가 총을 고정한 채로 말했다. "이렇게 찾아줘서 고맙다, 핍."

"안 돼." 핍은 두 손을 위로 들어 올리고 스탠리 앞을 막아서며 소리쳤다. "제발 쏘지 말아요."

"핍, 저리 가!" 스탠리가 핍에게 소리쳤다. "이쪽으로 오지 마. 뒤로 가 있어!"

핍은 그대로 그 자리에 있었다. 갈비뼈가 함몰되어 심장을 죄어오는 것처럼 느껴졌다.

"저리 가!" 스탠리가 소리를 질렀다. 창백한 얼굴에서는 눈물이 흘러내리고 있었다. "난 괜찮아, 뒤로 가 있어."

핍은 스탠리의 말을 따라 네 발자국 멀어지며 찰리를 향해 소리쳤다. "제발 이러지 마요! 죽이지 마세요!"

"해야 돼." 찰리는 총구에 눈을 대고 겨누며 말했다. "전에 내가 했던 얘기가 이거야, 핍. 법이 제 기능을 못 하면 너랑 나 같은 사람들이 끼어들어서 바로잡아줘야 해. 사람들이 우리를 어떻게 생각하는지는 상관없어. 우리가 맞는다는 걸 우리가 아니까. 너랑 나, 우리는 똑같아. 너도 마음속 깊은 곳으로는 알고 있을 거야. 이게 맞는다는 걸."

핍은 찰리에게 어떠한 말도 할 수 없었다. "제발! 이러지 마요!" 그저 이렇게 소리를 지를 수밖에 없었다. 목구멍에서 목소리가 찢어지며 나오려 하지 않는 소리를 억지로 뱉어냈다. "이건 아니에요! 어린아이였을 뿐이잖아요. 아빠를 무서워하던 어린아이였을 뿐이에요. 스탠리의 잘못이 아니에요. 스탠리가 죽인 게 아니잖아요!"

"아니야, 저놈이 죽인 거야!"

"괜찮아, 핍." 몸을 너무 심하게 떨어 알아듣기도 힘든 목소리로 스탠리가 말했다. 그는 핍을 안심시키고 핍이 가까이 오지 못하게 하기 위해 덜덜 떨리는 손을 뻗으며 말했다. "괜찮아."

"안 돼, 제발." 핍은 비명을 지르며 몸을 굽히고 애원했다. "찰리, 제발 이러지 마요. 이렇게 빌게요. 제발! 안 돼요!"

찰리의 눈에 경련이 일었다.

"제발!"

스탠리를 향한 찰리의 시선이 핍에게로 옮겨갔다.

"이렇게 빌게요!"

찰리가 이를 악물었다.

"제발!" 핍이 울부짖었다.

찰리는 핍이 우는 것을 한참 지켜보더니 총을 내렸다.

그러고는 심호흡을 두 번 했다.

"미, 미안해."라고 말하며 찰리가 다시 총을 들어 올리자 스탠리는 숨이 턱 막혔다.

찰리가 총을 쏘았다.

총소리에 핍의 발아래 땅이 무너지는 것 같았다.

"안 돼!"

찰리는 총을 한 발 더 쏘았다.

그리고 다시 한 발.

또 한 발.

그리고 또.

텅 빈 총에 방아쇠를 당기는 소리만이 날 때까지.

스탠리가 휘청거리며 뒷걸음질 치다가 바닥으로 쾅 하고 쓰러지는 것을 보고 핍은 비명을 질렀다.

"스탠리!" 핍은 스탠리에게로 달려가 무릎으로 스탠리를 받쳐주었다.

총을 맞은 자리에서 이미 피가 넘쳐 흐르고 있었고 뒷벽에는 온통 빨간색으로 피가 흩뿌려져 있었다. "안 돼……"

스탠리는 눈을 커다랗게 뜨고 겁먹은 표정으로 올라오는 피를 꿀렁꿀렁 삼키고 있었다. 목구멍에서는 이상한 소리가 났다.

뒤쪽에서 바스락거리는 소리가 나자 핍이 고개를 돌렸다. 찰리는 총을 내리고 바닥에 쓰러져서 고통스러워하고 있는 스탠리를 쳐다봤다. 그리고 핍과 눈이 마주쳤다. 찰리는 고개를 딱 한 번 끄덕이고는 몸을 돌려 밖으로 달려 나갔다. 무거운 부츠를 신고 달리는 소리가 온 복도에 울렸다.

"갔어요." 핍이 스탠리를 내려다보며 말했다. 잠시 동안이었던 그 몇 초 사이에 피는 더 흘러나와 빨간색으로 거의 다 뒤덮인 하얀 셔츠의 남은 흰색 공백을 물들이고 있었다.

멈춰야 해. 출혈을 막아야 해. 스탠리의 총상을 살펴보니 목에 하나, 어깨에 하나, 가슴에 하나, 복부에 두 개, 그리고 허벅지에 한 개가 있었다.

"괜찮아요, 스탠리." 핍이 재킷을 벗으며 말했다. "제가 있잖아요, 괜찮을 거예요." 핍은 한쪽 옷소매 봉제선을 뜯고 구멍이 나도록 물어뜯었다. 한쪽 소매가 분리되었다. 어느 쪽이 가장 출혈이 심한가? 다리 쪽이었다. 동맥을 통과한 모양이었다. 핍은 뜯어낸 소매를 스탠리의 다리 아래쪽에 가져다 댔다. 따뜻한 피가 손을 적셨다. 상처 위로 매듭을 짓고 할 수 있는 한 가장 단단히 묶은 뒤 완전히 고정시키기 위해 매듭을 한 번 더 묶었다.

스탠리가 핍을 바라보고 있었다.

"괜찮아요." 핍이 눈을 찌르는 머리카락을 뒤로 넘기며 말했다. 이마에는 핏자국이 묻어 있었다. "괜찮을 거예요. 누군가 도와주러 올 거예요."

핍은 다른 한쪽 소매를 마저 뜯어내 피가 솟구치는 목에 가져다 댔다. 총상은 여섯 군데나 되었지만 손은 두 개밖에 없었다.

스탠리의 눈이 천천히 깜빡거리며 감기고 있었다.

"스탠리," 핍이 스탠리의 얼굴을 붙들고 말했다. 스탠리의 눈이 다시 번쩍 뜨였다. "스탠리, 정신 차려요. 저랑 얘기해요."

"괜찮아, 핍." 스탠리가 꺽꺽거리며 말했다. 핍은 재킷을 더 찢어 뭉쳐서 다른 상처들에 가져다 댔다. "언젠가는 일어날 일이었어. 나 같은 놈은 이게 맞아."

"아니에요, 그렇지 않아요." 핍이 한 손으로는 스탠리의 가슴에 난 구멍을, 다른 한 손으로는 목을 누르며 말했다. 맥박이 뛰며 피가 솟구쳐 올라오는 게 느껴졌다.

"잭 브런즈윅." 스탠리가 작은 목소리로 말하며 핍을 쳐다보았다.

"뭐라고요?" 핍은 있는 힘껏 상처들을 눌렀다. 손가락 사이로 피가 계속 새어 나왔다.

"잭…… 내 이름이야." 스탠리가 무거운 눈을 천천히 깜빡거리며 말했다. "잭 브런즈윅. 그다음에는 데이비드 나이트, 그리고 스탠리 포브스……." 스탠리는 피를 꿀꺽 삼켰다.

"그랬군요. 계속 얘기해봐요." 핍이 말했다. "어떤 이름이 제일 마음에 들었어요?"

"스탠리." 스탠리는 희미하게 미소를 지었다. "이름도 참 별로고, 항상 좋은 사람으로 살지도 못했지만 그 셋 중에서 제일 나은 사람이었어. 그러려고 노력했지." 스탠리의 목구멍에서 꿀렁거리는 소리가 났다. 핍의 손가락 사이로도 그 느낌이 전해져왔다. "내 이름이 뭐든 내가 그 사람 아들이라는 건 변하지 않아. 그런 나쁜 짓을 한 애였다는 건. 여전히 썩어 빠진 형편없는 놈이라는 건⋯⋯."

"아니에요, 그렇지 않아요." 핍이 말했다. "그 사람보다 훨씬 좋은 사람이에요. 훨씬."

"핍⋯⋯."

스탠리의 얼굴을 내려다보던 핍은 그의 얼굴에 지나가는 그늘을 보았다. 무엇인가가 다가오는 듯했다. 고개를 들고 보니 연기 냄새가 났다. 천장을 타고 검은 연기가 흘러나오고 있었다. 그리고 소리가 들렸다. 화염 소리.

"불을 질렀구나." 혼잣말을 하는 핍의 눈에 주방 너머 복도에서 연기가 밀려들어오는 것이 보였다. 이제 곧 온 집이 불길에 휩싸일 것이었다.

"여기서 나가야 해요." 핍이 말했다.

스탠리는 아무 말 없이 눈을 깜빡거리며 핍을 올려다봤다.

"어서 가요." 핍은 일어나서 휘청거리며 스탠리의 다리 쪽으로 갔다. 그러고는 허리를 굽혀 스탠리의 발을 잡고 끌기 시작했다.

허리 옆에 스탠리의 양발을 올려 잡고 앞을 볼 수 있도록 방향을 돌려서 발목을 움켜쥔 채 스탠리를 끌고 가며 지나간 자리에 남은 빨간 자국은 애써 보려 하지 않았다.

복도로 나와 돌아보자 오른쪽 방은 이미 불길에 휩싸여 있었다. 화가 나서 아우성치는 것 같은 소용돌이가 벽을 따라, 그리고 바닥과 좁은 복도를 따라 열려 있는 현관으로 번져가고 있었다. 낡아 떨어져 나가고 있던 벽지를 따라 불꽃이 타오르고 머리 위로는 단열재가 불에 타서 재를 떨구었다.

점점 짙어지는 연기가 아래쪽으로 내려오고 있었다. 핍은 숨을 들이쉬다가 기침을 했다. 주변을 둘러싼 세상이 핑핑 돌기 시작했다.

"괜찮을 거예요, 스탠리." 핍은 연기를 피하기 위해 몸을 숙이고 가면서 어깨 너머로 소리를 질렀다. "내가 꺼내줄게요."

스탠리를 끌고 가기가 점점 더 힘들어지고 있었다. 특히나 카펫 위에서는 더욱 힘들었다. 하지만 핍은 발꿈치에 힘을 팍 주고 할 수 있는 한 있는 힘껏 스탠리를 당겼다. 바로 옆 벽에도 불길이 더욱 크게 번지고 있었다. 뜨겁다, 너무 뜨겁다. 피부가 부풀어 터지고 눈이 타는 것만 같은 느낌이 들었다. 핍은 불길 반대쪽으로 얼굴을 돌린 채 계속 스탠리를 끌고 갔다.

"괜찮아요!" 이제 핍은 불길 사이로 소리를 지르고 있었다. 숨을 쉴 때마다 기침이 나왔지만 스탠리를 놓지 않았다. 마침내 현관에 도착하자 핍은 바깥의 깨끗하고 차가운 공기를 폐 깊숙이 들이마시며 스탠리를 잔디 쪽으로 데리고 나왔다.

"밖으로 나왔어요, 스탠리." 핍은 제멋대로 자란 잔디밭에 나와 화염으로부터 스탠리를 더 멀리 끌고 갔다. 허리를 굽혀 스탠리의 발을 살짝 내려놓고 다시 불길이 타오르는 곳을 쳐다봤다. 한때 창문이 있었을 2층 창 사이로 연기가 뿜어져 나오며 별들을 가리고 있었다.

핍은 기침을 하고 스탠리를 내려다보았다. 타오르는 불길이 비추는 빛에 피가 반짝거리고 있었고 스탠리는 아무런 움직임도 보이지 않았다. 그리고 눈을 감고 있었다.

"스탠리!" 핍은 주저앉아서 스탠리의 얼굴을 붙들었다. 스탠리는 눈을 뜨지 않았다. "스탠리!" 핍은 스탠리의 코에 귀를 갖다 대고 숨소리를 확인해보았다. 아무런 소리도 들리지 않았다. 목 부근의 총상 바로 위에 손가락을 가져다 대고 맥박을 가늠해보았지만 아무것도 느껴지지 않았다. 맥박이 뛰지 않았다.

"안 돼, 스탠리. 제발 죽지 마요." 핍은 무릎을 꿇은 채 스탠리의 가슴에, 총구멍이 난 곳 바로 옆에 손바닥을 포개어 얹고서는 세게 누르기 시작했다.

핍은 30까지 숫자를 셌다. 그리고 손가락으로 스탠리의 코를 잡은 뒤 입을 갖다 대고 숨을 불어넣었다. 한 번. 두 번.

다시 가슴 위에 손을 올리고 누르기 시작했다.

손바닥에 뭔가가 느껴졌다. 두둑 하는 소리가 났다. 갈비뼈가 부러지는 소리였다.

"죽지 마요." 핍은 미동도 하지 않는 스탠리의 얼굴을 바라보며 온몸의 무게를 실어 가슴을 눌렀다. "내가 살려줄게요. 약속해요. 할 수 있어요."

숨 쉬어요. 숨 쉬어요.

화염이 폭발하면서 핍의 눈가가 반짝 빛났고, 불길이 심해지면서 아래층의 창문이 바깥쪽으로 폭발해 산산조각이 났다. 이제 농가 전체가 화염에 휩싸였다. 6미터 떨어진 곳에서도 그 열기가 전해져 너무나 뜨거웠다. 핍의 관자놀이에 땀이 줄줄 흘러내렸다. 스탠리의 피인가?

다시 또 갈비뼈 부러지는 소리.

숨 쉬어요. 숨 쉬어요.

"일어나봐요, 제발. 이렇게 빌게요."

팔에 통증이 느껴졌지만 핍은 멈추지 않았다. 심폐소생술과 인공호흡. 얼마나 시간이 지났는지 알 수 없었다. 마치 시간의 개념이 사라진 것 같았다. 그곳에는 그저 타오르는 불길의 열기와 핍 그리고 스탠리만이 있을 뿐이었다.

하나	일곱	열넷	스물하나	스물여덟
둘	여덟	열다섯	스물둘	스물아홉
셋	아홉	열여섯	스물셋	서른
넷	열	열일곱	스물넷	*숨 쉬어*
다섯	열하나	열여덟	스물다섯	*숨 쉬어*
여섯	열둘	열아홉	스물여섯	
	열셋	스물	스물일곱	

사이렌 소리가 들려왔다.

서른. 숨 쉬어. 숨 쉬어.

차문 닫히는 소리 그리고 알아들을 수 없는 소리로 누군가가 외치고 있었다. 지금 핍에게는 하나부터 서른까지 세는 숫자 외에는 어떤 말도 들리지 않았다.

누군가가 핍의 어깨에 손을 얹었지만 핍은 떨쳐냈다. 소라야였다. 다니엘 다 실바는 믿을 수 없다는 눈빛으로 타오르는 불길을 바라보고 있었다. 그의 눈동자에 반사된 불길이 타오르고 있었다. 그때 세상이 끝나는 것만 같은 천둥 소리를 내며 지붕이 불길 속으로 무너져 내렸다.

"핍, 지금부턴 내가 할게." 소라야가 부드럽게 말했다. "너 지금 지쳤어."

"안 돼!" 핍은 숨이 가쁜 상태로 소리를 질렀다. 벌어진 입으로는 땀방울이 떨어지고 있었다. "계속할 거예요. 할 수 있어요. 살릴 수 있어요. 괜찮아요."

"구급대원들이랑 소방차가 곧 올 거야." 소라야가 핍과 눈을 맞추려고 애쓰며 말했다. "무슨 일이 있었던 거야?"

"찰리 그린이에요." 핍은 계속 스탠리의 심장을 누르며 사이사이 말을 이어갔다. "마틴센드 웨이 22번지에 사는 찰리 그린이요. 스탠리를 쐈어요. 호킨스 경위님 좀 불러주세요."

다니엘이 한 발짝 떨어지더니 무전을 쳤다.

"경위님도 오시는 중이야." 소라야가 말했다. "네가 여기 있다고 라비한테 연락을 받았어. 제이미는 무사해."

"알아요."

"넌 어디 다친 데 없니?"

"네."

"내가 할게."

"아니요."

곧 사이렌이 울리고 자주색 장갑을 낀 구급대원 두 명이 다가왔다. 구급대원 중 한 명이 소라야에게 핍의 이름을 묻고는 몸을 낮게 숙이면서 핍이 자기 얼굴을 볼 수 있게 눈높이를 맞췄다.

"핍, 나는 줄리아라고 해. 정말 잘했어. 근데 이제부터는 내가 할게."

핍은 그만하고 싶지 않았다. 멈출 수가 없었다. 하지만 소라야가 핍을 끌어당겼고 핍에게는 저항할 힘이 남아 있지 않았다. 이제 스탠리의 축축한 가슴 위는 보라색 장갑을 낀 손으로 대체되었다.

핍은 잔디 위에 쓰러져 창백한 스탠리의 얼굴을 바라보았다. 불길에 주황색으로 물든 얼굴이 반짝였다.

또 사이렌이 울렸다. 소방차들이 양옆에 차를 댔고, 그 안에서 대원들이 쏟아져 나왔다. 이게 진짜 현실이긴 한 건가?

"안에 사람 또 있나요?" 누군가가 소리치고 있었다.

"아니요." 핍은 자기 목소리가 너무 생경하게 들렸다.

뒤쪽을 돌아보니 사람들이 모여 있는 것이 눈에 들어왔다. 언제 저렇게 많이 온 거지? 소독가운을 입은 사람들이 현장을 둘러보고 있었다. 또 다른 제복 경찰들이 도착해서 구경꾼들을 밖으로 밀어내고 저지선을 치고 있었다.

시간이 얼마나 흐른 것일까? 알 수가 없었다.

"핍!" 불길을 뚫고 라비의 목소리가 들려왔다.

"핍!"

핍은 힘겹게 두 발로 딛고 일어나 고개를 돌렸다. 핍을 발견한 라비의 얼굴에는 공포가 가득했다. 핍은 라비의 시선을 따라 고개를 숙여 자기 몸을 살펴보았다. 흰색 상의는 스탠리의 피로 흠뻑 젖어 있었고 손은 새빨갰다. 목과 얼굴을 따라 군데군데 피가 번진 얼룩이 묻어 있었다.

라비가 핍에게로 달려오려고 했지만 다니엘이 저지하며 라비를 뒤로 밀어냈다.

"가게 해주세요! 핍한테 가야 해요!" 라비가 버둥거리며 다니엘에게 소리를 질렀다.

"안 돼, 여긴 이제 범죄 현장이야!" 다니엘은 점점 더 불어나고 있는 사람들 무리 사이로 라비를 밀어버렸다. 그리고 라비가 넘어오지 못하도록 두 팔을 벌렸다.

핍의 시선은 다시 스탠리에게로 향했다. 구급대원 하나가 무전을 치고 있었다. 불길이 내뿜는 소음과 흐릿한 정신으로 몇몇 단어만을 주워들을 수 있었다.

"의학적으로…… 20분 동안…… 아무 변화가…… 선고……."

그 단어들이 머릿속으로 들어와 이해되기까지는 한참의 시간이 걸렸다.

"잠시만요." 핍이 말했다. 핍을 둘러싼 땅이 천천히 돌기 시작했다.

구급대원 한 명이 또 다른 구급대원에게 고개를 끄덕였다. 그리고 조용히 한숨을 쉬고는 스탠리의 가슴에서 손을 뗐다.

"뭐 하시는 거예요? 계속해요!" 핍이 앞으로 달려들었다.

"죽은 거 아니에요! 계속하라고요!"

픕은 아무런 움직임 없이 피가 흥건한 채로 잔디밭에 누워 있는 스탠리에게 달려들었지만, 소라야가 픕의 손을 붙잡았다.

"안 돼!" 픕이 소리를 질렀지만 소라야의 힘이 더 셌다. 소라야는 픕을 끌어당겨 감싸 안았다. "놔주세요! 해야 한다고……."

"스탠리는 죽었어." 소라야가 나지막이 말했다. "이제 우리가 할 수 있는 게 없어, 픕." 시간이 뚝뚝 끊기는 듯한 머릿속에 "검시관" 그리고 "내 말 들리니?"라고 하는 소리가 들려왔다.

다니엘이 무언가 말을 걸고 있었지만 픕은 소리 지르는 것 외에는 할 수 있는 게 없었다.

"말했잖아요! 사람이 죽을 수도 있다고 했잖아요. 왜 제 말을 안 들어줬나요?"

또 다른 누군가의 팔이 픕을 저지했다.

호킨스 경위도 현장에 도착했다. 갑자기 어디서 나타난 거지? 호킨스 경위의 얼굴에도 별다른 움직임이 없었다. 스탠리처럼 죽은 것인가? 이제 호킨스는 차의 앞좌석에서 운전을 하고 있었고 픕은 뒷좌석에서 불길이 잡히는 것을 바라보며 그곳으로부터 멀어지고 있었다. 머릿속에 흩어져 있는 생각들이 더이상 순서대로 정리가 되지 않았다.

그것들은

마치 재처럼

머릿속에서

떠다니고 있었다.

경찰서의 공기는 차가웠다. 픕이 덜덜 떨고 있는 것도 그 때문일 것이었다. 픕은 한 번도 본 적 없는 어떤 방에 있었다. 취조실. 일라이자가 그곳에 있었다. "옷 좀 벗어주렴, 핍."

하지만 옷이 잘 벗겨지질 않아서 일일이 떼어내야 했다. 옷과 붙어버린 피로 얼룩진 피부. 분홍색이 도는 붉은 피로 인해 줄무늬가 새겨져 있는 피부는 더 이상 핍의 것이 아니었다. 일라이자는 핍의 옷과 스탠리가 남긴 자국들을 모두 증거수거용 백에 넣었다. 그러고는 핍을 다시 쳐다보더니, "브라도 여기 넣어야겠다."라고 말했다.

그녀의 말이 맞았다. 그것 또한 빨갛게 젖어 있었다.

지금 핍은 깨끗한 흰색 티셔츠와 회색 조깅 바지를 입고 있는데 그 옷은 핍의 옷이 아니었다. 그럼 누구의 옷일까?

누군가 핍에게 말을 걸고 있으니 조용히 해주시길.

호킨스다. "이건 다 널 용의선상에서 배제하기 위해 진행하는 거야."라고 그가 말한다. "배제시켜주기 위한 절차." 핍은 말할 기운이 없었다. 그리고 이미 이 자리에서 자기의 존재 자체가 배제된 것처럼 느끼고 있었다.

"여기 서명."

핍이 서명을 한다.

"그냥 화약 잔류물 검사일 뿐이야." 핍이 모르는 새로운 사람이 말한다. 그리고 그는 끈적끈적한 것을 핍의 손과 손가락에 붙였다가 튜브에 넣어 밀봉하고 있다.

다시 한번 서명.

"너를 배제시켜주려고 그러는 거야. 알아듣지?"

"네." 핍이 자기 손가락을 부드러운 잉크 패드에 댄 후 종이에 찍도록 내버려 두면서 대답한다. 엄지손가락, 검지, 가운뎃손가락, 지문 속 소용돌이치는 선들이 마치 작은 은하처럼 보였다.

"지금 쇼크 상태야." 누군가 이렇게 말하는 소리가 들렸다.

"전 괜찮아요."

다른 방으로 옮겨진 핍은 두 손으로 투명한 플라스틱 물컵을 감싸고 혼자 앉아 있었다. 갑자기 지진을 경고하듯 컵이 흔들리며 컵 속의 내용물이 물결친다. 잠깐만 …… 이 지역에는 지진이 없는데. 하지만 지진은 일어나고 있었다. 핍의 내면에서…… 흔들림, 핍이 들고 있는 컵에서 물이 쏟아졌다.

어딘가 가까운 방의 문이 세게 닫힌다. 하지만 핍에게 소리가 닿을 즈음에는 문소리가 총소리로 바뀌어 있었다.

총이다. 총소리 한 발, 두 발, 세 발…… 여섯 발. 핍의 맞은편에 앉아 있는 호킨스에게는 그 총소리가 들리지 않는다. 핍의 귀에만 들렸다.

호킨스가 물었다.

"어떻게 된 거니?"

"어떤 총이었는지, 기술해볼 수 있겠니?"

"찰리 그린이 어디로 갔는지 알아? 부부가 같이 사라졌어. 굉장히 급하게 짐을 싸서 떠난 것처럼 보여."

호킨스는 같은 내용을 문서로도 보여주었다. 핍은 서류를 읽어보았고, 그 모든 내용을 기억했다.

맨 밑에 사인을 한다.

그러고 나서, 핍은 질문을 던졌다. "찾았나요?"

"누구?"

"정원에서 유괴된 여덟 살짜리 아이."

호킨스가 끄덕거렸다. "어제. 아이는 무사해. 아빠랑 함께 있었어. 부부싸움."

그리고 핍의 입에서 나온 말은 "아."가 전부였다.

핍은 아무도 들을 수 없는 총소리를 들으며 다시 혼자가 되었다. 어깨에 누군가의 부드러운 손길이 느껴져 움찔할 때까지. 그 손길보다 더욱 부드러운 목소리가 속삭였다. "부모님이 널 데리러 오셨어."

다리가 목소리를 따라갔고 나머지 몸이 그 다리를 따라갔다.

대기실로 들어가자 조명에 눈이 부셨다. 가장 먼저 눈에 들어온 사람은 아빠였다. 핍은 아빠 엄마에게 무슨 말을 해야 할지 아무 생각이 나지 않았지만, 그것은 중요하지 않았다. 아빠와 엄마는 아무 말 없이 핍을 안아주었다.

라비가 뒤에 있었다.

핍이 라비에게 한 걸음 다가서자 라비는 핍을 품에 끌어안았다. 따뜻하다. 안전하다. 이곳은 항상 안전해. 핍은 라비의 심장 소리를 들으며 숨을 쉬었다. 하지만 이런, 여기서도 총소리가 들려. 심장 박동 아래 총소리가 숨어…… 핍을 기다리고 있다.

총소리가 핍을 계속 따라왔다. 그 총소리는 어두운 차 안에서는 핍의 옆에 앉았고, 심지어 핍과 함께 잠자리에 들었다. 핍은 고개를 저으며 귀를 막고 저리 가라고 소리쳤다.

하지만 총소리는 핍의 곁을 떠나지 않았다.

일요일
16일 후

42

사람들은 모두 검정색으로 차려입었다. 그래야 했다.

라비의 손가락이 핍의 손가락과 얽혀 있었고, 핍은 손을 조금만 더 꽉 쥐면 부러질 것이라고 확신했다. 갈비뼈처럼, 반으로.

핍의 다른 쪽 옆에는 부모님이 자리했다. 두 분은 두 손을 앞으로 모으고, 시선을 떨군 채 나무에 부는 바람과 같이 숨을 쉬고 있었다. 핍은 이제 모든 것을 그렇게 알아차렸다. 반대편에는 카라와 나오미 워드, 그리고 코너와 제이미 레이놀즈가 있었다. 코너와 제이미는 둘 다 검정색 양복을 입고 있었는데 한쪽은 너무 작고, 다른 한쪽은 너무 길고, 두 사람 다 아버지에게 빌린 옷을 입고 있는 것처럼 보였다.

제이미는 맞지 않는 양복을 입고 온몸을 떨면서 울고 있었다. 애써 눈물을 참으려 하는 통에 얼굴이 벌게졌는데 그런 얼굴로 관을 가로질러 반대편에 서 있는 핍을 쳐다보았다.

관은 84인치, 28인치, 23인치 크기의 장식 없는 단단한 소나무 관이었고, 안에는 하얀 새틴 안감이 둘러져 있었다. 관을 선택한 사람은 핍이었다. 스탠리에겐 가족이 없었고, 친구들은…… 그의 신원이 밝혀진 후 모두 사라져버렸다. 전부 다. 아

459

무도 나서서 그의 시신을 인도해 가려는 사람이 없었기 때문에 핍이 모든 장례식을 준비했다. 그리고 장의사의 전문적 의견에 반하는 매장을 선택했다. 스탠리는 불길이 곧 삼켜버릴 것 같은 공포에 떨면서 피를 흘리며 죽어갔고, 핍의 손은 그런 그의 발목을 잡고 있었다. 그의 아버지가 일곱 명의 희생자들에게 그랬던 것처럼 자신이 화장으로 불태워지는 것을 스탠리가 원치 않을 것이라고 핍은 생각했다.

핍은 그가 '매장'을 원했을 것이라고 주장했다. 그래서 지금 그들은 힐러리 F. 와이즈먼 왼쪽 옆 공동묘지에 서 있는 것이다. 그의 관 위에 놓인 흰 장미 꽃잎이 불어오는 바람에 떨고 있었다. 장미는 잔디와 같은 초록색 카펫이 깔린 금속 틀 안에 놓여 있었고 덕분에 무덤은 그나마 삭막한 땅속의 구멍처럼 보이지 않았다.

경찰도 오기로 했지만, 호킨스 형사는 어젯밤 상사한테서 장례식에 참석하는 것이 "너무 정치적인" 행위라는 조언을 들었다고 이메일을 보내왔다. 그래서 결국 단 여덟 명이 장례식을 진행하게 된 것이었다. 그나마 대부분 사람들은 단단한 소나무 관속에 누워 있는 스탠리를 위해서 온 것이 아니라 핍을 위해 온 것이었다. '제이미만 빼고.' 제이미의 붉어진 눈을 바라보며 핍은 그렇게 생각했다.

기도문을 읽는 신부님의 셔츠 칼라가 너무 조여서 목덜미가 삐져나와 있었다. 핍은 신부님 뒤쪽으로 작은 회색 묘비를 바라보았다. 이름이 네 개였던 남자, 하지만 그 이름들 중에서 그는 스탠리 포브스를 선택했다. 그가 원하던 삶을 산 사람이 스탠리 포브스였고 더 나아지기 위해 노력한 사람이 바로 스탠리 포브스였다. 그리고 그의 묘비 위에 영원히 새겨질 이름도 스탠리 포브스였다.

스탠리 포브스
1988년 6월 7일 – 2018년 5월 4일
당신은 더 나은 사람이었습니다

"마지막 기도를 하기 전에 핍, 하고 싶은 말이 있나요?"

자기 이름을 부르는 소리에 핍은 당황하며 움찔했다. 심장이 뛰기 시작하면서 갑자기 손이 젖었지만, 땀처럼 느껴지지 않았다. 그것은 피였다, 피…….

"핍?" 라비가 손에 살짝 힘을 주며 속삭였다. 아, 아니다, 그것은 피가 아니었다. 상상일 뿐이었다.

"네." 핍은 헛기침을 하며 목을 가다듬고 대답했다. "네. 음, 일단 모두 참석해주셔서 감사드립니다. 그리고 렌튼 신부님, 도움 주셔서 감사합니다." 라비가 손을 잡아주지 않았다면 핍의 손은 바람에 흔들리는 잎사귀처럼 떨고 있었을 것이다. "저는 스탠리에 대해서 그렇게 잘 알진 못했어요. 하지만 그의 인생의 마지막 한 시간 동안 그가 누구였는지, 어떤 사람이었는지 진정으로 알게 되었어요. 그는……."

핍이 말을 멈췄다. 산들바람이 부는 소리에 섞여 누군가 고함을 치고 있었다. 이번엔 더 가까이에서 더 크게 들렸다.

"살인자!"

핍의 눈이 번득이고 가슴이 조여들었다. 열대여섯 명 정도 되어 보이는 사람들이 교회를 지나 장례식을 하는 쪽으로 행진하고 있었다. 손에는 피켓이 들려 있었다.

"당신들은 살인자를 애도하고 있는 겁니다!" 한 남자가 소리쳤다.

"저-저-저는⋯⋯." 핍은 말을 더듬었고, 다시 비명이 느껴졌다. 비명 소리는 배 속에서부터 나와 핍을 안팎으로 태워버리는 듯했다.

"계속해라, 피클." 바로 뒤에 서 있던 아빠가 핍의 어깨 위에 따뜻한 손을 얹어주었다. "아주 잘하고 있어. 아빠가 가서 이야기할게."

시위대는 더 가까이 다가와 이제는 얼굴도 알아볼 수 있었다. 동네 가게 주인 레슬리 씨, 《킬턴 메일》의 메리 사이드 씨 그리고⋯⋯ 가운데는 앤트의 아버지인 로위 씨인가?

"음," 핍은 아빠가 사람들을 향해 저쪽으로 가라고 재촉하는 모습을 바라보며 말을 이어갔다. 카라는 핍에게 격려의 미소를 지어 보였고, 제이미는 고개를 끄덕였다. "음. 스탠리는⋯⋯ 본인의 목숨이 위태로운 순간에도 저를 보호할 생각부터 했고⋯⋯."

"지옥에서 타 죽어라!"

핍은 두 손으로 주먹을 꽉 쥐었다. "그리고 그는 용감하게 죽음을 맞았고⋯⋯."

"쓰레기 같은 새끼!"

그 소리에 핍은 라비의 손을 뿌리치고 사람들을 향해 갔다.

"안 돼, 핍!" 라비가 저지하려 했지만 핍은 이미 라비의 손에서 벗어나 풀밭 위를 달리고 있었다. 엄마가 핍의 이름을 부르고 있었지만, 지금의 핍은 핍이 아니었다. 오솔길을 날아가듯 뛰어가는 핍의 치아가 드러났고, 검은 드레스는 바람에 실려 무릎 뒤로 나부끼고 있었다. 핍의 눈은 빨갛게 흘러내리는 피처럼 쓴 피켓 글씨를 노려보고 있었다.

살인자
리틀 킬턴의 괴물
찰리 그린 = 영웅
차일드 브런즈윅, 지옥에서 썩어라
우리 동네에서는 안 돼!

아빠가 곧바로 뒤쫓아갔지만 핍은 너무 빨랐고, 내면에서 타오르는 불길 또한 너무나도 강렬했다.

핍은 행렬 속에 있던 레슬리를 힘껏 밀쳐버렸고, 그 바람에 그녀가 들고 있던 카드보드지가 바닥에 떨어지며 일행과 부딪쳤다.

"이미 죽은 사람이에요!" 핍은 사람들을 밀치며 모두에게 소리쳤다.

"그냥 좀 내버려 두세요. 이미 죽었잖아요!"

"여기에 묻히면 안 돼. 여긴 우리 마을이야." 메리는 핍을 향해 피켓을 들이밀며 시야를 가린 채 말했다.

"그 사람은 당신 친구였어요!" 핍은 메리의 손에서 피켓을 낚아채며 말했다. "당신 친구였다고요!" 핍은 소리를 지르며 포스터 판을 무릎에 대고 힘껏 내리쳐 완전히 두 동강을 냈고, 그렇게 부서진 조각을 메리에게 던졌다. "제발 그 사람을 가만히 내버려 두세요!"

핍은 다시 로위 씨에게 돌진하기 시작했고 그 기세에 놀라 로위 씨가 움찔하며 뒤로 물러섰지만, 어느새 다가온 아빠가 뒤에서 핍을 붙잡고 팔을 당겼다. 핍은 아빠 쪽으로 비틀거리고 끌려가며 사람들을 향해 발길질을 했고, 사람들은 모두 핍에게서 멀리 도망치고 있었다. 그들의 얼굴에 새로운 표정이 나타났다. 그것은 공포였다.

고개를 든 핍의 눈은 분노의 눈물로 흐려졌고, 팔은 등 뒤로 아빠에게 꼭 잡힌 채 귓속에는 아빠의 침착한 목소리가 들려왔다. 하늘은 투명한 크림 톤의 푸른색이었고, 뭉게구름이 떠다니고 있었다. 오늘 하늘 참 이쁘네. 핍은 비명을 지르면서도 스탠리가 저 하늘을 보았으면 좋아했겠다고 생각했다.

43장

레이놀즈 씨네 정원에 있는 키 큰 버드나무 사이로 비치는 태양이 핍의 다리를 나뭇잎 모양으로 기어오르고 있었다.

날은 따뜻했지만 핍이 앉아 있던 돌계단이 청바지를 타고 전해주는 감촉은 차가웠다. 핍은 나뭇잎 사이로 타고 들어오는 햇빛을 바라보다 사람들에게로 시선을 옮겼다.

조안나 레이놀즈의 간단한 모임이라고 메시지를 보내왔지만 제이미는 '서프라이즈, 살아 돌아온 기념 파티'라고 농담을 했다. 핍은 그게 재미있다고 생각했다. 지난 몇 주 동안 별로 재미있는 일이 없었는데 그건 재미있었다.

아빠들은 바비큐장 주변을 맴돌았다. 핍은 주위를 둘러보았다. 한 번은 더 뒤집어 익혀야 하는 햄버거 고기를 쳐다보며 어서 레이놀즈 씨가 굽고 있는 고기를 얼른 받고 싶어 안달하는 아빠의 모습이 눈에 들어왔다. 모한 싱은 맥주를 마시며 고개를 뒤로 젖히고 웃었고, 햇살때문에 병이 반짝이고 있었다.

조안나 아줌마는 가까이 있는 피크닉 테이블에 기대어 파스타 샐러드와 감자샐러드, 야채샐러드 위에 씌워둔 비닐을 걷어내고 샐러드 그릇마다 서빙용 숟가락을 놓았다. 정원 반대편에서는 카라와 라비, 코너, 잭이 함께 이야기를 나누고 있었다. 라비는 간헐적으로 테니스공을 차서 조쉬와 놀아주기도 했다.

핍은 공을 쫓아다니며 뛰어노는 동생을 지켜보았다. 아이의 얼굴에 피어오른 순수하고 천진한 미소. 열 살, 그때 당시 차일드 브런즈윅과 같은 나이였다. 죽어가던 스탠리의 얼굴이 떠올랐다. 눈을 질끈 감았지만 그의 얼굴은 사라지지 않았다. 핍은 엄마가 가르쳐준 대로 숨을 세 번 크게 들이마시며 심호흡을 했다. 그리고 시선을 돌려 물을 한 모금 마셨다. 손에서 땀이 나 컵까지 축축하게 느껴졌다.

니샤 싱과 핍의 엄마는 나오미 워드, 나탈리 다 실바, 조 레이놀즈와 함께 웃으며 대화를 나누고 있었다. 핍은 나탈리의 웃는 모습이 보기 좋다고 생각했다. 나탈리는 달라져 있었다.

제이미 레이놀즈가 주근깨 범벅인 코를 찡긋하며 핍을 향해 걸어와서는 옆 계단에 자리를 잡고 앉았다.

"어떻게 지내?" 제이미가 맥주병 가장자리에 손가락을 대고 물었다.

핍은 질문에 답하는 대신 "잘 지내?"라고 물었다.

"난 잘 지내." 제이미는 분홍빛 뺨에 미소를 띠고 핍을 쳐다보며 말했다. "잘 지내긴 하는데…… 자꾸 그 사람 생각이 나." 제이미의 얼굴에 미소가 사라졌다.

"알아." 핍이 말했다.

"스탠리는 사람들이 생각하는 그런 나쁜 인간이 아니었어." 제이미가 조용히 말했다. "알잖아, 그 사람은 나를 편안하게 해주려고 화장실 문틈으로 매트리스를 끼워 넣어주려 했어. 그리고 하마터면 내가 저지를 뻔한 일 때문에 나를 무서워하면서도 저녁마다 내가 뭐가 먹고 싶은지 물어봤어."

"오빠는 그 사람을 죽이지 않았을 거야." 핍이 말했다. "난 알아."

"그래." 제이미는 손목에 차고 있는 박살 난 핏비트를 내려다보며 코를 훌쩍거렸다. 제이미는 그걸 절대 벗지 않을 거라면서 잊지 않기 위해 핏비트를 차고 있겠다고 했다. "나는 손에 칼을 쥐고 있으면서도 내가 못 할 거란 걸 알았어. 너무 무서웠어. 근데 그렇다고 해서 기분이 나아지진 않더라. 경찰에 모든 걸 진술했지만 스탠리가 세상에 없기 때문에 나를 기소할 수가 없대. 근데 그건 아닌 것 같아."

"우린 둘 다 이렇게 멀쩡히 살아 있는데 그 사람은 없다는 게 뭔가 잘못된 것 같아." 핍이 말했다. 가슴속에서 뜨거운 무언가가 올라와 숨통을 조여오는 듯했고, 머릿속에는 갈비뼈가 부러지는 소리가 울려 퍼졌다. "어떻게 보면 우리가 찰리를 그 사람한테로 데려간 건데 말야. 우린 살아남았고 그는 죽었어."

"내가 살아 있는 건 네 덕분이야." 제이미가 핍을 쳐다보지 않고 말했다. "너와 라비, 코너 덕분이야. 찰리가 좀 더 일찍 스탠리의 정체를 알았다면 나도 죽었을지 몰라. 내 말은, 그 사람은 네가 안에 있는데도 불을 질렀잖아."

"응." 핍은 딱히 할 말을 찾지 못해 그냥 그렇게 답했다.

"그 사람은 결국 잡힐 거야." 제이미가 말했다. "찰리 그린, 그리고 플로라. 평생 도망 다니지는 못해. 언젠가는 경찰에 잡힐 거야."

그건 그날 밤 호킨스가 핍에게 했던 말이기도 했다. "반드시 잡을 거다." 하지만 하루가 이틀이 되고 이틀이 3주가 되어가고 있었다.

"맞아." 핍이 말했다.

"우리 엄마, 아직도 널 볼 때마다 안아주시니?" 다른 생각에서 벗어나게 해주려는 듯 제이미가 물어보았다.

"응." 핍이 대답했다.

"나한테도 그래." 제이미가 웃었다.

핍의 시선은 바비큐 파티에서 남편에게 접시를 건네는 조안나 아줌마를 좇고 있었다.

"아저씨는 큰아들을 사랑해. 알지?" 핍이 말했다. "아저씨가 항상 올바른 방법으로 그 사랑을 보여주는 건 아니라는 걸 알지만, 난 봤어. 아들을 영원히 잃었다고 생각한 그 순간 아저씨의 눈빛을. 아저씨는 오빠를 사랑해. 아주 많이."

제이미의 눈이 햇빛에 반짝였다. "알아." 제이미가 목이 메는 듯한 소리로 말했다. 그러고는 헛기침으로 목소리를 다시 가다듬었다.

"생각해봤는데," 핍이 제이미를 향해 몸을 돌리며 말했다. "스탠리가 원했던 건 조용한 삶이었어. 더 나은 사람이 되고자 노력했고, 자기 인생을 뭔가 좋은 일에 쓰려 했어. 근데 더 이상 그렇게 할 수 없게 되었지. 하지만 우린 여기 이렇게 살아 숨 쉬고 있잖아." 핍은 제이미의 눈을 마주치며 잠시 뜸을 들였다. "나랑 하나만 약속해줄래? 잘 살겠다고 약속해줘. 충만한 삶, 행복한 삶. 꼭 잘 살아야 해. 스탠리를 위해서. 그 사람은 더 이상 그렇게 할 수 없으니까."

제이미는 아랫입술을 떨며 핍의 눈을 쳐다봤다. "약속할게." 제이미가 말했다. "너도, 그러겠다고 약속해줘."

"노력해볼게." 핍은 제이미가 그랬던 것처럼 소매로 눈을 닦으며 고개를 끄덕였다. 그리고 함께 웃었다.

제이미는 서둘러 맥주를 한 모금 마셨다. "오늘부터 시작하자." 그러고는 이렇게 말했다. "난 구급 서비스에 지원해서 구급대원으로 일할 생각이야."

핍은 제이미를 보며 미소 지었다. "오, 시작이 좋네."

둘은 잠시 다른 사람들을 바라보았다. 아서는 핫도그 빵을 잔뜩 접시 위에 놓았고, 조쉬는 "5초 룰!"을 외치며 떨어진 빵을 주우러 달려갔다. 나탈리의 즐거운 웃음소리가 들렸다.

"그리고," 제이미가 말을 이어갔다. "내가 나탈리 다 실바를 좋아한다는 걸 세상 사람 모두 알게 된 마당에 언젠가 직접 고백해야 할 것 같아. 나탈리가 나와 같은 마음이 아니라 해도 난 계속 전진할 거야. 앞으로 죽. 그리고 인터넷에서 낯선 사람을 만나거나 하는 짓은 더 이상 하지 않을 거야."

제이미가 맥주병을 들어 핍을 향해 내밀며 말했다. "잘 살아야 해."

핍도 물컵을 들어 제이미의 병에 부딪히며 말했다. "스탠리를 위하여."

제이미는 코너의 어설픈 포옹과는 다르게, 간결하면서도 살짝 몸을 튼 자세로 핍을 껴안았다. 그러고는 일어서서 정원을 가로질러 나탈리의 곁으로 다가갔다. 나탈리를 바라볼 때의 제이미는 눈빛이 달라졌고, 어쩐지 더 충만했다. 더 밝았다. 나탈리가 제이미를 향해 돌아설 때 제이미의 얼굴에는 보조개 같은 미소가 번져갔고, 나탈리의 목소리에는 웃음소리가 섞여 있었다. 그리고 핍은 확신했다. 잠깐 동안이었지만 나탈리의 눈에서도 제이미와 같은 표정을 읽었다고.

핍은 두 사람이 제이미의 여동생과 장난치는 모습을 지켜보았고, 그사이 라비가 다가오고 있다는 것을 인지하지 못했다. 라비가 한쪽 발을 핍의 다리 밑에 걸치며 옆에 앉을 때까지.

"괜찮아, 형사?" 라비가 말했다.

"응."

"와서 다 같이 놀래?"

"난 괜찮아. 여기 있을게."

"하지만 모두들……."

"괜찮다고 했잖아." 핍이 말했다. 하지만 진심은 아니었다. 핍은 한숨을 쉬고 라비를 쳐다보았다. "미안해. 짜증 낼 생각은 없었어. 그저……."

"알아." 라비가 핍의 손을 쥐고 손가락 사이로 깍지를 끼며 말했다. 여전히 잘 맞았다. "차차 나아질 거야. 반드시." 그렇게 말하며 라비는 핍을 더 가까이 끌어당겼다. "그리고 내가 옆에 있잖아. 네가 필요로 할 때 언제든."

핍에게 라비는 과분한 사람이었다. 핍은 자신이 그에게 한참 못 미친다고 생각했다. "사랑해." 핍이 라비의 짙은 갈색 눈을 바라보며 말했다. 그리고 그 따뜻한 눈길로 내면을 가득 채우며 다른 모든 것들을 밀어냈다.

"나도 사랑해."

핍은 라비의 어깨에 머리를 기대고 둘이 함께 다른 사람들을 지켜보았다. 사람들에게 둘러싸인 조쉬가 팔을 곧게 펴고 엉덩이를 흔들며 치실질하는 법을 열강하고 있었다.

"어머, 형. 정말 이것도 못 해? 창피하네." 코너가 낄낄거리며 형을 놀렸고 제이미는 그런 동생에게 군밤을 먹이려다 오히려 자기 사타구니를 치고 말았다. 나탈리와 카라는 서로 껴안고 웃다가 풀밭으로 넘어지기까지 했다.

"날 봐, 난 할 수 있어!" 핍의 아빠가 호언장담하고 시범을 보였다. 심지어 아서 레이놀즈 아저씨도 그릴 옆에서 아무도 안 본다 생각하고 낑낑대며 씨름하고 있었다.

다들 얼마나 우스꽝스럽게 보이던지, 핍은 목구멍에서 작은 비명이 터지는 소리를 들으며 웃었다. 그리고 라비와 함께 여기서 이렇게 지켜보는 것도 괜찮다고 생각했다. 다른 모든 사람들과 간격을 두고 바리케이드에 둘러싸여 따로 이렇게…… 준비가 되면 저 사람들 쪽에 다시 합류할 것이다. 하지만 지금은 여기 이대로 앉아서 한눈에 모두를 보며 멀찍이 떨어져 있는 것이 좋았다.

저녁이었다. 핍의 가족은 레이놀즈의 집에서 잔뜩 먹고 돌아와 아래층에서 졸고 있었다. 핍의 방은 어두웠고, 노트북에서 나오는 하얀 빛이 핍의 얼굴을 비추고 있었다. 핍은 책상에 앉아 화면을 응시했다. 엄마 아빠한테 말한 걸로 치자면, 시험공부를 하면서. 하지만 그건 거짓말이었다.

핍은 검색창에 문자를 입력하고 엔터 키를 눌렀다.

찰리와 플로라 그린 최근 목격.

포츠머스의 현금 인출기에서 돈을 인출하는 CCTV 영상이 9일 전에 확보되었다. 경찰이 영상 속 인물 신원을 확인했고, 핍은 뉴스에서 그 소식을 보았다. 하지만 누군가가 페이스북에 올린 글에 댓글을 달았는데, 어제 도버의 한 주유소에서 그 커플이 새 차를 운전하고 가는 것을 보았다는 주장이었다. 빨간색 닛산 주크 차량.

핍은 종이 패드 맨 윗장을 찢어 구겨서는 뒤로 던져버렸다. 그리고 새 종이에 세부 사항을 적으면서 다시 화면을 확인하고는 검색창으로 돌아왔다.

"우린 똑같아. 너랑 나. 너도 잘 알고 있잖아." 머릿속에서 찰리의 목소리가 들리기 시작했다. 가장 무서웠던 것은, 그가 틀렸다고 반박할 수가 없었다는 사실이었다. 핍은 자기가 찰리와 어떻게 다른지 설명할 수 없었다. 하지만 핍은 찰리와 다르다는 것을 알았다. 그것은 말로 설명할 수 없는, 그냥 어떤 느낌이었다. 아니 어쩌면 그 느낌은 희망에 불과한 것일지도 몰랐다.

핍은 몇 시간 동안 클릭을 하며 이 기사에서 저 기사로, 이 댓글에서 저 댓글로 옮겨갔다. 물론 그 소리, 항상 핍을 따라다니는 소리와 함께.

총소리.

가슴속에서 뛰며 갈비뼈를 두드리는 것이 지금 여기 있었다. 핍은 계속해서 두 눈으로 조준을 하고 있었다. 그것은 악몽 속에도 나타나고, 달그락거리는 프라이팬 소리, 거친 숨소리 속에

도 존재했다. 바닥에 연필 굴러떨어지는 소리, 천둥소리, 문이
닫히는 소리에도. 너무 시끄럽거나 너무 조용하고, 혼자이면서
혼자가 아닌 속에도, 그리고 책장 넘어가는 소리, 열쇠 두드리
는 소리, 딸깍 소리, 삐걱거리는 소리 속에도.

　총소리는 항상 그곳에 있었다.

　핍 안에 살고 있었다.

감사의 말

세계 최고의 저작권 대리인 샘 코플랜드에게, 항상 같은 자리에서 기쁠 때나 슬플 때나 함께해주셔서 감사합니다. 그리고 다급한 질문에 항상 신속하게 답해주신 것도 감사합니다. 질문 하나가 18단락이나 되는 장문임에도 불구하고 성의껏 답변해주신 데 대해 깊이 감사드립니다.

이 책에 생명을 불어넣기 위해 애써주신 에그몬트 출판사의 모든 분들께도 감사합니다. 시즌 2가 탄생할 수 있도록 도움을 주신 편집팀(린지 헤븐, 알리 두갈, 루시 커트네이)에게 감사드립니다. 멋진 책 표지 디자인을 해주신 로라 버드에게도 감사드리며, 피가 더 튀어야 한다는 저의 끊임없는 요구를 귀담아 들어주신 점 또한 감사합니다. PR 슈퍼스타 시오반 맥더못과 힐러리 벨의 놀라운 노력, 십여 번의 인터뷰에서 같은 대답을 해도 항상 열정적으로 들어주셔서 감사합니다.

자스 반살 씨, 함께 일할 수 있어서 너무 즐거웠습니다. 계획하신 재미있는 마케팅을 빨리 보고 싶습니다. 그리고 토드 애티커스와 케이트 제닝스에게 감사드립니다! 영업팀 여러분, 핍의 이야기를 독자들의 손에 들려주셔서 감사합니다. 그리고 이 책에 나오는 법정 스케치를 훌륭하게 그려준 프리실라 콜먼에게 특별한 감사의 말씀 전합니다. 어떻게 그런 그림이 나올 수 있는지, 경외감을 느낍니다!

전편인 『여고생 핍의 사건 파일A Good Girl's Guide to Murder』이 성공할 수 있도록 도움을 주신 모든 분들께 진심으로 감사드립니다. 제가 핍의 이야기를 이어갈 수 있었던 것은 여러분 덕분입니다. 온라인에서 이 책에 대해 외쳐주신 블로거들과 평론가 여러분, 어떻게 감사를 표해야 할지 모르겠습니다. 저의 첫 번째 책에 보내주신 놀라운 지지와 열정에 대해 전국의 서점에 감사드립니다. 서점의 책꽂이 혹은 책상에서 제 책을 볼 수 있다니…… 꿈이 이루어졌습니다. 그리고 제 책을 골라 들고 집에 가져가주신 모든 독자들께 감사드립니다. 핍과 저는 여러분 덕분에 이렇게 다시 돌아왔습니다.

핍과 카라에게서 볼 수 있듯이, 십 대 소녀들의 우정보다 더 강한 것은 없습니다. 그런 의미에서 친구들에게 감사합니다. 십 대 때부터 함께해온 친구들, 엘리 베일리, 루시 브라운, 카밀라 버니, 올리비아 크로스맨, 알렉스 데이비스, 엘스펫 프레이저, 앨리스 레벤스, 한나 터너(너희 이름들을 도용하게 해줘서 고맙다), 그리고 오랜 친구인 에마 트웨이츠(어린 시절 우리가 나누었던 끔찍한 연극과 노래들로 내가 이야기 쓰는 기술을 연마할 수 있도록 도와줘서 너무 고맙다), 버기타와 도미닉도.

(때로는) 두렵기 그지없었던 이 길을 함께 걸어준 작가 친구들…… 아이샤 부시비가 영원한 동반자로서 옆에 있어주지 않았다면 저는 이 책의 치열한 집필 과정을 견뎌낼 수 없었을 것입니다. 카티야 베일런의 풍부하고 날카로운 지혜와 최고의 칵테일에 감사합니다. 야스민 라만, 항상 곁에 있어주고, 다양한 TV 프로그램에 깊이 빠져들게 해주셔서 감사합니다.

항상 밝은 면을 보는 조셉 엘리엇, 탈출방과 보드게임에서 킬러 동료가 되어준 데 대해 감사를 표합니다. 사라 주크스, 그렇게 훌륭한 바지게임을 가르쳐주고, 열심히 일하며 영감을 주다니 감사할 뿐입니다. 스트루안 머레이, 짜증 날 정도로 모든 것에 재능이 있고, 나와 같은 괴짜 유튜브 채널을 시청해준 데 대해 감사합니다. 사바나 브라운, 우리가 함께한 집필 데이트에 감사합니다. 이 집필 데이트를 잠시 멈춰준 덕분에 이 책을 마무리할 수 있었습니다. 그리고 루시 파우리, UKYA를 위해 해주신 모든 놀라운 일들과 훌륭한 인터넷 기술에 대해 감사드립니다. 핍은 당신에게서 배울 수 있었습니다.

게이, 피터 그리고 케이티 콜리스, 다시 한번 이 새 책의 첫 번째 독자이자 훌륭한 치어리더가 되어준 것에 대해 감사드립니다.

첫 번째 책을 읽고 지지해준 우리 가족 모두에게 감사드립니다. 데이지와 벤 헤이, 이사벨라 영에게 특별한 감사를 보냅니다. 우리 가족 모두 살인 사건 소설 광이라는 걸 알게 되어 기뻤습니다.

소설에 대한 애정을 포함해 저에게 모든 걸 주신 엄마, 아빠께 감사드립니다. 제가 스스로를 믿지 못해도 늘 믿어주셔서 감사합니다. 큰언니 에이미, 내 편이 되어줘서 고마워(귀여운 조카들도). 그리고 내 동생 올리비아, 이 책을 집필하는 동안 때때로 나를 밖으로 데리고 나가줘서 고마워. 덕분에 내가 아직 정신줄을 잡고 있는 거야. 다니엘과 조지에게, 아니다, 미안. 너희는 이 책을 읽기엔 아직 너무 어려. 몇 년 후에 읽어보렴.

무엇보다 이 책을 집필하는 3개월 동안 말 그대로 저를 살려준 벤에게 가장 큰 감사를 드립니다. 또한 기꺼이 제이미 레이놀즈의 모델이 되어준 것에도 감사합니다. 작가와 함께 산다는 건 정말 골치 아픈 일이었을 텐데…….

그리고 마지막으로, 괜한 의심을 받고 있는 소녀들에게, 저는 여러분의 마음을 이해합니다. 비슷한 일로 괴로워하는 분들에게 이 책을 바칩니다.

THE FINAL EPISODE CERTAINLY ISN'T...
TWISTS AS IT BRINGS US THE TRU...
ANDIE BELL/SAL SINGH CASE. A...
EPISODE FOR WHAT IS TRULY...
STORY. WE LEFT EPISODE 5 W...
REVELA...

In Pip's scathing conclu...
she picks out everyon...
ends at fault for...
and truly a loss of in...
as she un...ered this greatest of...

17-YEAR-OLD SLEUTH'S...
CLOSED CAS...
THE M... OF TE...

...E LATEST TRUE CRIME...
...DCAST OBSESSION ENDS WITH...
...CH-PERFECT FINAL EPISODE

Episode 6
revelation and the next hour a...
...a go down as some of th...
...ces in true c...

...episode 5
...Pip's shocking
...ation

ver-shifting suspe...
Amobi's determined...
be an investiga...
podcast the likes of
A Good Girl's Guide
to Murder again...

Girl's Guide to Murder storm...
...st episode six weeks ago and it looks...
With the final episode uploaded just... ight, listeners and subsc...
are already clamouring for... son two of the hit podcast. But in a...
...posted to her website after the episode aired, Pip said: "I am...
...days are over and there will not be a second sea...
...most consumed me; I could only see the...
...t became an incredibly unhealthy obse...

...ventually found her body; they might find...
...idence on her (fibres, fingerprints) that...
...uld make it look...

옮긴이 고상숙 연세대 영어영문학과, 한국외대 통번역대학원 한영과를 졸업했다. KBS에서 외신 번역과 통역을 담당하다가 현재는 서울외대 한영통번역학과 겸임교수 및 프리랜서 통번역가로 활동하고 있다. 옮긴 책으로『완벽한 딸들의 완벽한 범죄』『락다운』『위험한 시간 여행』『사막을 건너는 여섯 가지 방법』『레드 세일즈 북』『바그다드 동물원 구하기』『희망과 함께 가라』등이 있다.

굿 걸, 배드 블러드
- 여고생 핍의 사건 파일 2

초판 1쇄 발행 · 2023년 11월 3일

지은이	홀리 잭슨
옮긴이	고상숙
펴낸이	김요안
편집	강희진

펴낸곳	북레시피
주소	서울시 마포구 신수로 59-1
전화	02-716-1228
팩스	02-6442-9684
이메일	bookrecipe2015@naver.com ㅣ esop98@hanmail.net
홈페이지	https://bookrecipe.modoo.at
등록	2015년 4월 24일(제2015-000141호)
창립	2015년 9월 9일

ISBN 979-11-90489-91-1   43840

종이 · 화인페이퍼 ㅣ 인쇄 · 삼신문화사 ㅣ 후가공 · 금성LSM ㅣ 제본 · 대흥제책